慈禧全傳典藏版 5

清宮外史

【下】

高陽—著

〈代序〉神交高陽

二月河

《康熙大帝》四卷書出齊時，我已小有名氣。有一天，一位讀者問我：『先生讀沒讀過高陽的書？』我一下子笑起來，高陽的書豈但『讀過』，且是見一本買一本，買一本讀一本。我自家作品中頗多技巧性的做法，還是拜賜了老先生的作品啓發。他的前後慈禧傳、《玉座珠簾》，以及後來才讀到的《乾隆韻事》，其中對皇帝對后妃的心理及行爲的描摹，和我所讀史的印證，也有頗多的溝通。我算是高陽先生不錯的一位神交呢！次後的日子裏，台灣一家文學機構多次邀我赴台一訪。就我的心情，即使見一見高陽，去一趟也是值得的，卻因俗事冗繁未能成行。忽然有一天，台灣『二月河讀友會』的盧淦金先生來電話，說『高陽先生今天去世了……』一驚之下一陣悵然，轉思人世緣分無常，心中又復悲淒。從茲失一神交，無法彌補渴見情懷了……

辛亥革命清室鼎謝。當時的口號裡有『驅逐韃虜，光復中華』的話頭。其實這口號還可以按時序上溯，直至皇明甲申之變。滿洲人入關殺漢人，入主中央執天下太阿，漢人幾百年沒有服氣過，也沒有停止過這種民族反抗。盤踞台灣的鄭家政權，朱三太子，還有吳三桂興的『三藩之亂』以及次後難以數計的小大起義，義軍會口號都和這個話頭差不多。錯話說幾百年說一千遍，似乎成了對話。其實只要靜心一想就明白了。『韃虜』也好、『夷狄』也好，難道不是『中華』之一部分？這口號自相矛盾了。實際這只是漢人極狹隘的情緒弘揚——也不能說全然沒道理，畢竟滿人入關嘉定三屠、揚州十日殺戮慘烈，眞的仇深似海。但從歷史的角度，從整個文明的角度審視，這口號是大可挑剔的。由於後來的革命變遷、人事轉換，人們又去想更新的事了，所以這口號的毛病也不大有人提起了。

然而當下的文化徵候還在繼續流播。反滿的文化傳統並未受到傷損。這種傳統影響到史學界，雖無法迴避這二百多年的『正統』，但對其研究中帶了『排滿』便言語失卻公允。這還只是少數人的事，帶到文學界，帶進民間口傳文學，這個因喪權辱國給民族帶來奇恥大辱的清室統緒，簡直是『洪桐縣中無好人』了。

高陽的多部作品都是反映晚清風貌風情的，連同近來三聯書店推出的《大野龍蛇》，風格都是那麼一致，那麼『如實』，不事誇飾，那麼娓娓綿綿情懷寬博和平，讀來如同剪燭良宵對友長談，就我的經驗，如無絕寬的襟懷，無絕大的學問作底蘊，無論怎樣的才華橫溢都是決計做不來的。

文學當然是觀念形態的東西，是人本位的張揚，每一個作者自己的政治、理想形態肯定要在他的作品中自覺或不自覺地流露。我以爲：既然如此，何必故意做張做智？比如說極峰之作《紅樓夢》，裡頭如果串上一段黃世仁楊白勞的情節，況味若何？一些非常了不起的作家，因了力氣去圖解自家的意識形態立場，結果如何？我常笑讀，心中想『這寫的眞是聲嘶力竭，氣急敗壞』。

看遍高陽的書，沒有這樣的玩藝。即使寫很慘酷、很壯烈激切的情事，也沒有張牙舞爪、歇斯底里的『作家意識』。我很疑這先生是舊八旗子弟，那份聰穎從容學不來。後來盧淦金先生告訴我，居然這是眞的。他的書讀起來平中有奇，有的處則寓平於奇，有點像與作者牽手而行於山陰道，由他指點譬話，評說侃語——這不是寫作的本事，這是天分了。

淦金先生和高陽是朋友，和我也是朋友，他曾約我到台北和高陽『一道兒喝老燒刀子』，可惜了沒這緣分。但高陽的書還在，不是麼？還可以侃下去的。

二〇〇一年五月下浣

第三章

李鴻章南下，張樹聲北上，都是儀從煊赫；卻有一個特簡的大臣，布服敝車，行李蕭然，悄悄到京上任來了。

但是進京之時，幾乎無人識得；等到宮門遞摺請安，『邸抄』發佈行蹤，朝中大小官員卻都在談論。因爲閻敬銘也是個傳奇人物，有許多傳播人口的故事，在湖北要殺官文的孌童；在山西殺侵呑賑款的知州，都爲人所津津樂道，甚至連慈禧太后亦常提到他。

因此，到京第二天就傳旨召見。她還記得胡林翼當年奏保閻敬銘的考語，說他『氣貌不揚而心雄萬丈』；也聽恭王談過，閻敬銘未中進士以前，以舉人就『大挑知縣』，剛排好班，還不曾自報履歷，就有個主挑的親王，厲聲呵斥：『閻敬銘出去！』因爲大挑知縣，首先就看相貌，『同』字臉第一，『田』字臉其次；此外臉形像『申』、『甲』、『由』字的，也有入選之望，而閻敬銘甚麼都不是，他的臉像個棗核，兩隻眼睛一大一小，而且身不滿五尺，形容實在猥瑣，怎麼樣看也不像個官，無怪乎首遭斥逐。

然而慈禧太后卻並不以貌取人，對閻敬銘頗有一番溫諭，獎許他在山西辦賑，實心任事，是難得的好官。

『都說你善於理財。』她提到特召他入朝的本意，『現在興辦海軍，跟德國訂造鐵甲船，一隻就要一百多萬銀子，眞正有點難乎爲繼。全靠你在戶部切實整頓。』

『是。等臣到了部裡再說。』

『你在戶部待過，想來對戶部的積弊，一定很清楚。』

『臣道光二十八年散館，授職戶部主事；後來胡林翼奏調臣到湖北。事隔多年，戶部的情形，已經隔膜；不過理財的道理，不論公私都是一樣的，除弊即所以興利。第一，剔除中飽；第二，節用務實。不過，臣此刻還不敢說有甚麼把握；戶部的事很難辦。』

『就因爲難辦，所以才找你來。我知道你最能破除情面；應興應革的事件，你儘管奏報，我總許你就是。』

『是！』閻敬銘的聲音提高了，『臣盡力去辦。』

『除了戶部的公事以外，有甚麼得用的人，你也不妨奏保。我知道你很識人，當初你保丁寶楨，果然很得力。』慈禧太后又說：『如今洋務很要緊；外頭可有好的洋務人才？』

『據臣所知，現在徽寧池太廣道張蔭桓，才大心細，器局開展，是辦洋務的好手。』

提到張蔭桓的這個官職，慈禧太后特感親切，但亦不免傷感，因爲她的父親惠徵，就是死在徽寧池太廣道任上的。至於張蔭桓其人，她彷彿記得前兩年慈安太后跟她提過，但只知其名，別的就都不知道了。

『這張蔭桓是甚麼出身？』

『他是捐班知縣出身。』閻敬銘緊接著說：『是捐班當中出類拔萃的人物；筆下極好。早年在廣東家鄉，常跟洋人講求炮台機器之學。在山東亦帶過馬隊；臣跟丁寶楨都很得他的力。山東的海防，就是張蔭桓策劃的。』

『噢！』慈禧太后深深點頭，將張蔭桓的名字緊記在心了。

接下來，慈禧太后又問到他的家事；他說他的老家在陝西朝邑，因爲逼近黃河，地勢低窪，常有水患，所以遷居山西運城。有三個兒子，老大叫閻迺兟，同治七年的翰林，現在當編修；老二不仕，守持祖業；老三叫閻迺竹，已經中了舉人。又說家風儒素，兒子都能自立，這一次奉召入京，願盡餘年，報效國家；只是賦性狷介鯁直，料想公事不會順手。

『不要緊，你只管放手去做。凡事有我。』

有慈禧太后這句話，閻敬銘深爲安慰。他淡於名利，這一次本來不想出山，到京以後也抱著隨時可以掛冠的打算；此刻感於慈禧太后的支持，雄心復起，倒眞的想切切實實整頓一番了。

由宮裡出來，順道拜客，回到他長子家，署理戶部尚書的王文韶，已派了司官在那裡坐等，請示接事日期。

整頓度支

新官上任要挑好日子；閻敬銘卻不作興那一套，隨口答道：『就是明天好了。』

一般的規矩，到任那天跟堂官相會，揖讓升階，司官捧上奏報視事日期的摺稿，畫了諾隨即告辭。第二天起分批約見司官；總要十天半個月，熟悉了部務，方始有公事可辦。但閻敬銘也不作興那一套，到任第一天就要看帳。

戶部跟刑部一樣，按省分司，所不同的是戶部沒有直隸、奉天兩司；刑部的江蘇、安徽兩司，在戶部合而爲江南司，所以刑部十七司，戶部只有十四司。司有大小之別，戶部山東司管鹽法、雲南司管漕運、廣西司管錢法、貴州司管關稅，合稱爲『鹽、漕、錢、關』四大司。洪楊以後，洋務漸興，關稅重在洋關，不歸貴州司管，錢法則雲南銅久已絕運，所以桂、黔兩司，淪爲小司；新的四大司，除了山東、雲南以外，陝西司兼轄甘肅，而且管理宗室及京官文武俸祿，各衙門錢糧、各路茶引，福建司兼管順天直隸的錢糧。閻敬銘看帳，便從這『山、陝、雲、福』四大司的帳目看起。

看帳的樣子像大家巨族的總管、總司出納；一本『舊存、新收、開除、實在』的『四柱清冊』到手，算盤打得飛快，稍有錯誤，立即指了出來，所以十四司的錢糧收支，兩天的工夫，便已全部看完。

最後要看南北檔房的帳了。南檔房只管八旗的人丁錢糧，關係不大；北檔房則是戶部第一機密重地，爲天下財賦的總匯，國家歲入歲出幾許？積存若干？盈虧得失如何？都非問北檔房不可。當初爲了防範漢人，北檔房的司官，稱爲『領辦』、『總辦』，定制只能由滿洲及漢軍充任。閻敬銘當年在戶部時，對此就大感不滿；如今當了本部堂官，一朝權在手，決心先從這頂要緊的地方，下手革新。

『請福老爺來！』

『福老爺』是正紅旗人，名叫福松，北檔房『掌稿』的司官；被喚請到堂，一揖以後，站著等候問話。

『部庫存銀多少?』閻敬銘問。

『董大人移交的時候，部庫實存七百三十六萬兩。』

『我問的是今天。』閻敬銘慢條斯理地，拿中指戳戳公案，『此刻。』

『還沒有算出來。』福松也是慢呑呑地，『因爲大人接事太匆促了;司理趕辦不及。』

他自以爲是絕好的託詞，其實糊塗透頂;庫存現銀，隨時都有實數，根本不用核算造冊。閻敬銘見過不少頭腦不清的旗人，無可理喻，便即吩咐:『你把該管的書辦找來。』

『管庫帳的書辦，今天告病假。』

『總有替他的人吧?』

『沒有。』福松答得極其乾脆。

這一下閻敬銘可眞忍不住了;『我跟你說不清楚。』他不耐煩地揮揮手，『另外找個人來。』

福松答應一聲:『是了。』隨手請了個安;動作俐落，姿態亦很『邊式』。

另外找來的一個領辦，是內務府出身的正白旗包衣，名叫齡壽;抱了一大疊帳簿，來見堂官。問到他的職司，說是管京餉。

閻敬銘知道，他所說的『管京餉』，只管收入，不管支出——京餉每年數百萬;前一年年底規定各省分攤的數目，一開年就報解，總要到端午前後，才能解清;此刻是五月中旬，正是清結京餉的時候，所以他點點頭說:『很好!我正要問京餉;你把各省報解的實數說給我聽聽。』

『喏!』齡壽將帳簿往前一送，『都在這裡。』

這是個比福松更糊塗的人，連做官當差的規矩都不大懂;閻敬銘大爲不滿，搖著頭說:『我不要看帳，聽你告訴我就行了。』

『這得現算。』齡壽答道：『等司官拿回去算好了，再來回話。』

『不，不！』閻敬銘指著一旁的座位說：『你就在這裡算。』

『回大人的話，』齡壽囁嚅著說：『司官打不來算盤。』

閻敬銘大搖其頭，『越來越不成話了！』他沉下臉來說：『你回去聽參。』

齡壽面如死灰，環視同僚，意在乞援。可是，閻敬銘的脾氣跟作風，不但早就聽說，而且此刻已當面領教，誰也不敢自找沒趣代他求情，所以都裝作未看見。

齡壽抱牘下堂，告病假的書辦卻趕到了，仍由福松領了上來，說是：『大人有話，請儘管問他；他最清楚。』

『你叫甚麼名字？』

『小的叫張金華。』

『你年紀不小了。』閻敬銘問道：『在部裡多少年了？』

『大人由翰林院分發到部，小的就在部裡當差了；算起來是三十六年。』

『喔，你的精神倒不壞。』閻敬銘問道：『你有幾個兒子？』

『小的沒有兒子，只有一個胞姪。』

閻敬銘記在心裡——書辦是世襲的差使；沒有兒子，將來就不能承襲。記住了，免得將來有冒名頂替的情事。

『你今年多大？』

『小的今年六十八。』張金華答說。

『望七之年，也該回家納福了。』

這是示意這個書辦該告退了；張金華倒也不在乎這位尚書，響亮地答道：『小的到了效不得力的時候，自然稟明司官，回家吃老米飯。』

聽他當面頂撞堂官，旁邊的人都替他捏一把汗；閻敬銘自然不會理他這話，只問公事：『說部庫存銀多少，只有你知道。說吧！』

他說了一大串數目，董恂移交多少、新收多少、開支多少、現存多少，熟極而流，幾乎聽不清楚。但越是如此，閻敬銘越不以爲然；百凡庶政所恃的國家財用，竟只有胥吏能知其詳，實在太不像話了。

因此，他到部的第一件興革之事，就是整頓北檔房，奏摺上說：『滿員多不諳籌算，事權半委胥吏，故吏權日張，而財政愈棼，欲爲根本清釐之計，凡南北檔房及三庫等處，非參用漢員不可。』

三庫積弊

『三庫』是銀庫、緞疋庫、顏料庫。最重要的當然是銀庫；特設管庫大臣，派戶部侍郎兼任。三庫的弊端，閻敬銘是早就知道的；他的第二件興革之事，就是想革除三庫之弊，所以下令查庫。

查庫之日，有特選的司官跟著，其中有兩個都姓李，亦都是翰林出身，一個叫李用清，丁憂起復，從原籍山西平定州進京，揹著個小舖蓋捲，徒步三千餘里，不雇一車一騎，京裡詫爲千古未有的奇事，公送他一個外號叫『天下儉』。

另一個李嘉樂較為遜色，名為『一國儉』；他不如李用清的是，做了官居然常喚剃頭挑子來替他剃頭。剃完，親手付予剃頭匠二十個小錢。自覺出手已很大方了。

有一次他問他的聽差：『剃頭的應該很高興吧？我每次都給他二十文。』

聽差的據實答道：『外面剃頭，最少也得四十文，何況是做官人家？剃頭的每次都要吵，我只好再墊二十文，才把他打發走。』

李嘉樂大怒：『我在家鄉偶爾叫人剃頭，每次只要十二個錢，現在給他二十個已經多了，他居然還不知足，你也居然就添了給他，眞正豈有此理！好了，從此以後我不請教剃頭的，連二十文都可以省下。』

果然，言出必行，從此以後，李嘉樂不再請教剃頭匠；要剃頭由他太太動手，剪得參差不齊，怪模怪樣，惹多少人在背後當笑話講。

但閻敬銘卻很欣賞，以為做官必從一個『儉』字著手，才能『無欲則剛』，做個晚節不改，始終如一的清官；為此特別重視兩李，帶著他們一起去查庫。

戶部三庫在三處地方，顏料庫在西安門內；緞疋庫在東安門內；銀庫又稱大庫，則在戶部衙門的後身的東北角。查庫先從遠處的顏料庫查起。

顏料庫是個雜庫，包羅萬象，無奇不有。掌管國家度支的戶部，何以會有這樣一座庫房？誰也不知道。有人猜測，戶部有此物庫，大致起於明朝萬曆年間徵收礦稅之時。礦稅苛擾遍天下，民間名產珍物，輸往京師，終年絡繹於途；奇珍異寶，收入大內，常用的物料，歸工部及戶部存貯，才設了這樣一座顏料庫。

在清朝，各省貢品，名目繁多；內務府認爲無甚用處、容納不了的，亦都歸於戶部。日積月累，用之不竭；隨意堆積在庫房裡，但是帳目卻是分門別類，異常清楚的。

閻敬銘早年當司官的時候，奉派查過顏料庫，知道這座庫是無法查的，同時他要整頓的也不是這一庫。不過表面上絕不能放鬆；所以雖無法查也要查。到了庫中坐定，拿料帳來看，逐日有記，逐月有結，毫無毛病。便派李嘉樂入庫，實地查察。

一進了庫房，他楞住了，在門口躊躇又躊躇，提起了一隻腳，竟不能踏下去，因爲滿地的檀香、黃蠟、石綠、硃砂，五色燦然，積成厚厚的一層，無可下腳。

『李老爺，請啊！』庫吏催促著。

『怎麼不收好？堆得滿地！』

『向來這樣的。』庫吏答道：『我同治三年到庫裡時候，就是這個樣子。』

『這樣子叫人怎麼走路？』

庫吏大爲詫異，『就是這樣子走嘛！』庫吏毫不遲疑地舉步踏了進去，踩得那些物料『嘎吱、嘎吱』地響。

李嘉樂心疼不已，但也只好跟著他舉步。走到中間一看，四周擺滿了塵封的木架子；陽光從天窗裡漏下來成爲一條光柱，其中飛舞著億萬灰塵，看上去像是金屑。

他有無從措手之苦，同時也困惑異常，不知一年兩次查庫，何以還會這樣子的雜亂無章？想了一會，只有請教庫吏：『別人是怎麼查的？』

『李老爺沒有聽說過嗎?』

『沒有。』

『李老爺,』庫吏指著地下說:『東西都在這裡,一草一木沒有人敢動;只要屋頂不漏,門窗嚴緊,就不要緊了。』

聽這一說,李嘉樂才明白,原來查庫就是來看看屋頂門窗。如果都是這樣奉行故事,哪裡談得到整頓?自己特蒙閻尙書識拔,委派查庫,可不能跟別人那樣敷衍了事。

但是,一片混雜,實在無從措手;看了又看,發覺有一樣東西好查。『那是紙張?』他指著堆積如牆,已泛成黃灰色的白紙問。

『是。是宣紙。』

『點點數看。』李嘉樂翻出帳來唸道:『「五尺夾貢總計十八萬五千七百二十一張」,就查這「五尺夾貢」。』說著走過去要動手。

『動不得!』庫吏大聲警告:『裡面有蛇!』

李嘉樂不信,伸手掀開一角,是想看看可是眞的夾貢,還是被掉了包?

那些不知堆積了多少年的陳舊宣紙,幾已粘在一起;數量既多,壓力亦大,一時哪裡掀得起。李嘉樂是喜歡蠻幹的性子,一隻手不行,加上另一隻手,使勁攀著紙角,往上一推,只見一條四、五尺長,黑章白文的蛇,從紙堆後面鑽了出來,游走無聲;李嘉樂直到臨近才發現,大叫一聲,連連倒退,嚇得面如土色。

庫吏急忙上前將他扶住;四隻眼都盯著那條蛇,從紙堆上蜿蜒而下,鑽入雜物堆中,無影無蹤。

『李老爺，你也眞是！』庫吏大爲埋怨，『跟你說動不得，你老偏不信；現在怎麼樣？』

『我只以爲你說笑話嚇我，哪知道眞的有蛇！』

『蛇多著呢！天這樣熱，牠本來就想游出來涼快、涼快；哪經得住你老再這麼一折騰？如今壞了，蛇也不知躲在甚麼地方，步步都得小心。』

聽他這一說，李嘉樂便覺得那雙腳發麻；生怕一舉步就踩在蛇身上，釘在原處，動彈不得。

『快走吧！』庫吏拉著他一陣風似地找到了門口，卻又問道：『李老爺，怎麼樣？』

這是取進止的意思；李嘉樂搖搖頭說：『不查了！』

『是！』庫吏加重語氣說：『查過了！』

他說『查過了』，就只好說是『查過了』，不然無法交差。好在閻敬銘深知積弊，意不在此；他的想法是要仔細核查帳簿，看各省的貢品，有沒有可以減少甚至裁減的，所以只關照李嘉樂將一本『料帳總冊』帶走。

接下來是查緞疋庫。公家緞疋沿襲明朝的制度，由江寧、蘇州、杭州三個織造衙門，負責供應，一共分爲三等，第一等專供『御用』；第二等稱爲『上用』，質料較次；第三等專供賞賜之用，就叫『賞用』，質料更次。

『御用』和『上用』的珍品，存貯內務府緞庫。戶部緞疋庫只儲『賞用』緞疋，數量極多，查不勝查，照例分派十幾名司官，虛應故事。庫中有樓，樓板上的灰塵，照規矩不准打掃，積土太厚，無法下足，就鋪一張蘆蓆在上面。兩百年來，不知道鋪了多少層，所以一踩上去像踩在棉花堆上；而且一踩就揚起一團灰，沾得滿身都是，所以查緞疋庫是樁苦差使。

李用清卻不以爲苦，精神抖擻地上了樓，揚目四顧，只見木架子高可及頂，上面堆滿了一綑綑的緞疋；不知如何措手，便有些躊躇了。

『李老爺，』庫吏看他是外行，加以指點，『緞疋是少不了的；向來只不過抽查點數。』

『好！抽查。』李用清有了計較，手往上指，用很威嚴的聲音說：『你替我把最上面那一綑棗兒紅的，取下來。』

庫吏一楞，看李用清板著臉，一副公事公辦的樣子，料知說不進話去；便轉身取了梯子來，爬上去費了好大的勁，將李用清所要的那一綑取到，雙手舉起，使勁往下一扔，陳年積土，像火藥爆炸似地，往上直衝，將李用清沒頭沒腦地籠罩在內。

時逢盛暑，汗流浹背，這一陣灰土飛上頭臉，立刻爲汗水沾住；面目黧黑，像個煤炭舖的夥計了。

李用清大怒，但是發不出脾氣；只巴望這一綑緞疋中，數目不符，捏住把柄，便好處治那庫吏，但是，解開來照標籤所載的數目一數，應該是十四疋，一疋不少。

這一來啞巴虧吃定了，跟李嘉樂談起來，同病相憐，咨嗟不絕。

『老前輩，』李用清跟比他早一科的李嘉樂說：『蠹吏可惡！有意惡作劇，打算著嚇倒司官，他們就可以爲所欲爲，我輩偏要認頂，倒看看到底誰強得過誰？』

『說得是！我們受閻丹老的知遇識拔，必得幫他切實整頓一番，顏料、緞疋兩庫，不是上頭著眼之處；馬上要查銀庫了，一定要捉它一、兩個弊端出來。』

『查弊必先知弊。銀庫的弊端甚多，先要請教請教內行才好。』

兩人商量的結果，決定合請一個客；請在衙門附近的一處『大酒缸』。間壁就是月盛齋，五香醬羊肉名馳九城，買了一大包款客；客人是戶部的一個蘇拉，名叫張福，侍候過十幾位尚書，見多識廣，部中大小積弊，無不明白。

『銀庫，照例書辦是不能進去的；只有庫兵可以入庫。』張福舉杯在手，慢吞吞地說：『庫兵規定十二名，三年一挑；挑到那天去應點，要請十來個保鏢護送……』

『慢點，老張！』李用清打斷他的話說：『這是爲甚麼？』

『爲了怕綁票，』張福解釋庫兵何以應點之日要防被擄，『入選庫兵有正選，有備選；正選應點不到，馬上由備選補上，所以綁他只要綁一個時辰，應點時辰一過，煮熟了的鴨子飛走，放了他也就沒用了。』

『這樣看起來，庫兵的身價不得了。』

『是啊！補上一個名字，總要花到一萬銀子，應點不到，往後的好處不說，起碼一萬銀子就算扔了在水裡。』

『那麼，』李嘉樂問：『庫兵入庫，到底有點甚麼好處？說偷銀子是藏在穀道裡面，可有這話？』

『怎麼沒有？』張福問道：『外省解銀到部，怎麼樣入庫？李老爺見過沒有？』

『沒有。你細細說來我們聽。』

『外省解銀，每一萬兩解費六十兩；這歸管庫司官跟書辦分，庫兵是沒分的。庫兵的好處，就是搬銀子入庫的當兒偷銀子。進庫的時候，衣服都要脫光；庫裡另有衣服，不過，這一身衣服也不能穿出庫。光身進去，光身出來，寒冬臘月也就這個樣，所以庫兵非精壯的小夥子不能幹。這還有個道理，小夥子中氣足，提得住氣；如果年紀一大，提不住氣，就補上名字也沒用。』

『這又是甚麼道理？』李用清問。

『就是這位李老爺說的，』張福指著李嘉樂答道：『爲的是能在穀道裡藏銀子。本事最好的，一次可以藏十兩一個的銀錁子八個。』

這不是駭人聽聞之事？但張福言之鑿鑿，說在東四牌樓有一新藥舖，專有一種要有門路的人才能買得到的藥，服下能使穀道交骨鬆開；偷銀的方法是用豬網油捲銀錁塞入穀道，不過即令年輕力壯，提氣支持，亦至多只能容納半點鐘的工夫。

『這個法子在內庫就用不著了，內庫多是五十兩一個的大元寶，哪裡也偷藏不下，所以內庫庫兵，入庫用不著脫光衣服。』

這一說，是個反證；李嘉樂點點頭又問：『還有甚麼偷銀的法子？』

『冬天要當心，有個換茶壺的法子。庫裡的空茶壺拿出來，照例揭開蓋子，往下一倒，表明沒有東西在裡頭；冬天就兩樣了，茶水冰凍，拿銀錁子凍在裡面，就倒也倒不出來。』

『說破了不値錢。』李用清覺得這頓大酒缸請得不冤，『眞正不經一事，不長一智。』

然而細想一想，總覺得有些荒誕不經；所以事後又去請教部裡的老司官，『穀道藏銀，事誠有之。』那老司官笑道：『不過說得太玄了。兩位請想，十二名庫兵，每人偷銀八十兩，一次就是九百六十兩；解餉入庫之日，庫兵進出好幾次，這要偷漏多少？年深日久，不都偷完了嗎？』

雖是以常理度測，卻足以破惑。但庫兵裸體入庫，這個規矩歷數百年不改，總有道理在內；二李都覺得雖未可全信，亦不可不信，決定去看個明白。

一看果然，庫兵進出，無不赤身露體。出庫還有一番很特別的交代：跨過一條長凳，雙手向上一拍，口中喊道：『出來！』表示股間、脅下、口中都不曾夾帶庫藏。

『能抓住他們驗一驗嗎？』李嘉樂問。

『不能！』李用清搖搖頭。

李嘉樂廢然而嘆：『看起來，就是有弊也無法查了。』

而閻敬銘卻查出來一項極大的弊端——其實也不用查；弊端已擺在那裡，只看有沒有決心整頓而已。

查銀庫那天，閻敬銘找管庫的郎中姚覲元來問：『掌天平的是誰？』

『是書辦史松泉。』

『領我去看天平。』

領到出納之處，只見史松泉一身服飾，異常華貴；閻敬銘先就大為不悅。正在提倡儉樸節用的他，認為史松泉逾越體制，敗壞風氣，而看他的服用，錢從哪裡來，更不可不問。

『你這一身衣服很漂亮啊！』他斜睨著大小眼，冷冷地問。

『回大人的話，』史松泉答道：『都是舊衣服。』

『砝碼是舊的不是？拿來我看！』

銀庫有好幾架天平，大大小小的砝碼不少，等取到了，閻敬銘卻不看，只吩咐包好。

『送到工部去檢驗。』他對李嘉樂說：『你親自送去，面見工部堂官，說我重重拜託，即時檢驗，立等結果。』

李嘉樂奉命唯謹，帶著從人，捧著砝碼，直奔工部，請見堂官。正好翁同龢在部裡，他的姪子翁曾源是李嘉樂這一榜的狀元，世交原就熟識；區區小事，做『老世叔』的當然照辦，立時找了製造庫的司官來，一檢驗之下，大小砝碼，有重有輕，符合標準的，十不得一。

回到戶部覆命，閻敬銘還在坐等，將檢驗過的砝碼，逐一清查了上面記載著的輕重不等的差額；接著便傳召待命的銀庫郎中姚覲元。

『你看！』他指著砝碼問道：『你怎麼說？』

姚覲元早就知道有此結果，何用看得？『回大人的話，』他說：『銀庫重進輕出，向來如此。咸豐以後，庫裡存銀，大爲減少，也要存到七百萬至九百萬；偷竊之事，在所不免，一、兩百年，不靠重進輕出來彌補，難道倒請堂上大人分賠不成？』

『你倒還振振有詞？』閻敬銘說：『照你的說法，重進輕出，是爲了彌補偷漏，完全爲公；然則你倒說給我聽聽，重進輕出是甚麼個規矩？進，每兩銀子加重多少；出，每兩銀子減輕多少？不能借彌補爲名，漫無稽考；你拿帳來給我瞧瞧！』

『這哪裡會有帳？』

『原來沒有帳？』閻敬銘說：『那將是混帳！』他吩咐『當月處』値班的司官，『將史松泉拿交刑部。』

史松泉就在堂下，聽得這話，便想開溜，無奈從閻敬銘到部，雷厲風行，毫無瞻顧，當差的大小官員懍然在心，當然容不得史松泉脫逃；一把抓住，立即備文咨送刑部訊辦。

『我久聞你把持公事，劣蹟多端；你今天就移交了公事，在家聽參。』閻敬銘對姚覲元說：『這對你已經算是客氣了！你心裡要明白。』

這是警告姚覲元不必去鑽營門路，希冀脫罪；解職的官員，與平民無異，如果不知趣、不聽話，隨時可以步史松泉的後塵，吃上官司。

姚覲元識得厲害，乖乖移交了公事，在家聽參。

雲南報銷

就為的閻敬銘整頓積弊，戶部的許多黑幕，逐漸被掀了起來；最駭人聽聞的是以戶部侍郎署理尚書的王文韶，和另一名軍機大臣，牽涉在一樁報銷案內，傳聞納了巨賄。

這樁報銷案，屬於邊遠省份的雲南。向來軍費報銷，是戶部司官與書辦的生財大道；雲南的報銷案在上年年底就已經發動，派出糧道崔尊彝和永昌府潘英章，攜帶巨資，來京打點。走的是太常寺正卿周瑞清的路子。

周瑞清是軍機章京，為他向王文韶、景廉關說；時機甚巧，『董太師』為張佩綸一道彈章，在京察案中刷了下來，王文韶署理部務；大權在握，足可了事。但戶部書辦要十三萬銀子，講價講不下來的當兒，閻敬銘快將到京；怕他不受賂遺，公事公辦，所以戶部書辦讓步，以八萬兩銀子了結。

凡是軍費報銷案子，雖由戶部主管司承辦，但一定要知會兵部和工部，牽涉既廣，難保內幕不會洩漏；倘或說了無用，則徒然結怨，不過私下誹薄嘆息而已。如今閻敬銘大刀闊斧在整頓，便有熱心的人揭露弊端；消息傳到御史陳啓泰耳中，多方打聽，人言鑿鑿，便上了一道奏摺，指參周瑞清，而且說明存銀處所，語氣中也關聯到戶部堂官，自然不能不辦。

但是，查辦的諭旨，十分簡單，只說：

『御史陳啓泰奏：太常寺卿周瑞清包攬雲南報銷，經該省糧道崔尊彝、永昌府知府潘英章來京匯兌銀兩，賄託關說等語，著派麟書、潘祖蔭確切查明，據實具奏。』

不提王文韶和景廉，同時只指派刑部滿漢兩尚書查辦；知道內幕的人心裡有數，王文韶和景廉是軍機大臣，當然要先作迴護之計，所以只當作通常弊案，輕描淡寫。清流中人，雖然寶廷和陳寶琛已放了福建和江西的鄉試考官，去掉了兩枝健筆，但張佩綸、鄧承修，以及後起之秀的盛昱，都在京內，大爲不滿，私下表示，倘或刑部不能秉公查辦，就連麟書和潘祖蔭一起參。

麟書聽得這話，大起恐慌；潘祖蔭卻相當沉著，抱定按部就班、公事公辦的宗旨，首先就指派司官去打聽雲南糧道崔尊彝和永昌府知府潘英章的下落。

這要找吏部，因爲崔尊彝和潘英章都是升了官進京引見的。潘英章是在上年九月裡到京的，引見過後，十月中旬『驗放』；過了兩個月領到『部照』，應該早就回雲南永昌府上任去了。

崔尊彝原來是個補道，分發雲南，派充『善後局總辦』；也就是雲南軍務的後路糧台，軍費報銷正該由他主辦。他是這年春天放的糧道，進京引見以後，六月初十『驗放』，十二天以後就領到了『部照』；卻不回雲南到任，請假回安徽原籍掃墓。

『這就有毛病了。』麟書對潘祖蔭說：『閻丹翁是五月裡到任的，不久就有雲南報銷案的傳聞。崔尊彝是案內主角，十二天拿到部照，快得出奇，且又請假回籍，這明明是聽得風聲不妙，有意避開。』

『這話不錯。不過，我們該按規矩辦；逃得了和尚逃不了廟，回籍也好，赴任也好，只要案子裡要傳他，盡可行文該管省份辦理，這不必擔心，現在要防商人逃走；先動手要緊。』

於是即時知會步軍統領衙門，去抓兩個人，一個是順天祥匯兌莊的掌櫃王敬臣；一個是乾盛亨匯兌局的掌櫃閻時燦，因爲陳啓泰的原摺中說：崔尊彝和潘英章『匯兌銀兩』，就是由雲南匯到這兩處地方，而且存貯備用的。

王敬臣和閻時燦已經得到消息，雖感驚慌，卻並未逃走；因爲一逃便是『畏罪』，再也分辯不清，所以等官差一到，泰然跟隨而去。

帶到刑部衙門，由秋審處的司官審問，因爲是傳訊證人，所以便衣談話。先帶王敬臣，供稱是雲南彌勒縣人，到京已經五年，在打磨廠開設順天祥匯兌莊，專做京城與雲貴兩省的匯兌生意。

『雲南善後局崔總辦，有沒有從昆明匯款到你那裡？』

『不知道。』王敬臣答道：『小號向來照同行的規矩，認票不認人。』

『永昌府潘知府，拿票子到你那裡兌過銀子沒有？』

『有的。』

『甚麼時候？』

『從去年冬天到今年春天，陸續取用，不止一次。』

『一共幾次，總數多少？』

『總數大概六萬多銀子，一共幾次記不得，小號有帳好查的。』

『你開個單子來。』

王敬臣退了下去開單子；趁這空隙提閻時燦，他是山西票號發源地的平遙縣人，在巾帽胡同開設乾盛亨匯兌局。

問他的話跟問王敬臣的相同，一樣也開了單子。由昆明匯來的銀子，每處都是六萬七千兩，但崔尊彝另外在順天祥借用了兩萬八千兩。

『這樣看起來，你跟崔總辦是有交情的。』秋審處司官抓住這一點追問。

『崔總辦在雲南多年，署理過藩台，雖沒有交情，名氣是知道的。』王敬臣又說：『他借銀自然有保人，小號不怕他少。』

『保人是誰？』

『就是永昌府潘知府。』

『那麼，你怎麼又相信潘知府呢？』

『回老爺的話。』王敬臣答道：『潘知府是現任知府，「放京債」的當然相信。』

『好，我再問你，崔總辦、潘知府在你舖子裡取了銀子，作甚麼用？』

『那就不知道了。』

問到閻時燦，也是這樣回答──京裡的匯兌莊及票號，都結交官場；凡有外官來京打點，都由他們牽線過付，崔、潘二人的銀子作何用途，絕無不知之理，只是他們要推諉，無奈其何。唯有交保飭回。

這下一步，刑部六堂官的意見不同，有的主張正本清源，先傳崔尊彝、潘英章到案，弄明白了案情再說；有的卻以爲不妨請旨令飭周瑞清先遞『親供』。

商量結果，讓周瑞清先遞『親供』，有許多不妥，第一，片面之詞，礙難憑信；第二，周瑞清是軍機章京，案情未明瞭以前，不宜將軍機處的人牽涉在內。因此決定奏請飭下雲南及安徽的督撫，飭令潘英章、崔尊彝『迅速來京，赴部聽候質訊。』

上諭照准，而且對太常寺卿周瑞清作了處置：『著聽候查辦，毋庸在軍機章京上行走。』周瑞清被撤出軍機，『聽候查辦』，而且用的是明發上諭，可見得慈禧太后對這一案的態度，是要秉公辦理，不問周瑞清有何背景。因而便頗有人爲王文韶擔心。

於是關於京朝大老明爭暗鬥的流言，傳說甚盛，有人說，這是李鴻藻所領導的北派，對繼承沈桂芬衣鉢，在南派最得意的王文韶的打擊；有人說，董恂丟官，疑心是王文韶想奪他的戶部尚書，所以指使他的會試門生陳啓泰報復。說法不一，而都對王文韶不利。

天象示警

人言如此，天象偏偏又示警了。去年見於西北的掃帚星，中秋前後再度見於東南，照例下詔修省；而亦必有言官論述時事，箭頭自然而然地又指向王文韶和景廉。

有個湖北人叫洪良品，是陳啓泰的同年，官居江西道御史，上了一個奏摺，引敘史實，說星變皆出於政失，所以古代遇有災異，往往罷免宰輔；因爲燮理陰陽，咎不容辭。現在皇太后垂簾聽政，皇帝沖齡典學，國事所賴，全在軍機大臣，接下來就提到雲南報銷案：

『臣續有風聞，為陳啓泰所未及言者。近日外間鬨傳，雲南報銷，戶部索賄銀十三萬兩；嗣因閻敬銘將到，恐其持正駁詰，始以八萬金了事，景廉、王文韶均受賂遺巨萬，餘皆按股朋分，物議沸騰，眾口一詞，不獨臣一人聞之，通國皆知之。蓋事經敗露，眾目難掩，遂致傳說紛紜。臣竊思奏銷關度支大計，數十年積弊相仍，全賴主計之臣整頓，以挽積習。景廉久經軍務，王文韶歷任封圻，皆深知此中情弊者，使其毫無所染，何難秉公稽核，立破其奸？乃甘心受其賄賂，為之掩飾彌縫。以主持國計之人，先為罔利營私之舉，何以責夫貪吏之藉勢侵漁、蠹胥之乘機勒索者也？』

因此，洪良品『請旨立賜罷斥』景廉、王文韶；或者『照周瑞清例，撤出軍機，一併聽候查辦』。最後還發了一段議論：

『夫天道無常，人事有憑，前日之樞垣用倭仁、文祥而大難可平；今日之樞垣，用景廉、王文韶而災眚屢見，感應之機，捷如影響。』

這道奏摺，雖只攻的是景廉與王文韶，但恭王、寶鋆和李鴻藻看了，心裡都很難過，從前大難之平歸功於文祥；今日天象示警，又應在景廉和王文韶身上，彷彿其餘的軍機大臣都尸位素餐，庸庸碌碌，無功無過之可言，豈非藐視？

這使得景廉與王文韶更為不安，唯有表示請求解職聽勘。官樣文章照例要這樣做；其實希望大事化小，最好駁掉洪良品的奏摺，來個『應毋庸議』，無奈這話說不出口，就能出口，恭王亦未見得肯支持，倒不如放漂亮些。

『這件事很奇怪啊！』慈禧太后似乎也很難過，『重臣名節所關，想來洪良品也不敢隨便冤枉人！』

這竟是洪良品的『先入之言』，已爲慈禧太后所聽信。景廉的顏色就有些變了；不過王文韶有練就的一套功夫，能夠聽如不聞，毫無表情。

恭王也覺得話風不妙，更不敢爲景、王二人剖白，只順著她的話答道：『皇太后聖明，重臣名節甚重，像這類事件，總要有確實證據。御史雖可以聞風言事，亦得有個分寸；得著風就是雨，隨意誣衊大臣，這個風氣絕不可長。』

『當然，凡事要憑證據。你們找洪良品來問一問，問清楚了再說。』

『是！』恭王略一躊躇，決定爲整個軍機處避嫌疑，『臣請旨，可否另派王公大臣，飭傳洪良品詢問明白。』

『可以。派惇王好了。』慈禧太后又說：『翁同龢爲人也還公正，讓他在一起問。』

於是即時擬旨明發，說是：『事爲朝廷體制，重臣名節所關，諒洪良品不敢以無據之詞，率行入奏。著派惇親王、翁同龢飭傳該御史詳加詢問，務得確實憑據，即行覆奏。』

這是個令人震動的消息。參劾軍機大臣的事，不是沒有，但無非失職、徇情之類，像這樣公然指控『受賄巨萬』，而且請求『立賜罷斥』的情事，是上百年所未有的，因而有人預感著將會發生政潮。

在翁同龢，當然不希望如此。王文韶到底是南派的重鎭；如果他垮下來，應補的軍機大臣，不出他跟潘祖蔭，論慈眷，潘祖蔭不及他，但論資望人緣，他未見得勝過潘祖蔭，所以將來鹿死誰手還很難說。既然如此，一動不如一靜，能夠保住王文韶，賣給他一個大大的人情，最爲上策。

打定了這個主意，先託人去抄洪良品的『摺底』；靜等惇王發動——惇王到第二天早晨才來跟他接頭；約定下一天的中午，在宗人府傳洪良品問話。本來應該遵旨立刻辦理的；翁同龢有意以書房功課爲推託，將時間延後，好讓王文韶和景廉有辰光去作釜底抽薪的挽回之計。

事實上行文也得費一番功夫；因爲是奉旨傳訊，等於慈禧太后親自詰問，所以由侍衛處辦公事，通知都察院，轉知洪良品應訊。

洪良品早就有準備了，寫好一個『說帖』，到時候赴宗人府報到。惇王和翁同龢相當客氣，首先作揖，延請落座。

『想來已經看見明發了？』惇王首先開口。

『是的。』洪良品探手入懷，取出說帖遞了過去。

惇王接了過來，只見說帖上寫：『江西道監察御史洪良品謹呈』。翻開裡頁，匆匆看了一遍，隨手交給翁同龢。

翁同龢從頭細看，與摺底無甚區別，覺得都是空泛的指責，並無確實證據，不由得就說：『未免太空了。』

『御史聞風言事，既有所聞，不敢不奏。』洪良品凜然回答。

『大臣受賄，不會親自跟行賄的人打交道。』翁同龢問道：『甚麼人過付，在甚麼地方交納？足下總知道吧？』

『不知道。』洪良品大搖其頭，帶著些不以此一問爲然的神情，『這樣的事，豈有不怕御史知道之理？當然私相授受，非外人所能得見。』

『既然外人無法得見，又何從辨其眞假？』

『物議如此。也許是局中人自己洩漏出來的。』
『所謂的物議，究竟是哪些人在傳說，你亦不妨指幾個人，作爲證據。』
洪良品又大搖其頭：『萬口同聲，無從確指。』
『我倒要請教，』惇王問道：『此外還有甚麼證據？』
『沒有。』
『就是聽人所說？』
『是。』洪良品答道：『我的話都在說帖裡面，請王爺垂察。』
再問也無用了，送客出門。惇王跟翁同龢就在宗人府商議覆奏；自然是據實而言，同時將洪良品原送的說帖，一起送了上去。

清流搏擊

下一天清流在松筠庵集會，預備支援陳啓泰和洪良品。座間傳閱洪良品的說帖，無不盛讚；只爲想先睹爲快的人太多，所以清流中後起之秀的盛昱，自告奮勇，高聲誦讀：
『竊維賄賂之事，蹤跡詭祕，良品不在事中，自無從得其底蘊。但此案戶部索賄纍纍，現經刑部取有乾盛亨、順天祥帳簿確據，前御史陳啓泰奏：「崔尊彝、潘英章交通周瑞清賄託關說。」外間喧傳，賄託者，即賄託景廉、王文韶也；關說者，即向景廉、王文韶關說也。巷議街談，萬口如一，是賄託之實據，當問之崔尊彝、潘英章；關說之實據，當問之周瑞清。然則景廉、王文韶受賄非無據也，崔尊彝、潘英章即其據；良品非無據而率奏也，人人所言即其據。以樞臣而大招物議，是謂負恩；聞人言而不以奏聞，是謂溺職，且御史例以風聞言事，使天變不言，人言亦不言，亦安用此尸素御史爲耶？良品與景廉、王文韶素無往來，亦無嫌怨，使非因物議沸騰，何敢無端誣衊？實見時事艱難，天象如此示變，人言如此確鑿，故不能不據實以奏。』

讀到這裡，只見有人奔了進來，手裡高揚一張紙，大聲說道：『上諭下來了！』

此人是國子監的一個博士，姓劉，亦算是一條『清流腿』；他排闥直入，逕自去到鄧承修面前，將邸抄遞了給他。

『此案必須崔尊彝、潘英章到案，與周瑞清及戶部承辦司員，並書吏、號商等當面質對，庶案情虛實，不難立見。』鄧承修唸到這裡，以手加額閉著眼說了兩個字：『痛快！』

『這還不能算痛快，且不免遺憾。』張佩綸大聲說道：『景、王二人，何可相提並論？』

『公意云何？』盛昱問說。

『景秋坪情有可原，王夔石萬不可再容。』

這兩句話，出於清流之口，特別是出於張佩綸之口，差不多就算定評；也注定了他們的官運。鄧承修矍然而起，帶些歉意地說：『我又要出手了。』

於是就在松筠庵中，專有陳設筆硯，供清流起草諫章搏擊的餘屋，鄧承修文不加點地擬好摺底，邀了張佩綸和盛昱來商量。

奏摺的第一段是懷疑刑部未必能遵諭旨，徹底根究，因爲像這樣的曖昧營私之舉，不是經手過付的人，不可能握有確實證據；即令有確實證據，亦非嚴刑逼供，不肯吐實。何況被參的王文韶，仍在軍機，仍是戶部的堂官；縱使刑部堂官公事公辦，無所迴護，而司官爲了將來的禍福，可能不敢得罪王文韶，潛通聲氣，預爲消弭。再說，崔尊彝、潘英章雖奉嚴旨催傳到案。但輾轉費時，何弊不生？

『入手便探驪得珠了！』張佩綸表示滿意；關鍵就在『被參之王文韶未解樞柄』這一句上。換句話說，如果要根究，非先叫王文韶退出軍機，消除刑部司官的顧慮不可。

『你看第二段！』鄧承修矜持地微笑著；顯見得第二段是他的得意之筆。

看不到幾行，張佩綸脫口讚了一聲『好』；接著，搖頭晃腦地唸出聲來：

『臣竊謂進退大臣與胥吏有別，胥吏必贓證俱確，始可按治；大臣當以素行而定其品評，朝廷即當以賢否而嚴其黜陟。』

『這是有所本的。』鄧承修笑道：『記不記得曾侯論何桂清的話？』

這一說，張佩綸和盛昱都想起來了。當初兩江總督何桂清失陷蘇常，革職拿問，照律定了死罪，公卿督撫，交章論救；爲他脫罪的一個藉口是：何桂清棄地出於僚屬的請求。朝廷左右爲難，特爲密旨諮詢曾國藩，他的答奏是封疆大吏，行止進退，應當自有主宰，不當取決於僚屬。這個說法，成爲定評；何桂清終於伏法於菜市口。鄧承修這句『大臣當以素行定其品評』就是套用了曾國藩的原意。

『話雖如此，涵義更深一層。』張佩綸說：『我輩搏擊當奉此爲圭臬。』

『此所以景秋坪可恕。再往下看吧！』

提到景廉，鄧承修說他『素稱謹飭，不應晚節而頓更。但此案事閱兩年，贓逾巨萬，堂司書吏，盡飽貪囊，景廉總司會計，未能事先舉發，縱非受賄，難免瞻徇；或者以其瞻徇，遂指爲受賄，亦未可知。』

『這又未免開脫太過了。』

『就這樣吧！』盛昱爲景廉乞情，『勿過傷孝子之心。』

這是指景廉的兒子治麟，光緒三年的翰林，頗有孝友的聲名；張佩綸跟他雖無往來，卻很敬重其人，所以聽盛昱這一說，就不開口了。

再往下看，鄧承修的筆鋒橫掃，簡直剝了王文韶的皮，說他當戶部司官時，就以奔競出名；後來放到湖北當道員，『親開錢舖，黷貨營私。』

『這是要實據的。』張佩綸問道：『確有其事否？』

『自然有。王家的錢莊開在漢口；你去問浙江的京官，何人不知？』

『那就是了。』張佩綸便往下唸：『及躋樞要，力小任重，不恤人言；貪穢之聲，流聞道路。議者謂：前大學士沈桂芬履行清潔，惟援引王文韶以負朝廷，實爲知人之累。眾口僉同，此天下之言，非臣一人所能揑飾，方今人才雜糅，吏事滋蠹，紀綱墮壞，賄賂公行，天變於上，人怨於下；挽回之術，惟在任人，治亂之機，間不容髮，若王文韶者，才不足以濟奸，而貪可以誤國。』

『好一個「才不足以濟奸，貪可以誤國！」』盛昱插進去發議論，『這是對王某的定評，亦是對吏治的針砭，然而亦不能獨責王某；領樞廷者豈得辭其咎？』

『是的。』鄧承修深以爲然，『這點意思很可以敘進去。』說著，就要提筆添改。

『不必！』張佩綸勸阻，『恭王最近便血，病勢不輕；勿爲過情之舉。』

鄧承修接納了勸告，同時也接納了張佩綸的意見，特爲添上一段：『乞特召一、二親信大臣，詢以王文韶素行若何，令其激發天良，據實上對。如臣言不誣，乞即將王文韶先行罷斥，使朋比者失其護符，訊辦者無所顧忌；天下之人知朝廷有除奸剔弊之意，庶此案有水落石出之時。如臣言不實，則甘伏訕上之罪。』

斟酌停當，由盛昱代爲抄繕。諸事皆畢，時已入暮；外面『清流腿』和『清流靴子』都還未散，一見他們三個人，立刻趨陪左右，旁敲側擊地探問。這三個人只矜持地微笑著，顯得神祕而嚴重。最後，張佩綸才說了句：『鐵翁有封事。大家明天看邸抄吧！』

鄧承修號鐵香，人稱『鐵漢』，凡有搏擊，毫不容情；這一道奏摺，可以猜想得到，必爲王文韶而發，更可以預料得到，詞氣必不如洪良品那樣緩和，加以這一天夜裡，刑部會同步軍統領衙門，大捉戶部書吏，益見得大案大辦，情勢嚴重；所以第二天中午，專有關心時局的人守在內閣，等看邸抄。

午初時分，上諭下來了，發抄原摺以外，說的是：

『本日召見軍機大臣，據王文韶力求罷斥，懇請至於再三。王文韶由道員歷任藩臬，擢授湖南巡撫，著有政聲，是以特召爲軍機大臣，並令在總理各國事務衙門行走。數年以來，辦事並無貽誤。朝廷簡任大臣，一秉至公；該給事中稱爲沈桂芬所援引，即屬臆度之詞。現在時事多艱，王文韶受恩深重，惟當黽勉趨公，力圖報稱，仍著照常入值，不得引嫌固辭。』

王文韶雖被留了下來，但案子卻並不馬虎；上諭中說：

『至雲南報銷一案，迭經諭令麟書、潘祖蔭嚴行訊辦，定需究出實情！景廉、王文韶有無情弊，斷難掩飾。著侯崔尊彝、潘英章到案後，添派惇親王、翁同龢會同查辦。』

前後對看，慈禧太后的意思便頗費猜疑了。有一說，王文韶沒有學到沈桂芬的清愼，卻學到了他的柔媚，深爲慈禧太后所欣賞，所以對這一案，有意保全庇護；另一說則正好相反，認爲慈禧太后大權獨掌，身體亦已復元，一定要大刀闊斧作一番整頓，眼前不讓景廉、王文韶抽身，正是要等案子水落石出，拿他們兩人置之於法，作爲徹底整飭吏治的開始。

但不論如何，添派惇親王和翁同龢會同查辦，意味著案子只會大，不會小；特別是有親王在內，更意味著案內涉嫌的人，不止於三品官兒的崔尊彝和周瑞清——向例，涉及一、二品大員的案件，方派親王查辦。

力振紀綱

從中午審到晚上，商人也好，戶部的書辦也好，都是支吾其詞，始終不肯透露實情，秋審處的總辦，主審本案的剛毅相當焦急。

『堂上一直在催！』他跟他的同僚說：『上諭上「定須究出實情」這句話，得有交代；我看，只好動刑了。』

刑部司官問案，重在推求案情，難得用刑。但這一案情況特殊，大家都覺得剛毅的辦法亦未嘗不可，只有另一個總辦沈家本，態度比較緩和。

『那些票號掌櫃，戶部書辦，平日起居豪奢，何嘗吃過苦頭？只要嚇一嚇他們就行了。』沈家本說：『能不動刑，最好不動。』

『你倒試試看！』剛毅不以爲然，『我原來也是這麼想，無奈民性刁頑，眞是不到黃河心不死。明天一定得有個結果；此案千目所視，刑部不能丟面子。』

於是第二天問案的情形就不同了，傳了提牢廳的差役侍候著；將人犯帶上堂來，剛毅先提警告：倘有人不說實話，自己皮肉受苦。接著便從商人王敬臣問起。

『王敬臣，你開票號，豈有不知同行例規的道理？凡是捐官上兌，請誥封之類的，應納官項，向例都由票號經手代辦。你們跟六部書辦，都有往來，外省官員匯到票號的銀子，用到甚麼地方，哪有不曉得的道理？你說，雲南匯來的銀子，是怎麼支出去的？』

『回老爺的話，實在不知道。』

『還說不知道！』剛毅大怒，使勁拍著桌子說：『我教你知道！掌嘴！五十。』

『喳！』值堂差役齊聲答應。

其中一個右手套著皮掌，踏上前來，對準王敬臣的臉就抽，左右開弓，手法極其熟練。王敬臣『嘩嘩』大叫；抽不到十下，就打落了兩個牙齒，滿嘴是血。

『我招，我招！』

只要犯人一說『招』，行刑的就得住手，不然便有處分。但其中當然也有出入；王敬臣爲人吝嗇，從吃上官司，一個小錢都不肯花，差役恨他，所以『招』字已經出口，還使勁抽了他一巴掌，將門牙都打掉了。

這一下識得厲害，王敬臣比較老實了，說聽潘英章談過，雲南匯來的銀子，是辦報銷用的。崔尊彝到京以後，曾經有兩封給周瑞清的信，是由他舖子裡的夥計送去的。

『信上說些甚麼？』

『回老爺的話，信是封口的。』

剛毅自己也發覺了，這話問得多餘；便又喝道：『還有甚麼話？一起說了，省得費事！』

『小的不敢隱瞞，就是這些話。』

看樣子，也就是如此了。剛毅吩咐押下王敬臣；另問戶部跟工部的書辦。

這些人就不如王敬臣那樣老實，熬刑不招；剛毅自覺刑部司官，需格外講法，不便動用大刑，只好改換方式，請沈家本用水磨功夫去套問。

旁敲側擊，一層一層慢慢往裡逼，總算從戶部書辦褚世亨口中套出幾句話，雲南報銷案是雲南司一張一盧兩書辦擬的稿；派辦處一陳一沈兩書辦經手複核以後，才送上司官，轉呈堂官畫的稿。

所獲雖不多，無論如何是抓著了線索；剛毅當面向堂官細陳經過，決定採取穩健而不放鬆的宗旨，即刻行文戶部，將張、盧、陳、沈四書辦『嚴密查傳，迅予咨覆。』

覆文很快地就到了，說這四個書辦都傳不到，已經奏請捉拿。

『這太不成話了！』潘祖蔭很生氣，『奉了旨就咨戶部，請他們看管書辦，結果還是讓他們逃走。這算怎麼回事？』

『回大人的話，』剛毅答道：『這明明是有意縱放，正見得畏罪情虛。大可嚴參。』

『參是要參的，案子還是要辦；只是線索中斷，如之奈何？』

『不要緊，還有周瑞清一條線索。』

於是據實奏陳，指責戶部雲南司司官『難保無知情故縱情弊』，除查取職名飭令聽候查辦以外，周瑞清既曾與崔尊彝通信，則洪良品所參，並非無因；只是周瑞清爲三品大員，未經解任，不便傳訊，奏請飭令周瑞清將崔尊彝的原信呈案，以便查核。

此奏一上，不但照准，而且因爲周瑞清既有接受崔尊彝信函情事，特命『解任聽候傳質』。這一下顯得案子又擴大了；不過周瑞清倒還沉著，看到上諭，首先就派聽差當『抱告』，拿了崔尊彝的兩封信呈上刑部。

信裡不過泛泛通候之語，於案情無關。剛毅看完了，往桌上一丟，冷笑著說：『這又何足爲憑？崔尊彝給他的信，當然很多；隨意找兩封不關痛癢的送來，以爲可以搪塞得過去，這不太拿人當傻小子了嗎？』

因爲有此反感，他『一朝權在手，便把令來行』，派一官兩役去傳周瑞清。

『這就不對了，上諭是「聽候傳質」，質者對質，是跟崔、潘二人對質；此刻怎麼可以傳我？』『是跟王敬臣對質。』派去的『七品小京官』說話也很厲害，『上諭並未明指跟崔、潘對質。請吧，「是福不是禍，是禍逃不過。」』

周瑞清無奈，只得乖乖地跟著走。

不過，周瑞清到底只是解任，並非革職，所以刑部司官亦不敢過分難爲他，邀到部裡，以禮相見，圍著一張圓桌相談，就算是『傳質』了。

問話的三個人，預先作過一番商議，不必問崔、潘賄託之事，就問了他也絕不肯說，不如側面探詢他跟崔、潘的交情，或者蛛絲馬跡，有助於案情的了解。

這樣，問話的語氣恰如閒談交遊；周瑞清字鑑湖，便稱他『鑑翁』。鑑翁長、鑑翁短，相當客氣，周瑞清亦就不能不據實相告。他說他與潘英章一向熟識；跟崔尊彝在以前沒有見過面，他有個捐班知縣的姪子，分發雲南，跟崔尊彝一起在軍營裡當差，交情很好，他的姪子在雲南因爲水土不服而得病，全虧崔尊彝盡心照料，所以他亦很感激其人。

光緒元年開恩科，周瑞清放了江南的主考，取中的舉人中，有一個崔應科，是崔尊彝的堂弟；加上了這一層淵源，才通信認爲世交，崔尊彝的信中，稱他爲『世丈』的由來在此，他亦承認，崔尊彝對這位『世丈』，常有接濟，但小軍機無不如此，逢年過節都有外官的餽贈，無足爲奇。

『鑑翁，』沈家本問道：『有件事，不知有所聞否？聽說潘道由昆明進京的時候，就不打算再回雲南了；在雲南的產業都已處置淨盡，一家十三口靈柩，亦都盤回安徽。』

『這倒不甚清楚。』

『據安徽奏報，潘道至今未歸；他是六月底出京的，現在九月初，計算途程，早該回家。不知道他逗留在哪裡？』沈家本緊接著說：『鑑翁跟他至好，自然有書信往來，可能見告？』

周瑞清想了一下答道：『我沒有接到過他的信。不過他一家十三口靈柩，都寄停在荊州，或者因爲迂道湖北，耽誤了歸程，亦未可知。』

這話就頗爲可疑，話風中聽得出來，崔尊彝的行蹤，他是知道的；不過——既然他不肯承認，亦就無可究詰，很禮貌地將他送了回去。

案子擱淺了。整個關鍵在崔尊彝和潘英章身上，這兩個人不到案，就是將在逃的書辦抓到了，依然無用，因爲沒有對證，便可抵賴。

就在這個時候，剛毅升了官，外放爲廣東的一個好缺：潮嘉惠道。潘祖蔭指派趙舒翹接手，主辦本案。他手裡原有件王樹汶的案子，因爲涂宗瀛調職，接任河南巡撫的李鶴年，聽信任愷的話，力主維持原讞；河南京官大譁，言官紛紛上奏指摘，彈劾李鶴年包庇任愷，因而又指派河道總督梅啓照複審。而梅啓照居然又跟當年楊乃武一案中的胡瑞瀾一樣，站在巡撫這一面；所以趙舒翹建議堂官，由刑部提審，估計全案人犯解到，總在年底。有此一段空閒的工夫，正好接辦本案。

閱過全卷以後，他提出一個看法，認爲正本清源，先要就事論事，查核雲南報銷案中，哪一項可以報銷，哪一次不可以報銷？

潘祖蔭認爲這話很有道理；並且引伸他的看法，確定了辦理此案的宗旨，將來等案內所有涉嫌人犯到齊，審訊對質，要問枉法不枉法，當以應銷不應銷爲斷。

於是傳訊戶部及工部的承辦雲南報銷案的司官，各遞『親供』，有的說：『軍需用款，均按照同治十二年前成案辦理。』；有的說：『查照咸豐年間例案核辦。』；有的說：『遵照同治九年奏定章程核銷。』各人一個說法，各人一個根據，紛歧疊出而語焉不詳，刑部只知道其中必有毛病，卻不知毛病何在？

這就只有一個辦法了，奏請飭下戶部、工部堂官，指派幹練的司官秉公核算，一時帳簿紛繁，算盤滴答，刑部大堂，熱鬧非凡。

這一來，王文韶裝聾作啞就有裝不下去之勢了，因爲說他受賄巨萬，他可以表示清者自清，濁者自濁，總有水落石出的一天，所以越泰然便越顯得問心無愧，但在他署理戶部尚書任內，已經核銷結束的案子，奉旨重新核算，便無異朝廷明白宣告：王文韶不可信任。

不但他自己如此想法，清流也在等候這樣一個時機——自然又是張佩綸動手，等慈禧太后萬壽一過，便上了一個『請飭樞臣引嫌乞養，以肅政體而安聖心』的摺子，將王文韶貶得一文不值，說他『即無穢跡，本亦常才，就令伴食中書，束身寡過，殆未能斡旋時局，宏濟艱難；今屢受彈章，望實虧損，度其志氣消沮，憤懣不平，內發嘆咤之音，外爲可憐之意，久居要地，竊恐非宜。』

接著引用乾隆朝的一個大臣，也是杭州人的梁詩正的故事；梁詩正物望不孚，高宗暗示他辭官，而梁詩正戀棧不去，於是高宗趁南巡經過杭州之便，命梁詩正在家侍養八十歲的老父，以爲保全之計。張佩綸認爲這個故事，正適用於王文韶：『例載：親年八十以上，即有次丁終養者。王文韶母年八十有三，終鮮兄弟，養親乃人生至樂，當此崦嵫漸迫，喜懼交縈，實亦報國日長，報親日短之際；若聽其去官終養，該侍郎家在杭州，有湖山以滌塵氛；有田園以供甘旨。』如其不然，就算王文韶『持祿保身，其子慶鈞，及其交遊僕從，狂恣輕揚，非王文韶所能約束，必令白首偏親，目見子孫不肖之事，憂危惶懼，損其餘年，殆非文韶所忍出也。』

最後是在『以安聖心』這句話上做文章，說『皇太后聖躬雖臻康復，猶宜頤養舒勤，乃九月初一日因鄧承修劾王文韶，召見樞臣；二十二日因雲南報銷案，又召見樞臣，此兩日並無內外簡放員缺，亦無各省急遞章奏，當霜風漸厲之時，正幾暇養和之日，乃以文韶奉職無狀，至增宵旰憂勞。該侍郎夙夜捫心，能無悚愧？』因而要求：將他的這個奏摺，交下軍機處，『令王文韶善於自處。』

慈禧太后便眞的不作任何表示，將原摺發了下去；王文韶一看汗流浹背，識得張佩綸的嚴重警告，如果再不『善於自處』，他還有更厲害的手段，要參劾他的兒子王慶鈞以及門客僕從，仗勢恃強，所作的許多不法之事。

在他看，最惡毒的是，以爲慈禧太后因爲他的『奉職無狀』而『宵旰憂勞』，當此秋風多厲之際，亦不得安然怡養。這一挑撥，如果忽視，則慈眷一衰，眞的可能有不測之禍。

於是，當天他就上了個奏請開缺的摺子。慈禧太后胸有成竹，降旨慰留；預期著張佩綸必不罷休，要看他第二個摺子，說些甚麼？

張佩綸的第二個摺子，對王文韶展開正面的攻擊，措詞運用，卻另有巧妙；共是一摺一片，摺子上說他才具不勝，如果慈禧太后據以罷斥，則發抄原摺，可以不提雲南報銷案的弊端，對王文韶還算是顧面子。但要說服慈禧太后，則又非提雲南報銷案的弊端不可，因而加一個附片，指出雲南報銷案三可疑——

第一疑：『王文韶曾在雲南司派辦處行走，報銷之弊，當所稔知。此案既致人言，必有書吏在內，若於奉旨之日，即密飭司員將承辦書吏，羈管候傳，抑或押送刑部，豈不光明磊落，群疑盡釋？乃讞傳函牘屢傳，機事不密，任令遠颺，歸過司員，全無作色。人或曰：文韶機警，何獨於書吏則不機警？』

第二疑：『雲南此案報銷，將歲支雜款，全行納入軍需，本非常科，即疆吏聲敘在先，亦宜奏駁；既已含混覆准，經言者論劾，若戶部即請簡派大臣複核，則過出無心，猶可共諒。乃至戶部堂官奏請複核，始與景廉面懇迴避。風聞銀數出入，散總不甚相符，且事先迅催兵工兩部，不及候覆，牽先奏結，尤爲情弊顯然。人或曰：文韶精密，何獨於報銷則不精密？』

第三疑：『崔尊彝、潘英章爲此案罪魁禍首，既據商人供稱：匯款係爲報銷。狀證確鑿，該兩員即屬有玷官箴。周瑞清已經解任；該兩員不先革職，亦當暫行開缺，乃迭降明諭，但曰：「嚴催解送」。他樞臣即未見及，王文韶若欲自明，何以默不一語？人或曰：文韶明白，何獨於該兩員處分則不明白？』

字裡行間的指責，慈禧太后當然看得出來，第二疑暫且不論，第一疑指王文韶故意放書辦逃走，意在消滅罪證；第三疑是指王文韶包庇崔尊彝、潘英章。衡情度理，確有可疑。

因此，持著這一摺一片，慈禧太后開始認眞考慮讓王文韶走路；繼任人選，倒是早就想好了的，此刻還要考慮的是：張佩綸分析事理，精到細緻，不光是會罵人、會說大話。然則該當如何重用？

思考未定，便只有暫且擱置；於是王文韶第二次上摺辭官，又蒙慰留。但語氣跟前不同了，說『覽其所奏各情，本應俯如所請；不過軍機處及總理各國事務辦事需人，王文韶尙稱熟悉，著仍遵前旨，於假滿後照常入值。』

這『尙稱熟悉』四個字，是軍機章京看風頭所下的貶詞；經寶鋆和李鴻藻商量過，奏請裁可而見諸明發上諭的。熟悉朝章故事的，一看王文韶落得這四個字的考語，就知道他非出軍機不可了。

王文韶自己卻有些拿不定主意，因爲他的親族故舊，門客僚屬，平素出入門下的一班人，聚訟紛紜，意見甚多，主張自己知趣，及早抽身的固多；認爲反正面子已經丟完了，裡子不能不要，慈禧太后雖然精明，到底是婦人心慈，不見得會聽信張佩綸的話，罷斥樞臣。再有一派認爲要引退也得等些時候，張佩綸一上彈章，隨即請辭，看來完全受他擺佈，面子上未免太下不去。

王文韶對這個看法，頗有同感，還想看看再說，無奈壞消息不一而足。先是江蘇巡撫衛榮光奏報，據崔尊彝的家丁呈報，說他家主人在丹徒縣旅途病故。丹徒縣就是鎭江府城，雖爲循運河入長江到皖南的必經之地；但崔尊彝死在九月，丹徒縣接到崔家家丁的呈報是在十月，何以在鎭江逗留如此之久，又何以遲一個月呈報，情節自然可疑，所以上諭命衛榮光確切查明，崔尊彝是否病故？

其實用不著查，與衛榮光的奏報同時傳到京裡的消息，說崔尊彝是服毒自殺的；這就見得情虛畏罪了。趙舒翹聽得這話，大為緊張；案中兩名要犯，已經去了一個，如果潘英章步崔尊彝的後塵，也來一個『病故』，那時死無對證，周瑞清可以逍遙法外，全案亦就永遠要懸在那裡，因而不能不採取斷然的手段。

他做事向來有擔當，也不必稟明堂官，將王敬臣和周瑞清的家丁譚升，祕密傳訊，軟哄硬逼，終於又榨出來一些內幕。據譚升供認：崔、潘二人到京後，跟他家主人都常有往還。這倒還不關緊要；王敬臣供出來一段事實，對周瑞清卻大為不利。

他說：潘英章從他那裡取去的銀票，其中有一張是由百川通票號來兌現的。於是傳訊百川通的店東，承認周瑞清跟他的百川通有往來；上年九月間，周瑞清拿來一張順天祥的票子，存入百川通，換用了他那裡的銀票，顯然的，這是周瑞清的一種手法；不願意直接使用順天祥的銀票，免得落個把柄。

此外王敬臣還說，有個戶部雲南司的『孫老爺』，也曾經拿潘英章用出去的票子，到他那裡取過銀子。這都是『通賄有據』，戶部奏請將周瑞清暫行革職，以便傳訊。戶部雲南司的『孫老爺』，是不是主稿的郎中孫家穆，自應查究；亦請先行解任。

照准的上諭一下，趙舒翹立即執行，親自帶人逮捕周瑞清，先送入戶部『火房』安置，不准家屬接見；送進去的舖蓋、用具、食物，無不仔細檢查，連饅頭都掰開來看過，怕內中夾著甚麼紙條。

於是，第二天召見軍機，王文韶不能不再一次面奏，懇請准予開缺養親。慈禧太后沒有准，也沒有不准，只說：『先下去！另有旨意。』

等軍機退了下去，跟著又『叫起』，指明只要寶鋆和李鴻藻進見。

這是可以料想得到的，召見必是爲了諮詢繼任王文韶的人選。照例兩名漢軍機大臣一南一北；王文韶的遺缺應該挑南邊人來補，寶鋆夾袋中雖有人物，但資望都還差得遠，所以他很知趣，將這個人情賣了給李鴻藻。

『蘭翁，』他說：『一上去自然是談王夔石空下來的位子；凡有保薦，請你作主。』

李鴻藻對這件事亦早就想過，但一直有左右爲難之感；形勢很明顯地擺在那裡，不是翁同龢就是潘祖蔭。潘祖蔭是會試同年；翁同龢是弘德殿多年的同事，而且交情也不錯，雖然他前幾年依附沈桂芬，形成壁壘，但爲國求賢，絕不能摒絕此人，不作考慮。

既然如此，不妨聽聽寶鋆的意見，於是拱手答道：『不敢、不敢！正要向佩公請教。如今物望，不出翁、潘，倘或不能兼收並蓄；去取之間，請問佩公，於意云何？』

寶鋆亦很圓滑，不願意『治一經、損一經』；薦翁就得罪了潘，反之亦然。而且所薦能用，也還罷了，就怕薦甲用乙，得罪了被用的人，更加犯不著，所以不置可否：『這兩位都負一時清望，難分軒輊。只好看上頭的意思了。』

這雖是很滑頭的話，對李鴻藻卻是一個啓示，『看上頭的意思』是最聰明的辦法。

常熟大用

『論資望，論才具，無勝過翁同龢、潘祖蔭的。』李鴻藻說：『請皇太后擇一而用。』

『就叫翁同龢去好了。』慈禧太后毫不遲疑地裁決；顯得胸中早有成竹。

『是！』李鴻藻接著又說：『不過書房也要緊。翁同龢入值軍機，書房是不是要添人？』

『師傅就不必添了。』慈禧太后說：『皇帝是該騎馬拉弓的時候了，得找兩個人替他「壓馬」。』

這自然是在滿蒙王公中物色，李鴻藻隨即答奏：『若論騎射，自然是伯王當行出色。』

『可以！就教伯彥訥謨詁在毓慶宮行走。』慈禧太后又說：『我看世鐸當差很謹愼；讓他在御前大臣上學習行走，跟伯彥訥謨詁一起照料書房好了。』

世鐸是禮親王，親貴之中沒有『王爺』架子的，就只有他；李蓮英依禮節跟他下跪，他竟還跪以報，一時還傳爲笑話。李鴻藻心想，禮親王並無內廷行走的差使，慈禧太后亦絕少召見，未必深知其人；何以忽然說他『當差謹愼』？想來這必是向李蓮英一跪得來的好處。

遇到這種差缺的委派，軍機向來不表示意見；退下來立刻擬旨上呈。但翁同龢入值軍機的上諭未見發下，軍機處怕事有變化，不敢聲張。

直到下午四點鐘方始定局。軍機章京立刻到翁家去送喜信；接著便有賀客到門。但翁同龢擋駕不見，說是消息不確，不敢受賀。他自己溜出後門去看李鴻藻，打聽情形。

李鴻藻說得很坦率，對他和潘祖蔭之間，無從取捨，雙雙保薦；結果是慈禧太后自己決定，用了翁同龢。

翁同龢以貴公子做了二十幾年的京官，平日虛心學習，隨處留意的，就是做官的規矩和奧妙；一聽李鴻藻的話，立刻便作了個決定，非辭一辭不可。

於是回家便擬了個奏摺，說是軍機處總攬庶政，才不勝任，而且現在入值毓慶宮，如果兼任要差，怕貽誤聖學，懇請收回成命。

這是以退爲進的手法。因爲『命翁同龢在軍機大臣上行走』的上諭，午前上呈，午後才發，這就顯得慈禧太后在他與潘祖蔭之間的抉擇，一直煞費躊躇；換句話說，這名軍機大臣是勉強巴結上的。京裡這幾年原有兩句話：『帝師王佐、鬼使神差』；是說皇帝的師傅、親王的輔佐、洋鬼子國度的使節和神機營的差使，都是登龍捷徑。所以照現在的情形看，必有妒忌的人譏訕，說他是靠了『毓慶宮行走』這個銜頭，才當上了軍機大臣。所以要辭一辭，表示君子對進退出處，毫不苟且。

當然，一辭辭准了，變成弄巧成拙，豈不糟糕？這一層他有十足的把握，無需顧慮；任命樞臣，是何等大事，哪有輕易變卦的道理？而況以慈禧太后的果敢，也絕不會出爾反爾。這一道奏摺上去，她必定傳諭召見，有一番慰勉獎勵的話說。這樣，一方面是表示固辭不獲，勉任艱鉅；一方面又可以表示顧全潘祖蔭的交情，有意謙讓，那不是面面俱到的『十分光』的作法？

天不亮就進宮，毓慶宮還漆黑一片；翁同龢喊蘇拉點亮了燈，看書坐等。眼在書上，心在御前；等天亮派人去打聽『叫起』的情形，得報一共三起：第一起軍機，是照例的見面；第二起是他，也是必然的；第三起是潘祖蔭，就費猜疑了。

莫非『大勢』有變？翁同龢在毓慶宮坐不住了，踱到南書房去觀望風色；一進門便有人紛紛向他致賀，他連連拱手，聲聲：『不敢、不敢！』然後將潘祖蔭邀到僻處談話。

『叔平，』潘祖蔭性情伉爽，一開口就說：『你我都要感激蘭蓀。』

這話費解，他很沉著點點頭，先答應一聲：『是的！』靜聽下文。

『上頭的意思，恭王多病，景秋坪又處在嫌疑之地，軍機上要多添一個人；蘭蓀力贊其成。所以，你也不必固辭了。』

這是說潘祖蔭亦入軍機。眞是兩全其美的辦法，翁同龢自然欣喜。但立刻就想到軍機上的忌諱——相傳軍機忌滿六人，滿了六個，必定有一個要出事。不過再一轉念，自己正是鴻運當頭的時候；只要謹愼小心，持盈保泰，必可無事，也就釋然了。

『說實話，』他乘機賣個人情給潘祖蔭，『如果不是樞臣至重，非臣下所得保舉；我的摺子上就要薦賢了。』

『承情之至。』潘祖蔭忽然皺起了眉，『王夔石這一案，如何了局？』

翁同龢想了想答道：『解鈴繫鈴，還得疏通蘭蓀。』

他這話的意思是，王文韶爲張佩綸所猛攻，而幕後的操持者是李鴻藻，只要他放鬆一步，關照張佩綸不再講話，形勢一和緩，則以王文韶學沈桂芬柔婉事女主所得的『簾眷』，不至於深究責任，那時就可以設法爲他化解其事了。

『不然……』

一句話未完，蘇拉在門外提高了聲音喊道：『翁大人！叫起。』

『我先上去，回頭再談吧！』

翁同龢匆匆整冠理袍，掀簾而出，由西一長街進遵義門；只見御前大臣貝勒奕劻迎了上來，拱手道賀，他以長揖還禮。

『請吧！不必帶班了。』奕劻指著東暖閣說。

這是穆宗駕崩之地。翁同龢是天閹，男女之愛，極其淡薄；惓惓深情，都注向父子、兄弟、師弟之間，所以此時回想八年前的光景，大有悲從中來之感。當時總以爲『皮之不存、毛將焉附』；門生天子竟棄天下，十三年心血付之東流，從今以後，逐波浮沉，謹愼當差，免於無咎而已。哪知復爲帝師，而且居然參與樞機；撫今追昔，哀樂交併，內心相當激動。

因此，進殿磕了頭，講話時便失去了他平日雍容不迫的神態；當慈禧太后以『世受國恩、不應辭差』的話相責備時，他作了一番長長的辯解。

但是，講來講去只是『聖學爲重，兼差則恐心志不專，有所貽誤』。慈禧太后當然是一再獎許勉勵；最後顯得有些不耐煩了。

『我身子剛好，實在也還沒有精神另外去挑人。』她說：『我平時想過多少遍了，總覺得只有你靠得住；你不要教我爲難。』

說到最後這兩句，翁同龢便有感激涕零之意，磕一個頭，再無推辭：『臣遵懿旨，盡力報答；只怕才具不夠，有負天恩。』

『我知道你肯實心辦事，操守也好，只要肯破除情面，沒有做不好的。』慈禧太后又說：『潘祖蔭在南書房當差多年，性情雖耿直，也是肯任勞任怨的；我也讓他進軍機了。』

『是！』翁同龢略停一下，聽慈禧太后不曾開口，隨即跪安退出。

由於王文韶的罷免，翁同龢、潘祖蔭的入值軍機；部院漢大臣當然得有一番調動。調動名單，是由李鴻藻主持，他將他的同年，在兵部很得力的副手左侍郎許應騤，調補王文韶的遺缺戶部左侍郎；

許應騤的遺缺，補了黃體芳，他還在當江蘇學政，未回京前，由精通律學的刑部左侍郎薛允升兼署。

這些調動，對王文韶並無關係，但是，張佩綸九月間由從五品的翰林院侍講，升任正五品的詹事府右庶子，此時更調署正三品的左副都御史，兩個月之中，連升五級，這番異樣的拔擢，加以正式擔負言責，使得王文韶驚心動魄，知道再不知趣，逗留不走，還將有極難堪的事發生，不能不奉侍老母，急急離京。

京官離京回東南各省，通稱『回南』；雖有水旱兩途，但攜眷而行，向走水路，以通州爲水陸交會轉駁之地。王文韶『官司』未了，豈能安心上路？所以借眷口行李眾多，所雇船隻，一時不齊爲名，在通州賃了房子，暫時住下來等候消息。

人情勢利，官場更甚。俗語說的是：『太太死了壓斷街，老爺死了沒人抬』，因爲太太死了，老爺是現任官兒，自有趨炎附勢的人來送喪；老爺死了，官也沒有了，哪個還來理睬孤兒寡婦？王文韶如今丟了官，而且還可能有不測之禍，所以除了極少數至親好友以外，其他平時奔走於『王大軍機』府第，受過好處的人，怕張佩綸、鄧承修等人的筆尖一掃到，牽連生禍，都絕跡不至。因而王文韶悄然獨處，書空咄咄，大有窮途末路之感。

最難堪的還是他的八十三歲的老娘，四年之前，王文韶以湖南巡撫內召入軍機，迎養老母；其時直隸、河南都在鬧旱災，但沿途地方官辦差，無敢怠慢，要船有船、要車有車、要伕子有伕子，午晚兩頓必是魚翅席，臨走還有餽贈。一路風光，誰不說『王太夫人福氣好』？

四年之後，境況大不相同。她記得當年在通州『起旱』，由倉場侍郎領頭發起，大開筵宴，『爲王太夫人接風』；特地傳了京裡有名的班子，唱了三天戲。如今冰清鬼冷，只有剛到那天，通州知州送了一個『一品鍋』；此後就再也不理了。

『眞不如死掉的好！』王太夫人含著眼淚對兒子說：『我一死，你報了丁憂；看在這分上，他們就不忍心再難爲你了！』

『娘！娘！妳千萬寬心，好好養息。』王文韶著急地說：『萬一妳老人家有個三長兩短，他們更有文章好做；教兒子怎麼再做人？』

『唉！』王太夫人嘆口氣，『爬得高、跌得重。這個官不做也罷。』

不做官也不能了事，王文韶心裡在想，但願雲南報銷案到此爲止，不往下追，那就上上大吉了。

交通宮禁

消息不斷地來，案子越來越熱鬧；一個牽一個，株連不絕，由孫家穆牽出另一名主事龍繼棟；由龍繼棟牽出御史李郁華，照例先解任、次革職然後收捕下獄。潘英章也被革了職，『並著雲南督撫和該員原籍湖南巡撫，沿途各督撫一體嚴拿送部』。照這樣子下去，到頭來一定牽涉到自己身上。

因此，王文韶如坐針氈，日夜不安；想來想去，不能不在最後一步上有所佈置。於是備了一份重禮，派他的兒子王慶鈞悄悄進京，鑽門路找到李蓮英那裡，將禮送了上去。

到了第三天才有動靜，李蓮英派人將他找了去；王慶鈞見面請安，叫他：『李大叔！』

李蓮英便也老實不客氣，稱他：『世兄！令尊的意思我知道了。現在正在風頭上，要避它一避。大家平時交好，能盡力我無不盡力。世兄回去說給老人家：等上頭口氣鬆動了，我自然會有話說。總而言之，事情沒有大不了的；不過要等機會、看情形。』

『事情沒有大不了的』，這句話足以令人寬心，『不過要等機會、看情形』，就不妙了。王慶鈞眞想說一句：『李大叔，只要你肯拍胸脯，一肩承當；哪怕漢口的那家錢莊，雙手奉送，亦所甘願。』

正當他在打主意，如何措詞，能再許個宏願而又不致太露痕跡時，李蓮英又往下說了。

『事情呢，不是我說，你老人家當初也太大意了些。』李蓮英用低沉鄭重的聲音說：『我們自己人，透句話給你；你可千萬只告訴你老人家一個人。』說到這裡，定睛看著王慶鈞，要等他有了承諾才肯往下說。

『是！』王慶鈞肅然垂手，『有關你的話，我絕不敢亂說。』

『你說給你老人家，該走走太平湖的路子。』李蓮英說：『六爺多病，七爺又閒得慌。天下大事，都在這句話裡頭了。』

『是，是！李大叔這句話，學問太大了。我回去，照實稟告家父。』

這句話眞是含著絕大的學問，王慶鈞還無法理解；只有他父親喻得其中的深意。原來醇王靜極思動，頗想取恭王的地位而代之。但身爲皇帝的本生父，鑑於前朝的故事，要避絕大的嫌疑，公然問政，絕無此可能，唯有假手於人，隱操政柄，這個人就是李鴻藻。

王文韶自己知道，在旁人看來，他是屬於恭王一系的，這還不要緊；壞事的是，他又被看作總理衙門一派，接承了沈桂芬的衣缽，在主戰的清流，便認爲他難逃媚洋誤國的罪名，自然深惡痛絕，必欲去之而後快。

轉念到此，又找出張佩綸參他的摺底來看，其中有一段話，便益具意味了：

『恭親王辛苦艱難，創立譯署，文祥以忠勤佐之，中興之功，實基於此。而其時風氣未開，人才未出，洋情未盡得，軍務亦未盡竣，文祥賫志以歿；不幸而丁日昌、郭嵩燾輩出，以應付之術，導沈桂芬背恭親王、文祥臥薪嘗膽之初心，而但求苟且無事。於是人人爭詬病譯署，而外夷乃日益驕矣！比來夷燄稍熄，其機可以自強，而老成漸衰，其勢亦不可以自恃。兩府要政，悉恭親王主持，近以五十之年，久病未癒，必調攝得宜，始能強固；故譯署之任，宜有重望長才，共肩艱鉅，與樞廷舊臣，合謀協力，乃足使天下省事，而恭親王省心委之文韶，其能勝任愉快乎？』

看到這裡，王文韶深為失悔，早不見機；原來清流亦有在『譯署』——總理各國事務衙門一獻身手的雄心，倘或當初保薦張佩綸之流在總理衙門行走，或者遇有重要洋務，類似對俄交涉中，讓張之洞參預那樣，請派此輩會同看摺，又何至於會有今日糾纏膠葛，難解難分的局面？

於今一切都晚了，只有李蓮英『該走走太平湖的路子』那句話比較實在。

要走醇王的路子，最適當的莫如重託翁同龢。出京以前，跟他原曾有過一番長談；翁同龢的短處是不甚肯擔責任，長處是在謹密小心，託他不一定管用，但絕無洩密壞事之虞，大可試上一試。

於是，他親筆寫了一封很懇切的信，派專差送到京裡。翁同龢接信並無表示；他倒是有心幫王文韶的忙，但跟李蓮英的態度一樣，要『等機會、看情形』；而眼前的情形，對王文韶是更為不利了。

這一個月，京裡大出參案。首先是閻敬銘參奏戶部司官出身，外放為藩司道員的三個漢人，一個旗人，他們的姓氏是姚、楊、董、啓，以前在戶部素有『四大金剛』之稱。閻敬銘的摺子中說：『苞苴暗昧莫明，往事尤難根究，臣亦不知其現時居官若何？而外則表率屬員，內則關係部習，似此久著貪劣，難謂既往不究』；因爲『既公論之僉同，即官箴之難宥』！所以請旨將此輩『一併罷黜，更不准其潛來京師居住，免致勾結包攬，誘壞仕風』。最後更申明立場：『臣職非糾彈，而忝領度支；此之不劾，無以肅部務而儆官邪！』

摺子發到軍機，寶鋆首先大搖其頭：『既往不究，與人爲善。這樣子追訴，而且都是無根的游詞，如果也認眞去辦，則紛擾伊於胡底？』

當然，『四大金剛』盤踞戶部多年；寶鋆先掌戶部，後來以大學士『管部』管的亦是戶部，也有多年，看到這個摺子，自不免刺心。此外翁同龢覺得所參過於空疏；潘祖蔭認爲閻敬銘要整頓，先得從眼前做起，不宜追論既往。算起來，軍機大臣中只有一個李鴻藻，對閻敬銘抱持同情的態度。

但是，慈禧太后很欣賞閻敬銘的這個摺子，『這才是破除情面，這才是實心辦事。』她說：『好些人當我心慈，不會給人下不去。』又說：『三品以上的官員，放缺都先召見過；意思是我手裡用的人，我自己再把他們打下去，豈不傷知人之明？這些話都錯了！國家不是家務，不能感情用事；不然一定糟糕。我自己覺得這一層上頭，我最拿得穩。施恩是施恩，辦事是辦事；如果覺得自己所喜歡的人，就都是會辦事的人，那就錯到極點了。我兩個兄弟，自然是我喜歡的，但是他們無用，我就不能讓他們負大責任。閻敬銘，我並不喜歡，然而他的說話行事，眞是行得正、坐得正，我不能不聽他的。這個摺子，當然要准；他是爲了整頓戶部，朝廷准了他的辦法，他再做不好，那時候自然可以問他。』

於是『四大金剛』，落了個『均著革職，即行回籍』的處分。

再一件案子就跟王文韶直接有關了；張佩綸先以雲南報銷案，戶部堂官自請處分，認爲避重就輕，據實糾參；接著是吏部議處，罰俸一年，認爲處分不當，以都察院堂官之一的身分，拒絕在奏摺上列名。

當閻敬銘奏報雲南報銷案核算結果，『含混草率』，參劾承辦司官時，景廉和王文韶以『失察』自請處分，張佩綸就上奏抗爭，認爲景、王是避重就輕；及至吏部議奏罰俸一年，他又認爲處分過輕，不肯會銜出奏，同時上摺說明緣由，要求加重處分。慈禧太后因爲這一案已交刑部查辦，一事不兩罰，所以反倒擱置了。

此外鄧承修參了左副都御史崇勳、巡視東城御史載彩，奉旨查辦屬實，分別革職。還有個與鄧承修齊名的劉恩溥，直隸吳橋人，官居浙江道御史，專好找旗人的麻煩，奏諫措詞有東方朔之風。曾有一個『黃帶子』在皇城內設賭局，爲討賭債打死了一個以賭傾家的旗下世家子，暴屍城下，無人過問。劉恩溥上疏，說這個黃帶子『託體天家，勢燄熏灼；以天潢貴胄，區區殺一平人，理勢應爾，臣亦不敢干預。惟念聖朝之仁，草木鳥獸，咸沾恩澤；而此死者，屍骸暴露，日飽烏鳶，揆以先王澤及枯骨之義，似非盛世所宜，合無飭下地方官檢視掩埋，似亦仁政之一揚。』詞意若嘲若諷，以揚爲抑；那時是慈安太后聽政，降旨查辦，革了那個黃帶子的爵位。『劉都老爺滑稽』的名聲，就此盛傳九城。

『劉都老爺』這回找上了穆宗的老丈人，蒙古狀元崇綺，他是奉天將軍；府尹叫松林，一般顢頇無能，劉恩溥將他們兩個一起參，其中的警句是：『將軍崇綺，除不貪賄外，則無所長；府尹松林，除貪賄外，亦別無所長。』奏摺發抄，喧傳人口。但眞正的新聞是寶廷的自劾；大年三十有一道上諭：

『侍郎寶廷，途中買妾，自請從懲責等語。寶廷奉命典試，宜如何束身自愛？乃竟於歸途買妾，任意妄爲，殊出情理之外。著交部嚴加議處。』

寶廷已經回京，新年中往還賀節，少不得有好事的人問起。寶廷並不諱言，而且喚他的新寵出來見客——是個長身玉立的美人，芳名檀香；可惜有幾點白痲子。

寶廷一向風流放誕，這一次的『途中買妾』已是第二回；頭一回是在同治十二年。

白簡紅裙

同治十二年鄉試，寶廷放了浙江的副考官。考官入闈之前，國防嚴密，摒絕酬酢；出闈以後就輕鬆了，尤其是鄉試，闈後正是『一年好景君須記，最是橙黃菊綠時』，浙江巡撫楊昌濬作東，請正副考官徐致祥和寶廷去遊富春江，訪嚴子陵釣台的古蹟，坐的是有名的『江山船』。

這『江山船』從明初以來，就歸『九姓』經營，叫作『九姓漁戶』，明載大清會典；元末群雄並起，明太祖大敗陳友諒於鄱陽湖，他的部下有九姓不肯投降，遠竄於浙南一帶。明太祖爲懲罰叛逆，不准他們在岸上落腳，因而浮家泛宅在富春江上，以打漁爲生；九姓自成部落，不與外人通婚。

水上生涯，境況艱苦，打漁以外，不能不另謀副業；好在船是現成的，不妨兼做載客的買賣。嚴子陵釣台所在地的『九里瀧』一帶，風光勝絕；騷人墨客，尋幽探勝，自然要講舒服，所以『江山船』也跟無錫的『燈船』、廣州的『紫洞艇』一樣，極其講究飲饌。久而久之，又成了珠江的『花艇』，別有一番旖旎風光。

江山船上的船娘，都是天足；一天兩遍洗船，自然不宜著襪，跟男子一樣，穿的是淺口蒲鞋，但製作特別講究，鞋頭繡花，所以浙江人稱這些船娘，叫作『花蒲鞋頭』。

寶廷是旗人，喜歡天足女子，所以一上了江山船便中意。那隻船的『花蒲鞋頭』名叫珠兒，有旗下大姑娘的婀娜，兼具江南女兒水樣的溫柔，寶廷色授魂與；將量才的贄敬，作爲藏嬌的資斧，量珠聘了珠兒。只是這樁韻事，既玷官常，亦干禁例，所以跟船家約好，他自己由旱路進京，船家自水路送珠兒北上到通州，再由他出京來接。結果人船俱杳，是根本不曾北上，還是中道變計，化爲黃鶴，根本無法究詰，更無法報官，算是吃個極大的啞巴虧。

這一年典試福建，闈中極其得意，解元鄭孝胥的詩筆，更爲他所激賞。帶著門生的詩卷，取道浙江，由浦城到衢州，歸浙江的地方官辦差；坐的自然是江山船，便遇見了這個長身玉立，有幾點白麻子的檀香，納之爲妾。

由於上一次的教訓，寶廷這一次學得乖了；江山船到了杭州，另外換船循運河北上，帶著新寵一路同行。不過也不便明目張膽地同舟共宿；變通的辦法是，自己坐一號官船，另外備一條較小的船安置檀香。一大一小兩條船，啣尾而行，到了海寧地方遇上了麻煩。

麻煩是派在小船上照料的寶廷的聽差自己找的；辦差的驛丞不知道這條小船也算『官船』，不加理睬，那聽差仗著主人的勢，大打官腔，彼此起了衝突。等寶廷出來喝阻時，驛丞已經吃了虧回衙門申訴去了。

海寧知州是個『強項令』，聞報大怒；料知寶廷自己不敢出面來求情，便下令扣留小船，說主考回京覆命，絕無中途買妾之理；冒充官眷，需當法辦。

這一下寶廷慌了手腳。他也知道平日得罪的人多，倘或一鬧開來，浙江巡撫據實參劾，丟官還丟面子，倒不如上奏自劾，還不失爲光明磊落。

打定了主意，上岸拜客；見了知州，坦率陳述，自道無狀。海寧知州想不到他會來這麼一手，到底是現任的二品大員，不能不賣面子；不但放行，還補送了一份賀禮。

寶廷倒也言而有信，第二天就在海寧拜摺，共是一摺兩片，條陳福建船政，附片保舉福建鄉試落第的生員兩名，說他們精通算學，請召試錄用。這都是表面文章，實際上另外一個附片，才是主旨所在。

附片自劾，亦需找個理由，他是這樣陳述：『錢塘江有九姓漁船，始自明代。奴才典閩試婦，坐江山船；舟人有女，年已十八，奴才已故兄弟五人，皆無嗣，奴才僅有二子，不敷分繼，遂買爲妾。』又說：『奴才以直言事朝廷，屢蒙恩眷，他人有罪則言之；己有罪，則不言，何以爲直？』

像這樣自劾的情事，慈禧太后前後兩度垂簾，聽政二十年還是第一遭遇見；召見軍機，垂問究竟，沒有人敢替寶廷說話。李鴻藻痛心他爲清流丟臉之餘，爲了整飭官常，更主張嚴辦，因此交部議處的諭旨一下，吏部由李鴻藻一手主持，擬了革職的處分。

這是光緒九年正月裡的一樁大新聞；其事甚奇，加以出諸清流，益發喧騰人口。當然，見仁見智，觀感不一，有人說他名士風流；也有人說他儇薄無行。已中了進士的李慈銘，除去張之洞以外，與李鴻藻一系的人，素來氣味不投，便斥之爲『不學』；而且做了一首詩，大爲譏嘲，用的是『麻』韻：

『昔年浙水載空花，又見船娘上使槎。宗室一家名士草，江山九姓美人麻。曾因義女彈烏柏，慣逐京倡吃白茶。爲報朝廷除屬籍，侍郎今已婿漁家。』

這首詩中第三聯的上句，用的是彈劾賀壽慈的故事；下句是說寶廷在京裡就喜歡作狎邪遊。這是『欲加之罪』，寶廷處之泰然。但檀香卻大哭了一場；說起來是爲了『江山九姓美人麻』的一個『麻』字，唐突了美人，其實別有委屈——寶廷雖一直是名翰林，但守著他那清流的氣節，輕易不受餽遺，所以也是窮翰林。不善治生而又詩酒風流，欠下了一身的債；債主子原以爲他這一次放了福建主考，是文風頗盛而又算富庶的地方，歸京覆命，必定滿載而歸。誰知道所收贄敬，一半作了聘金，一半爲檀香脂粉之需，花得光光。

如果寶廷還是侍郎，倒也還可以緩一緩，不道風流罪過，竟致丟官，債主子如何不急？日日登門索債，敲檯拍凳，口出惡言。檀香見此光景，不知後路茫茫，如何了局，自然是日夕以淚洗面了。

寶廷卻灑脫得很，雖革了職，頂著『宗室』這個銜頭，內務府按月有錢糧可關；本旗有公眾房屋可住，便帶著兩個兒子，攜著『新寵』遷往西山『歸旗』。山中歲月，清閒無比，每日尋詩覓句；他那部題名《宗室一家草》的詩稿，亦經常有人來借閱，最令人感興味的，自然是那首〈江山船曲〉：『乘槎歸指浙江路，恰向個人船上住。鐵石心腸宋廣平，可憐手把梅花賦；枝頭梅子豈無媒？不語詼諧有主裁。已將多士收珊網，可惜中途不玉壺。』

但最後自道：『那惜微名登白簡，故留韻事記紅裙。』又說：『本來鍾鼎若浮雲，未必裙釵皆禍水。』隱然有『禍兮福所倚』之意，就大可玩味了。

於是有人參悟出其中的深意，認爲寶廷是『自污』；清流已如明末的『東林』，涉於意氣，到處樹敵，而且搏擊不留餘地，結怨既多且深，禍在不遠，所以見機而作，彷彿唐伯虎佯狂避世似地，及早脫出是非的漩渦，免得大風浪一來，慘遭滅頂。此所以『故留』韻事，『不惜』微名；而裙釵亦『未必』都是『禍水』。

第四章

大正月裡又一件為人引作談助的『怪事』是，軍機忌滿六人的傳說，『不可不信』。有人指出：從同治以來，軍機兩滿兩漢，加上恭王，一直是五個人；光緒二年三月，景廉入值，不久就出事：文祥病歿。光緒五年年底，李鴻藻丁憂服滿，即將復起，預定仍舊入值軍機，等於又是六個人，而除夕那天，沈桂芬突然下世。以後左宗棠進軍機，幸虧不久就外放到兩江，得以無事。年前王文韶罷官，翁同龢、潘祖蔭翩入樞廷，當時便有人擔心要出事。果不其然，潘祖蔭迎養在京的老父潘曾綬，好端端地忽然一病不起；潘祖蔭只當了三十多天的軍機大臣。

這一下，刑部尚書的底缺，亦得開掉；漢侍郎之中，沒有資望恩眷都可以升為尚書的人，而慈禧太后很想用彭玉麟作兵部尚書，因而將張之萬調到刑部；新補兵部尚書彭玉麟未到任前，派戶部尚書閻敬銘兼署。

潘祖蔭閉門『讀禮』，自然也要思過。回想任內兩件大案，一件雲南報銷案，倒是每一步都站得住；另一件王樹汶的冤獄，就不同了，從頭想起，先辦得不錯；中途走了歧路，幾乎鑄成大錯。

這一案的變化，起於涂宗瀛的調任湖南巡撫；河南巡撫由河東河道總督李鶴年繼任。任愷跟李鶴年的關係很深，便抓住機會，想靠巡撫的支援，維持原案。李鶴年本來倒也沒有甚麼成見，只因河南的京官，爲這一案不平，議論不免過分，指責他偏袒任愷，反激出李鶴年的意氣，眞的偏袒任愷了。

但是王樹汶不是胡體安，已是通國皆知之事，這一案要想維持原讞，很不容易；因此，任愷爲了卸責，又造作一番理由，說王樹汶雖非胡體安，但接贓把風，亦是從犯。依大清律：強盜不分首從，都是立斬的罪名；所以原來審問的官吏，都沒有過失。

一件冒名頂替、誣良爲盜的大案，移花接木，避重就輕，變成只問王樹汶該不該判死罪？正犯何在，何以誤王爲胡，都擺在一邊不問；言官大爲不滿，紛紛上奏抗爭。於是朝命新任河東河道總督梅啓照複審。

梅啓照衰病侵尋，預備辭官告老了，當然不願意再得罪人；而且所派審問的屬員，亦都是李鶴年在河督任內的舊人，因而複審結果，維持原案。覆奏發交刑部，秋審處總辦趙舒翹認爲前後招供，疑竇極多，建議由刑部提審。奉到上諭：『即著李鶴年將全案人證卷宗，派員妥速解京，交刑部悉心研鞫，務期水落石出，毋稍枉縱。』

這一下李鶴年和梅啓照都不免著慌。楊乃武一案是前車之鑑，浙江巡撫楊昌濬和奉派複審的學政胡瑞瀾，所得的嚴譴，他們當然不會忘記。於是商量決定，特爲委託一個候補道，進京關說；此人是潘祖蔭的得意門生，居然說動了老師，維持原讞。

但趙舒翹不肯，以去留力爭，公然表示：趙某一天不離秋審處，此案一天不可動。潘祖蔭勸說再三，毫無用處；而就在這相持不下之際，潘祖蔭報了丁憂。

辦完喪事，預備扶柩回蘇州安葬；此去要兩年以後才能回京，在京多年的未了之事，要作個結束。細細思量，只有這一案耿耿於懷；因而親筆寫了一封信給張之萬，坦然引咎，說爲門下士所誤，趙舒翹審理此案，毫無錯誤，請張之萬格外支持。

就爲了有這樣一封信，趙舒翹才能不受干擾，盡心推問，全案在二月底審問確實，王樹汶得以不死，而承審的官員，幾於無不獲罪，鎮平知縣馬翥革職充軍；李鶴年和梅啓照『以特旨交審要案，於王樹汶冤抑不能平反，徒以迴護屬員處分，蒙混奏結；迨提京訊問，李鶴年復以毫無根據之詞，嘵嘵置辯，始終固執，實屬有負委任，均著即行革職。』

冤獄雖平，但這一案並不如楊乃武那一案來得轟動，因爲一則案內沒有小白菜那樣的風流人物；再則雲南報銷案峰迴路轉，又是一番境界了。

水落石出

被革了職的潘英章，由雲南的督撫，派人解送進京，一到就被收押，不准任何人跟他見面。但一關好幾天，並未提堂審問。這是因爲張之萬不如潘祖蔭那樣有魄力，期望分擔責任的人，越多越好；要求加派大員查辦。軍機處問了惇王的意思，奏請加派戶部尚書閻敬銘，刑部左侍郎薛允升會同辦理，因而耽誤了下來。

當然，審問潘英章，並不需他們親自到堂，各派親信司官，連同趙舒翹，一共是五個人會審。

『潘英章！』趙舒翹問道：『你跟崔尊彝等人，是何關係，先說一說。我可告訴你，你是革了職的；不說實話，就會自討苦吃。』

在用刑的威脅之下，潘英章非常知趣，『我一定說實話。崔尊彝是雲南善後局總辦，同官一省，向來交好，周瑞清是世交。』他說：『龍繼棟原是我當知縣時候的幕友；知縣交代，虧空了一筆公款，是龍繼棟拿他的住屋借了給我抵債的。』

『李郁華呢？』

『李郁華到雲南做過考官，因爲是同鄉，彼此有過往來。』

『你跟崔尊彝是怎麼起意，進京來關說雲南報銷案的？』

『崔尊彝爲報銷案很著急，急於了結以後，預備辭官回家。去年我補了永昌府，奉旨進京引見；崔尊彝亦要進京，當時便託我替他幫忙，找周瑞清託戶部司員代辦，較爲省事。這完全是因爲怕戶部書辦有意刁難的緣故。』

問到這裡，趙舒翹先看一看由順天祥、百川通兩家查出來的帳目，記明崔尊彝由雲南匯到京裡的銀子是十八萬五千兩；另外借用順天祥兩萬八千兩，總數二十一萬三千兩。這筆巨款的來路去向，一直不明；此刻弄清楚了潘英章的人事關係，便得從這裡入手，查問究竟，案情就容易明瞭了。

於是他問：『匯到順天祥的銀兩總數，你知道不知道？』

『當然知道，共計十八萬五千兩；公款只有十萬七千六百兩……』

這筆公款是預備辦報銷津貼部裡用的；此外有崔尊彝、潘英章私人的款子，以及代雲南官員匯到京裡的私款，總計十八萬五千兩。編列三個字號：福、恆、裕。如果是公款開支，便用『福記』名下的存款；而這個戶頭，最初只支用了五萬兩。

『到京以後，我就找周瑞清談報銷的事；周瑞清不願意管，再三懇求，他才答應……』潘英章彷彿有些礙口似地，停了下來。

『答應了怎麼樣？』

潘英章想了一會，終於老實招供，『周瑞清到戶部去打聽，這個案子歸雲南司主稿孫家穆承辦。正好龍繼棟跟孫家穆同司；所以託他跟孫家穆去商量，講定津貼八萬兩，先付五萬。後來在周家付了孫家穆四萬五；餘款……』

『慢點！』會審的沈家本打斷他的話問：『說定五萬，怎麼又變了四萬五？』

『是這樣的，』潘英章很吃力地說：『我請周瑞清扣下五千兩，等到兵、工兩部議准，手續都清楚了以後再付。』

『那麼，其餘的三萬兩呢？』

『其餘三萬兩，等崔尊彝到京，結案以後自己付。』

『既然這樣，扣下五千兩在情理上就不通了。如果你認爲孫家穆沒有辦妥，兵、工兩部未曾議准；可以扣住那三萬兩不給。爲甚麼先扣五千兩？』沈家本問道：『你想想看，是不是情理不通？』

他問得含蓄，趙舒翹卻是直揭其隱，『這五千兩，』他問：『是不是給周瑞清的酬勞？』

潘英章早就在路上便接到警告了，千萬不能牽涉到周瑞清跟他以上的人物，所以用斬釘截鐵的聲音答道：『絕不是！』

『然則所爲何來？好了，這話暫且也不問你。』趙舒翹說：『你再往下講。』

『到後來我就不大問到這件事了，一來要忙著引見；二來，水土不服、身子不爽，一直在龍家養病。』

『龍繼棟也用過百川通的銀票，是你送他不是？』

『不是！』潘英章說：『我自己有一萬銀子，劃出五千給龍繼棟，是還他的房價。另外送了四百兩銀子，是津貼他的飯食，送他老太太的壽禮。』

『李郁華呢？有沒有幫著你關說？』

李郁華是個不能『共事』的人；潘英章一到京，跟周瑞清和龍繼棟談起雲南報銷案時，就受到過警告。此時老實答供，同時又說：『李郁華曾經一再問起，我也不敢冷落他；所以拿崔尊彝託買東西這件事，轉託李郁華去辦。』

『這是甚麼意思呢？』

潘英章苦笑不答——其實這是無需問得的，當然是借此『調劑』之意；要問的是，李郁華得了多少『好處』？

『託李郁華買的甚麼東西？』

『是人參、鹿茸這些珍貴藥材。』

『交給他多少錢？』

『是……』潘英章想了想說：『兩千五百多兩銀子，細數記不得了；是開了單子買的。』

『李郁華是不是照單子買了？』沈家本問。

『大致照單子的。』潘英章說：『有些東西買不到，或者貨色不好沒有買。一共買了兩千一百多兩銀子。』

『這就是說，多下四百兩銀子；可曾繳回？』

潘英章遲疑了一會才答：『送給他了。』

問官相視而笑；又彼此小聲商量了一下，由剛毅問道：『你將你替崔尊彝經手的帳目，說一遍看。』

『是！』潘英章眨著眼思索了好一會，很謹慎地答說：『備用報銷銀一共十萬七千六百兩，我代崔尊彝買東西，花了九千四百多兩；餘下一萬五千八百多，交給他本人了。』

『那十萬七千六百兩，是雲南的公款？』

『是的。』

『這一說，除掉部費八萬兩，餘下的兩萬七千六百兩，是崔尊彝挪用了？』

沈家本的這一問，分清了眉目；略有倦意的問官，無不精神一振，凝視著潘英章，要看他怎麼說？

潘英章有些緊張，結結巴巴地回答：『這，這也可以這麼說。』

『甚麼叫「也可以這麼說」？事實俱在！現在我們替崔尊彝算筆帳看，他自己私項是三萬二千兩，借用順天祥兩萬八千兩，就是六萬；再挪用公款兩萬七千六百兩，總共八萬七千六！』沈家本提高聲音問道：『一個道員進京引見，何至於用到這麼多錢？』

翻來覆去的盤問，問到這一句上，才是擊中要害。但問官的想法不同，有人求水落石出，有人講『就事論事』；趙舒翹感念潘祖蔭在王樹汶這一案上的自悔魯莽，歉然謝過，因而對他在雲南報銷案上所持的『完贓減罪』，不事苛求的宗旨，覺得應該做到『不為已甚』這句話。而此時正是他該執持宗旨的時候。

於是，他先咳嗽一聲，意示他有話要說；接著看一看左右，是打個招呼，等於在說：『稍安毋躁，且等我說完。』

未說之前，先看一看潘英章的神態；他眨著眼，凝望著磚地，顯得非常用心的樣子。此時只要一聲斷喝，便可以教他張皇失措，但趙舒翹不願意這麼做。

草草問了幾句，吩咐還押；接下來便是提審孫家穆——潘英章未到案以前，都推得一乾二淨；此刻人證俱在，無可抵賴，他見風使舵，覺得不如和盤托出，一則見得誠實不欺，再則責任分開來擔負，罪名可減，所以一堂下來，案情縱非水落石出，大致也都明白了。

當然，周瑞清是個關係特殊重要的人物；孫家穆只管在報銷上替崔尊彝彌縫，他所收的四萬五千銀子，都分了給本司的官吏，與堂官無涉。如說王文韶、景廉受賄巨萬，當然是周瑞清過付。但是，牽涉到一、二品大員，非司官所能訊問；因而在眼前，要問他的，也只是如何在崔尊彝、孫家穆之間說合而已。

他的供詞與潘英章的話無甚出入；問到應付五萬，何以只付四萬五，為何留下五千？他卻說不出一個究竟，只表示那五千兩銀子，一直未曾動用，仍舊存在順天祥，便是他未曾受過任何『好處』的明證。

案子辦到這裡，分開兩部分在『追』，明的是追人追贓，照孫家穆所供，凡曾分到錢的官員，是奏請解任或革職，到案應訊；書辦則由步軍統領衙門，派兵逮捕。有的逃掉、有的畏罪自盡、有的心驚肉跳，但也頗有人鼓掌稱快，認為經此雷厲風行的一番整頓，官場風氣，將可不然一變。

暗的部分是重新調集順天祥、百川通的帳簿，清查崔尊彝的收支，要想揭開一個疑團：何以他進京一趟，要用掉八萬多兩銀子。

盈千上萬的進出，自然用的是銀票；由崔尊彝寫條子通知順天祥、百川通開票，而銀票承兌，大致亦可查明來龍去脈，銀樓、綢緞舖、藥店，都有他們往來相熟的銀號代爲兌過崔尊彝所開的票子。一筆一筆追根到底，連崔尊彝花在『八大胡同』的纏頭之資，亦很清楚；這樣結算下來，有著落的花銷，總計是五萬三千多，還有三萬四千多銀子，不知去向。

『這用到哪裡去了呢？』沈家本向問官表示看法：『三萬四千多銀子，不是一個小數，總要有個交代。不然……』

不然如何呢？他雖未說，大家亦都了解，言官未見得肯默爾以息。

『再說，惇王對這一層看得很重；如果含混了事，也怕他不會善罷干休。』

『很痛快地說吧，』趙舒翹將雙手一攤，『明知道他這三萬四千多銀子，用在甚麼地方；只是死無對證，我們不能武斷，說這筆款子一定是送給誰了。各位看，這話是不是呢？』

這話當然說得是，連沈家本都不能不默認。

『於此可見，這件案子入手之初，就要用迅雷不及掩耳的手段，逮住崔潘兩人，才是正辦。如今，崔尊彝死了，甚麼話也都不用說了。』

『崔尊彝雖死，有周瑞清在。』沈家本大聲抗爭。

再要提審潘英章時，他忽然告病，派人查看，倒是實情。但雖不能到堂應訊，卻遞了一紙『親供』，說明崔尊彝何以進京引見，要用到如許巨款？親供上說：

『崔尊彝素性浮華，用度揮霍，其將靈柩眷屬帶出，沿途有小隊數十名護送。到京後，又將銀兩帶給其弟崔子琴，將寄停荊州靈柩扶回原籍安葬，自己帶回眷屬，先至涿州為兒女護親，後到京居住。多購服物玩好，商賈不絕於門，是以費用浩大。迨由京回南，川資必巨，亦可想見。且崔尊彝到京後在五月中旬；五月以前用款內，如革員代為買物各項，有各舖供詞帳單可據。崔尊彝自行買物之款，有順天祥舖夥查出帳單為憑。革員於五月間出京；崔尊彝向該號取銀，大半在六、七月間，其餘款作何使用，實不知情。』

這份親供，要緊的話，只在最後幾句；崔尊彝的不知去向的款項，用在潘英章出京後的六、七月間，這時閻敬銘已經到任，雲南報銷案亦早已結束，不需再向王文韶、景廉行賄。就為了有這個看法，會辦大員都覺得案子辦到這裡，應該奏結，不需再多作追索。但是，惇王卻不是這樣的看法。

惇王派到刑部會審的兩名官員，是內務府的郎中，一個叫文佩，一個叫廣森。這兩個人比其他承審官員佔便宜的是：對於京城地方情形，十分熟悉。照他們的訪查，崔尊彝誠然『素性浮華，用度揮霍』，但就是他實際用掉的六萬銀子之中，也有許多虛帳。換句話說，表面是『多購服物玩好，商賈不絕於門』，其實並未用到六萬銀子，有些款子是在這個名目掩飾之下，用到別處去了。

因此，惇王仍舊主張嚴追；同時認為崔尊彝帳目中，所列的『冰敬』及『節禮』，亦應該徹查。這使得翁同龢等人都大感為難；外官餽贈，向有此例，不能視作受賄。如果要照惇王的意思徹查，那就牽連無窮，根本不是了局。然而百端譬解，惇王總是不以爲然；於是案子想結亦無法結了。

日子拖得一久，不免就有流言，甚至還傳到醇王那裡。他是很看重翁同龢的；當時就寫信忠告，勸他遠避嫌疑。翁同龢問心無愧，除了覆信道謝之外，覺得好笑，也就置之不理了。

然而，事情並不如他們所想像的那樣單純；慈禧太后召見麟書、召見薛允升，都問到雲南報銷案，唯獨對他不曾提起，見得流言亦已傳到慈禧太后耳中，對他已有所懷疑；疑心他站在王文韶這面，有意彌縫。這分猜疑，如果不加消釋，是件很不妥的事，所以翁同龢相當著急。

不過，翁同龢當了三十年的京官，由師傅而軍機大臣，在內廷行走了廿二年，見得事多，經歷的風波亦多，自然不會做出甚麼自落痕跡的舉動來。這一案只要能夠快快結束，塵埃落地，浮言自息。因此，他指示他派去會審的兩名工部司官，從中策動，該查的盡快查，該問的盡快問，不斷催促，案子的頭緒，亦愈來愈清楚；崔尊彝雖有三萬多兩銀子的去向不明，但除此之外，供詞中並無牽涉到景廉和王文韶的地方，就事論事，也應該是結案的時候了。

於是，他首先向麟書接頭；因爲這一案原派的是他跟潘祖蔭查辦，從潘祖蔭丁憂以後，他就成了唯一了解全案首尾的人，所以也就無形中成了主持全案的人。一談起來，麟書跟他的意思相同，亦希望早早結束，了卻一樁差使。

『本來早就該結了，只爲五爺始終不肯鬆手。叔平，你是跟五爺一起奉的旨；五爺若是有甚麼不在道理上的言語，我們不便申辯，要靠你來擋他。』

這意思是說，如果翁同龢能對付得了惇王，案子就很快地可以結束；否則就要拖到惇王無話可說時，才能奏結。

『好的。』翁同龢毅然答應，『我來擋。』

『除了五爺，咱們現在一共是五個人，得先聚在一起談一談；而且也得推出一個主持的人來。』

『說得是。就在舍間小集好了。哪一天？』

『太匆促了也不必，總得讓刑部有個預備。我看過了節挑一天；等我跟張子青、薛雲階談定了日子，再來奉告。』

過了端午節，定在五月十三聚集翁家。主客一共只有五個人；正就是奉派查辦這一案的五大臣。除了翁同龢以外，麟書亦願意幫景廉、王文韶的忙，閻敬銘著眼在整頓戶部風氣，張之萬深通黃老之學，向來無所作爲，一切都推在刑部侍郎薛允升身上。

薛允升字雲階，西安人，跟翁同龢是同年；通籍就在刑部當司官，浮沉郎署十七年，才外放爲江西饒州府。看起來仕途蹭蹬，其實倒是大器晚成；這十七年中翻破了律書會典，不但精通刑名之學，而且深諳牧民之道，所以由饒州府扶搖直上，四年工夫當到山西按察使。

其時正是河南、山西大旱災；山西從巡撫曾國荃以下，以辦賑爲第一大事，臬司雖掌一省刑名，但也奉令參與賑務，襄助閻敬銘，綜核出納，點塵不染。第二年以優異的勞績，調升山東藩司；署理漕運總督。光緒六年內調爲刑部侍郎，是潘祖蔭極得力的助手。

雲南報銷案本來與他無關，由於閻敬銘的保薦，特爲派他會辦；而張之萬毫無主張，所以實際上是由他主辦。就律例而論，當然要聽他的意見。

於是薛允升一口氣背了八條律例，都是有關貪贓枉法的；背完了又說：『本案科罪，皆以此八條爲斷；最要緊是這兩條：「官吏因事受財，不枉法，按贓折半科罪」；「不枉法贓罪，一年限內全完，死罪減二等發落；流徒以下免罪。」』

後一條大家都明白；也就是潘祖蔭『完贓減罪』這個辦法的由來。但第一條卻頗費解，大都不明白甚麼叫『按贓折半科罪』呢？

『是這樣的，』薛允升又作解釋，『受贓枉法，與雖受贓不枉法，情形不同，前者罪重，後者罪輕，所以「按贓折半科罪」。話雖如此，所謂折半，另有明文規定。受贓枉法，得贓在八十兩以上者絞監候；按贓折半計算，不枉法受贓，應該在滿一百六十兩，方處絞刑；而明文規定滿一百二十兩者絞，照實計算是按贓減三分之一科罪。這是有祿之人……』

『慢慢，』麟書問道：『甚麼叫有祿之人？』

坐在他旁邊的翁同龢先後當過兩次刑部堂官，律例亦相當熟悉；因而代爲答說：『月俸米在一石以上者謂之「有祿人」；不及一石者，就是「無祿人」。』

『喔！』麟書又問：『無祿人怎麼樣？』

『無祿人枉法受贓一百二十兩以上者絞；不枉法只是杖一百，流三千里。』

『然則現在很清楚了，關鍵在枉法不枉法。』閻敬銘環視周遭，最後眼光落在薛允升身上。

『老前輩，』薛允升從容答道：『枉法不枉法，原指刑名而言；律載：「事後受財不枉斷者，准不枉法論」，這個「斷」字，便指斷案。像這個報銷案，既然都有例案，只能說他引例不當，卻不能說他枉法。』

『既然如此，』閻敬銘慢吞吞地說了句：『都算不枉法。』

『是！』薛允升重複一句：『只好算他們不枉法。』

『失入不如失出，庶幾見得朝廷仁厚。』麟書看著閻敬銘問：『丹翁意下如何？』

閻敬銘拱拱手：『我無成見，悉聽公議。』

『那就請雲階主持，按律定罪。』翁同龢特別加重語氣：『悉依律例。』

『這中間自然也有些斟酌。有的該加重，有的該輕減；也得定個宗旨出來。』

『輕減只怕不能了。就這樣子，惇王已經不肯點頭；再說輕減，他絕不肯領銜出奏。』

大家都覺得麟書的看法不錯。爲了應付惇王，翁同龢提出一個辦法，定罪分兩種，一種是按律擬定，該如何便如何，不必法外原情，有所增減；一種是一律酌量加重。擬好罪名，請惇王去決定。這個辦法總算很尊重惇王，足以安撫他的『不平』。接下來便談到當面覆奏該說的話，以及推哪個來說。

『自然是丹翁前輩……』

『不！』閻敬銘打斷翁同龢的話說：『不是你，便該子青；何用我來說話。』

這閻敬銘的意思是翁同龢是軍機大臣，張之萬是刑部尚書，論地位、談職掌，都不該由他發言。這當然帶著謙虛的意味，因此，在翁同龢以『奉旨會辦，與本身職司無關』的說法，再度敦促時，他也就答應了。

於是刑部在薛允升主持之下，逐一按律例的明文規定，加減定罪；第一張單子擬好，才發覺那天在翁家商定的宗旨不切實際，果眞按律定罪，是太輕縱了。

於是他不得不跟張之萬去商量，略陳緣由以後，接著說道：『就拿福趾來說，他雖是雲南司的掌印郎中，可是雲南報銷案，是主稿孫家穆承辦，一同畫押的時候，並不知道其中有甚麼情弊，事後風聞，向孫家穆問起，才分到了四千兩銀子。依「事後受財律」，作不枉法論，罪名是杖一百流三千里；又依「不枉法贓罪，一年限內全完，死罪減二等發落，流徒以下免罪」的律例，只要將四千兩銀子吐出來，就可無罪。這從哪方面來說，都是交代不過去的。』

『是啊！』張之萬問道：『該如何補救呢？』

『原定兩條宗旨，一條按律定罪，一條加重，請惇王定奪。如今第一條行不通，自然是行第二條，竟無需乎再跟惇王請示了。』

這是理所必然，勢所必至的辦法，但張之萬不敢作主，他吞吞吐吐地說：『我看，再琢磨琢磨，仍舊要請會辦諸公合議。』

越說越不對了，這樣明白的道理，竟還要『琢磨，琢磨』！薛允升心想，張之萬但求長保祿位，只要不妨礙他的前程，盡可放手辦事。因而退了下來，亦不必再跟閻敬銘等人商議，逕自交代司官，衡量情罪，斟酌加重；大致應減二等的，都減了一等。

定讞以前，還有一道畫供的手續。薛允升分訪會辦各大臣，說明不得不加重定罪的緣故；約定五月十九齊集刑部『過堂』，就請惇王到刑部商量覆奏結案。

惇王聽審

這天午正時分，會辦五大臣都已到齊，刑部大堂的公案已經移去，一字並列五張太師椅；正待落座之際，有人匆匆來報，說是惇王駕到了。

原來約他未正議事，不想提前了一個時辰；是不是他也要參與過堂？在大清會典上，似乎從來沒有這樣的事例。不過這時沒有工夫去考查；只能先接了進來再說。

親王儀制尊貴，又是在衙門，自然依禮行事。張之萬與薛允升是本部堂官，在大門外站班；其餘的在二門站班。等惇王的轎子一抬進來，又趕到大堂階沿下，肅立相迎；停轎啓簾，只見惇王穿的是公服，一路跨出轎子，一路拱手，連聲說道：『少禮，少禮。』

照開國之初的規矩，一品大員見親王都是兩跪六叩首的大禮；以後禮數稍減，但也得磕頭。不過惇王賦性簡略，不喜歡鬧排場，所以照他的意思，五大臣都只是半跪請安。

『刑部我還是第一次來。』他四面看了一下問：『這就是陸炳的「錦衣衛大堂」嗎？』

惇王口中的『錦衣衛大堂』，大概是戲中的說法，但陸炳當過錦衣衛指揮，而刑部亦確是前明的錦衣衛，說得並不錯，所以張之萬答應一聲：『是！』

『那麼「鎮撫司」呢？在哪兒？』

張之萬回身向西南、西北兩個方向一指：『就是如今的「南所」、「北所」。』

『北鎮撫司有楊椒山種的一棵槐樹，如今還在不在？我看看去！』說著，惇王就要舉步。

張之萬大吃一驚，又稱『南監』、『北監』的南北所，是暗無天日的地方，豈能讓親王入目？而且從恭王上年七月，一病至今，惇王頗有不甘於投閒置散的模樣，眼前爲雲南報銷案，主張嚴辦，糾葛不清，就是一個現成的例子；如果見了監獄中的種種不堪情狀，找上甚麼麻煩，可就『吃不了，兜著走』了。

因此，只好硬攔，『回王爺的話，』他屈一膝說道：『刑獄是不祥之地。王爺金枝玉葉，萬不宜到這種地方。再說，楊椒山手植的那株老槐，早就不知道在哪年枯死，當柴燒了。』

惇王倒不是發了惻隱之心，有恤囚之意，只爲素性好奇，從來沒有見過監獄是甚麼樣子，想開開眼界；既然張之萬這麼說，自不便堅持，便笑笑作罷。

然而張之萬仍舊在爲難。過堂畫供，是不是請惇王參預呢？稍微多想一想，便知不符定制，絕不可行，但不請他參預，又將他安置在何處？如果不是大堂正坐，便得請他到堂官聚會辦事之處的白雲亭去休息。無奈刑部地勢最低，連附近的都察院、大理寺常要鬧水，有名的『水淹三法司』；如今五月裡霪雨不絕，白雲亭『宛在水中央』，進出都用几案排成橋樑，又如何請惇王去坐？

就在他這躊躇之際，惇王已窺出端倪。喊一聲：『青翁！』

『是！』之萬在。』張之萬很尊敬地回答。

『你們過堂。』他指著東面說：『我就在那兒坐一會；你不必張羅我，辦你的事。』

『這，這屈尊王爺了。』

『不要緊，不要緊！就當我觀審的老百姓好了。』

這句話，大家都聽了進去；也都有了戒心，看樣子惇王是特意來看過堂的，得要當心，別弄出甚麼毛病，讓他抓住。

『丹翁，』張之萬低聲說道：『惇王在這裡，咱們不宜南面正坐吧？』

『這話倒也是。』

『我看這樣子，咱們分坐兩邊；中間空著。丹翁看這個章程，使得使不得？』

『妥當得很。』閻敬銘環視同列說道：『咱們就坐了吧！時候也不早了。』

於是又要謙讓一番，最後還是按科名先後分上下；閻敬銘居首，坐了東面第一位。西面第一位是張之萬，然後是麟書、翁同龢、薛允升，一一坐定；司官按名冊逐一傳提犯人到堂，按罪名輕重分先後，第一個是孫家穆，第二個是周瑞清，長跪閱供，伏在地上畫了花押，隨即押了下去，全案人犯一共二十多人，費了兩個鐘頭，方始完事。

接著，便請惇王居中正坐，擬議罪名，薛允升呈上一張單子，惇王接過來輕聲唸道：

『已革戶部雲南司主事孫家穆在司主稿，宜如何潔己奉公，乃因核辦該省報銷，得受贓銀七千兩入己。雖據查明均係應銷之款，於法無枉，究屬貪婪不職。按：有祿人不枉法贓一百二十兩以上，罪應擬絞。現據該革員將贓完繳，若照一年限內全完例，減罪二等，未免輕縱；孫家穆應於完贓減等擬徒三年例上……』

唸到這裡，他停了下來，大聲問道：『怎麼，死罪一減，減成三年徒刑嗎？』

『是！』薛允升答道：『死罪減一等，是流刑；流刑減一等徒刑。徒刑分五等，最少一年，最多三年。』

『那不太便宜他了？』

『是。』薛允升說：『所以擬照應減二等，酌加一等，杖一百，流二千里。』

惇王不響，接著往下看：

『已革太常寺卿周瑞清，雖無包攬報銷及分贓情事，惟以三品正卿，入值樞垣，輒敢商令龍繼棟向孫家穆說合，並由伊過付銀兩，實屬荒謬。受財人孫家穆業經於完贓減二等罪上，酌加一等擬流；周瑞清合依「說事過錢爲首，受財人同科」例擬杖一百，流二千里。』

惇王將單子一放，用一種近乎負氣的聲音說：『不用再看了。我只請問：案情牽涉很廣，是一案一案奏覆，還是都敘在一個摺子上？』

問到這話，該由與惇王一起奉派的翁同龢答覆，『想一起奏覆。』他說：『應治罪諸人，當然用奏摺，此外用夾片。』

『用幾個夾片？』

『想用三個。』

『哪三個？』

這樣一句接一句緊釘著問，頗有咄咄逼人的模樣，翁同龢不免感覺威脅，但他說話一向從容慣了的，所以表面上還聽不出來，平平靜靜地答道：『第一個是奏覆洪良品參景廉、王文韶；第二個奏覆陳啓泰參雲南督撫賄遺道府，矇辦報銷；第三個，戶部、工部堂官，包括區區在內，均難辭失察之咎，應請交部議處。』

惇王聽了又不響，亂眨著眼在思索，一堂寂然，空氣僵悶。好一會，才聽他問道：『崔尊彝來京裡辦報銷，雲南督撫說是毫不知情：這話你們大家想想，說得通嗎？』

『說不通也沒有辦法了。』閻敬銘慢吞吞地說：『只有寄望以後切實整頓。』

『照這樣說起來，雲南督撫，難道一點兒罪過都沒有？那豈不太不成話了。』

『罪過是有的。』翁同龢答道：『不過是「公罪」。』

大清律規定，居官雖犯錯誤，不涉於私，叫作『公罪』。應交吏部議處，與刑部無關；所以薛允升接著說道：『雲南督撫的公罪，共有兩項：第一、崔尊彝所動用的是捐局「平餘」，這跟州縣錢糧的「火耗」一樣，照例不入官庫，但究係公款，而且動用至十餘萬兩之多，該省督撫，不應漫無稽考。其次，崔尊彝劣跡昭彰，而該省督撫拿他保列「卓異」，送部引見，難免失察之咎。』

『卓異？』惇王縱聲大笑，『雲南出這樣子的卓異官兒，難怪滇越邊境多事了！』

這是他題外的牢騷，沒有人答他的腔；薛允升將話題拉了回來，他說：『此案在王爺亦只能請旨交部議處。』

這句話很有分量，大家都暗暗佩服；惇王等於無形中碰了個軟釘子，只好放過雲南督撫，提到他念茲在茲的景廉和王文韶——特別是王文韶。

『那沒有下落的三萬多銀子呢？』

又提到這話，會辦五大臣無不頭痛；面面相覷，無人答話。

『還有，』惇王似乎突然想起：『那，那三萬兩呢？』

跟孫家穆約定的數目是八萬兩，付過五萬，待付三萬；惇王所指的就是這三萬兩，『那是公款，還存在順天祥。』張之萬答道：『等結案以後，自然責成順天祥繳庫。』

『這就想不通了。既說是八萬，何以付了五萬就准奏銷了？』惇王問道：『存著那三萬幹嘛？難道孫家穆怕銀子燙手，竟不敢要？』

就案情而言，這是最講不通的一點；翁同龢卻有個說法：『大概是怕丹翁清正，趕快結案要緊；那三萬兩就顧不得要了。』

『承獎，承獎！』閻敬銘拱手答道：『這是不虞之譽。』

『哼！』惇王冷笑，『只怕不是孫家穆不敢要吧？』

大家都懂他的意思，是說這三萬兩銀子，原是留著送景廉和王文韶的，只爲陳啓泰一奏，平地掀起波瀾；景、王二人就不敢要這筆錢了。

事涉曖昧，無法深論，麟書便說：『回王爺的話，案子辦到這步田地，也就差不多了。別的不說，起碼贓款就追出來上十萬；公家損失也有限——而況，這筆贓款，也原不該入官庫的。』

於是你一言，我一語，無非準理衡情，勸惇王不必堅持；又說法國正在越南用兵，滇越邊境吃緊，慈禧太后宵旰憂勞，不宜再拿這一案上煩廑憂，宜乎早早結案，好齊心合力對付外患。

惇王再能幹也對付不了五個人；而且他的理路亦不十分清楚，詞令則更非所長，只好無言告辭。但從第二天起，惇王接連『遞牌子』請求召見；據宮裡傳出來的消息：他向慈禧太后面奏，力主嚴辦，說會辦五大臣，有徇私情事。可是，當慈禧太后問到：應該如何嚴辦？徇私的事實證據何在？他卻又說不出一個所以然。

這樣到了第四天，傳諭召見雲南報銷案會辦五大臣；惇王當然也在內。依照預先的約定，五大臣中，發言不由軍機大臣翁同龢，也不由刑部尚書張之萬，而是閻敬銘領頭奏覆。

『案內，一個人不敢放鬆；案外，一個人不敢牽涉。』

閻敬銘這兩句話，慈禧太后大爲欣賞：『原該無枉無縱；案外更不必牽涉。』她停了一下說：『這一案的罪名怎麼樣？』

於是閻敬銘掏出一張單子來，從孫家穆、周瑞清開始，將案內官員的罪名，逐一回奏。一聽有這麼多人牽涉在內，慈禧太后的神色變得沉重了。

『國家多故，皇帝還沒有成年。執法的人，敢於這樣子舞弊。你們是不是辦得太輕了呢？』慈禧太后又說：『惇親王！你有話，儘可以說。』

這似乎有點不測之威了，五大臣都有些困擾；唯獨惇王精神十足，大聲回奏：『潘祖蔭丁憂回南以前，就定下了「完贓減罪」的章程，私底下授意給大家；現在就是照潘祖蔭的章程定的罪。』

這是公開的指責，當然要答辯；而對付惇王，則翁同龢曾有承諾，所以他義不容辭地代表大家發言。

『潘祖蔭已經去位，不在其位，不謀其政。即使不去，亦不是潘某一個人所能主持全案的。』

『此案關乎風紀。』惇王的語氣很固執，『總需遵旨嚴辦。』

這句話中有了漏洞，翁同龢針鋒相對地頂了過去：『迭次上諭，都指示秉公辦理，務期案情水落石出。至今爲止，未降嚴旨。即有嚴旨，亦當依律例辦理，豈能畸輕畸重？律例者，祖宗的成法，國家的憲章。而且舊例似此案情原只減一等，嘉慶年間方始減二等；仰維仁廟聖意，豈肯姑息舞弊之人？爲的是不枉法則情有可原而已。』

『枉法不枉法，怎麼分別。』慈禧太后問道：『翁同龢你講來我聽。』

『是！』翁同龢答道：『以報銷案來說，受了賄，不該銷的銷了，就是枉法；如果原來就是該銷的，雖然受了賄，於公事並無出入，就是不枉法。雲南報銷案，經戶部查核，不過所引成例彼此有出入，歸根結柢來說，到底都是該銷的款子，自然不是枉法。』

這一說，慈禧太后釋然了；惇王卻又有話，他說：『如今是太后垂簾辦事，倘或輕縱了，將來皇上親政的時候，必有議論。』

這話說得很不得體，慈禧太后當然覺得逆耳；翁同龢又一次抓住機會，反駁著說：『惇親王失言了！皇太后垂簾已久，事事秉公持正。就拿這一案來說，一再面諭：務需斟酌妥當。將來怎麼會惹起議論？』

這才是持論得體，一方面有春秋責備賢者之意；一方面頌讚了慈禧太后的聖明——她深深頷首，『我亦並無從重治罪的意思。不過，』由於惇王在前兩次面奏時，一直忽視律例，所以她加重了語意說：『治國以法，總得要照律例。』

『回皇太后的話，』閻敬銘答道：『無一字不符律例。』

一看惇王又要開口，翁同龢心想，如說得罪親貴，反正也得罪了，不如乘此機會，爭個結果，否則就不划算了，所以搶著說道：『臣的意思，本想依律減二等定罪，現在減一等，由徒刑三年改爲充軍二千里，已經從重；如說還嫌輕，莫非要殺兩個人？』

說到這裡，翁同龢有些激動，引用慈禧太后和惇王都知道的一個典故；爲漢文帝執法的『廷尉』張釋之的故事：有人盜取高祖廟的一隻玉環，張釋之按『盜宗廟服御』律治罪；文帝嫌輕，要改爲族誅。張釋之力爭，以爲盜高祖廟一隻玉環便需族誅，那麼萬一有人盜高祖長陵，又將治以何罪？同樣地，『如果不枉法是死罪，枉法又是甚麼罪？』翁同龢又說：『臣等在書房，日日爲皇上講明的，不過一個仁字，一個義字。倘或言而不能行，難道是要導君於刻？這絕不是惇親王本意，更不是皇太后的本意。』

這番話引古喻今，還搬出『聖學』這頂大帽子，說得相當透徹。慈禧太后決定依從，但亦不願意使惇王難堪，便用嫂子勸誡小叔的語氣，望著惇王說道：『你不妨仔細看看律例，找人講解明白，跟他們五個人好好商量。』

惇王完全不了解，這是慈禧太后爲他找個藉口好收篷，依然力爭，『臣的意思，總宜在此刻就在皇太后面前議定。不然，臣一個人怎麼敵得過他們五個人？』說著，便磕下頭去，大有乞恩之意。

慈禧太后有些啼笑皆非。人家口口聲聲談律例，沒有一個字不在理上，而他竟出如此幼稚的言詞，不但不明事理，而且有失體統；唯有微微苦笑。

解鈴繫鈴，還是翁同龢自己轉圜說道：『惇親王不熟悉律例；臣等將治罪諸人，所引法條，一一簽出。惇親王就明白了。』

『這也好。』惇王接口說道：『先將律例都摘了出來，請皇太后過目；引用得不錯，臣等再正式具摺奏覆。』

『這倒是句話。』慈禧太后說道：『就這麼辦。』

惇王再粗略，『這倒是句話』這句話，總還聽得明白；意思是說他先前所說，都不像話。慈禧太后雖不是有指責，在他聽來，卻很不是味道。

等退了下來，惇王又碰了翁同龢一個釘子——他跟翁同龢去商量，孫家穆和周瑞清在流二千里以外，是不是還可以加一些別的罪名，如罰金之類？翁同龢很不客氣地說他，對律例一點不懂。違法處置，會教天下人恥笑。

惇王裝了一肚子的氣，反倒老實了；答應第二天就『畫稿』。

於是，翁同龢隨即寫信告訴薛允升，連夜準備覆奏的底稿；依照在御前的決定，將定罪所引用的律例條文，一一查明出處，在奏稿上加貼浮籤——原說呈上慈禧太后閱定；其實只要送請惇王看了就可以了。

第二天一早，刑部司官攜帶著預備妥當的文件，進宮直奔內務府朝房——惇王在宮裡各辦事處所，除了軍機處以外，哪裡都可以休息，但他經常坐內務府朝房，因爲第一，內務府朝房的供應最周到，起坐最舒服；其次，惇王愛打聽市井瑣聞，無事可以找內務府的主事、筆帖式來聊天。各部常有內廷差使的司官，都曉得這情形；所以有事要見惇王，都上這裡來。

到了內務府朝房，但見惇王只穿一件米黃葛衫，大馬金刀地坐在一張竹榻上，一手一大碗豆汁，一手一條醬瓜；喝一陣豆汁，咬兩口醬瓜，『唏哩呼嚕』和『嘎崩、嘎崩』的聲音交替作響，喝豆汁喝得熱鬧極了。

等喝完了，聽差接過空碗，就手遞上一條熱氣騰騰的手巾把子；惇王接過來抖開，吹兩口氣，然後沒頭沒腦地使勁一陣亂擦。

『好痛快！』他將熱毛巾丟下，一眼瞥見刑部司官，便即問道：『你來找我不是？』

『是！』刑部司官疾趨而前，請個『雙安』；接著捧上卷宗，『請王爺畫稿！』

『好吧！畫就畫。我先瞧瞧。』

奏稿共是四件，一摺三片；他不看摺底，先看第一個夾片，正就是他要看的那一個：

『臣等查御史洪良品奏請罷斥舞弊樞臣一摺，先經臣奕誴、臣翁同龢遵旨詳詢洪良品，據實覆奏；奉旨：「此案必須崔尊彝、潘英章到案，與周瑞清及戶部承辦司員及書吏號商，當面質對，庶案情虛實，不難立見」等因。嗣經給事中鄧承修奏參，樞臣被劾無據，事實有因等情。奉旨：「著添派惇親王、翁同龢會同查辦」等因在案。

『光緒九年二月二十五日，潘英章解送到刑部，臣等遵即會同將潘英章、周瑞清及戶部司員提集，一面查照洪良品說帖內，關說賄託各節，逐層研究。

『據周瑞清供：伊係軍機章京，入值十有餘年。該處承辦事件，向在公所面呈堂官核定，從不至私宅回事。雲南報銷一案，伊與潘英章託龍繼棟向承辦司員商辦，係實有其事，並未向堂官關說。

『據潘英章供：伊匯京報銷一款，內中已付過五萬兩，未過付三萬兩；係津貼該部承辦司員及經手書吏，並無分送景廉、王文韶巨萬之款。

『據孫家穆供：本部堂官，委實無分用此款情事各等語。質之承辦書吏及各該號商，均供並不知情。復將順天祥、乾盛亨兩號帳簿詳加考核，並無潘英章等饋送景廉、王文韶之款。臣等再四研詰，各處查對，所有科道原參樞臣報銷案內各節，委實查無其事。』

看到這裡，惇王停了下來，總覺得爲景廉、王文韶洗刷得這麼乾淨，實在於心不甘；想提筆改動幾個字，卻又一時想不出適當的字眼，便先擱下，再往下看：

『惟各省動錢糧軍需報銷，與年例奏銷，判然兩事；該省因軍務倥傯，將兩項籠統報銷，原屬權宜辦法，現在軍務已平，自不應仍前併案辦理。該尚書等未經查出，實屬疏忽；且於司員孫家穆等，並保列京察一等之員外郎福趾，得受不枉法贓，均無覺察，亦難辭咎。應請旨將景廉、王文韶並各該堂官，均查取職名，分別交部議處。』

看到這裡，惇王氣平了好多，因爲景廉、王文韶的『公罪』上，措詞甚重；而且『各該堂官』也包括原任兵部尚書的張之萬和工部尚書翁同龢在內，無形中等於自請處分，總算是光明磊落的。

這樣一轉念間，加上正是神清氣爽，精神痛快的時候，便提筆畫了兩豎，是個草寫的『行』字，然後又照規矩只署爵號『惇親王』。此外一摺兩片，亦都判了行；將筆一丟，大聲說道：『行了，拿走吧！』

刑部的司官，喜出望外。原以爲這趟差使，必定極其囉嗦，惇王會得提出許多疑問，就算能夠一一解答，他也不見得肯痛痛快快同意；往返傳話，總要來回跑個兩、三趟，才能了結。這麼熱的天，就跑出痧子來，也只好認命了。

哪知不費唇舌，也不費等候的工夫，便都畫了諾；這一諾，何止千金？自己辦了這麼一趟漂亮差使，賞識的還不止於本部堂官；眞正是得意之事！

於是他笑嘻嘻地先請個安，將卷宗取到手裡；然後再請一個安，口中說道：『謝謝王爺！』

這一謝，反成蛇足，惇王隨即問道：『怪了，要你道謝幹甚麼？』

那人也很有急智，接口答說：『謝謝王爺體恤下情；大太陽下，不教司官多跑。』

『喔，』惇王性情率直，脫口說道：『我倒沒有想到該體恤你，讓你少跑一趟。好了！你回去吧。』刑部司官精神抖擻地，將一摺三片傳送會辦五大臣，分別判了行；隨即發抄呈遞。第二天齊集朝房候旨，慈禧太后竟未叫起；一打聽，才知道因爲摺子太長，要留著細看，這是情理中事，但到第三天，尙無消息，而且翁同龢以軍機身分照例進見時，『上頭』亦未提到這一案，那就很可怪了。

最著急的，當然是奉父之命，在京裡打聽消息的王文韶長子王慶鈞，四處鑽營，毫無頭緒，急得如熱鍋上的螞蟻似地；倒是他家的一個老僕，隨著王文韶的宦轍，到過許多地方，見多識廣，人情熟練，斷言絕無他故。

『大少爺，你不要急！定下心來細想一想就知道了：惇王領銜的摺子，已經將老爺洗刷清楚了；太后難道竟不顧王爺跟那麼多紅頂子的面子，硬要翻話，不會的。』

『就怕惇王表面一套，暗地裡一套；當面見太后，節外生枝有許多話。』

『這也不會。這兩天的「宮門抄」沒有惇王的「起」。』

『啊，啊！』王慶鈞覺得這是個好現象。

『再說，還有李總管在裡頭說話；一定無事。』

王慶鈞聽得這番解釋，略微寬心了些；果然，到了月底那天，雲南報銷案終於有了下文；完全依照覆奏治罪。景廉、王文韶『交部分別議處』。這一案辦到這樣的結果，言路認爲差強人意，都不再說話，案子大致算是定局；當然，也還留下一條尾巴：第一是追贓；第二是吏部議處。

照常例，像這類議處的案子，至多三天，一定會有覆奏，但這一案卻牽延了好多天，因爲投鼠忌器，吏部尙書李鴻藻和廣壽，都覺得該保全景廉。多方設法，研究律例的空隙，竟無縫可鑽；只好依例處分，專摺奏覆。

摺子沒有交下來，慈禧太后在召見軍機的時候，用惋惜的口吻說：『這一案的處分，別人都無可惜。只有景廉；他當差一直很謹愼，而且有軍功，在邊疆辛苦了好多年。如今降兩級不准抵銷，未免太過；不過，王文韶也是實降兩級，如果加恩景廉，就變成同罪異罰，似乎也不足示朝廷一本大公的意思。你們看，有甚麼辦法，開脫景廉？』

於是李鴻藻覆奏：『皇太后聖明！臣等查核舊案，咸豐十年，曾奉硃筆，不敢違例。』接著便陳奏這件舊案的始末。

咸豐十年正月，刑部尚書瑞常，因爲秋審案中，複核發生錯誤，得到『降一級留任』的處分，但隨後發覺承辦此案發生錯誤的司官，上年京察，由瑞常保送一等——京察一等，立刻可以升官，所以是件很鄭重的事，堂官保送不實，依律例『降二級調用，不准抵銷』。

當時文宗特旨，改爲降調留任，但硃筆特別批示：『以後有類此者，實行實降。』景廉誤保福趾，情形正是『類此』；既有成憲，自然不敢違背。

慈禧太后當然亦不便違反文宗的硃諭，只好宣示：『既然如此，就照吏部所議，實降兩級。不過，仍舊在軍機跟總理衙門行走。』

『是！』寶鋆答應著，再次頌揚：『皇太后聖明。』

『各部侍郎有甚麼缺，可以安插景廉？』

既然降調以後，又在軍機，就不必亟亟於調補侍郎；而且這一案中，降級的侍郎雖多，大多可以抵銷，一時亦無缺可補，所以寶鋆建議，將景廉降調爲內閣學士，慈禧太后同意了。

『那麼，景廉的原缺呢？』

景廉是戶部尚書；因爲有雲南報銷案的風波，得要找一個操守格外好的人去補缺。李鴻藻便保薦他的同年，鑲藍旗籍的額勒和布；他的外號叫『腰繫戰裙』，跟『額勒和布』是個無情對。此人沉默寡言，除操守以外，別無所長。

此外當然還有大倒其楣的，第一個是已調吏部左侍郎的前任戶部侍郎奎潤，跟景廉一樣，實降兩級；第二個是雲南巡撫杜瑞聯，濫保崔尊彝大計卓異，以及聽任屬員，移挪公款，實降三級。雲南巡撫由藩司唐炯升任；這是一個頗爲人所注意的任命，因爲中法越南交涉，正趨嚴重之際。唐炯以舉人在四川帶過兵，臨陣有進無退，外號『唐拚命』，用他補杜瑞聯的缺，意味著對法交涉，有不惜用武之意——而最可以表明朝廷意向，也最令人感覺意外的一件措施是：特旨『派醇親王奕譞會籌法越事宜』。閒散將近十年的『七爺』，到底出來管事了。

第五章

越南正式受清朝的冊封，是在順治十八年；承認前一年九月自稱國王的黎維祺爲『安南國王』。到了嘉慶八年，改安南爲越南，國王阮福映，年號嘉隆，越南人民稱他『嘉隆皇帝』，是一位英主。阮福映在統一越南『三圻』時，曾經委託天主教神父，請求法國援助，與法王路易十六，訂立條約，願割土作爲酬謝，後來法援未到，條約當然不需履行，但法國的勢力卻就此伸入越南了。

從嘉隆皇帝以後，阮朝三代皇帝都不喜歡法國和天主教；因此，在道光、咸豐年間，越南也像中國一樣，常鬧教案。英法聯軍侵華的那幾年，法國海軍附帶在越南攻城略地；於是在同治元年夏天，越南被迫跟法國訂立了條約，賠款割地之外，另有專條：越南政府承諾，此後不以領土的任何一部分，割讓給法國以外的任何一個國家。

法國得寸進尺，五年以後吞併了整個南圻；而心猶未足，還打算攘奪北圻，僅留下中圻給越南。到了同治十二年，藉故攻陷河內；越南政府派出一員名將抵禦法軍。這員名將叫劉永福，是中國人。

劉永福本名義，字淵亭，原籍廣東欽州，落籍廣西上思。早年當過『長毛』，洪楊失敗，餘黨四散；其中有個叫吳鯤的，領餘眾數千，進入越南，劉永福就在他部下。吳鯤一死，劉永福帶了兩百多人，輾轉到了越南的高平省，自樹一幟；旗幟用黑布所製，號爲『黑旗軍』。

劉永福生得短小精悍，不但勇壯豪邁，善撫部屬，而且善於術數，多謀能斷，在北圻披荊斬棘，招兵買馬，勢力日漸雄厚；越南國王阮弘任特加招撫，傳說還招了他做駙馬，頗爲倚重。這時受命禦法，在河內西門外遭遇，法將安鄴不敵而退，退到城門附近，爲劉永福的先鋒吳鳳典趕到，一刀砍掉了腦袋。這是同治十二年冬天的事。

安鄴一死，法國反倒愼重了，派文官處理善後，展開交涉；因爲中國採取不干涉的態度，因而法國和越南訂立了新約。

這一同治十三年正月底，在西貢訂立的法越和平及同盟條約，重要的條款是：第一、法國承認越南爲獨立國；第二、定河內等城爲商埠；第三、開放紅河，也就是富良江而上到河內，法國有自由航行之權；第四、越南的外交事務，由法國監督，不得與他國有聯屬關係。這完全是爲了排斥中國的宗主權；而朝廷因爲台灣番社事件，對日交涉正吃緊的當兒，無暇四顧，只下了一道密旨給廣西巡撫劉長佑，『固守邊圉』而已。

不過，越南迫於法國的城下之盟，並不心服，所以一方面仍舊向中國上表進貢；一方面重用劉永福，授官爲『三宣副提督』，准他在北圻商務繁盛之地的保勝，設局抽稅，以助軍餉。

這在法國，自然將劉永福視作眼中釘，必欲去之而後快，只是三番兩次用兵，劉永福屹然不搖。同時，中國由於言路的呼籲，朝廷亦漸漸重視越局，明的是由駐法公使曾紀澤照會法國政府，不承認同治十三年的法越條約；暗的是密諭雲南、廣西派兵支援劉永福。這樣到了光緒七年年底，由於曾紀澤的電報，說法國謀佔越南北境，並擬通商雲南，不可置之度外，因而總理衙門奏請降旨，派李鴻章、左宗棠、劉長佑、劉坤一、張樹聲會商辦理。

這五名疆臣中，除了李鴻章，都是主戰的，言路自然更爲激昂；甚至駐法公使曾紀澤亦主張對法國採取強硬態度。但是談洋務也好、談海防也好，恭王總是尊重李鴻章的意見，所以對法交涉，仍然出以持重。這樣到了三月初，李鴻章丁憂，不奉奪情之詔；而就在這時候法國在越南有了舉動，法國海軍上校李威利，率領一支四百五十人的隊伍，攻佔了河內。

於是照例交涉與備戰雙管齊下，但不等曾紀澤向法國外交部提出抗議和要求，法軍先已將河內交還越南，前後一共佔領了六天。越是如此，越見得法國居心叵測，推測緣故，或者是借此向越南示好，進一步又有修約的要求；而修約的目的，是爲了驅逐劉永福，向中國要求通商雲南。因此，主戰的議論，又復甚囂塵上；而朝廷的舉措，也是朝不惜決裂的路子上去走。

第一步是調動西南疆臣，曾國荃復起，署理兩廣總督，雲貴總督劉長佑年紀大，鴉片煙癮亦大，被免了職，調陰鷙沉毅，有霸才之稱的福建巡撫岑毓英督滇；『唐拚命』唐炯也放了雲南藩司。同時不准李鴻章回籍服三年之喪，只准假百日後，仍回天津駐紮，督率所部各營，認眞訓練，並署理通商事務大臣。

當然，清流對此大事，是不會不講話的，張佩綸與陳寶琛聯名上了一個摺子：『存越固邊，宜籌遠略』，共建兩策，一策是『命重臣臨邊』，用以『鎭撫諸國，鉤絡三邊』，或者可以嚇阻法國；這『重臣』自然是左宗棠、李鴻章，擇一以欽差大臣駐紮兩廣，督辦法越事宜。

這一策之下，又有四個綱目，除『集水師』、『重陸路』的軍務以外，又主張『聯與國』，說德法世仇，應該聯德制法，而聯德之道，不妨向德國訂造鐵輪，多買槍炮。

第一策是正，第二策是奇，奇兵之用在聲東擊西；張佩綸和陳寶琛建議：以左宗棠的南洋和李鴻章的北洋兩支大軍，假作全力對付日本，而另簡賢能，『祕寄以滇粵之事』，如彭玉麟、丁寶楨、張之洞都可膺選。如果說，以左宗棠或李鴻章，出鎮西南，像晉朝陶侃的移鎮廣州，唐朝的郭子儀備邊以服回紇，是重在威名懾敵；那麼用彭玉麟等人的作用正好相反，像漢高祖識拔韓信，孫權重用陸遜那樣，名氣不大，敵人便不甚疑忌。

這樣的部署，可使法國錯認爲中國對越南局勢，不甚在意，然後乘其不備，水陸大舉，進兵越南，包圍法軍；相持日久，法軍力不能支，『外懼德人，內耗兵餉』，只要稍微許法國一點好處，一定可以和得下來。萬一用兵小挫，重臣如左宗棠、李鴻章還在，可以讓他們出面轉圜談和，對國體亦無大損。

雖是紙上談兵，倒也頭頭是道。奏摺中還力保廣西、雲南兩藩司；滇藩就是『唐拚命』，廣西藩司叫徐延旭，山東臨清人，咸豐十年中了進士，就放到廣西當知縣，號稱知兵。

過了半個月，山西巡撫張之洞，也上了一個密摺作桴鼓之應，認爲宜籌兵遣使，先發預防，建議派李鴻章坐鎮兩廣，籌劃一切，同時保舉一批京外文武人才，總計三十九人之多，第一個就是張佩綸。

這就是李鴻藻一系的清流，所提出的國是主張。因爲主戰，所以推重左、李；其實左宗棠還是陪筆，所眞正重視的是李鴻章。但是，李鴻章對和戰大計，卻不肯輕易發言，要看內外情勢而定；交卸事畢，五月裡回合肥老家奔喪去了。

不久，朝鮮京城發生兵變，攻佔王宮，襲擊日本公使館，大院君李昰應稱『國太公』，自行專政。日本決定以武力處理；中國駐日公使黎庶昌處置明快，直接打電報給直隸總督北洋大臣張樹聲，認爲中國亦應當立即『派兵船前往觀變』。於是張樹聲跟總理衙門議定，派廣東水師提督吳長慶、統領北洋水師記名提督丁汝昌、道員馬建忠領兵到朝鮮平亂。南疆多事，東鄰生變；恭王憂勞交併，一下子病倒了，而景廉和王文韶又正當雲南報銷案初起，憂心忡忡，自顧不暇，只有寶鋆和李鴻藻應付艱鉅，自然大感吃力。

書生籌邊

就在這時候，吏部候補主事唐景崧上了一個說帖；李鴻藻一見大喜。跟張佩綸一談，唐景崧條陳的辦法，正就是張佩綸所說的『奇兵』。

於是說動了恭王與寶鋆，決意採納；囑咐唐景崧將說帖代爲奏摺，由李鴻藻以吏部堂官的身分代奏。

唐景崧是廣西灌陽人，對越南情勢，原有了解；加以跟越南的貢使，詳細談過，所以這個摺子在慈禧太后看來是『內行話』。

唐景崧說『救越南有至便之計』，就是重用劉永福。此人的名字，這幾個月來，慈禧太后已經聽多了，但問到他的生平，沒有人能說得完整，所以看到唐景崧談劉永福，格外注意，只見寫的是：『劉永福少年不軌，據越南保勝，軍號「黑旗」。越南撫以禦法，屢戰皆捷，斬其渠魁；該國授以副提督職，不就，仍據保勝，收稅養兵，所部二千人，不臣不叛；越南急則用之，緩則置之，而劉永福亦不甚帖然受命。去歲旋粵謁官，則用四品頂戴，乃昔疆吏羈縻而權給之，未見明文，近於苟且；且越人嘗竊竊疑之，故督臣劉長佑有請密諭該國王信用其人之奏。

『臣維劉永福者，敵人憚懾，疆吏薦揚，其部下亦皆驍勇善戰之材，既爲我中國人，何可使沉淪異域？觀其膺越職而服華裝，知其不忘中國，並有仰慕名器之心；聞其屢欲歸誠，無路得達。若明畀以官職，或權給其銜翎，自必奮興鼓舞；即不然，而九重先以片言獎勵，俟事平再量績施恩。若輩生長蠻荒，望閶闔爲天上，受寵若驚，決其願效馳驅，不敢負德。

『惟文牘行知，諸多未便，且必至其地，相機引導而後操縱得宜。可否仰懇聖明，遣員前往，面爲宣示，即與密籌卻敵機宜；並隨時隨事，開導該國君臣，釋其嫌疑，繼以糧餉。劉永福志堅力足，非獨該國之爪牙，亦即我邊徼之干城也。』

唐景崧所謂『發一乘之使，勝於設萬夫之防』，有這樣的妙事，慈禧太后自然心動，但這『一乘之使』，難得其選；再看下去，不覺欣慰，唐景崧『以卑官而懷大志』，願意自告奮勇，那就再好不過了。

於是第二天召見軍機，她首先就談到這件事：『這唐景崧倒是有心人，難得！他是哪一年的進士？』

『他是崇綺一榜的翰林。』寶鋆得意洋洋地答道：『是奴才的門生。』

『既是同治四年的翰林，』慈禧太后不解地問：『怎麼到現在還是吏部候補主事？』

這話就很難說了，說了是揭唐景崧的短處，但亦不得不說，『唐景崧散館，考的是三等，改了部員；平日爲人不拘小節，所以官運不好。』寶鋆接著又說：『像他這樣的人，遇到機會，倒是能辦大事的。』

『我看他的摺子，倒說得有點道理。劉永福是一定要收爲我們中國所用的；唐景崧自願跟劉永福去接頭，你們看怎麼樣？』

『唐景崧來見過臣幾次，他不願升官，亦不支公款，到越南更不必照使臣的章程辦理，這完全出於忠勇報國之忱。』李鴻藻又說：『臣的意思，擬請旨將唐景崧發往雲南效力。他原摺中「乞假朝命」，朝廷是否格外加恩，請懿旨辦理。』

『只要他眞能辦事，朝廷自然不惜恩典。不過，這一來，見了明發上諭，辦事不是就不能守機密了嗎？』

於是決定將唐景崧發往雲南，交新任雲貴總督岑毓英差遣委用；同時有密諭寄交岑毓英，說明原委，責成他協助唐景崧，相機入越聯絡劉永福。

這時李鴻章百日假滿，已在朝旨一再催促之下，由合肥回到天津，由朝鮮內亂引起的中日交涉，以及由越南引起的中法交涉，都要聽他的意見。李鴻章認爲備戰議和，只能顧到一面；兩面爲敵，力所不逮，同時他亦不相信劉永福能有甚麼大作爲，徒然拖累官軍，陷入不了之局，所以對越事主和。因此，唐景崧的行期，也就緩了下來。

其時法國的駐華公使寶海，了解中國已決定了暗中支持劉永福牽制法軍的策略；這個策略可進可退，可收可放，可大可小，而法軍勞師遠征，緩急之際，調度相當困難，是處在很不利的地位，所以見機而作，特地由上海到天津，跟李鴻章會談，表示先不談對越南的宗主權與保護權，不妨僅商邊界與通商。

李鴻章是一向不反對通商的，邊界分劃亦不妨慢慢談判，所以很快地跟寶海達成了初步協議：中國撤退在北圻的軍隊、法國不侵犯越南的主權、中法兩國共保越南獨立、中國准許法國經由紅河跟雲南通商。

協議的內容，分別請示本國政府。中國方面，毫無異議；法國方面的態度卻頗爲曖昧，據說法國海軍對寶海與李鴻章的交涉頗爲不滿，決定增兵越南。不久，巴黎的政局發生了極大的變化，新任內閣總理茹斐禮和外交部長沙美拉庫，不但推翻了成議，而且就像中國當年崇厚使俄辱國那樣，將寶海撤任，作爲懲罰。

於是整個局勢又變成劍拔弩張了。一方面是越南的刑部尙書，到天津訪晤李鴻章乞援；一方面是雲南藩司唐炯出鎮南關部署防務。這時，唐景崧亦已祕密入越，先到北圻山西，會見越南『統督軍務大臣，東閣大學士』黃佐炎；他是越南的駙馬，但統馭無方，隱匿了劉永福的戰功，所以彼此不和。唐景崧此行的主要任務，就是替他們化解嫌隙。

由於唐景崧的斡旋，越南再度重用劉永福，將他的黑旗軍由保勝調駐山西前線。接著唐景崧跟劉永福見了面，促膝深談，爲他畫了上中下三策。

上策是勸劉永福據保勝十州，傳檄而定北圻各省，然後請命中國，假以名號。這是成王稱霸之業，劉永福自陳力薄不勝，願聞中策。

『中策是提全師進擊河內法軍，中國一定助以兵餉，可成大功。』唐景崧接著又說：『如果坐守保勝，事敗而投中國，則是下策。』

『下策我所不取。』劉永福慨然答道：『我聽唐先生的中策。』

於是劉永福祕密進鎭南關，與雲南提督黃桂蘭取得了聯繫；同時，一面由岑毓英出奏，一面由唐景崧密函李鴻藻，朝旨發十萬兩銀子犒賞黑旗軍；劉永福亦捐了個游擊的銜頭，正式做了大清朝的武官。

等回到越南，劉永福率領他的黑旗軍，進駐河內省所屬的懷德府；而法軍在海軍上校李威利指揮之下，已連陷河陽、廣安、寧平等省，進逼黑旗軍，形成短兵相接之勢。

劉永福此時眞是豪氣如虹，不等法軍有所動作，先下戰書，約期十日以後開戰。這是四月初三的事；十天以後便是四月十三，到了那天，黑旗軍果然展開攻擊，在懷德府的紙橋地方，與法軍遭遇；劉永福一馬當先，鏖軍猛擊，陣斬李威利，法軍退入河內，憑城固守。唐景崧替劉永福以越南三宣總督的名義，寫了一道檄文，『佈告四海』。於是遠近響應，抗法的義師有二十餘萬人之多；越南國王封劉永福爲『義良男爵』。

清流主戰

朝廷得此捷報，自然興奮；清議主戰，慷慨激昂，慈禧太后接納了李鴻藻的建議，依照清流一派早已申明的主張，下了一道上諭：

『前有旨，諭令李鴻章即回北洋大臣署任。現聞法人在越，勢更披倡；越南孱弱之邦，蠶食不已，難以圖存。該國列在藩封，不能不爲保護；且滇、粵各省，壤地相接，倘藩籬一撤，後患何可勝言？

疊經諭令曾國荃等，妥籌備禦；惟此事操縱緩急，必須相機因應，亟須有威望素著、通達事變之大臣，前往籌辦，乃可振軍威而顧大局。三省防軍，進止亦得有所稟承，著派李鴻章迅速前往廣東，督辦越南事宜。所有廣東、廣西、雲南防軍，均歸節制。應調何路兵勇前往，著該大臣妥籌具奏。金革毋避，古有明訓，李鴻章公忠體國，定能仰副朝廷倚任之重，星馳前往，相度機宜，妥為籌辦。著將起程日期及籌辦情形，迅即奏聞，以紓廑係。將此由六百里密諭知之。』

這時天津到上海的電報已通；『六百里』密諭，片刻即達——李鴻章回籍葬親，假滿北上，正路過上海，住在天后宮行轅；接到電旨，大吃一驚。上海消息靈通，法國因為李威利兵敗陣亡，舉國大憤，政府已派兵艦四艘，陸軍三千，增援越，預備大舉報復；同時提出了『北圻軍費預算』，據李鴻章得到的消息，說是不限數目。而他，深知滇粵邊境的防軍，有名無實；此番受命節制三省軍務，名義好聽，其實無拳無勇，貿然而去，一世勳名，豈不付之流水？

因此，他逗留在上海，不肯北上；一方面敷衍，一方面寫信給張佩綸，對軍機頗為不滿，大為牢騷，說是：『若以鄙人素尚知兵，則白頭戍邊，未免以珠彈雀。樞府調度如此輕率，殊為寒心。』最後公然表示：『鄙人為局外浮言所困，行止未能自決，仍候中旨遵辦。局外論事，事後論人，大都務從苛刻，孤忠耿耿，只自喻耳。』言外之意，預備抗命不從。

對法交涉，朝廷所倚重的是兩個人，一個是李鴻章，一個是曾紀澤。曾侯在巴黎，與法國政府相處得不好，加以交涉棘手，所以俄皇加冕，他以兼任出使俄國欽差大臣的身分，到聖彼得堡觀賀後，就不肯再回巴黎。在彼者已不可恃，在此者又有倦勤之意，李鴻藻接到張佩綸的報告，相當焦急；跟恭王、寶鋆、翁同龢商量的結果，只有先安撫了李鴻章再說。

於是仍舊授意張佩綸出面，上了一個『制敵安邊，先謀將帥』的奏摺：

『一、請召重臣以顧北洋。李鴻章經營交廣，命駐上海；爲該大臣計，金革無避，駐粵尤宜。臣上年亦嘗言之，今情勢小異矣！朝鮮之亂未已，日本之釁宜防，法人即力不能窺伺津沽，而間諜揚聲，在所必有；譌傳一警，復令迴駐天津，人心易搖，軍鋒轉弛，非至計也。方今皇太后聖體初安，皇上春秋方富，而恭親王亦甫銷病假，宜節勤勞；畿輔根本之地，願籌萬全，竊謂精兵利器，均在天津，李鴻章逍遙上海何益？該大臣持服已及期年，若援胡林翼例，飭署直隸總督，辦理法越事宜，事權既專，措置亦較周矣。

『二、請起宿將以壯軍威。李鴻章署直督之議，如蒙採納，則曾國荃在粵久病，調度乖方，自應開去署缺，命張樹聲仍回本任。伏念兩粵吏治、餉源、防務，在在均待經營。張樹聲實任粵督，當必能殫精竭慮，以副委任；而粵東處各國互市之衝，水陸兩提督，皆係署任，宜有大將輔之，以壯聲威。前直隸提督劉銘傳，淮軍名將，卓著戰功，應懇恩令劉銘傳襄辦法越事宜，兼統兩粵官軍，或駐瓊崖，以窺西貢；或出南寧，以至越邊。洋槍精隊，始自銘傳，粵東地方集兵購器，尤屬易易，應飭令募足萬人，迅成勁旅，以赴機宜。』

直隸和兩廣，都是封疆中的第一等要缺，慈禧太后亦不能根據張佩綸一個輕飄飄的奏摺，貿然調動；不過對他建議起用劉銘傳，卻認爲是個好主意。但劉銘傳功成名就，家貲豪富，在合肥家鄉大起園林，正在享福，是不是肯起而效命，難說得很。所以召見軍機，指示先徵詢李鴻章的意見；至於對李鴻章的出處，竟不提起，張佩綸的摺子也留中了。

這樣的情勢，顯得相當棘手；李鴻藻和張佩綸頗爲焦急，因爲李鴻章的意思，非常明白，要他到兩廣督師，是件辦不到的事。僵持的結果，必定貽誤時機，壞了大局；無論如何先要爲李鴻章爭到回天津這一點，以後才好商量。

這層看法透露給恭王，他表示無可無不可——恭王這一陣的心境壞透了，本人多病，長子載澂長了一身『楊梅大瘡』，已不能起床。因此，恭王雖剛過五十，卻是一副老境頹唐的樣子；經常請假，或者竟不入宮，有事多在府中辦。也懶得用心，公事能推則推，不能推亦無非草草塞責。這些情形，慈禧太后早有知聞，只爲體諒他的處境，追念他二十多年的功勞，格外優容，從未責備，但心裡當然是有所不滿的。

爲了李鴻章的出處，是件大事；慈禧太后覺得一定先要問一問恭王，因而張佩綸的奏摺一直留中，直到恭王上朝的那一天，才提出來商議。

『李鴻章回直隸，張樹聲回兩廣，我都可以。不過，曾國荃呢？』慈禧太后說：『總得替他找個地方。』

『是！』恭王答應一聲，卻無下文。

『你說呢？』慈禧太后催問著，『總不能平空給他刷了下來啊！』

『曾國荃身子不好。』恭王慢吞吞答道：『得給他找個清閒的地方；如今國家多事，哪兒也不清閒。』

『話是不錯。』慈禧太后直截了當地答道：『辦法呢？你就說怎麼安置曾國荃好了。』

『臣的意思，先內召到京，再說。』

慈禧太后非常失望，這樣催逼，竟逼不出他一句痛快話，只好提出她自己的看法：『這跟下棋一樣，先要定下退守還是進取的宗旨，才好下子；李鴻章該到哪裡先要打定是和是戰的主意。如今既有劉永福能用；唐炯、徐延旭也都說能打仗；曾紀澤打回來的電報，也說不宜對法國讓步，再加上越南是心向著中國，這不都是能打的樣子嗎？』

『不能打！』恭王大搖其頭，『請皇太后別輕信外面的游詞浮議！說法國的軍隊勝不了劉永福，未免拿法國看得太輕、劉永福看得太重。至於徐延旭，剛到廣西，還不知道怎麼樣；唐炯是前湖北巡撫唐訓方的兒子，是個紈袴。臣聽人說，唐炯出鎮南關，還帶著廚子，這還不去說它；最荒唐的是，唐炯嫌越南的水不好，專派驛馬到昆明運泉水去喝。這種人，怎麼能打仗？』

『有這樣的事？』慈禧太后有點不信，『有此言過其實的話，也聽不得那許多。』

恭王碰了個軟釘子，不再作聲；寶鋆也是贊成李鴻章回任的，便即重申前請，不過他看出慈禧太后有不惜一戰之意，所以不敢主張議和，只這樣說道：『北洋是重鎮，將來不管是戰是和，朝廷發號施令，第一個先下給北洋；實在少不得李鴻章。』

『既如此說，讓李鴻章先回天津，接了北洋大臣再說。』

『聖諭極是。』寶鋆急忙答道：『爲今之計，一面嚴飭各省佈置防務，一面該趕快催李鴻章到京。如能化干戈爲玉帛，自然最好；不然，軍務全盤調度，到底也還是要靠李鴻章。』

慈禧太后點點頭，轉臉看著恭王問道：『總理衙門，你看要添人不要？』

話雖如此，照各方面的情形看起來，卻是戰多於和的模樣。法國公使寶海奉調回國，調派駐日公使德理固，以特使身分來華，在上海與李鴻章會談，態度相當強硬，否認越南是中國的屬邦；同時表示，法國政府決定對越南用兵，即使因此與中國失和，亦所不惜。同時李鴻章又接到消息，法國國會通過北圻戰費五百萬法郎，海軍由孤拔率領，已開往越南，而中國西南邊防的力量甚薄，雖有廣東水師提督吳全美，統帶兵輪，在瓊州海面巡防，但絕非法國海軍之敵，所以急電總理衙門，不可輕易言戰。

然而另外各方面的情形又不是如此，首先是曾紀澤和正在巴黎的招商局道員唐廷樞，都有電報打回來，曾主強硬對付；唐則報告法國政府對越南用兵一事尙未定局，語氣中表示不宜退縮。其次，劉永福的黑旗軍，在越南打得很好，其間由唐景崧往返聯絡，居中策劃，劉永福撤南定之圍，進攻海防。戰事實際上亦在擴大，亦不是朝廷所能遙遙控制得住的了。

不久，曾紀澤終於仍由聖彼得堡回到了巴黎。一到，法國總理茹斐禮就約見，很率直地告訴曾紀澤：法國決定在越南驅逐黑旗軍，如果發現中國軍隊，亦是同樣辦理。曾紀澤大爲憤懣，同時觀察法國軍隊調動的情況，認爲茹斐禮的話，不免虛言恫嚇；中國在越南應該搶著先鞭，造成進兵保護的既成事實，交涉反倒好辦。

因此，他一連打了兩個電報給李鴻章，第一個是催促趕緊向越南進兵；第二個是否認報紙上所載的新聞，說他已允許了法國任何和解的條款，同時要李鴻章以嚴峻的態度對待德理固，甚至不理都可以。

這兩個電報，李鴻章不敢隱瞞，據情轉達京師。從對俄交涉以後，慈禧太后對曾紀澤頗爲信任，所以接到他的這兩個電報，益堅一戰之心；而恭王始終支持李鴻章的看法，不願輕易言戰。

醇王參政

慈禧太后對恭王的不滿，終於到了不能容忍的地步，但是，她並沒有責備；是比責備更有力的行動，指派醇王參與籌劃法越事宜。

這是一道明發上諭，而且奉旨之日，醇王就到軍機處閱看有關法越事宜的電報奏摺。在上海的李鴻章，得到這個消息，知道局勢將有極大的轉變，倘不知趣，說不定又會有朝旨，派他到兩廣督師，因此，一面拒絕接見德理固；一面下令招商局調派一隻專輪，升火待發——三天以後，他就上了輪船，直航天津，接了北洋大臣的關防。

在醇王主持之下，和戰兩途，同時進行。李鴻章仍舊回任直督；因爲他服制未滿，所以朝旨只用署任的字樣。張樹聲回任粵督；而曾國荃則照恭王的原議，內召陛見，聽候簡用。

這時德理固在上海發表了很強硬的談話，預備帶領法國兵艦北上；因此，有一道密諭寄交李鴻章，如果法使北來，即由李鴻章在天津跟他會議，特別告誡：『堅持定見，勿爲所惑。』

儘管是著著備戰的情勢，但已往幾個月，聚訟紛紜，游移不決，耽誤了進取的時機；而法國政府內部，卻已取得了政策上協調，猛著先鞭，迎頭趕上。水師提督孤拔，抵達海防，立即與陸軍指揮官布意，擬訂了一個急進的作戰計畫，展開攻擊。

這時候正好越南政局，發生變化，『嗣德皇帝』阮福時病歿無子，大臣擁立他的堂弟阮福昇，稱號叫作『合和皇帝』。孤拔就利用這一時機，由海防率艦南下，直攻位在越南中部的京城順化；第二天，布意的陸軍，亦對懷德府的黑旗軍發動攻擊。劉永福所部因爲河決被淹，退保丹陽。於是孤拔的艦隊，封鎖越南各海口，並且攻破順安炮台；在第十天上，就迫使越南政府簽訂了二十七條的城下之盟，越南自承爲法國的保護國。由法國派駐越南的『東京理事官』轉任爲公使的何羅芒，貼出告示，說越南全境盡屬法國，驅逐黑旗軍出境。

這是一個極大的轉變，使得中國政府在外交、軍事兩方面都處於極端不利的地位。但是法國政府卻還識不破中國的底蘊，所以一方面在外交上採取安撫的辦法，由法國外交部長沙美拉庫照會曾紀澤，聲明對越南全境土地，無所損害；『並願保存中國按照舊例，體面攸關的禮貌。』意思是可以承認中國對越南仍有名義上的宗主權──事實上越南亦仍不願捨棄中國，就在與法國簽訂了順化條約以後，『合和皇帝』阮福昇還曾致書兩廣總督張樹聲，請准許由海道入貢。

在另一方面，法國下定決心要掃蕩黑旗軍，在丹鳳地方激戰三晝夜；劉永福雖然勉強守住了陣腳，但傷亡極重。不多幾天，終於支持不住；與越南的統督軍務大臣東閣大學士黃佐炎，退到山西。劉永福部下只剩三千餘人，軍心渙散，近乎解體，虧得唐景崧極力勸解，而中國所發的餉銀，亦適時由雲南解到，才能穩定下來。

和戰到了最後關頭，大局不算決裂，曾紀澤在巴黎，李鴻章在天津，分別展開交涉。但醇王一意主戰，奏明慈禧太后，作了新的軍務部署，派彭玉麟帶領得力舊部，招募營勇，迅速前往廣東，與張樹聲妥籌佈置；南北洋及長江防務，責成左宗棠、李鴻章以及彭玉麟保薦的長江水師提督李成謀，『悉心規劃，妥慎辦理』。此外，以洋槍有『準頭』而頗爲自負的吳大澂，在吉林練了三千『民勇』，可以抽撥；亦責成吳大澂親自統率，由海船直航天津，聽候調遣。

軍機上日夜會議，籌劃如何增兵添餉？但是談得多，做得少，因爲恭王始終不主張興兵決裂。同時李鴻章奉到詔旨詢問戰守機宜，究竟有無把握？亦率直上陳，認爲中國實力不足，應及早結束。這一下，備戰的各項事務，便又停頓了下來。言路大譁，劉恩溥上摺參劾李鴻章，貽誤大局，請另簡賢員，籌辦法越事宜。而清流中比較激烈的人，甚至要嚴參恭王。

到了十月底，果然有個山東籍的御史吳峋，上奏指責軍機全班，說『樞臣皆疾老疲累』。這雖是籠統而言，但亦可以分開來論，恭王與景廉多病；寶鋆年紀太大；李鴻藻清癯如鶴，當個瘦字；翁同龢雖不瘦、不老、不病，但入值軍機以外，毓慶宮教皇帝唸書，每日必到，本職工部尙書，瑣碎事務極多，還兼領著管理國子監的差使，同時他是極講邊幅的人，凡有應酬，必不疏忽，所以累得連逛琉璃廠瀏覽古董字畫的工夫都沒有了。

爲此，吳峋建議派醇王赴軍機處稽核，另簡公忠正大，智略果敢的大臣，入值軍機；換句話說，就是撤換全班軍機。這個主張，相當大膽，恭王認爲不能不有所表示。

『我決意退讓賢路。』他在軍機處說：『讓我家老七來挑一挑這副擔子也好。』

『六爺，』寶鋆接口問道：『眞是這麼打算？』

『不這麼怎樣著？還眞的賴著不走，非得人來攆？』

『好！我追隨。』

寶鋆這樣表示，大家自然也都聲明，決心與恭王同進退——當然，誰也沒有把這件事看得太嚴重，誰也沒有眞的辭出軍機的打算。

這是料準了慈禧太后一定會挽留，但是卻沒有料到慈禧太后借此機會有一番相當嚴峻的告誡。她毫不掩飾她的失望，責備恭王游移寡斷，始終不肯實心實力去籌餉調兵，最後是責望他跟軍機處與總理衙門都得極力振作。

恭王也實在無力振作，只訴說了許多難處，認爲越南君臣不爭氣、疆臣都只看到眼前，不想一想兵連禍結，將來是如何了局？又說大家將劉永福看得太重。而特別加強了語氣說的一句話是：『洋人兵器甚精，絕非其敵。』

『不是他的敵手，莫非就不該講邊防了？』慈禧太后說：『現在是在人家的地方打仗，好像勝敗都可以不大關心；若是在越南打敗了，人家攆到咱們國土上來，這又該怎麼說？』

『臣豈不知能打勝仗，大張天威是好事？不過，實在沒有把握。臣還聽人說：劉永福在越南，跟法國在講和。果然有這樣的事，就更不可恃了。』

『你是聽誰說的？』

是聽李鴻章說的——李鴻章這話，跟好些人說過；已經證明他是爲了急於議和，故意散佈的謠言。恭王一時口滑，直奏御前，卻不便在詰問之下，進一步以謠言爲事實，只好這樣答道：『現在外面謠言甚多，也當不得眞。』

『對了，謠言當不得眞。別人聽信謠言猶可說，軍機也聽謠言，就說不過去了。』慈禧太后問道：『我如今要句實實在在的話，岑毓英、唐炯、徐延旭，到底怎麼樣？』

『岑毓英是能辦事的。唐炯，臣以前回奏過。徐延旭，』他指一指李鴻藻說：『大家都說他還不錯。』

徐延旭升任廣西巡撫，出於李鴻藻的力保，而聽恭王的語氣，似乎不以爲然；因而李鴻藻不得不說話了，『徐延旭很能帶兵。』他說：『軍機已接到他的信，不日自龍州出關，駐紮諒山，親自調度。合粵桂滇三省之力，必可力固邊防。』

『我也是這麼想。』慈禧太后的聲音很有力，『岑毓英、張樹聲都能打仗，都有自己練的兵；唐炯一向勇敢，徐延旭既然能帶兵，廣東的倪文蔚也不錯，兩總督三巡撫合在一起，還有劉永福。而且越南雖說跟法國訂了約，還是心向中國。照這情形看，應該能打勝仗；可是到現在還沒有頭緒。我就不明白，這是甚麼道理？』

其實她明白，只是顧全恭王的體面，有意不說——能打勝仗而至今沒有頭緒，只爲恭王與李鴻章『內外相維』，一意向『和』的路子上走；調兵遣將，舉棋不定，慢慢都落在法國後面了。

恭王當然也聽出言外的責備之意，但是，他所了解的情形，與慈禧太后所知道的不同。徐延旭既老且病，信任他的一個患難之交，分發廣西的道員趙沃；而淮軍出身的廣西提督黃桂蘭，倚趙沃爲護符，與越南的北寧總督張登臭味相投，每日在營裡擁著年輕貌美的越南『妹崽』，飲酒作樂，因而北圻的民怨甚深，民心並不可恃——總之，照恭王看來，這個仗是不能打的；一打開來，難得收場。不過，慈禧太后已爲許多慷慨激昂的清議所打動，一時難以挽回她的心意，更不能激怒了她，只有委曲將順，等『囂張』的主戰論，略略消滅，方能全力推動和議。

在這樣的打算之下，對慈禧太后的不滿，只好裝作不解，依然是敷衍的話頭。話題由戰備談到交涉，慈禧太后便問到總理衙門，是不是也該添一、兩個年輕力強、精明能幹的人，幫著應付法國的公使和巴黎來的電報？

提到這一點，恭王靈機一動，隨即答道：『如今對各國的交涉甚多，倘能如慈諭，簡派一、兩員得力的人到總理衙門，自於交涉有益。』

『你們倒看看，誰合適？』

『署理左副都御史張佩綸，就很合適。』

舉薦這個人，自慈禧太后到其餘的軍機大臣，無不覺得意外；因爲主戰的論調，就數張佩綸的聲音最響，而總理衙門辦各國交涉，自然是秉持『化干戈爲玉帛』的宗旨，與張佩綸的素志，豈不相違？

『你說他合適嗎？』

『是！』恭王一反近來吞吞吐吐的語氣，答奏得清朗有力，『張佩綸爲人極其明白，對法越事宜，屢有陳奏，見得他在這方面很肯留心。如蒙降旨，派張佩綸在總理衙門行走，和戰大計，他一定看得很透徹。』

聽這話也有道理。張佩綸本就在紅得發紫的時候，慈禧太后自然照准。

就在派張佩綸在總理衙門行走的那一天，接到電報，順化的局勢又有了變化，越南接位不多日子的『合和皇帝』阮福昇像慈安太后那樣，忽然暴死。死因不明，有的說阮福昇不堪法國的壓迫，憤而自裁；有的說是主戰派以毒藥弒主。看樣子以後一說比較可信，因爲嗣位的『建福皇帝』阮福昊，名爲前皇阮福時的繼子，其實是輔政阮說的親子；而阮說是主戰派。

這自然對中國有利；而對中國有利，就對法國不利——從順化條約成立以後，法國就逼迫越南政府催促黃佐炎撤兵，同時表示，如果越南政府能撤除黑旗軍，法國願意將所佔的河內、海陽、南定三城交還，因此，劉永福的處境很難。不過，唐景崧已正式奉到朝旨：『設法激勵劉永福，不可因越南議和，稍形退阻。』而且懸下賞格：劉永福『如能將河內攻拔，保全北圻門戶，定當破格施恩』，同時賞銀十萬兩，以助兵餉。所以唐景崧力勸劉永福固守；黑旗軍中的第一員勇將黃守忠，亦表示寧死不退。法軍假越南以迫劉永福的計謀，歸於無用。

當時如此，於今主戰派勢力抬頭，劉永福和黃佐炎自然更不會退出北圻。於是法國在越南的統帥孤拔，展開新的攻勢，攻破興安省，捉住巡撫，解到河內槍決；分兵進窺劉永福在山西的防區。

疆臣妒功

軍情緊急，劉永福向雲南告急，並無回音。再向廣西催餉，亦無結果──餉銀就是朝廷所賞的十萬兩，指定由廣西藩庫墊撥；徐延旭嫉妒劉永福和唐景崧的優旨褒獎，硬是不肯墊發，甚至連軍火接濟都停止了。這一來不但劉永福進關募勇的計畫落空，連向廣東『十三行』所買的四百桿洋槍，價款九千兩銀子都付不出，惹得商人大吵大鬧：最後迫不得已，只有出一張『領結』，備一角公文，請商人自己到廣西藩庫去『領價』。

黑旗軍還在愁兵愁餉，法國陸軍的斥堠，卻已迫近山西；幸好唐景崧奉旨所管帶的四營滇軍，到了三營。都是疲瘦短小的新兵，十個人分不到一枝洋槍，就有槍也不會用。不過，總算有了三營人；唐景崧跟劉永福商議，借他的旗幟號衣，將這三營新兵，全部換裝易幟，列坐在城牆外面。法國的先頭部隊，遙遙望見，心憚黑旗軍，不敢輕舉妄動。唐景崧的這齣變相『空城計』，總算有了效驗。

不過也只延宕了不多工夫；三天以後，法軍大舉進犯，水陸動用了十二條軍艦，四十艘民船，陸路有三千陸軍，後勤支援有五百車彈藥及夠一個月用的糧秣，浩浩蕩蕩，直薄山西。

調兵防守是由劉永福親自主持，陸路前敵由黃守忠扼守；山西城四門，亦都佈置了重兵，劉永福自己駐外城，唐景崧則駐內城，看守老營。至於黃佐炎的部隊，一共有兩千人，劉永福指定駐紮南門外的一個村落中，應該如何協同作戰，一無指示。

不但如此，劉永福還下了一道命令：禁止越南兵進城。這是因爲劉永福接到密報，說越南的山西總督阮廷潤私通法國，所以作此防範的措施。唐景崧不大相信，但黑旗軍大多這樣說法，也只好將信將疑了。

部署既定，劉永福召集諸將訓話，定下殺敵立功的賞格；然後與唐景崧巡視防務——主要的是北面紅河邊上的一條堤。堤高齊城，上設鐵炮，最大的不過八百斤重；要用它來轟擊法國軍艦，簡直是笑話！然而唐景崧怕動搖軍心，不敢說破。

法軍水陸兩途，都自東北進擊；黑旗軍迎頭擋了一陣，打了個小小的勝仗，殺了七個法國兵，割下腦袋，進城報捷。哪知緊接著報來一個壞消息：河堤失守，黑旗軍已退入城內。劉永福急急下令閉城，並用令箭調黃守忠的部隊，包抄法軍後路。等軍心稍定，查問河堤失守的原因，才知道法軍炮彈，恰好打入河堤上的鐵炮炮口，轟然一聲，炮口炸裂，堤下清軍聞聲大駭，倉皇四散，牽動了黑旗軍的陣腳，以致不守。

劉永福氣得說不出話，唐景崧心裡自然很難過，召集部下三營官密議，預備奪回河堤。於是招募死士，定下賞格，首先登堤的，保升守備，請賞花翎。到了四更時分，發動突襲；無奈這天剛好是十一月十五，月明如晝，鬚眉可見，堤上的法軍，得以展開有效的防守，三進三見，死了六、七十個人，仍舊不能得手，只好退入城內。

轉眼天明。劉永福下令盡撤全軍入城，準備固守；哪知城門一開，信奉天主教，親近法國的越南『教民』，乘機混進城來，良莠莫辨，而且身爲客軍，無從阻止。劉永福的禁令，無形中廢除；果不其然，第二天法軍攻城，彼此轟擊了一天，到傍晚時分，越南軍民裡應外合，改著白衣，作了投降法軍的準備。

大勢已去，黑旗軍只好撤出山西，往南敗退。倉皇中不知唐景崧人在何處，劉永福痛不欲生，懸賞二萬兩銀子，募人入城救唐景崧；應募的一共六個人，無功而返。其實唐景崧已經逃出山西，與劉永福相遇於興化，兩個人抱頭痛哭，商量著整頓潰卒，反攻山西。

這一仗輜重盡失，第一件事就是要設法補充子彈。派人到北寧請領軍械，及朝廷所賞的十萬兩銀子；結果廣西提督黃桂蘭，只撥了不足一戰之用的兩萬發子彈，賞銀分文全無。

虧得時逢冬令，紅河水洩，法國軍艦航行困難，未能南下；戰事算是暫時停頓了。

第六章

山西失守的奏報尚未到京，北京先已從外國的電報中，得知詳細情形。朝廷大震，言路大譁；翁同龢與在京的曾國荃，主張設法轉圜求和，但以清議憤激，連恭王都不敢附和了。

醇王左右的人獻議，仿照吳長慶朝鮮平亂的辦法，以『越南嗣王被弒，禍亂方殷的理由』，降旨派兩廣總督張樹聲，『統帶兵勇，直赴順化，相機勘定，令該國擇賢嗣位。』

此外又派吳大澂幫辦廣東軍務，北洋水師統帶丁汝昌聽候張樹聲調遣；加上已到廣州，正在虎門佈防的彭玉麟，和左宗棠所派，已在中途的王德榜一軍，足可與法軍大大地周旋一番了。

但是，請纓氣壯的張樹聲忽生怯意，打了個電報回京，說越南順化海口，久為法軍佔據；廣東亦並無軍艦可以運兵。如果由欽州越十萬大山到越南，路僻難行；仍舊打算繞道廣西龍州出鎮南關。同時李鴻章亦捨不得放丁汝昌到廣東——不是不捨丁汝昌，是捨不得丁汝昌所統帶的七艘兵艦；因而以北洋密邇京畿，根本重地，不能不嚴加防守作藉口，提出異議。

這一下，不惜一戰的計畫，大大打了個折扣；而且也很明白地顯示出來，戰守大計，關鍵是在李鴻章身上。恭王當然不願打仗，但有醇王在，不便公然倡議，便動用他預先埋伏的一著棋：跟李鴻藻談妥，派張佩綸到天津，跟李鴻章當面商談，問一問他：如果跟法國開戰，到底有沒有致勝的把握？

『怎麼談得到把握？幼樵，你亦是知兵的，倒想想把握在哪裡？』李鴻章說：『唐、徐二人，照我看，無甚用處；不過你們大家捧他，我亦不便多說甚麼。』

『老世叔！』張佩綸只好老實請教：『然則計將安出？』

『難，難！將來不知如何了局？壞事的就是劉永福，偏偏又加上一個大言炎炎的唐薇卿；局勢搞僵了。』李鴻章又說：『唐薇卿出關之前，先去看曾沅甫；沅甫大加激勵，資助行裝，才得出關。然而沅甫現在持何論調？你在京裡總知道。』

『我也是聽翁叔平所說，翁、曾頗爲接近。』張佩綸答道：『曾沅甫的論調，大致三點：第一、宜恤民生；第二、越事不可動兵；第三、聽言宜有選擇，不可輕發。』

『這三點，確是有道之言。民生宜恤，實不其然？直隸現在鬧水災，如果還要徵遣調發，民命何堪？越事本不宜動兵，可見這話不是我一個人說。至於聽言宜擇，當然是指言路而言。老世姪，清議有時不免誤國，前東黨禍，不可不鑑。你我世交至好，我說這話，你不要動氣。』

如果是別人說這話，張佩綸非動氣不可，但對李鴻章，只有報之以苦笑。

『局面實在很難；朝裡的情形，我亦曉得，醇王「見人挑擔不吃力」，總有一天會後悔。這是後話，眼前不必去談它；照上頭的意思看，逆耳之言，未見得有用。幼樵，你倒說，蘭蓀是怎麼個打算？』

李鴻章說話，一向有條理，但這幾句話，雜亂無章。張佩綸不知他用意何在？想了一下，依然只好求教：『原是要跟老世叔討個主意。』

『我的主意沒有用，曾劼剛在巴黎，跟法國政府鬧得很僵，想越事能在巴黎了結，已成奢望，如今只有堅持待機。』

『堅持待機。』張佩綸將這四個字重重唸了一遍，連連點頭。

『如今大家都談洋務，到底有多少人懂得外國？』李鴻章在張佩綸面前，倚老賣老，以發議論作諷勸：『我們天朝大國，唯我獨尊的念頭，早該收拾起來了；並世東西洋各國，敢於欺侮人，也不全靠船堅炮利，人家也講策略、講道理。雖然國情不同，萬國公法，是必得守住的；不守萬國公法，他國縱使想幫忙也幫不上。所以，我們跟人家辦交涉，要請人幫忙，想蹈瑕乘隙撿人的便宜，要先懂萬國公法；不然處處授人以柄，到要講理的時候，就講不過人家了。目前，這一層上頭，眞正沒有幾個人懂，眞教我著急。』

『老世叔這話，』張佩綸說：『自是有感而發，不妨明示，我們在總理衙門，也好留神。』

『凡事總要先朝壞處去想。兩國交戰，常有之事；不過總有和的時候，從古以來，幾曾見兩國之間，數十年干戈不息？若有其事，亦必是兩敗俱傷。』李鴻章說：『現在談到越事，我說句粗魯的話，你們是拆爛污的人，我是替你們揩屁股的人；不過拆爛污也有拆法，總不能拿屎盆子往自己頭上扣。』

說到這裡，張佩綸大爲動容，七分惶恐，三分羞惱，正一正臉色，帶著責問的語氣說：『老世叔何出此言？』

『你不明白是不是？說到這上頭，我明白，曾劼剛更明白，他爲甚麼一再打電報回來，說是只好暗中接濟劉永福？他的主張對不對不說，這樣作法是有深意的，爲了將來議和，法國抓不住中國的辮子。』李鴻章說到這裡停下來問道：『幼樵，你說法國在越南用兵，有些甚麼好處？』

『無非割地賠款，淪爲附庸。』

『割地有之，賠款如何？越南賠不出兵費；眞所謂「不怕討債的兇，只怕欠債的窮」，法國難道就空手而回？』

『莫非……』張佩綸恍然大悟，『莫非法國要將賠兵費的責任套在中國頭上？』

『正是！』李鴻章點點頭說：『你算明白了。人家千方百計要套上來，你還伸長脖子唯恐他套不上，豈不是太傻？目前調兵遣將的廷寄，頗有洩漏出去，落在新聞紙的訪員手裡，大登特登的；將來交涉追究到責任，我們自然可以不承認。但如說下詔宣戰，或者用「明發」激勵軍民；煌煌上諭，天下共見，要想賴都賴不掉，那時候人家求索兵費，請問何詞以對？』

果然，照李鴻章所說，如果公然宣戰，脫不了責任，豈不是拿屎盆子往自己頭上扣？張佩綸大爲領教，當即表示：『以後我在總理衙門，這方面倒要下點功夫。』

『對了！正該如此！』李鴻章很欣慰地說：『我可以送你幾套書，著實是經世致用之學，幼樵，你在總理衙門跟洋人打交道，總要記住四個字：站穩腳步。尤其是講到交戰，千萬不可先開釁。萬國公法上最講究這一點，切記！切記！』

就這樣長談了兩日，張佩綸才知道軍務一無把握，回京覆命，不敢再一意主戰。指派岑毓英派兵直赴越南京城順化定亂之議，不再提起。事實上岑毓英亦不敢冒失，上摺表示異議，說雲南是西陲的門戶，關係緊要；而且出關伊始，軍心未定，不便捨近圖遠。這條『奇計』，就此擱置了下來。

轉眼新年——皇帝臨馭，正逢十年之期；慈禧太后亦整整五十歲了。皇帝親政、大婚、太后萬壽三件大事，已有人在談起；只是邊疆不靖，不敢公然談論。所以儘管新年裡風和日麗，上上下下卻都打不起興致。

也許，唯一的例外是曾國荃，到底得遂心願了。

正月十二，兩江遞來一道奏摺，左宗棠奏請開缺——他的眼疾相當嚴重，上年十月裡就曾上奏辭官；奉旨賞假三月調理。假滿未見痊可，在這個時候，自然以引退爲上策；奏摺中的話，相當懇切。爲了表示堅決求去，還加了一個『擇人自代』的夾片：

『兩江地大物博，全賴得人而理，而人才由歷練而成；如果質地端方，志趣向上，則制治有本，將來成就，亦必卓有可觀。

『竊見安徽撫臣裕祿，操履篤誠，寬宏簡重，懋著才猷，在疆臣中實罕其比。

『漕督臣楊昌濬，守正持平，性情和易，而歷任繁劇，均得民和；臣與共事多年，知之最深。

『前兩廣督臣曾國荃，任事實心，才優幹濟，遇中外交涉事件，和而有制；去任之日，粤中士庶，謳思不替，遠人敬之。』

保舉人才有『正陪』之分，刊在第一名的，自然是『正』；慈禧太后亦知裕祿其人，他是咸豐初年，湖北巡撫崇綸的兒子。崇綸有兩個兒子，老大叫裕德，德勝於才，有名的不通的翰林，讀《史記》封禪書，茫然不解，稱之爲『仙書』。但是老二裕祿，卻是旗人中的能員，以筆帖式當到司官，外放爲熱河兵備道，升調安徽藩司。同治十三年就當安徽巡撫，年紀還不滿三十。

那時安徽有個土豪，就是爲勝保招撫的李世忠。此人雖然官拜提督，而賊性不改，盤踞淮揚，陸通鹽梟，水通湖匪，聲勢驚人；因爲他原名兆壽，所以外號『壽王』。

李世忠有個死對頭，就是陳國瑞。但陳國瑞是醇王的愛將，有此奧援，自然佔了上風；因此，李世忠益發仇視官府，有起事造反的密謀。但兩江多湘淮百戰的老兵，一旦有警，荷戈而起，佔不了便宜；所以李世忠改在河南招兵買馬。

日子一久，風聲外洩，裕祿密疏請誅李世忠，以絕後患。朝命相機辦理，鄭重告誡：不可打草驚蛇，激出變故。

由於李世忠的黨羽眾多，裕祿當然不能公然進剿；與幕友密議，定下了一條智取之計。正好李世忠由河南回安徽，經過安慶，裕祿便下了個帖子請他赴宴。

酒到半酣，裕祿取出密旨，叫人唸給李世忠聽；同時埋伏著的親兵一擁而上，縛住李世忠，就在督署後園一刀斬訖，買棺盛殮。等一切妥帖，才通知李世忠的家人，說是奉旨處分，但爲顧全李家顏面，不必明正典刑，對外只說筵前暴斃，此外還有一筆撫恤。問李家的意思如何？

李家還能有甚麼話說？蛇無頭而不行；烏合之眾的黨羽，難道還敢糾眾造反？李家反倒感激裕祿的曲曲周全。一場隱患，消弭無形；裕祿的處置，朝廷激賞，同官推服，就此出名。安徽巡撫一當十年不倒，並且能將左宗棠敷衍得推心置腹，薦以自代，手腕也眞不弱了。

因此，慈禧太后在准許左宗棠開缺，賞假四個月的回籍養病的同時，就派裕祿署理；並兼署辦理通商大臣。

左宗棠有薦賢的附片，外面並不知道；因此，這番朝命，頗予人以突兀之感，也可說是意外之感。兩江總督幾乎可說是疆吏中第一要缺，裕祿的資望，實在不足以當此重任；雖說主持東南海防的南洋大臣，並未派裕祿兼署，意示朝廷將另簡重臣接替，但是南洋大臣究竟不比北洋大臣自成局面，如非由江督兼任，便很難有所爲。

另一方面，亦有人以爲當此局勢艱難之際，左宗棠引退，跡近畏難躲避；言路上不滿的更多，上摺『請旨責以大義，令其在任調理』。這也就等於表示，在這個時候應有負威望的元勳鎭守兩江。『聞鼙鼓而思將士』，於是從慈禧太后到軍機大臣，一致認爲應該讓曾國荃去當兩江總督。

曾國荃署江督，裕祿回任安徽巡撫的上諭明發時；岑毓英已經出關，王德榜在湖南永州招募的八營新軍，將到龍州，而法國軍隊，分水陸兩路逼近北寧，大戰爆發在即了。

將帥不和

岑毓英是十一月裡由昆明起程，八抬大轎，緩緩行去，走了半個月才到蒙自；由此往南，進入越南邊境，路上就苦了，一路披荊斬棘，抵達保勝，跟雲南巡撫走馬換將，唐炯回省，岑毓英接替主持防務。

行轅設在一座關帝廟內，地方不大，岑毓英每天就在大殿上召見部將，接見越南官員；細細詢問之下，才知道局勢不妙，於是星夜拜摺，陳明困難：

『山西既失，越事愈加棘手，法人可由興化、宣光分道犯滇，且興化城在江邊，形勢山西尤爲難守；宣光無兵駐守，更屬堪虞，必須面面兼顧。而由蒙自至興化，陸路一千六百餘里；由開化至宣光，陸路一千二百餘里；即有蠻耗至保勝，亦有四百餘里，皆偏僻小道，路極崎嶇，沿途人煙稀少，猛獸甚多。軍士裹帶行糧，披荊斬棘，跋涉維艱。自蠻耗至保勝，雖水路可通；僅有小船二、三十隻，可裝兵三、四百人，往返一次，必須十餘日。若由保勝水路至興化，往返必須三十餘日，欲速不能，臣焦灼萬分。』

接下來是講他部署的情形：

『再三籌劃，只有水陸並進。爰派記名提督吳永安統帶三營，馳往開化；督同前派分道出關之副將陳安邦等三營，共合六營，由河陽馳赴宣光，擇要駐防。其餘總兵馬柱、雷應山等各營，由蒙自陸續進發，臣帶親兵小隊，駕輕舟先行前進，於十二月十一日馳抵保勝。與唐炯面商分佈，意見相同。現據記名總兵丁槐、參將張永清等稟報，已於興化城外扼紮防堵。』

當然也要提到劉永福和唐景崧：

『主事唐景崧所帶兵勇，自山西退至興化，已於十二月初四日繞道撤回北寧。南將劉永福駐興化，惟大炮全行失落，各項小槍，亦多遺失。興化上游之清波、夏和等縣，教民紛紛變亂，文報幾至阻塞。臣等現切囑總兵丁槐等多方預備，嚴密附守。又派知縣李豔枝等二營往清波、夏和駐紮安民，並分給劉永福快槍子藥，俾資整頓，令其嚴束所部，恪遵紀律。又行文南官，革除苛政，收拾民心。』

至於進取之計，岑毓英是這樣打算：

『俟總兵馬柱等各營到時，臣毓英即親往興化一帶，查勘佈置。一有頭緒，即由興化旁出宣光，督促提督吳永安等，相機前進，並與廣西撫臣徐延旭聯絡會商，和衷共濟，仰副聖意諄諄告誡之至意。其保勝、興化一路，滇軍與劉團共事，需得兩軍信服之員，駐紮調和，擬將臣毓英胞弟，二品頂戴分省補用道岑毓寶調來，協同照料。』

這是岑毓英重視劉永福，苦心佈置的一著棋；因為劉永福與滇軍並不和睦，這是陣前大忌；而此外的困難還多：

『聞此番法人以全力經營，又加越南各處從教匪黨，已有一萬數千人，船多炮利，勢頗猖獗。滇軍既無輪船，又少大炮，挽運更難，必須廣東、福建水師有兵輪攻擊越南海防，以分賊勢；廣西、雲南增兵添餉，通力合作，水戰陸戰，各盡其長，方可迅圖恢復。而廣東、福建各有應守海口，不識兵輪，能否分撥？臣等不敢妄擬，應如何辦理，出自聖裁。』

由廣東、福建調撥兵艦，自水路進擊，也是徐延旭的希望，無奈事實上辦不到；朝廷接得岑毓英的奏報，對這個要求，根本不提。但『邊外各軍，必當有所統攝，以一事權』；所以明定邊防各軍，包括徐延旭的部隊，統歸岑毓英節制調度。

當然，岑毓英所最看重的是黑旗軍；而劉永福所最看重的是唐景崧，因此，岑毓英將唐景崧請到保勝，替他製了全副冬裝，補送薪水，每日設宴，奉為首座。這一番刻意籠絡，使得唐景崧感激涕零，自告奮勇，為岑毓英去向劉永福規勸，與滇軍和衷共濟。

劉永福受盡官軍的氣，提起來就會咬牙切齒，所以唐景崧不得不用手段，摸透血性男兒的性情，苦勸以外，責以大義，甚至言語相激。近乎灰心的劉永福腸子終於又熱了起來，表示暫時一切都隱忍，等好好打一、兩場勝仗，大家再算帳。

經過這一番疏通，岑毓英開了年才乘舟東下，駐紮距興化三十里的嘉榆關；劉永福由唐景崧陪著來見——岑毓英陰鷙沉毅，城府極深，知人處事，另有一套不易測度的手腕；他看劉永福是個草莽英雄，想用『七擒孟獲』的辦法來收服他。

因此，等劉永福一到，先臨之以威，材官親兵擺隊，刀槍如林，但劉永福倒也不大在乎，雖微有怯意，並非見了武器害怕，只不過像新郎官拜堂，覺得過於受人注目而已。

當然，岑毓英擺這個場面，是爲了襯托他對劉永福的降尊紆貴；降階相迎，親熱異常，口口聲聲喊著劉永福的號：『淵亭、淵亭！』劉永福是預先聽唐景崧教導過的，稱他『大帥』，也行了大禮，岑毓英遜席相謝，長揖相答。

『我本來可以早一天到的。大前天下船，忽然天昏地暗，疾風暴雨，看樣子船到會沉，只好上岸。』岑毓英神色自若地說：『到了前天下船，又是這個樣子，看來是有靈異，我就叫人取了一張黃紙來，親筆硃書四個大字：「諸神免參」。向空焚化以後，淵亭，你知道怎麼樣？』

劉永福老實答道：『我不知道。』

『說也奇怪，就此雲開日見，風平浪靜，才開的船，不過耽誤了一天工夫。淵亭，』岑毓英似乎很認眞地說：『你下次出門，如果遇著這種情形，不妨照這樣子做，自然化險爲夷。』

這意思是說，劉永福將來也會像他那樣，封疆開府，當到一品大員，冥冥中有諸神呵護。劉永福自然懂他的恭維，卻不覺得高興，反而深深嘆口氣。

『淵亭，你何以長嘆？』

『大帥！』劉永福答道：『我絕沒有大帥的福分；生來是苦命。』

『我也是，從小父母雙亡，是姑母撫養長大——』

接下來，岑毓英便又談他的身世，卻離不了鬼話。如何七歲得病而亡，如何身到森羅寶殿，如何不肯喝『孟婆湯』，如何一提岑毓英的名字，閻王大驚失色，呵斥小鬼亂提貴人，又如何令判官送他回陽。

劉永福靜靜地聽著，兩個人的臉，除了膚色極黑相同以外，表情大異其趣；一個十分起勁，一個相當落寞。岑毓英看看不大對路，收拾閒話，談到正題。

『淵亭，你現在有多少人？』

『三千二百多。』

『編不了多少營。』岑毓英看著唐景崧問：『你看呢？』

劉永福在上諭上稱爲『劉團』，認作團練，而邊臣的奏摺上稱他爲『南將』，現在要正式改編爲官軍；這是唐景崧早就跟劉永福談過的。

於是唐景崧陪著劉永福星夜拔營南下，馳援北寧。第二天到了山西北面三十里的屯鶴地方；此處瀘江、洮江、沱江，也就是俗稱綠水河、紅水河、黑水河的三水交會之處，所以又名三江口，向來是商賈輻輳的交通要衝，如今因爲法軍已佔山西，市面極其蕭條，無法補充給養。劉永福便即下令，即刻渡過沱江，向東而去；近在咫尺的法軍竟未發覺。

到了北寧，劉永福不肯進城，十二營都駐紮在離北寧七里的安豐縣；由唐景崧帶著十幾名親兵，去見黃桂蘭和趙沃聯絡。

黃桂蘭和趙沃在軍前都稱統領，兩軍分治，一右一左。論官位，黃桂蘭是提督，比趙沃這個道員大得多，但文官的品級比較值錢，而且趙沃是徐延旭的親信，所以北寧防務，是外行的趙沃作主。而趙沃又信任一名副將黨敏宣，此人是綠營中有名的一塊『油抹布』，既髒且滑；唐景崧對他早具戒心，見趙沃時有他在座，淡淡地不甚理他。

『我身子不好，又多病痛；萬里投荒，眞不知所爲何來？』趙沃一面咳嗽，一面吞吞吐吐地說。見他那副形容憔悴的樣子，再聽他這番有氣無力的言語，唐景崧的心，先就涼了一半；然而不能不勉勵他幾句：『大敵當前，還要仰仗慶翁的威望……』

『甚麼威望？』他搖著手打斷了唐景崧的話，『營官士兵，驕蹇不法，桂軍的餉又比滇軍來得少；實在很難帶。老兄，我眞想讓賢了！』

聽口氣還當唐景崧有意來取而代之。這就話不投機了，而且看樣子也談不出甚麼名堂，唐景崧敷衍了一會，隨即起身告辭。

黃桂蘭卻不如想像中那麼不堪。他是李鴻章的小同鄉，一口濃重的合肥土話，聽來非常刺耳；不過此人倒知書識字，出口成章，所以話還不難懂。加以長身修髯，儀表不壞；唐景崧對他的觀感，比對趙沃好得多。

他的號叫卉亭，所以唐景崧稱他『卉帥』，略作寒暄，請教戰守之計。

『薇翁明達，想必已有新聞；趙慶池左右有小人，多方掣肘，教人很難展佈。』黃桂蘭首先指責黨敏宣；接下來談他的作法：『我帶右軍，只能量力而爲。佈置大致還算周密；北寧城堅可守，等王方伯楚軍出關，再議進取。』王方伯是指王德榜；他以前的官職是福建藩司，所以稱他方伯。

『卉帥，法國軍隊愈逼愈近，楚軍怕一時到不了。』唐景崧答道：『恕我率直，我看北寧戰守兩不可恃。備多力分，紮營太散，呼應不靈，不能戰。』

『我原主堅守。』

『守亦甚難。北寧城雖堅，如今法國的大炮不同了；一炮轟進城，請問守軍何處藏身？』

黃桂蘭聽見這話，不由一楞，掀髯問道：『那倒要請教，計將安出？』

『最好在離城數里地以外的要隘處所，開掘「地營」，以守野為守城。』

『甚麼叫「地營」？』

『地營』是滇軍的規制，掘地為坑，深約六尺，大小視地勢而定；坑內四周安上木柱，高出地面一尺許，柱間空隙，作為槍眼。柱子上面再鋪木料，上覆泥土。這樣不但低不受炮，而且遠處瞭望，不易發見，可以瞞過敵人。

『想得倒不錯。』黃桂蘭問道：『出路呢？』

『出路在坑後面，開一條斜坡路入坑。坑口加木柵，放下木柵，只要一個人守在那裡，坑內就沒有人出得去，可免潰散之弊。』唐景崧很起勁地說：『如果人多，可以多開數營；地下開槽，各營相通，彈藥糧秣，亦不妨貯存在地營裡面。地營之外，又可以開明槽，高與人齊，寬約五尺，長只一丈，每一丈就應該有轉折；為甚麼呢？太寬則炮彈容易打中；不過就打中了，也只是這一丈之地受損害，這就是一丈一轉的好處。』

『既有暗槽，又何用明槽？』

『明槽是為了便於偵察敵情。全在暗坑，敵情不明，亦不是好辦法。』唐景崧又說：『地營之外，最好用槎枒樹枝，用藤裏纏，密排三層；這就是古時候的所謂「鹿角」。倘或在地營四周，埋上地雷，更是有備無患，不過總要遠在本營二十丈以外，才不至於炸到自己。』

書生談兵，居然頭頭是道，但黃桂蘭卻聽不進去，認爲這樣的作法太離奇，也太費事，所以大搖其頭。

『我決心負城而守。』他固執而顯得極有信心地，『我有四營人，法軍沒奈何我。』

又是個話不投機的。唐景崧適時打定一個主意，自己先踏勘四處，決定了戰守方略，直接向徐延旭建議，請他下令趙黃兩統領照辦。

兩天以後，唐景崧由北寧出發，向東北到鎮南關外的諒山，去見廣西巡撫徐延旭。

徐延旭是山東人，字曉山，咸豐十年的進士，分發廣西當知縣，以此起家。他跟鹿傳霖是兒女親家，而鹿傳霖是張之洞的姊夫；就跟唐烱是張之洞的大舅子一樣，以此淵源，得爲清流所保薦。徐延旭雖有能員之名，亦是早年的事；如今既老且病，卻爲清流看成伏波將軍馬援，期望他在鎮南關上再樹銅表，眞正有苦難言。

『北寧保不住了！』徐延旭黯然長嘆，『唉！趙慶池、黃卉亭誤我太深！』

一句話沒有完，闖進一個人來，看模樣不過一名小武官，卻旁若無人地大聲說道：『怎麼樣，我說陳得貴不行吧？扶良失守了！』

唐景崧久聞徐延旭有個心腹聽差，由軍功保案中弄到一名把總，平時常奉主人之命，到各營傳話，大家都叫他『老韓』；此人猖狂無禮，喜歡任意批評將領，而徐延旭資以爲耳目，頗加信任。現在看他的樣子，想來就是老韓了。

果然，徐延旭倉皇問道：『老韓，你慢慢兒說；是怎麼回事？』

『法國兵攻扶良，陳得貴拿炮台失掉了。』老韓說道：『請北寧派援兵，黃統領又不肯馬上發兵；耽誤了好久，才發了三營守城的兵去救，走到半路上，聽說扶良垮下來了，趕緊又逃回北寧。』

『糟糕了！』唐景崧在一旁聽著，不覺頓足失聲，『北寧完了！』

『怎麼、怎麼？』徐延旭急急問道：『何以見得？』

『哪裡有守城的兵，可以遠援六十里外的扶良的？倘或一敗，就回不得城了；如果開城相納，敵人正好跟蹤而至，等於開門揖盜。黃軍門這樣用兵，北寧豈不危乎殆哉？』

『說得是，不過，有黑旗軍在……』

『說甚麼黑旗軍？』老韓大聲插嘴，『人家根本就不肯打。』

『不會的！』唐景崧有些發怒，瞪著老韓，不客氣地叱責，『你憑甚麼說這話？』

『是眞的嘛……』

『老韓，』徐延旭不能不盡敬客的道理，向嘵嘵聲辯的聽差喝道：『你先下去。』

徐延旭當然知道劉永福對桂軍的憾恨甚深，雖然奉命馳援北寧，但未必肯聽自己的命令；所以囑咐總辦營務處的道員黃彭年，跟唐景崧去情商，託他到北寧去督戰，好策動黑旗軍出隊抵擋法軍。

這是義不容辭的事，唐景崧慨然允許，立即去見徐延旭辭行。但是他卻又遲疑了，因爲唐景崧上承慈眷，是朝廷所很看重的人，上次山西失守，諭旨中特別關切他的下落，此番如再失陷危城中，對朝廷似乎不好交代。

『北寧危地。』徐延旭遲疑著說：『你不去也好。』

『沒有不去的道理。我馬上就走。』

於是徐延旭特選了幾匹好馬，讓唐景崧帶著親兵，即刻趕往北寧。事後想想，還是怕劉永福負氣不肯出兵，便又親筆寫了一封信，拔一枝令箭，派老韓與一個姓關的千總，傳令劉永福即刻出戰。

唐景崧星夜急馳，第三天到了距離北寧不遠的郎甲地方，這裡設著糧台，軍火輜重甚多，消息應該容易打聽。但問起來只知道北寧以東的湧球山頂，已爲法軍所佔領，扼住了北寧的退路，情況極其危急。唐景崧憂心如焚，連夜渡諒江；再想渡湧球江到北寧時，得到消息，北寧已經失守，敗軍無法撤退，趙沃和黃桂蘭行蹤不明。

黑旗軍呢？唐景崧判斷情勢，劉永福一定往北退守保勝一路；在桂軍，當然要守郎甲，自己也只有先回郎甲再說。

到了郎甲，從間道逃回的潰卒口中，得知北寧的詳細情形：法軍由扶良大舉進犯北寧時，趙沃和黃桂蘭各領親兵，督促守城四營在城東十里迎戰，雙方僵持不下，而黑旗軍在後路觀望。黃桂蘭派人求援，劉永福的黑旗只招展了一會，就讓法軍起了戒心，攻勢頓見緩和，但是劉永福卻不肯有進一步的行動，親持令旗，在各營巡視，只勒兵不發。前營黃守忠忍不住想出隊，也讓劉永福喝止住了。

事急無奈，黃桂蘭懸犒賞二萬兩銀子，劉永福置之不理。就在這時候，法國炮艦駛入湧球江，拉炮上岸，曳到湧球山頂，居高臨下，轟擊北寧。一連三炮，都打入北寧城內，市面大亂；越南的北寧總督張登憻，倉皇而遁。後方有變的消息傳到陣前，軍心大亂；趙沃和黃桂蘭想全師而退，已辦不到。

逃是逃回城了，但想守已守不住，黃桂蘭一看這情形，關起房門，懸樑自盡；爲他的部將救了下來，提著廣西提督的大印，匆匆扶他上馬，退向北寧以北的太原。第二天，劉永福的十二營亦退到太原，見了黃桂蘭自不免愧歉——他的意思是想讓黃桂蘭和趙沃吃點苦頭，到最危急時，才出兵相救，一則報宿怨；再則炫耀黑旗軍的戰力。哪知後方突變，而前方的四營又太無用，以致誤喪北寧。

在諒山的徐延旭，對劉永福還抱著極大的期待；而捷報未至，老韓卻已回來繳令了。

『回來得這麼快？』徐延旭問：『信投到了沒有？』

『沒有。』

徐延旭大驚：『爲甚麼不投？』他定睛看著老韓，有了新發現：『你怎麼搞得鼻青眼腫的？』

這是爲關千總揍出來的傷痕——兩個人走到諒江，聽得對岸已有炮聲；老韓膽怯，不敢渡江。

『你不去隨你；俺去。』關千總將手一伸：『你把撫台的信跟令箭給俺！』

老韓不肯給；不然對徐延旭無法交差。『不行！』他悍然答道：『信是交給我的；我說不投就不投。』

『拿來！』關千總臉一沉，『你不識相，別怪俺不客氣。』

『你敢怎麼樣？』老韓比他還狠，『莫非還敢揍人？』

一句話未完，臉上狠狠著了一掌，『你當俺不敢揍你！』關千總下面又是一腳，將老韓踹倒在地，一面拳打足踢，一面罵道：『入你奶奶的！揍你個小舅子。徐撫台瞎了眼，淨用些忘八蛋。俺，』他將頭上的大帽子取下來，使勁往地上一摔：『俺不做他的官了。俺去投滇軍。』說完，他重又撿起大帽子，撣撣灰塵，戴在頭上，大踏步沿諒江往北，去投岑毓英。

這是很丟臉的一回事，老韓當然不肯實說；好在關千總已投滇軍，撒謊不怕拆穿，便支吾著答道：『路上不好走，摔了一跤。』

『信呢？』徐延旭指著他的手問：『你拿的甚麼？』

『信沒有投。我想了又想，不投比投好。』

『甚麼？』徐延旭氣得臉色發白，『是你作主，還是我作主？也、也罷，你先說個道理我聽聽！』

『我自然有道理。』老韓像青蛙想拒捕似地鼓起了肚子，『我怕信裡有罵老劉的話，投了惹他發火，所以不投。』

『嘿！』徐延旭連連頓足，『你眞是自作聰明！我罵他幹甚麼？我信裡是許他的花紅，克復北寧，賞兩萬銀子。你、你，』他揎一揎衣袖，一隻指頭直點到老韓的鼻頭上，『你誤了我的大事！我可再容不得你了。』

老韓一聽這話，心往下一沉；看來是要軍法從事。照平日言聽計從的情形看，卻又不至於如此；不過，無論如何已鬧了個大笑話，傳出去不好聽。事急無奈，只有橫起心在沒道理中找出一個道理來。

『哪知道是這麼一封信？平常提起劉某人就罵，談到黑旗軍也罵；人家自然當這封信裡沒有好話。』說完，將信和令箭往徐延旭懷裡一塞，昂然而去。

徐延旭沒工夫去理會這件事，接二連三派出探馬去打聽前方的情形；兵敗的消息亦接二連三地報到諒山。郎甲一失，輜重盡棄，越發槍法大亂，一會兒要改變營制，抽調精銳，重新編組；一會兒要責成各軍，劃地分守；一會兒要調動各軍，改變防區，只見他一個人如掐了頭的蒼蠅似地，奔進奔出，倉皇萬狀。

惶亂之中，亦有定見，那就是星夜奏劾敗將，在呈報北寧失守的奏摺中，附了三個夾片：第一片嚴劾陳得貴失卻扶良的炮台；第二片參黃、趙二人『棄地先逃』；第三片彈得不錯——趙沃的副將黨敏宣，所領六營，不戰而退；黨敏宣以找尋右路統領趙沃爲名，星夜後撤，眞正是『棄地先逃』。

趙沃和黃桂蘭輾轉逃回諒山，兩個人住在一起，閉門思過，不見外客。不久，黃桂蘭接到兩廣總督衙門一封文書，紫花大印，是張樹聲的親筆，痛罵他喪師失律，將淮軍的面子丟得光光。黃桂蘭看完信燒掉，默無一言；到了半夜裡，吞了一牛角盒子的『洋藥』倒在床上，閉目待死。

很快地爲家人所發覺——黃桂蘭的部屬，一半抽『洋藥』，一半帶眷屬；他本人亦帶著姨太太在營裡，發覺他尋了短見，一面急救，一面去告訴同住的趙沃。

『不用來叫我！』趙沃在屋中答道：『黃軍門約我一同尋死，我正在寫家書，還沒有到死的時候。他志在必死，你們不必救他；救亦無用。』

果然。黃家請了醫生來急救，黃桂蘭拒不受藥，延到第二天中午，一命嗚呼。

北寧失守的電報，是由李鴻章發到總理衙門的，語焉不詳；而徐延旭卻有個奏摺到京，說北寧並無警報。這是二十天以前的事，相隔未幾，何致有此突變？軍機大臣相顧驚疑，只等恭王來拿主意。

恭王從大病以後，就不大入值；要來亦常常晚到，這天直到午前十一點鐘才坐轎進宮。看了一電一摺，半天不響。

『先拿電報遞上去吧？』李鴻藻問說；電報已經由軍機章京另外用正楷抄了一份，預備用黃匣子呈上御前。

『北洋的消息也未見到靠得住，這麼三、兩句話，連個失守的日子都沒有，上頭問起來，怎麼回奏。明天再說好了。』

到了明天，北洋大臣李鴻章又來一個電報：『北寧十五失守，華兵亡者無數。』不說『官兵』或者『我軍』而說『華兵』，可知所根據的是外國新聞紙的電報；而『亡』之一字，大家卻都知道，不是死亡之亡，是逃亡之亡。

恭王不曾入值，上頭卻已在叫起；而北洋的第二個電報又到了，證實北寧確於二月十五失守，又說徐延旭株守諒山，並以北寧無警，拒絕『劉團』請援。

『怎麼辦？』李鴻藻面色凝重地說：『趕緊把六爺請來吧！』

『來不及了。』寶鋆搖著手說：『咱們上去。』

『上去得有個說法……』

『說甚麼？』寶鋆搶著說：『早就知道不能打的！事到如今，反正總要有人倒楣；第一個當然是徐曉山。』

說完，他領頭先走；進養心殿行了禮，當面遞上電報，慈禧太后勃然色變，『怎麼說？』她的雙眼睜得極大，『到底把個北寧丟掉了！徐延旭一再上摺子，說北寧不要緊；問到大家，亦總說守得住，弄到臨了，是這麼一個結果，再下去不就應該丟雲南、丟廣西了嗎？』

『鎮南關是天險，一夫當關，萬人莫敵，法國兵大概不敢進犯。』寶鋆又說：『徐延旭措置乖方，請旨嚴譴。』

『這自然要嚴辦。不過就殺了他又何濟於事？你們總要有個切實辦法拿出來才好。』

『事情總歸於和局……』

『和，和！』慈禧太后厲聲說道：『除了議和，你們就不會辨別的事嗎？』

寶鋆碰了個大釘子，面色灰白，額上已見了汗，只是連連碰頭，沒有話說，於是李鴻藻開口了。

『北寧一失，不獨雲南吃緊，廣東瓊州的防線，亦要當心。臣的意思，一方面責成岑毓英督促徐延旭戴罪圖功，極力進取；一面飭知張樹聲、彭玉麟實力籌備，嚴密防範。』

慈禧太后不作聲，好半天才很不情願似地說了聲：『也只好這樣了。』

『是！』

『我看徐延旭不行。』慈禧太后又說：『得要找個人替他。』

徐延旭的底蘊已經大白，粉飾推諉，一無是處；其人本就既老且病，如果軍務方面不行，其他就沒有用處了。這樣的人，自然應該立刻解職，但誰是繼任其職的適當人選？只爲才難，所以從寶鋆到翁同龢都不開口，現在慈禧太后一口說破，樞臣不能不承旨辦理。

『張佩綸、張之洞都曾力保徐延旭、唐炯，不想如此辜負聖恩！』寶鋆答道：『容臣等與恭親王商議了，再回奏請旨。』

『對了！還有個唐炯，上年擅自進關，就跟臨陣潛逃一樣，可惡得很，應該跟徐延旭一案處分。』

寶鋆答應著，先擬旨分寄雲南岑毓英、廣東張樹聲和彭玉麟，給了徐延旭革職暫留頂戴的處分。然後寶鋆約了李鴻藻，添上一個張佩綸，一起去見恭王，商議廣西和雲南兩巡撫的調動事宜。

『人是有。不過赤手空拳，哪個肯去？兵在何處，將在哪裡；槍炮子藥何在？這些不替人籌好了，請問，』恭王環視一周，眼光落到自己身上，『叫我也不肯去。』

『現在該是掌兵權的重臣效命的時候。』李鴻藻說：『左季高總算難爲他，已經派了王朗青；李少荃的淮軍，也該出出力才是。』

『就是這話。』恭王深深點頭，『我看和也好，戰也好，都少不得一個李少荃，自然也少不得淮軍。』

於是順理成章地決定了正率軍援桂的淮軍將領，現任湖南巡撫潘鼎新接替徐延旭；再就近調一個早就當過雲貴總督，因案革職，光緒六年復起的貴州巡撫張凱嵩接替唐烱爲雲南巡撫。

『王爺，』張佩綸說道：『法國索兵費六百萬鎊，此事所關非細；總不宜授人以柄？』

『何爲授人以柄？』

『崇地山的前事可鑑。當年逮問崇地山，俄國以爲按萬國公法，是敵視該國的明證；如今與法國正在議和，而以與法軍開仗失律的疆臣革職，另簡將領接替，豈不明示我國不惜周旋到底並無求和的誠意？倘或法國公使以此質問，頗難自解。』

『這倒也說得是。』恭王躊躇著說：『難道不作調動？這對上頭又如何交代？』

『好辦得很！』寶鋆接口，『不用明發，不必知照吏部就是了。』

『疆臣調動，不用明發，』恭王大搖其頭，『從無此例。』

『事貴從權。』寶鋆大聲說道：『而且例由人興。』

這話似乎有些強詞奪理，但除此以外，別無良策，恭王便看著其餘兩個問：『你們看呢？』

李鴻藻不作聲，張佩綸亦不作聲；寶鋆的辦法，算是在沉默中確定了。

『此外呢？』恭王又問：『宿將中還有甚麼人可以起用？』

『宿將甚多，但要人地相宜。』張佩綸說：『第一要與淮軍有淵源；第二要能耐蠻瘴。不然無用。』

於是不約而同地想起了黃桂蘭的前任馮子材。他與張國樑同時，當咸豐初年，江南大營解體，張國樑陣亡，何桂清倉皇從常州逃走，李秀成席捲吳中時，只有他始終扼守鎮江。但既不屬湘，又不隸淮，派系不同，自受排擠，熬了好多年才當到廣西提督，卻又因徐延旭跟他不和，彼此互劾，徐延旭佔了上風，馮子材解職，改用黃桂蘭接了他的位子。於今徐、黃兵敗，相形之下，自然見得馮子材高明了。

但是，馮子材的年紀到底大了，是不是老當益壯，肯不肯復起效勞，都成疑問。所以一時未作結論，要看看西南邊境的情形再說。

清流內訌

邊報其實是可想而知的，關外敗退，關前堅守；倒是京裡的情形想不到：清流內訌。

由於張佩綸的氣燄太盛，清流之中，早就暗樹壁壘。反張的是小一輩的名士，隱然以謙恭下士、謹飭自守的翁同龢為宗主；其中知名人物推盛昱為首，其次是福州王氏弟兄，哥哥叫王仁堪，字可莊，光緒三年的狀元；弟弟叫王仁東，字旭莊，雖還在讀書，卻已是響噹噹的少年名士，他最看不起張佩綸，因為張佩綸搏擊滿朝，而獨獨親附李鴻章，不是欺善怕惡，便是趨炎附勢。

北寧失守，在王仁東看，當然是張佩綸誤保唐、徐的罪過，少年氣盛，不免在稠人廣座之間，大加指責，同時覺得本乎愛人以德的道理，想勸張佩綸以『徒採虛聲，濫保匪人，貽誤大局，自請議處』。去了兩次，張佩綸不見；一怒之下，決意絕交，正在寫信的當兒，來了一個熟客。

這個客人就是張樹聲的兒子，外號『清流靴子』的張華奎。自從張樹聲貿然奏調張佩綸不成，兩下結了怨；而張樹聲代李鴻章爲直隸總督時，朝鮮內亂，張樹聲不聽李鴻章不輕用兵的告誡，指派吳長慶渡海平亂，且因得袁世凱的力，處置得宜，益發遭李鴻章的忌，所以張、李亦有貌合神離的模樣。這一下，越發要防張佩綸有受李鴻章的指使，有所攻擊；因而張華奎代父謀幹，一心想去此心腹大患。

然而張佩綸不但上蒙慈眷，且有極硬靠山李鴻藻；所以要去張佩綸，必先去李鴻藻。張華奎認爲時機到了；擬了一個奏疏來看王仁東。

打開稿子一看，寫的是：

『唐炯、徐延旭自道員起擢藩司，不二年即撫滇、桂，外間眾口一詞，皆謂侍講學士張佩綸薦之於前，而協辦大學士李鴻藻保之於後。張佩綸資淺分疏，誤採虛聲，遽登薦牘，猶可言也；李鴻藻內參進退之權，外顧安危之局，義當博訪，務極眞知，乃以輕信濫保，使越事敗壞至此，即非阿好徇私，律以失人僨事，何說之辭？』

才看了第一段，王仁東就明白了，『劾李相不如專劾豐潤。』他說；豐潤是指張佩綸。

『是！』張華奎答道：『擒賊先擒王。』

王仁東點點頭，將整個摺子看完，徐徐問道：『藹卿，你有甚麼主意？』

『我先請問，旭莊，你看這個摺子怎麼樣？』

『清流見重於人，不獨在於見識文采，尤在富貴不能淫、威武不能屈、貧賤不能移！』王仁東又發了議論，『像張簣齋，處處說得嘴響，只遇到李合肥，就閃轉騰挪，曲意迴護，這算甚麼名堂？這個摺子自然痛快。』

『那麼，再請教，怎麼遞上去？』

『你看呢？』

『令兄如何？』

王仁東知道，他那位老兄的態度不如他激烈，未見得肯依從；倘或不肯，自己一定要爭，傷了手足的友愛之情。再以清流中的地位來說，他老兄雖是狀元，分量究竟還不夠——夠分量的有一個人，卻無把握；因而答道：『你先擺在我這裡，等我琢磨琢磨，行不行？』

『有甚麼不行？』張華奎又試探著問：『近來跟盛伯羲常過從否？』

王仁東笑笑不答。心裡更打定了主意；所見相同，決定找盛昱出面。

爲了言路大譁，無不以爲唐炯、徐延旭喪師辱國，因而朝旨革職拿問；責成新任雲南巡撫張凱嵩和廣西巡撫潘鼎新派員解送刑部。這兩道上諭，依照張佩綸的意見，不『明發』，用『廷寄』。當然，知道的人很不少；對此不滿的人亦很多，朝廷刑賞，必須明白宣諭，示天下以至公，哪有這樣偷偷摸摸的道理。

就爲了這個緣故，盛昱認爲軍機的失職，非比尋常；他本來就有『不鳴則已，一鳴驚人』的想法，此時越發覺得該轟轟烈烈搞一下，於是關緊了書房門，改好了張華奎的原稿，親自謄清，密密固封，遞入內奏事處。

慈禧太后打開來一看，事由是：『爲疆事敗壞，責有攸歸，請將軍機大臣交部嚴加議處，責令戴罪圖功，以振綱紀而圖補救。』不覺瞿然動容；近來論越事的摺子不少，大多痛斥唐、徐；彈劾軍機大臣的卻還僅見。

因此，她命宮女剔亮了燈，聚精會神地細讀；第一段是責備張佩綸，牽連及於李鴻藻，再下去就談到恭王了：

『恭親王、寶鋆久値樞廷，更事不少，非無知人之明，與景廉、翁同龢之才識凡下者不同，乃亦俯仰徘徊，坐觀成敗，其咎實與李鴻藻同科。然此猶共見共聞者也；奴才所深慮者，一在目前之蒙蔽，一在將來之諉卸。北寧等處敗報紛來，我皇太后皇上赫然震怒，將唐炯、徐延旭拿問，自宜渙大號以勵軍威，庶幾敵愾同仇，力圖雪恨，乃該大臣等猶欲巧爲粉飾，不明發諭旨，不知照內閣吏部，夫一月之內更調四巡撫，一日之內逮治兩巡撫，而欲使天下不知，此豈情理所有？』

慈禧太后不自覺地嘆了口氣，接著再往下看：

『該大臣等唯冀苟安日夕，遂置朝綱於不顧，試思我大清二百餘年有此體制歟？抑我中國數千餘年有此政令歟？現在各國駐京公署及沿海各國兵船，紛紛升旗，爲法夷致賀。外邦騰笑，朝士寒心，奴才竊料該大臣等視若尋常，未必奏聞也。』

看到這裡，慈禧太后便問：『李蓮英呢？』

李蓮英正在分派慈禧太后出宮隨行的太監和宮女，聽得傳喚，飛快而至，等候示下。

『各國使館，這幾天都升旗了沒有？』

這話問得人摸不著頭腦，東江米巷的使館他亦見過，記得是升著五顏六色的旗子，但這幾天是不是升旗可就不知道了。

他當然不敢也不肯回說『不知道』；答一句：『奴才馬上叫人去瞧。』

『快！我等著回話。』

李蓮英答應著出了長春宮，找到一個騎馬騎得極好的御前侍衛，傳宣懿旨，限他半個時辰去瞧了來回話。

『不用去瞧；是升著他們的國旗。』

『你怎麼知道？』李蓮英責備他說：『年輕輕的，別的沒有學會，就學會躲懶。』

『李大叔，不信你親自去瞧！洋人的規矩，除了下雨飄雪，每天一早升旗，上燈下旗，一年三百六十天，天天這個樣，錯不了的。』

『不會錯？』

『錯了，你老憑我是問。』

李蓮英諒他不敢撒謊；便點點頭說：『好吧！你別跟人說甚麼。』

雖有了結果，他卻不立即回長春宮，將自己的事情料理停當，取出李鴻章所送的一個金錶看了一下，夠了用快馬去一趟東江米巷的工夫，才去回奏。

『跟佛爺回話，英國、法國、日本、美國、俄國，各國使館都升著他們的國旗。』

『眞的有這回事！』慈禧太后帶著恨聲；接著倏然抬眼：『德國呢？』

這是數漏了一國，但不能說沒有看明白，也不能答得遲疑，不然就是差使辦得不夠漂亮，李蓮英毫不含糊地答道：『沒有！』

慈禧太后深深點頭，『我想也不會。』她自語似地說：『德國跟法國不和，自然不能替他們高興。』

李蓮英聽在耳朵裡，摸到一點門徑了，原來『佛爺』問各國使館可曾升旗，是要打聽各國使館可是爲法國高興？這當然跟越南打仗有關；這一陣子慈禧太后的臉色沒有開朗過，此時更見沉重，不能惹她生氣。因而特地告誡所有能在慈禧太后說得上話的太監宮女，格外小心；問到外頭的情形，不可多話，更不可瞎說。

其實，最後的告誡是過慮，慈禧太后連跟李蓮英都懶得說話，她心裡只不斷默唸著盛昱的話：『有臣如此，皇太后皇上不加顯責，何以對祖宗？何以答天下？惟有請明降諭旨，將軍機大臣及濫保匪人之張佩綸，均交部嚴加議處，責令戴罪圖功，認眞改過。』

這樣想著，已快上轎出宮了，忽又改了主意，轉臉對李蓮英說道：『先到養心殿！』

這自然是要召見軍機；蘇拉飛快地傳旨叫起。軍機上四大臣微覺詫異；這天因爲恭王奉旨到東陵普祥峪爲孝貞太后三周年忌辰上祭，原已傳諭軍機，不必見面，忽又叫起，是何大事等不到明天呢？

『只怕盛伯熙的摺子上說了甚麼？』寶鋆猜測著說：『此君好久沒有說話了，聽說今天的摺子是他親自來遞的，而且還在朝房裡不走，似乎打算著有他的「起」。不管了，上去再說。』

等見過了禮，慈禧太后開口便問：『北洋有電報沒有？』

『沒有。』

『有也不會有甚麼好消息！』慈禧太后的聲音極冷，臉也繃得極緊，『邊疆處處多事，督撫都是一樣，無非空話搪塞。錢花得不少，左手來，右手去，戶部庫裡空的時候居多；談了幾年的海防，效用在哪裡？』她的兩把兒頭上的黃絲穗子，儘自晃蕩，『我好些日子沒有舒舒服服睡過一覺了！一想起來，不知道將來有甚麼臉兒見祖宗？』

最後那句話，比一巴掌打在人臉上還厲害，從寶鋆以次，不由得都取下帽子碰頭，偈促得抬不起臉來。

『越南的局面不知道怎麼收場？戰也不是，和也不是，就這麼糊裡糊塗，一天一天混了過去。怎麼得了？』

『奴才等奉職無狀。』汗流浹背的寶鋆很吃力地答奏，『雖說內外的難處很多，總歸軍機難逃失職之咎。奴才等實在無地自容。』

『也不能怪你們。多少年來積習難返了。』慈禧太后欲語不語地，終於嘆口氣說：『你們下去吧！』

跪安退出，一個個神色都不自然。口中不言，心裡卻都驚疑不定；不知道慈禧太后這番嚴厲的責備，到底因何而發？

『盛伯熙的摺子下來了沒有？』寶鋆忽然問起，將軍機章京找了來問。

『沒有。』

『言路上還有誰的摺子？』

軍機章京查了來回報：山東道御史何崇光有一個奏摺，亦還沒有發下來。同時又帶來一個消息，說慈禧太后原定這天出宮臨幸壽莊公主府賜奠，臨時改期，改到明天了。

第七章

壽莊公主是醇王同母的妹妹，行九，所以通稱爲『九公主』；同治二年出降，十四個月以後就守了寡。這是慈禧太后指的婚，她內心不免歉然；又因爲她是醇王的胞妹，特加優遇，由和碩公主進封固倫公主，賜乘杏黃轎。但這些榮典，並無補於寡鸞孤鵠的抑鬱情懷，終於一病不起，在一個月前薨逝。

慈禧太后在九公主初薨時，已經賜奠過一次；這一次是因爲廿七天期滿，金棺將奉移墓園，再度親臨奠酒。事先傳諭醇王：在九公主府傳膳。這是示意要醇王開舉，當然奉命唯謹。但時間過於侷促，府中的廚子備辦不及，只有託李蓮英設法，花三千兩銀子，調集長春宮小廚房和御膳房的膳夫，利用現成的水陸珍肴供奉。

這天九公主府中，親貴除了恭王以外，幾乎都已到齊，站過班等候分班行禮；誰知李蓮英傳懿旨：無需進見，各自散去。當然醇王因爲還要進膳，是不能走的。

這一切安排，都是爲了便於單獨召見醇王；見面先將盛昱的奏摺交了下來，同時說道：『你看看，該怎麼樣才能讓他們「戴罪圖功」？』

醇王接摺在手，匆匆看完，內心起伏激動，訥訥然答道：『盛昱的話，正是臣心裡的話：「我皇太后皇上付以用人行政之柄，言聽計從，遠者廿餘年，近亦十數年，乃餉源何以日絀，兵力何以日單，人才何以日乏？」別的不說，只說法國好了；天津教案到如今十四年了！當時大家能夠知恥發憤，整頓軍備，培養人才，到如今又何至於要用唐炯、徐延旭、黃桂蘭這些廢物？又何至於張樹聲要派兵到順化，竟因沒有鐵甲輪船不敢到越南海面？以往如此，將來亦好不到哪裡去。年富力強的時候，不能為朝廷出力；年紀大了，更沒有指望。皇太后如天之德，要責成他們「戴罪圖功」，以臣看來，實在很難。』

『嗯！』慈禧太后在心中考量，有句話要問出來，關係極重，得要仔細想一想，所以這樣說道：『你好好去琢磨琢磨。這個摺子我先留下。』

『是！』

『明兒一早你遞牌子。』

這表示下一天還要召見，進一步再作計議。醇王等侍候慈禧太后傳膳已畢，起駕還宮，趕回纖子胡同的新居適園，吩咐下人：『馬上請孫大人來！』

『孫大人』是指工部左侍郎孫毓汶；在京朝大員中，跟醇王親近是出了名的。孫毓汶因為咸豐末年在山東濟寧原籍辦理團練，抗捐經費為僧王所劾，革職充軍；恭王為此深惡痛絕。後來雖以報效軍餉，開復原官，卻始終不甚得意；直到光緒四年丁憂服滿進京，方始遷詹事、升閣學、轉侍郎。這自然是醇王的力量；他本人亦並不諱言，只表示『非楊即墨』，既然恭王對他『有成見』，那麼親近醇王也是很自然的事。

其實，他是看準了醇王的『太上皇』的身分，必有一天發生作用，所以刻意奉承；而預期的這一天，畢竟到了！

『王爺，』他說：『上頭的意思不就很明白嗎？這個摺子單單只給王爺一個人看，就是只打算聽王爺一個人的話。』

『我也是這麼想。不過，我的情形跟「那面」不同。』醇王說的『那面』是指恭王。

醇王自從次子入承大統，非分的尊榮為他帶來至深的警惕，自分閒廢終身，曾上疏自陳心跡：『為天地容一虛縻爵位之人，為宣宗成皇帝留一庸鈍無才之子。』而清議言路，懍於明世宗『大禮議』的教訓，深恐醇王將來會以皇帝本生父的地位干政，紛紛建言裁抑；十年以來，彷佛已與實際政務絕緣。如今雖靜極思動，但要想如恭王一般以親貴領軍機，卻絕不可能；這就是『與那面不一樣』的地方。

孫毓汶當然知道這層道理，但他另有一套說法：『朝廷少不得王爺，成憲亦未見得不能變更；只有找幾個肯聽話的人，一樣能大展王爺的懷抱。嘉謨鴻猷，有益於國，為天下共見共聞；三、五年以後，水到渠成，誰曰不宜？』

這番話聽來曖昧，其實不難明白；他是勸醇王用一般傀儡，自己在幕後牽線，隱操政柄。三、五年以後，皇帝親政，大權在握，要請本生父執政，則亦無非就已成之局，化暗為明而已。

想到深處，醇王怦怦心動，他始終認為民氣可用，而選將、練兵、籌餉如能切實整頓，成效自見，大可跟洋人見個高下。只為恭王過於懦弱，誰都知道他沒有跟外敵周旋的決心；既然如此，整頓軍備，毫無用處，自然因循觀望。倘或換一個發揚踔厲的局面，人心一變，鼓舞向上；那時候大申天討，倒要讓大家看看，到底誰行誰不行？

想得極美，但做起來不容易，『誰是肯乖乖聽話的？』他說：『只怕連貴同年都未必肯。』

這是指的翁同龢。一想到他，孫毓汶心裡就不舒服，家世彷彿，而才具自問不知比他高出多少，但論功名殿試遜他一籌，屈居人下，已是莫大憾事；論仕途，爲帝師、當尚書、入軍機，又哪來這麼好的運氣？相形之下，自己太委屈了。

不過他亦很機警，知道醇王很敬重翁同龢，不敢過分攻擊，因話答話地說：『翁叔平不脫貴介公子的習氣，又自負是狀元，崖岸似高，外謙而內傲。王爺早就看得很明白了。』

『是的。』醇王躊躇著說：『連他都不能如人之意，那就難了。』

『是！很難。若要不難，必得走這條路。』孫毓汶的聲音異常沉著：『其實也只有這條路好走。』

『甚麼路？』

『全班盡撤。』

醇王一驚！『你是說軍機全班盡撤？』他問。

『是！』

『從雍正七年設軍機處以來，還沒有全班盡撤的成例。』

『怎麼沒有？』孫毓汶說：『辛酉那年不是嗎？』

辛酉政變是特例，醇王搖搖頭：『那不同！』

『例由人興。』孫毓汶說：『而且也得顧六爺的面子。』

『這話怎麼說？』

『只看咸豐五年的例子，六爺一個人出軍機，那碰的是多大的一個釘子？唯有全班盡撤，算替六爺分謗，他的面子才好看些。』

『這倒也是。』醇王深深點頭，『不過，對上頭總該有個說法？』

『當然。王爺不妨這麼說……』

孫毓汶密密教了醇王一套話；還有最重要的硃諭底稿，便由他在適園的香齋中，閉門草擬，弄了一個更次，方始就緒，送請醇王過目。

接到手裡一看，是這樣措詞：

『現值國家元氣未充，時艱猶巨，政多叢脞，民未敉安，內外事務，必須得人而理，而軍機處實爲內外用人之樞紐。恭親王奕訢等，始尙小心匡弼，繼則委蛇保榮，近年爵祿日崇，因循日甚，每於朝廷振作求治之意，謬執成見，不肯實力奉行。屢經言者論列，或目爲壅蔽，或劾其委靡，或謂昧於知人。本朝家法綦嚴，若謂其如前代之竊權亂政，不惟居心所不敢，實亦法律所不容。』

雖是開脫的語氣，仍覺太重；醇王到底還有手足之情，不比孫毓汶看恭王是寃家，所以躊躇著說：『似乎不必這樣子措詞。』

『非此不可！』孫毓汶用平靜而固執的聲音接口，『近支親貴尊長，而且前後領軍機三十年，不這樣子措詞，豈不顯得皇太后不厚道？』

這樣一說，醇王不作聲了。接著再往下看：

『只以上數端，貽誤已非淺顯，若仍不改圖，專務姑息，何以仰副列聖之偉烈貽謀？將來皇帝親政，又安能臻諸上理？若竟照彈章一一宣示，即不能復議親貴，亦不能曲全耆舊，是豈朝廷寬大之政所忍爲哉？言念及此，良用惻然。恭親王奕訢、大學士寶鋆入值最久，責備宜嚴，姑念一係多病、一係年老，茲錄其前勞，全其末路。』

以下就是一段空白。因爲一二品以上的大員有過失，臣下不得妄擬處分，所以從恭王開始，對所有的軍機大臣，都是只擬罪狀：

『協辦大學士吏部尙書李鴻藻，內廷當差有年，只爲囿於才識，遂致辦事竭蹶。

『兵部尙書景廉，只能循分供職，經濟非其所長。

『工部尙書翁同龢，甫值樞廷，適當多事，惟既別無建白，亦不無應得之咎。』

這三小段之下，都留有空白，預備讓慈禧太后自己去塡註處分。接下來又這樣說：

『朝廷於該王大臣之居心辦事，默察已久，知其絕難振作，誠恐貽誤愈深則獲咎愈重，是以曲示矜全，從輕予譴，初不因尋常一眚之微，小臣一疏之劾，遽將親藩大臣投閒降級也。』

再下面便是一番激勵的話，用『將此通諭知之』六字作結。

於是第二天一早，醇王坐轎進宮，遵照慈禧太后的指示，遞了牌子，等候召見。這天是三月初十，慈安太后三周年的忌辰，除了特派恭王赴東陵普祥峪上祭以外，皇帝在景山壽皇殿行禮，因此，原來仿照同治的故事，皇帝未親政前，應該隨同太后召見臣工，而這天卻缺席了——這是慈禧太后特意的安排；跟在九公主府傳膳同一用心，爲了要避開皇帝召醇王『獨對』，免得洩漏機密。

當然，頭一起還是召見軍機，只談了一件事，就是徐延旭在二月十四馳報北寧無恙奏摺；慈禧太后只是連連冷笑，未作任何指示就傳諭『跪安』了。

等軍機一退，立即傳召醇王，養心殿東暖閣門窗緊閉；殿前殿後由李蓮英親自帶人巡視，深恐有人接近窺探。

這樣嚴密的關防，軍機處自然不知道，但只聽說醇王獨對將近一個鐘頭之久。而且盛昱、何崇光、劉恩溥等人的封奏，都未交下來；是甚麼事觸犯忌諱，留中不發？因而寶、景、李、翁四大臣，都有預感，怕要出甚麼大風浪，只盼恭王能早早趕回京來。

再下一天，何崇光、劉恩溥的摺子都交下來了；非常意外地，所奏竟是無甚關係之事，而盛昱的摺子始終未發，這就越顯得有蹊蹺了——甚至連盛昱自己都有些惴惴不安，怎麼樣也猜不透慈禧太后葫蘆裡賣的是甚麼藥？而了解政情，善觀風色的還紛紛向他打聽；這是極有關係的大事，他自然隻字不肯透露。

因爲如此，他在考慮，有個應酬是不是要去？去了必有許多人問到他的封奏，不但不勝其煩，而且窮於應付。不去則又失禮；更怕有人猜疑他是『故意』不到，越發會惹起好些無根的揣測。

想來想去，決定還是去。因爲一方面固然要表示中懷坦蕩；另一方面實在也想打聽打聽消息，或者可以對自己的這個摺子會引起甚麼結果，窺知端倪。

政局巨變

這天三月十二，協辦大學士刑部尚書文煜爲他的兒子志顏完婚。文煜在咸豐初年以辦江北江南大營的糧台起家，是旗人中有名的富戶。上年胡雪巖的阜康銀號倒閉，據說倒了他一百多萬銀子，爲鄧承修嚴詞參劾，結果查出三十六萬兩，朝旨責令捐銀十萬兩，以充公用，並由順天府按照官款，如數追出。一場風險，不僅大事化小，且因不費分文，直可說是小事化無；另外的存款，拿胡雪巖所設一家規模極大的藥店胡慶餘堂作抵，所損無多，因而非常高興。這場喜事，也就大為鋪張，賀客上千之多。

上千的賀客中，最為主人所著重的，不是『王爺』，而是『都老爺』，有『鐵漢』之稱的鄧承修；雖然彈劾過文煜，卻仍舊為他奉作上賓，親自作陪。談不到片刻，只聽支賓的聽差，高聲傳呼：『盛老爺到！』這就不但主人，連賀客亦無不注目了。

盛昱是肅親王豪格之後，亦是天潢貴冑，加以少年名士，自視甚高；所以雖是水晶頂子的五品官兒，那昂然直入的氣派，卻不下於一品大員。

在喜堂上行過了禮，由主人親自領著到西花廳——款客之地七、八處，西花廳的『門檻』最高，專門接待清流名士；不怕官爵再高，如果不是正途出身而腹有詩書，就不敢踏進門去。

盛昱是翰苑後輩，但從寶廷憔悴罷官，回到鑲藍旗營房，領一份錢糧度日，每天徜徉西山，尋詩覓句，自遣愁以來，他就成了八旗名士的領袖，聲光極盛，加以他那個摺子留中不發已有四天之久，料知必有驚人的陳奏，因而一進花廳，立刻就被包圍了。

大家都在探問，不問的只有王仁堪、王仁東弟兄；再有個人倒想問，只是沒他說話的分兒——此人就是張華奎，他是北闈的舉人，以等候會試為名，替他父親在京當『坐探』，平時雖奔走清流之門，卻沒有誰當他一個讀書人看待；能夠踏進這座花廳，已近乎『僭越』。他也知道名士中脾氣不好的甚多，胡亂插嘴，會受呵責，搞得下不了台，所以自己知趣，只遠遠坐在一角，侍候顏色。

但是，他的消息卻比任何人都靈通，因為他有宮裡的線索。盛昱的摺子，將他的原稿改動了多少，他不知道，但慈禧太后在九公主府及養心殿兩次召見醇王，關防嚴密異常，卻是他知道的。參的是李鴻藻跟張佩綸，何需垂詢醇王？如果醇王入見，與此事無關，那麼盛昱的摺子又何以四天不下？是不是盛昱改動原稿，又加上甚麼花樣，或者措詞過於激烈，會引起甚麼大風波，搞得一發不可收拾？

爲此，他相當不安；曾經跟王仁東談過，想託他去打聽。王仁東不願這麼做，只推託事忙，一時沒工夫去見盛昱；此刻盛昱就在這裡，請他便中一問，有何不可？

這樣盤算著，便找到一個機會，將王仁東拉到一邊，說知究竟；王仁東是防著他有此一舉的，心中早有預備，『你別傻！』他說：『眾目睽睽之下，拿他調到一邊咬耳朵，人家心裡會怎麼想？這件事，我們大可在旁邊看熱鬧，不必理他。』

張華奎卻沒有他那份閒豫的心情。上次爲了奏調張佩綸，弄巧成拙，結成冤家；此番暗中『打虎』，倘或不能得手，反撲相噬，必非敵手。但是，這些顧慮卻是難言之隱，無從跟王仁東明說，只好唯唯稱是。

『走！』王仁東拉著他說：『他們在談兩廣的邊務，你也去聽聽；看跟令尊在家書中告訴你的情形，有甚麼不同。』

於是兩個人慢慢走到西首，只見匟床上坐的是『壽陽相國』祁寯藻的兒子祁世長、刑部右侍郎而爲『小軍機』魁首的許庚身，兩旁八張椅子上，東面是鄧承修、劉恩溥和盛昱；西面是翁同龢的得意門生汪鳴鑾和王仁堪。椅子還空著三張，卻沒有人去坐；王仁東和張華奎也像這些站著的人一樣，扶著椅背，傾聽許庚身在談越南的局勢。

軍機上行走的人，自有等閒所不能知的消息；而他又一向掌管軍務，凡是指授方略的廷寄，大都由他擬筆，因而對於越南的兵力部署，地理形勢，相當熟悉。加以他的言語極具條理，娓娓言來，令人忘倦。

正談得起勁時，文煜家的一名聽差，悄然趨前，躬身說道：『許大人！七王爺請。』

許庚身很從容地點一點頭問：『七王爺在哪兒？』

『在楠木廳。』

『我知道。我認得地方。說我就去。』

『是！』

許庚身正談到黃桂蘭服毒自殺，生死未明之際，站起身來，拱拱手說：『欲知後事如何？且聽下回分解！』

『星叔，慢走！』祁世長拉住他說：『你把黃桂蘭的一條命留下。』

『趙沃見死不救，哪裡還會有命？』說完，許庚身舉步出廳，去見醇王。

於是大家又談趙沃，接下來談徐延旭、談唐炯，責備自然甚嚴。對於保薦唐、徐的張佩綸，亦有不滿之詞。

由張佩綸談到張之洞，祁世長透露了一個消息：『聽說張香濤內召，還要大用；看來只有此君得意。』

巡撫大用，自然是升總督；而要調升，當然是調到西南多事之區。岑毓英並無過失，應該不至於有調動：然則是兩廣了。

張華奎轉念到此，異常不安，格外留神細聽；只聽劉恩溥笑道：『張香濤「八表經營」，自然志在四方，陛見之日，也許會請纓殺敵。果然如此，不知朝廷作何位置？』

祁世長想有所言，但看了張華奎一眼，便即縮口。這一眼，越讓張華奎心裡發毛，再也待不下去，悄悄抽身，溜出文宅去打聽信息。

奔走到晚，只打聽到一個很奇怪的信息，內奏事處傳懿旨，命御前大臣、大學士、六部滿漢尚書，第二天『遞牌子』。這是慈禧太后有所宣諭，但何以不由軍機承旨，內閣明發，而要面諭？這一不尋常的舉措，莫非與盛昱的摺子有關？

第二天一早打聽，還有奇怪的事：傳集御前大臣、大學士、滿漢尚書的『大起』中，獨獨沒有武英殿大學士寶鋆、協辦大學士李鴻藻、兵部尚書景廉、工部尚書翁同龢；軍機大臣都不在召見之列，令人很快地想到辛酉年秋天，兩宮太后召見王公大臣，出示硃諭，誅黜全班軍機大臣的故事。

到了中午，終於有了確實消息：軍機全班盡撤，硃諭中定的處分，恭王是『加恩仍留世襲罔替親王，賞食親王全俸，開去一切差使，並撤去恩加雙俸，家居養疾』。寶鋆是『原品休致』。

李鴻藻和景廉的處分最重。都是降二級調用，兩人相比，李鴻藻又吃了暗虧，因爲景廉是尚書，從一品降二級照例調補爲內閣學士；李鴻藻是協辦大學士，正一品降二級應爲正二品，但文官中的正二品，只有太子少師等等東宮官屬，此是加官贈銜，向無專授，因而亦只能去當內閣學士，變成降三級調用。

最便宜的算是翁同龢，『加恩革職留任，退出軍機處，仍在毓慶宮行走。』只是不論如何，逐出軍機處總是宦海中的絕大波瀾；而全班盡撤，向無先例，不但身歷其境的人目瞪口呆，就是旁觀者亦覺得驚心動魄。

『想不到惹出這麼一場大風波！』連張華奎都是面無人色，向王仁東抱怨：『不知盛伯熙還說了甚麼？他的摺子到現在沒有發下來；一定有不足以示天下的話在內。』

『是啊！我亦奇怪。走！看他去。』

盛昱家園林清幽雅致，牡丹尤負盛名；陽春三月，正當盛放。主人風雅好客，年年此時，排日作文酒之會；至於三五知好，對花引觴，更幾乎日日如此。然而這一天卻是例外，盛昱短衣負手，低頭疾步，偶爾拈花，卻不是微笑而是長吁。

在門前卻又是一番光景，熱鬧與清冷大異其趣。硃諭一傳，震動大小衙門。同治四年恭王被譴，不足與此事件相比；拿辛酉年殺肅順一事來相提並論，對政局的影響差相彷彿，而予人的突兀之感，只多不少。因爲肅順將有大禍，事先有明顯的跡象；而軍機全班盡撤，連軍機大臣自己都如在夢中。

因此，大家探索眞相的興趣，也格外濃厚。而唯一的線索，只是盛昱一奏。他的話能發生這樣的作用，一方面見得他的筆厲害；一方面也可以想見他如何爲慈禧太后所重視。清流建言，多蒙榮寵，現成的兩個例子：張之洞以詹事府五品的左庶子，十五個月的工夫，由升補翰林院侍講學士而超擢二品的內閣學士，外放山西巡撫；張佩綸則更由右庶一躍而署理三品的左副都御史，以後又派爲總署大臣，如今盛昱也是位列清班的左庶子，以彼例此，將被大用是可預見之事，這個將熱的『冷灶』，不可不燒。再有些人是專爲要打聽他的摺子中說了些甚麼話，這不僅出於對朝政的興趣；而且也關礙著個人的利害得失，因爲可想而知的是，他既能劾罷全班軍機，自然曾痛論朝局，其中必定列舉許多腐敗的例證，如果爲他的筆尖兒掃著，便得早籌避禍之計。就因爲這些緣故，訪客絡繹不絕；而門上奉命，一概擋駕。當然，王仁東跟張華奎是例外，他們是不需通報的熟客；一看門前車馬塞道，逕自敲開花園邊門，在建於假山頂上的月台，見著了盛昱。『眞是臣門如市，臣心如水。』王仁東笑道：『高致眞不可及！』

『唉！』盛昱嘆了口氣，怔怔地望著來客，竟說不出話。

見他是這樣的神情，張華奎悄悄拉了拉王仁東的衣服，示意他說話謹愼；王仁東當然也看出盛昱的心境，不敢再出以輕鬆戲謔的態度，試探著問說：『摺子始終沒有發下來？』

『就是不發不好！唉，』盛昱又嘆口氣，『我好悔！』

這句話使得兩位來客的心都往下一沉，聽他的話，似乎是說他們倆害了朋友；王仁東性情比較褊急，當時便神色嚴重地說：『伯熙，我不明白你這句話是甚麼意思？更不知道你悔些甚麼？』

『我悔我太輕率。無形中受人利用。』

『甚麼？』王仁東越發沉下臉來質問，『誰利用了呢？』

見他聲色俱厲的樣子，盛昱一楞，細細看了看他的臉色又回想了想彼此的對答，不由得啞然失笑：『我不是說你們。你們不會利用我；我也不會爲你們所利用。』

這是很兇的一個軟釘子，藐視之意，十分明顯，但因話答話，沒有甚麼不對，張華奎生怕彼此的話，越說越僵，趕緊從中解釋。

『大哥，』他一直用這樣親熱而尊敬的稱呼叫盛昱，『旭莊完全是愛朋友的一番意思。這樣的至交，即使有甚麼事要請大哥主持公道，亦一定明白相求；如何說得到「利用」二字？所以旭莊氣急了。』

『原來如此！』盛昱為了表示待友的誠意，招招手說：『兩位請隨我來。』

到了他那間插架琳瑯，四壁圖書，佈置得極講究的書齋中，盛昱從紅木書桌的抽斗中，取出『摺底』來給王仁東看；是張華奎的原稿經過刪改的，一看事由，只塗掉了三個字，原文是：『為疆事敗壞，責有攸歸，請將軍機大臣李鴻藻交部嚴加議處，責令戴罪圖功，以振綱紀而圖補救事』；塗掉了李鴻藻這個名字，便變成劾及全班了。

然而通篇大旨，還是以劾李鴻藻為主，談到恭王的只有一句話，說用潘鼎新、張凱嵩，『恭親王等鑑於李鴻藻而不敢言』，是說恭王鑑於李鴻藻輕信張佩綸濫保唐炯、徐延旭之失，而不敢起用新人，以為用潘、張是『就地取材，用之而當，固不為功；用之而非，亦不為過，濫譽之咎，猶可解免。』

『這也不算苛責。』王仁東詫異，『何以恭王會獲以重譴？』

『就是這話囉！』盛昱使勁揮舞著手說：『現在我才想通，上頭跟這個，』他做了個七的手勢，『早就打算去恭王了。只是定亂安國的親貴，理當優禮；怎麼樣也說不出不要恭王當國的話，正好有我這個摺子，一語之微也算是抓住了題目。你們想想，我不是受人利用了？』

『原來如此！』王仁東才知自己誤會得不識高低，既感安慰，亦覺自慚，勉強笑道：『這倒是我拿我自己看得太高了！』

在難堪的沉默中，終於由張華奎道破了藏在每人心中的一個疑問：『醇王會不會進軍機呢？』

『誰知道？』盛昱緊接著用很有力的聲調說：『倘有其事，我一定上摺子力爭。』

『不知道這趟會不會有人替恭王講話？』

這一問，使得盛昱深感興趣。然而細細想去，卻又不免失望，恭王遭遇嚴譴，頭一次同治四年，是惇、醇兩王仗義執言；第二次同治十三年，是文祥全力斡旋，兩次迴天，只因爲都是『鬧家務』，第二次近乎兒戲，所以易於排解。而這一次看起來是兄弟爭權，但題目上爭的是國事，爭的是公是公非；沒有人敢說慈禧太后的決定不當，要求收回成命，否則就是干預大政，僭妄太甚。

這樣想著，便不住搖頭：『不會的！沒有人敢講話，也沒有人好講話。』

『解鈴繫鈴，只怕大哥倒是例外。』張華奎試探著說。

盛昱心中一動，倏然舉目，看著王仁東問道：『你以爲此舉如何？』

王仁東也覺得軍機全班盡撤，未免過分；連帶使翁同龢受池魚之殃，內心更爲不安。但如慈禧太后愼選賢能，果然勝於已撤的一班，那麼此舉就是多事了。

他認爲自己的想法是正辦，所以毫不含糊地答道：『即使要這麼做，也還不到時候；且看一看，是哪班人來接替？』

『這也說得是。』盛昱問張華奎，『你的耳朵長，可曾聽說？』

『這自然是由醇王來擬名單。』張華奎答道：『我看孫萊山一定有分。』

『孫萊山？他還沒有出京？』

湖北鄖西縣有一名姓余的秀才，爲一個姓干的書辦痛毆至死，知縣包庇書辦，草菅人命；言官參劾，朝旨特命孫毓汶會同內閣學士烏拉布赴湖北查辦。這是十幾天以前發的明旨，而且孫毓汶和烏拉布已經『陛辭請訓』，現在聽張華奎的語氣，孫毓汶似乎未走，所以盛昱詫異。

『我也今天才聽說。』張華奎答道：『孫萊山這一陣子，都是整日盤桓在適園。』

盛昱深深吸口氣，『原來是他爲修私怨搗的鬼！那就越發令人不平了。』他說：『兩位請爲我去打聽打聽。這件事，我難安緘默！』

看樣子盛昱已決心要反過來爲恭王說話；王仁東不明白他出爾反爾的態度，何以如此堅決？不免私下要問張華奎。

張華奎平日最留心這些事，自然知道，『也難怪盛伯熙，他實在太冒失了。他是肅王的七世孫，算起來是恭王的姪子……』

『這我知道。』王仁東不耐煩地搶著說：『你只說他爲甚麼前後態度大不相同？』

『因爲恭王待他很不錯。盛伯熙上恭王府是不必通報的；王府裡的人都叫他「熙大爺」。你想，以後他怎麼還有臉上恭王府？』

『搞成這樣的局面，眞是始料所不及。』王仁東悵惘不甘地說：『濫保匪人的張幼樵，倒安然無事，更令人氣結。』

『慢慢來。』張華奎說：『從前有人測字問休咎，拈得一個「炭」字，卜者脫口答道：「冰山一倒，一敗如灰」；他的冰山不是倒了嗎？』

『看著再說吧！你倒去打聽打聽，看軍機是哪班新員？打聽到了，直接給盛伯熙去送個信。』

『今天大概不會有信息了。有硃諭總也是明天早晨的事。』

負荊請罪

經過徹夜的輾轉反側，盛昱決定要做個『解鈴人』；彌補自己輕率繫鈴的咎歉。

於是一早起身，連澆花餵鳥的常課都顧不得，匆匆漱洗，立即進入書房，鋪開紙筆，捧著一盞茶出神——這道奏摺頗難措詞，構思久久，方始落筆：

『為獲譴重臣，未宜置身事外，請量加任使，嚴予責成，以裨時難，恭摺仰祈聖鑒事：竊奴才恭讀邸抄，欽奉懿旨：將恭親王等開去軍機大臣差使，仰見宸謨明斷，盡義極仁。伏念該親王等仰荷聖恩，倚畀既專且久，乃辦事則初無實效；用人則徒采虛聲，律以負恩誤國之條，罪奚止此？猶復曲蒙高厚，許以投閒，該王等苟有人心，宜如何感激；在廷諸臣苟有人心，宜如何奮勉！惟是該王等既以軍國重事，貽誤於前，若令其投老田園，優遊散局，轉遂其逸之念，適成其諉卸之心，殊不足以示罰。方今越南正有軍事，籌餉徵兵，該王等於檔案尚為諳練，若概易生手，聖躬既恐煩勞，庶務或虞叢脞。況疆事方殷而朝局驟變，他族逼處，更慮有以測我之深淺，於目前大局殊有關係。

『寶鋆年老志衰；景廉、翁同龢小廉曲謹，斷不能振作有為，力圖晚蓋，均無足惜。恭親王才力聰明，舉朝無出其右，徒以沾染習氣，不能自振；李鴻藻……』

寫到這裡擱筆躊躇。為了救恭王，必須有個陪襯；平心而論，自然還是李鴻藻。但救李鴻藻不是救張佩綸，所以這兩句『考語』有一番斟酌，要明說李鴻藻，暗指張佩綸，方合本心。

偶爾抬頭一望，不覺一驚，是張華奎悄然坐在那裡；便訝然問道：『你甚麼時候來的？我竟一無所覺。』

『來了一會了。見大哥正在用心的時候，叫管家不必驚動。』

『你來得正好！有個稿子，你不妨替我斟酌斟酌。先聽聽消息；今兒總該有明發了，軍機是哪些人？』

『我先唸副集唐詩的楹帖你聽。』張華奎朗然唸道：『丹青不知老將至！』略停了一下又說：『這裡頭就有了兩位了。』

盛昱想了一會，疑惑地問：『是閻丹初、張子青？』

『是的。』

盛昱接著問：『下聯呢？』

張華奎應聲吟道：『雲山況是客中過。』

『雲山、雲山？』盛昱攢眉思索了一會，『想來是烏少雲、孫萊山。孫萊山入樞廷，是在意中；烏少雲則匪夷所思了。』

『烏少雲不相干。這無非拿他們湖北查案來湊個對子而已。倒是領樞的人，眞正匪夷所思，你請猜一猜；猜著了我廣和居作東。』

『自然是親貴？』

『那還用說！』

盛昱一路想，一路說道：『不會是五太爺。心泉跟適園很處得來，不過人太沉靜，也從未任過煩劇。莫非是老劻？』

『五太爺』就是『五爺』惇王；心泉是『老五太爺』綿愉之子貝子奕謨的號，親貴中的賢者，好學能文，有百觥不醉之量，但絕非廟堂之器；老劻就是奕劻，因爲與慈禧太后外家是『患難』之交，最近也很紅，最近有由加郡王銜正式晉封爲慶郡王之說，論經歷倒也有領軍機的資格了。

『都不是。』張華奎說：『是禮王。』

這是太不可思議了。禮王世鐸不但談不到才具，而且根本就沒有王者氣象；曾以敵體待李蓮英，對跪相拜，朝中詫爲奇聞。這樣的人，何能執掌政柄？

『我不信。你一定弄錯。』

『有上諭爲證。』張華奎從靴頁子裡，取出一張白紙，遞了過去。

接來一看，寫的是：

『奉硃諭：禮親王世鐸，著在軍機大臣上行走，毋庸學習御前大臣，並毋庸帶領豹尾槍班。戶部尚書額勒和布、閻敬銘、刑部尙書張之萬，均著在軍機大臣上行走。工部侍郎孫毓汶，著在軍機大臣上學習行走。』

『完了！』盛昱頓足長嘆：『眞想不到搞成這樣子的局面。甚麼人不好用？用禮王！』

『這還不容易明白，禮王聽醇王，醇王聽上頭。所以用禮王即所以自用。』

『這說不定是李蓮英出的主意。』盛昱又指著名單說：『閻丹初銳意進取，志氣不殊盛年，倒也罷了。張子青今年七十四，婞婀取容，何所作爲？難道竟不疏辭嗎？』

『白頭相公，自古有之。何必辭？』

『這眞是所謂「丹青不知老將至」了！』盛昱看著名單又說：『拿「腰繫戰裙」來抵景秋坪，廉謹倒也相當；用張子青抵李蘭蓀，賢愚不肖，相去就遠了。還有，許星叔何以沒份？』

『你算算人數看，滿二漢三，已經多了。再說，軍機向來忌滿六個人。』

『嗯，嗯！』盛昱微微冷笑，『這裡頭夾了個閻丹初，格格不入；我看此老恐怕不安於位，遲早必去。』

『是啊。大家也都奇怪；不知道一缸活潑可愛的金魚之中，何以放下一條黑鱺魚？』

『好一個「一缸活潑可愛的金魚」！』

盛昱相當激動，說了這一句；坐到原來的位子上，對著未完的奏稿，按捺心神，拈毫沉思，想好了批評李鴻藻的話，下筆疾書：

『李鴻藻昧於知人，闇於料事，惟其愚忠，不無可取，國步阽危，人才難得，若廷臣中尙有勝於該二臣者，奴才斷不敢妄行瀆奏，惟是以禮親王與恭親王較；以張之萬與李鴻藻較，則弗如遠甚。奴才前劾章請嚴責成，而不敢輕言罷斥，實此之故；可否請旨飭令恭親王與李鴻藻仍在軍機處行走，責令戴罪圖功，洗心滌慮，將從前過錯，認眞改悔？如再不能振作，即當立予誅戮，不止罷斥，如此則責成既專，或可收使過之效，於大局不爲無益。奴才愚昧之見，恭摺瀝陳，不勝戰慄待命之至！』

寫完，將筆一丟，看著張華奎說：『你替我看一看！』

張華奎早在旁邊看清楚了。張佩綸未有處分，自不免失望，但攻倒李鴻藻，亦等於是挫他的氣燄，應該適可而止。不過盛昱解鈴繫鈴，再爲李鴻藻請命，他覺得大可不必；只是干預盛昱的建言，可一不可再，而且『昧於知人』這句話，雖指唐炯、徐延旭而言，也未嘗不是暗責李鴻藻過分信任張佩綸，因而更不願再多說甚麼。

然而就事論事，卻不能不進忠告，『禮不如恭，張遜於李，盡人皆知。上頭既然這麼進退，當然通前徹後想過，無煩陳詞。說不定正是要用他們「無用」這個短處。我看，迴天甚難！』張華奎略停一下，『文章雖懇切，卻只有壞處，沒有好處。』

『我知道，壞處是徒然得罪禮、張二人。我不在乎！』盛昱使勁搖著頭，『連恭王都得罪了；我還怕得罪哪一個？』

『這麼說，就遞吧！我來替你抄。』

張華奎一面繕摺，一面在尋思，這個局面斷乎不是這批人能頂得下來的；慈禧太后到底也是精明強幹，能夠分別賢愚的人，等大局更壞，那班人搞不起來時，還得恭王跟李鴻藻內外相維來收拾爛攤子。

因此，恭王的冷灶不能不燒。現在看盛昱的意思，上這個摺子，不是指望慈禧太后會收回成命，無非補過的表示而已。既然如此，何不表示得更明白些，切實些？

打定了主意，便等寫完摺子，校對無誤，幫著封緘完畢，才又說道：『劾恭王是爲國，沒有人敢責備你不對；不過，大哥，私底下你還該上恭王府去一趟才是。』

盛昱一楞，兩眼眨了好一會；突然一拍桌子，倏地起身：『你說得對！我馬上就去。』

『這才顯得你襟懷磊落。』張華奎又問：『平時上恭王府，是公服，還是便衣？』

『除了婚喪喜慶，或者逢年過節致賀，總是穿便衣。』

『那還是便衣爲宜。』

盛昱接納了建議，不但穿的便衣，而且是很樸素的黑嗶嘰夾袍，直貢呢馬褂，戴一頂同樣質料的瓜皮帽。這就頗有小帽青衣，待罪聽訓的味道了。

一到大翔鳳胡同鑑園，王府的護衛下人，都不免『另眼相看』；他們也隱隱約約聽得傳聞：『王爺碰了大釘子；都只爲熙大爺上了個摺子，不知說了些甚麼？』再看到盛昱這副氣象蕭索的打扮，與平日裘馬翩翩的丰釆，大不相同，越發有種異樣的感覺。

當然，在表面上跟平時毫無分別，依舊殷勤接待。盛昱卻反不如平日那樣瀟灑，要先探問恭王此刻在做些甚麼？

『有三批客在；都是客氣的客人。總得半個時辰，才能敷衍得走。熙大爺先在小客廳坐吧。』

恭王的小客廳是專跟熟人閒敘的地方，沒有幾個人能到得了那裡。如今聽下人這樣說法，至少可以證明，恭王對他並沒有太大的惱怒；不然，縱使不會像榮祿得罪了醇王，太平湖府邸的門上奉命拒而不納那樣予人難堪，亦絕不會仍然視他爲王府的熟客看待。

意會到此，雖覺安慰，但更愧歉。在小書客房裡也就不會像平常那樣，摩挲觀賞恭王新得的硯台或字畫；一個人坐在椅子上，望著窗外，在琢磨恭王對自己的態度。

也不知過了多少時候，聽得怪裡怪氣的一聲：『王爺到！』

盛昱正在出神，驀然聽這樣一喊，不由得一驚，略一定神，才想起是廊上那隻白鸚鵡在作怪。抬眼望去，垂花門口果然有了影子，便搶上兩步，到門外迎候。

恭王的步履安詳，神態沉靜；等他行近，盛昱垂手叫了一聲：『六叔！』

『你來了多久了？』恭王一面問，一面進了屋子。

『有一會了。』盛昱答應著，跟了進去。

到了裡面，恭王就在窗前一張坐慣了的西洋搖椅上坐下；聽差的送了茶，悄悄退了出去，順手將簾子放下。春日遲遲，蛺蝶雙雙，爐煙裊裊，市聲隱隱，是好閒適的光陰，但盛昱卻無心領略，不等出現要令人窒息的沉默，便站起身，向恭王面前一跪。

『六叔！我特地來請罪。』

『言重，言重！請起來，請起來！』

恭王親手來扶；盛昱抓著他的手說：『六叔，我實在不知道怎麼說好！我心裡難過；我闖這場禍，對不起列祖列宗。』

聽得這話，恭王的臉色沉重了，『你起來！』他的聲音帶著點嘶啞，『你不必難過。遲早會有這麼一天。』

這是眞正諒解的話，對盛昱來說，自是絕大的安慰，答一聲：『是！』起身又問：『六叔，不知道見了我的原摺沒有？』

『還沒有看見；聽人說了。你的摺子沒有。』恭王說道：『我在軍機跟總署二十三年；國事如此，自然難辭其咎。』

『話雖如此，我亦太苛刻、太操切了。』盛昱不勝扼腕地說：『激出今日的局面，實在意想不到。贖愆補過，責無旁貸，我一定還要上摺子，只怕力薄難以迴天。』

『不必，不必！』恭王正色勸道：『無益之事，何苦枉拋心力。』

『六叔！』盛昱固執地，『我一定要試一試。』

恭王大爲搖頭，是那種自覺勸告無非廢話，懶得再說的神氣。

『六叔！』盛昱彷彿好奇似地問，『難道事前竟一無所聞？』

『今日的局面，由來久矣！』恭王率直答道：『你七叔處心積慮已非一日；讓他試一試也好。今天我聽見一句南方的俗語，很有意思：「見人挑擔不吃力。」這副擔子等他挑上肩，他就知道滋味了。』

『這一層，我就不明白了。本朝的規制最爲嚴整，軍機承旨，機密異常，事權不容假借；七叔未有任何名義，如何過問樞務？』

『現在哪裡還談得到規制？』恭王苦笑，『垂簾又豈是家法？』

『這……』盛昱楞了半天說：『這我就更要力爭了。不過，我也實在想不出，七叔如何能在暗中操縱？』

恭王笑笑不答；換個話題問道：『近來看些甚麼書？』

『在重溫春秋三傳。』

『喔！』恭王走向書架，抽出來幾個本子，『我這裡有些鈔本；你不妨帶回去看。』

盛昱每次來，總要帶些書回去。有時看完送回來；有時經年累月留著，其中頗有精鑿孤本；恭王卻從不問一聲，無形中便等於舉以相贈了。

看到書架，盛昱不由得想起恭王相待之厚，內心益覺惶恐；因而也就無心檢閱那些鈔本的內容。恭王卻好整以暇地跟他大談春秋之義；心神別有所屬地應付著，頗以爲苦。

幸好，有人來解了他的圍，是王府的門上，送進來一批文件，大半是表示慰問的應酬信，恭王看過丟開，拆到寶鋆的一封信，門上說道：『寶大人府上的人，在等著回話。』

恭王不答，將信看完了，順手遞給盛昱，『寶佩蘅也太過分了。』他說：『你看看。』

信中是約恭王逛西山，說預備了『行廚』；又說要跟恭王分韻賭詩。興致顯得極好似地，當然是故意要做出得失不縈於懷的閒豫之態。

『這，』盛昱率直答道：『未免近乎矯揉造作。』

『正是這話。』恭王深深點頭，轉臉對門上說：『你跟來人說，我這兩天身子不舒服。』

這就是回絕的表示，門上答應著退了回去。恭王繼續看信，其中有一封看得很仔細。盛昱探頭略一張望，發現字句中有『雙抬』的地方；不由得加了幾分注意，因爲這必是提到上諭，才會用『雙抬』。

太上軍機

看完，恭王默無一言地將信遞了過來——盛昱的疑問有了解答；軍機章京送信告知：已有慈禧太后的硃諭軍機處遇緊急要件，著即會同醇親王商辦。

『這不成了太上軍機大臣了嗎？』

『先帝龍馭上賓的第二天，議上皇帝本生父的尊號，定議仍爲醇親王，加世襲罔替。我當時說過一句話：「但願世世代代，永遠是此稱號。」今天，我還是這句話。』

恭王的意思很明白，但願『太上軍機大臣』，不會成爲『太上皇』。然而皇帝未親政前已經如此；親政後，又誰會知道會出現怎樣的局面。

因此，他決定本乎初意，上疏力爭。朝士中亦頗有與他持相同見解，主張預作裁抑的；這更加深了盛昱的決心。回家以後，立刻擬了個奏稿：

『欽奉懿旨：軍機處遇有緊要事件，著會同醇親王奕譞商辦，俟皇帝親政後再降懿旨。欽此！仰見皇太后憂國苦心，以恭親王等絕難振作，以禮親王等甫任樞機，輾轉思維，萬不得已，特以醇親王秉性忠貞，遂違其高蹈之心，而被以會商之命。惟是醇親王自光緒建元以後，分地綦崇，即不當嬰以世事，當日請開去差使一節，情眞語摯，實天下之至文，亦古今之至理。茲奉懿旨入贊樞廷，軍機處爲政務總匯之區，不徒任勞，仰且任怨；醇親王怡志林泉，迭更歲月，驟膺煩巨，或非攝養所宜。況乎綜繁賾之交，則悔尤易集；操進退之權，則怨讟易生，在醇親王公忠體國，何恤人言？而仰度慈懷，當又不忍使之蒙議。奴才伏讀仁宗睿皇帝聖訓，嘉慶四年十月二十二日奉上諭：「本朝自設立軍機處以來，向無諸王在軍機處行走者。正月初間，因軍機處事務較煩，是以暫令成親王永瑆入直辦事，但究與國家定制未符。成親王永瑆，著不必在軍機處行走」等因。欽此。誠以親王爵秩較崇，有功而賞，賞無可加；有過而罰，罰所不忍，優以恩禮而不授以事權，聖謨深遠，萬世永遵。恭親王參贊密笏，本屬權宜；況醇親王又非恭親王之比乎？伏懇皇太后懍遵祖訓，收回醇親王會同商辦之懿旨，責成軍機處臣盡心翊贊。遇有緊要事件，明降諭旨，發交廷議。詢謀僉同，必無敗事。醇親王如有所見，無難具摺奏陳，以資采擇；或加召對，虛心延訪，正不必有會商之名，始可收贊襄之道也。』

稿子是擬好了，但一時還不能遞。因爲前一個『獲譴重臣未宜置身事外，請量加任使』的摺子，遞上去以後，還沒有著落。果然感格天心，恭王能夠復用，那麼會同醇王商辦，也未始不可，因爲有恭王從中裁抑，醇王或他的左右，縱有異謀，亦必不能實現。

等了五天，消息沉沉。前一個摺子一定是『淹』了；盛昱覺得不必再等，毅然決然將後一個摺子遞了上去。

慈禧太后看到這個摺子，覺得話說得有道理，要駁很難有堂堂正正、理直氣壯的理由，只好留中不發。但是第二個摺子卻又到了。

此人是個蒙古名士，名叫錫鈞，字聘之，鑲白旗人，光緒二年丙子恩科點的庶吉士，現任翰林院編修，兼充日講起注官，照例得以專摺言事。

『奴才知醇親王決疑定計，一秉大公，斷無游移畏葸之弊。所慮者軍機處爲用人行政之樞紐，機勢所在，亦怨讟所叢。醇親王既預其事，則凡緊要事件，樞臣會商；即非緊要事件，樞臣亦需商辦。若令醇親王時入內廷，聖心固有未安；若令樞臣就邸會商，國體亦有未協。況事之成敗利鈍，本難逆睹，萬有一失，樞臣轉得所藉口；在醇親王不避嫌怨，即歸過於己，亦所不辭。第恐頌王之功者多，規王之過者少；即有忠直敢諫之臣，念及朝廷有難處之隱，亦無不括囊。於是揣摩之輩，窺此竅要，媚王左右，蔽王聽聞，百計營謀，不售其術不止；即王不墮其術中，而以尊親之極，値嫌疑之交，以視王之初心，似未相副。奴才以爲事與其難處於後，何如詳審於今。』

這番議論，比盛昱的摺子，更來得透徹婉轉，但亦更難折衷協調。依然只有留著再說。

不想第三個摺子又來了。這次是個漢軍，名叫趙爾巽，字公鑲，號次珊，也是下五旗的正藍旗人；同治十三年成進士，點翰林，現任福建道監察御史。他的見解與錫鈞相彷彿，詞氣卻更銳利。慈禧太后將這三個摺子併在一起看，看出異樣來了；這件事反對的都是旗人，反而平日動輒上摺的那班漢人名士，倒默無一言，豈不可怪？

不論如何，已經有了三個摺子，如果不能明白宣諭，一定還有講話的人。奏摺留中，本是不得已的事；一而再，再而三，毫無表示，倒顯得彷彿有難言之隱，輸了理似地。因此，她決定將這三個摺子都發了下去，交軍機議奏。

就這幾天的工夫，軍機處的辦事規制，已出了新樣。醇王自然不進宮，軍機處掌權的是照多少年來的規矩，不是首輔問到，不得發言的『打簾子軍機』孫毓汶。張之萬向來善說模稜兩可的話，額勒和布沉默寡言，而禮王世鐸只有一樣差使，居間將發下來的奏摺及孫毓汶的話傳到適園，請醇王拿主意。這樣的辦事方法，叫出一個名堂，名爲『過府』。

『這都是「那邊」指使的。王爺，你想，』孫毓汶說：『怎麼漢人都不說話？』

『那邊』是指恭王；世鐸當然明白。不過他向來任何人都不肯得罪，所以聽得這話，不願附和，只這樣問道：『萊山，你只說怎麼辦吧？最好寫封信，省得我傳話說不清楚。』

首輔幹的差使，比新進的軍機章京還不如。額勒和布聽在耳朵裡，覺得很不是滋味；然而也只有摸摸發燒的臉而已。

孫毓汶的感覺，跟他卻正好相反，當仁不讓而得意洋洋地答道：『當然是「應毋庸議」。此中委曲，外人豈能盡知；朝廷又何能盡行宣宗？等我親自來「票擬」。』

『票擬』是明朝內閣所用的成語，代皇帝批答奏章，屬於宰相及秉筆司禮太監的職掌；孫毓汶用這句成語，儼然以首輔自居。世鐸聽了亦覺得不是滋味，無奈一方面醇王信任；另一方面自己也眞拿不出主意，只好裝聾作啞，坐在孫毓汶旁邊，看他提筆寫道：

『欽奉懿旨：據盛昱、錫鈞、趙爾巽等奏，醇親王不宜參預軍機事各一摺；並據盛昱奏稱：嘉慶四年十月，仁宗睿皇帝聖訓，本朝自設立軍機處以來，向無諸王在軍機處行走，等因欽此，聖謨深遠，允宜永遵。惟自垂簾以來，揆度時勢，不能不用親藩進參機務。此不得已之深衷，當爲在廷諸臣所共諒。』

寫到這裡，孫毓汶停筆問道：『王爺，你看我這段意思如何？』

『我不大明白。你說給我聽聽；回頭七爺要問到，我好有話說。』

『這是指當初「誅三兇」，不能不用恭王領軍機，是不得已之舉；大家不都體諒朝廷的苦衷嗎？』

『是啊！這是以前的事了，現在幹嘛又提一筆？』

『當然要提。以前不得已，如今也是不得已；大家體諒於前，又爲甚麼不能體諒於後？』

接著，孫毓汶又提筆寫道：

『本月十四日諭令醇親王奕譞與諸軍機大臣會商事件，本爲軍機處辦理緊要事件而言，並非尋常事件，概令與聞；亦斷不能另派差遣。醇親王奕譞再四推辭，碰頭懇請；當經曲加獎勵，並諭皇帝親政再降諭旨，始暫時奉令。此中委曲，爾諸臣豈能盡知耶？至軍機處政事，委任樞臣，不准推諉，希圖卸肩，以專責成。經此次剴切曉諭，在廷諸臣，自當仰體上意，毋得多瀆。盛昱等所奏，應毋庸議。』

寫完封好，併在原摺一起；連同其他『緊要事件』、『尋常諸事』的章奏，一起打個『包封』，由世鐸『過府』去『取進止』。

對於盛昱等人的奏摺，醇王另有看法，『這是因爲軍機上，漢人用得太多了，他們有點掛味兒。』他說：『肅順自然該死，不過用人不分滿漢；這一點不能不說他眼光獨到。當年僧王不喜漢人，尤其不喜南邊的漢人；可是他帶兵這麼多年，造就了甚麼人才？如今咱們要保住大清江山，還非重用漢人不可。就拿眼前來說，中法交涉不能不借重李少荃；越南的軍事，也不能不起用湘淮宿將。咱們旗人的軍隊，除非我親自帶神機營到前方，還有甚麼人能用？再講指授方略，我跟你老實說，我也只能靠許星叔；不說別的，只說那一帶的山川形勢，咱們旗人當中，就沒有人能弄得清楚。』

世鐸唯唯稱是，毫無主張。醇王亦不願跟他深談，依照自己的意思，施展漢人恩威並用的手段，奏請將刑部侍郎許庚身派在軍機處『學習行走』，專管軍務。同時改組總理衙門，以奕劻『管理總署事務』，約略等於恭王以前的地位；寶鋆、李鴻藻、景廉所空下來的三個位子，派了閻敬銘、許庚身，以及翁同龢的得意高足，內閣學士周德潤接替。

越南戰事失利的責任，自然也要追究，一連發了兩道密諭：第一道是：『前已有密旨令潘鼎新馳赴廣西鎮南關外，備旨將徐延旭拿問，並令王德榜傳旨將黃桂蘭、趙沃革職拿問。現計潘鼎新應已抵廣西，著該撫派員迅將徐延旭解京交刑部治罪；並著潘鼎新會同王德榜將黃桂蘭、趙沃潰敗情形，切實查訊，如係棄地奔逃，即行具奏請旨懲辦，毋庸解交刑部。已革總兵陳得貴，防守扶良礮台，首被攻破；副將黨敏宣，帶隊落後，畏縮不前，均著即在軍前正法。其餘潰敗將弁，一併查明，分別定擬，請旨辦理，毋稍徇隱。』

第二道是：『雲南邊防緊要，迭經諭令唐炯出關督率防軍，堅守邊疆門戶；乃該撫並未奉有懿旨，率行回省，置邊事於不顧，以致官兵退紮，山西失守，唐炯不知緩急，遇事退縮，殊堪痛恨。前已密諭張凱嵩馳赴雲南，傳旨將唐炯革職拿問，現計張凱嵩應已至滇；即著派員將該革員迅速解京，交刑部治罪。』

大申軍律

廷寄到達廣西、雲南，唐炯和徐延旭俯首無語，遵旨將逮，不會有甚麼變故。但是王德榜卻大爲緊張，因爲黨敏宣全師後遁，不但所部三千五百人，屯在諒山，而且黃桂蘭服毒自殺，所節制的兩萬人，目前亦在黨敏宣掌握之中。陳得貴是馮子材的舊部，手下雖只一千人，卻是打不散的子弟兵。如果公然宣旨，逮捕黨敏宣、陳得貴就地正法，勢必引起叛亂；因此，接到廷寄，祕而不宣，只召集了極少數的部將，商議對策。

有個千總叫寧裕明，湖南衡陽人，卻投身淮軍，又輾轉歸入王德榜部下；機智驍勇，是大將之材，這時自告奮勇，願意擒黨敏宣來獻。至於陳得貴，到底只有一千人；王德榜決定包圍繳械，說不得要『硬拚』了。

商定步驟，分頭進行。寧裕明只帶了一名馬弁出鎮南關，直投黨敏宣大營，聲聲奉王德榜之命，邀他到龍州會商籌措軍糧的辦法。

這是當時軍中第一大事，黨敏宣自然該去。他也防到有甚麼不測之禍，自具戒心；不過對鏡自照，氣色不變——他精通星相之學，自己算自己的命，當死於刀下，所以每逢打仗，望敵先退。這時候又算了流年，認爲能從北寧逃出來，災星已退。而且看到寧裕明單騎來迎，料想無他。就這樣，爲防萬一，還是帶了兩把手槍防身。

等到一進鎮南關；守關稽察出入的一名把總，上前迎接，寧裕明一下馬便嚷著：『快快備水洗臉！先洗臉，後吃飯；請你趕快預備。』

一路僕僕風塵，天氣又熱，飢渴交加而汗出如漿；那名把總很會辦差，很快地備好了大桶涼茶、大批蒲扇、熱水新手巾。黨敏宣的幾十名親兵，解下武器；洗臉的洗臉，喝茶的喝茶，乘涼的乘涼，戒備全弛。

黨敏宣這時已被請到關上休息。寧裕明一看時機已到，努一努嘴，他的隨從馬弁，立刻從背後捷步而上，將黨敏宣的雙手一抄，反剪在背；守關把總直撲而前，奪下他的兩把手槍，扔到寧裕明面前，撿起一看，子彈已經上膛，『保險』也都拉開了。

『寧裕明！』黨敏宣知道著了道兒，臉色蒼白，語聲卻能保持鎮靜，『你叫你的人放手！』

寧裕明根本不理，親自動手替他扣上一個『口勒』，讓他不得出聲；接著另外來了兩個人，拿麻繩將黨敏宣綑得結結實實，從側門抬上一輛黑布圍裹的棚車，疾馳而去。

然後寧裕明才向黨敏宣的親兵宣佈：『黨副將已經奉旨逮捕。大家願意「吃糧」的，照舊當兵；不願意當兵的，按路程遠近發盤纏回家。』

親兵們面面相覷，湊著交頭接耳商議了一會，都說願意照舊吃糧。

『照舊吃糧的跟我走……』

『怎麼？不出關回原地方？』有人搶著問。

『吃糧哪裡都一樣。』寧裕明說：『你們不要出花樣，武器讓我暫時收著，跟我到了龍州，自然發還給你們。』

事起倉卒，不知寧裕明還有甚麼佈置？倘或不聽命令，惹惱了寧裕明，翻臉不認人，白白送了性命，未免不値。因而都乖乖地繳了械。

將黨敏宣解到龍州，陳得貴亦已被捕。潘鼎新在貴縣接了巡撫大印，已經進駐龍州。所以一切由他主持，黨敏宣自知難逃一死，俯首無語；陳得貴卻大爲不服，說扶良一戰，他苦戰半日，其他各軍都作壁上觀，袖手不救。又說扶良炮台撤守，奉有『黃統領』的將令，果然呈上一張『手諭』。黃桂蘭已經服毒畢命，死無對證，而字跡卻像，到底眞有這道手諭，還是出於僞造？已莫可究詰。

『好了，』潘鼎新說：『有人告你剋扣糧餉，總有這回事吧？』

聽得這話，陳得貴知道自己死定了，勃然變色，大聲說道：『天下十八省，哪裡有不剋扣軍餉的營官？要我的命，我給；這樣的罪名，我不服。』

『服不服，誰管你。既然承認剋扣軍餉，那就情屈命不屈了。』

於是五月初一那天，黨敏宣和陳得貴，駢肩被斬，正法軍前。雖無補於前方的士氣，卻激勵了廣西的民心。

在京裡，和戰大計，躊躇難決。慈禧太后與醇王自然渴望大張天威，但孫毓汶表面迎合，心裡卻早有了定見，能和不能戰；清流則因李鴻藻的挫折，同時鑑於唐炯、徐延旭的有名無實，不敢再放言高論，因此，主戰的論調，反倒消沉了。

恰好粵海關稅務司客卿，美國人德琳璨得到法國駐越南的統帥福祿諾的同意，出面調解，打了個密電給李鴻章，說中國願和，可以請法國止兵。慈禧太后與醇王心雖不願，但亦無奈，只好責成李鴻章『保全和局』。孫毓汶和許庚身商量擬定的密旨，告誡：『李鴻章再如前在上海之遷延觀望，坐失事機，自問當得何罪？此次務當竭誠籌辦，總期中法邦交，從此益固；法越之事，由此而定，既不別貽後患，仍不稍失國體，是爲至要。如辦理不善，不特該大臣罪無可寬，即當此總理衙門王大臣亦不能當此重咎也。』

這樣措詞是瞞過慈禧太后和醇王，以及搪塞清議的一個障眼法；在嚴峻的責備之中，暗示李鴻章可以放手辦事，只要能和就行。

但是法國卻另有打算，派出八艘軍艦，過廈門向北而去。做過崇厚使俄參贊的上海道邵友濂輾轉得到消息，急電總理衙門告警。在此以前，法國軍艦曾開到基隆，派人上岸測繪地圖，強要買煤；因此，這八艘軍艦的目的何在，是很容易明白的。

這一下又要備戰了；而所謂『備戰』，新政府與恭王當政之日的作法，並無兩樣，無非發一道『六百里加緊』的『密諭』，通飭有關省份的督撫『力籌守禦，務臻嚴密』。再就是『聞鼙鼓而思將士』，醇王想起一批宿將：楊岳斌是決計不肯復出的了，無需問得，四川的鮑超，安徽的劉銘傳，應該可用，傳旨丁寶楨和李鴻章察看近況覆奏。

這時軍機全班盡撤的大政潮，已經平伏。張佩綸早在政府改組之初，就上了一個摺子作爲試探，說是『樞臣不兼總署，窒礙難行』，說『恭親王爲朝廷懿親，各國親與立約，服其威信；是以廿年來外侮迭出，卒能化大爲小，化有爲無者，軍機大臣兼總署之明效也。』用意是爲恭王復起開路，希望提醒慈禧太后，主持洋務，還須恭王，讓他重回總署；既回總署，則又需重回軍機——後者才是這個摺子的本意；用心甚深。

誰知爲恭王試探，沒有成功；意外地張佩綸本人倒試探出一個足以欣慰的跡象。摺子一上，當天就有明發，派軍機大臣閻敬銘、許庚身在總理衙門行走；足見得張佩綸的慈眷猶盛，說話一是一、二是二，如響斯應，威風如昔。

因此，從三月底邵友濂的電報一到，備戰的密諭既發，他立刻又閉門謝客，寫了一通洋洋灑灑，不下三千言之多的奏摺，暢論設防與謀和的關係與方略。

奏摺中的警語是：『即欲和，亦需趕緊設防。防軍強一分，敵燄必減一分；防餉惜一分，賠兵費轉加一分。』以下又分列設防六事，對李鴻章似貶實褒，說：『李鴻章辦理洋務，最遭詬病；而能戰能和，緩急足恃者，亦僅僅北洋一處。』對張樹聲，則報張華奎鼓勵盛昱掀起軒然大波之怨，很放了兩枝暗箭，說越南軍務的軍火，本『責成張樹聲經理，乃該督僅能自顧東防。即如此次滇軍所需軍火，該督以在梧州者留待潘鼎新；而以在廣州者，應解滇軍，略一轉移，豈不直捷？臣實百思不得其解。』意思是軍火有好有壞，好的留給同爲淮軍的潘鼎新；壞的解交漠不相關的岑毓英。以下提到奉旨主持瓊州防務的彭玉麟，請求『飭下張樹聲，同心合力，無掣其肘』，攻訐得更露骨了。

這個奏摺頗爲醇王所重視，承旨所發的密諭，完全引伸其義。同時召集廷議，諮詢和戰大計；張佩綸又慷慨陳奏：『夫中國以平粵捻、定新疆之餘威，二十年來，師船火器，糜餉以巨萬計，出而保一越南不能，非唯疆埸諸臣之咎；老成宿將及凡有血氣者，當亦羞之。今事機孔迫，宵旰獨憂，危急艱難之際，而內外諸臣，猶復塗飾觀聽，不能推誠相與，安望其以後之臥薪嘗膽哉？然則今日之事，和與不和，當以敵情兵力爲定，法言可許則和，不可則不和；兵力可戰則不和，不可戰則和。』

這段議論，字字打動慈禧太后的心；當然也有她不以爲然的，特別是翰林院代奏編修梁鼎芬的一個奏摺，引起了慈禧太后的震怒——梁鼎芬主張殺李鴻章。

調虎離山

梁鼎芬籍隸廣東番禺，是粵中名儒陳澧的學生。陳門高弟，最有名的三個人：江西萍鄉的文廷式、廣西賀縣的于式枚，再有一個就是梁鼎芬。這三個人的交情也最厚；厚到于梁甘讓豔福於文道希，因爲這兩個人跟翁同龢、潘祖蔭一樣，都是天閹。

三個人當中梁鼎芬的年紀最輕，但科場很得意，光緒六年中進士、點翰林，年方二十二歲。他的房師是湖南人，名叫龔鎮湘，有個姪女兒，從小父母雙亡，爲母舅家所撫養；龔小姐的這位母舅就是做《十朝東華錄》的王先謙。

龔鎮湘看中這個門生年少多才，託王先謙做媒，將姪女兒許了給梁鼎芬。龔小姐美而能詩，又畫得一手花卉，梁鼎芬敬之如佛，特題所居爲『棲鳳苑』；然而名爲雙宿，實同孤棲。隔了兩年文廷式赴北闈進京，住在梁家，不知如何協議，梁夫人做了不居名義的文太太了。

三年散館，梁鼎芬當了編修，也是名翰林之一。其時廣東在京的名士，以李文田爲魁首。但是，這樣一位通人，卻深信風水星相；他的『子平之術』，在京裡名氣甚大，這年爲梁鼎芬排八字，算他二十七歲必死。

梁鼎芬算算只有一年可以活了，大起恐慌，便向李文田求救，可有禳解之術？李文田告訴他：除非有甚麼大禍發生，不然不能免死。

大禍從何而來？想來想去想通了，『禍福無門，唯人自召』，不妨自己闖一場大禍。恰好廷議和戰大計，便拿李鴻章作題目，上摺說他有『可殺之罪八』。奏摺寫成，爲他的舅舅所發覺，極力阻止，而梁鼎芬執意不從。他的想法是：此摺一上，多半會得充軍的罪名，既可以禳解免死，又可落個直聲震天下的大名，一舉兩得，十分合算。只是這個打算不足爲他人道而已。

果然，慈禧太后震怒之下，要重重治梁鼎芬的罪；而閻敬銘要救他，說他書生之見，不足計較。

多方勸解，慈禧太后才不追究，不過心裡已記住了梁鼎芬的名字。

此外還有許多摺子，大都主戰，最有力的兩個，一個是鄧承修領銜，連名的八個人，都是清流；另一個是浙江道御史聖裔孔憲瑴領頭，列銜的更多，主戰以外，還論籌餉之道，主張以內務府的經費，全部移作軍餉，至於宮廷的供應，只要責成內務府大臣師曾和文錫以私財承辦，就綽綽有餘了。

第八章

『言路又囂張了！』世鐸惴惴不安地跟孫毓汶說：『要殺直隸總督的頭，要抄內務府大臣的家。這樣子下去，如何得了？』

『王爺，咱們等著看好了。』孫毓汶說：『萊山有辦法。』

他是從張佩綸慈眷不衰得到明證那一刻起，就已大起戒心。言路囂張，自然要設法抑制；而擒賊擒王，又得在一批清流班頭上動腦筋。第一個當然是張佩綸，第二個是陳寶琛；只要拿這兩個人制服了，其餘便不難對付了。

由於慈禧太后和醇王都很欣賞張佩綸的才氣，孫毓汶便將計就計，想了極妙的一策：他向醇王進言，法國兵艦侵入廈門、基隆之間，閩海防務吃緊，非派張佩綸籌辦福建海疆事宜不可。因爲第一，張佩綸才大心細；第二，海防一向由李鴻章主持，閩海防務如果不能得北洋的全力支持，根本無從談起，而張佩綸與李鴻章的關係極深，必能和衷共濟。換句話說，派張佩綸到福建，等於就是課李鴻章以籌防閩海的責任。

在他的想法，張佩綸此去，書生典兵，必無善果，不但調虎離山，而且也是借刀殺人。萬一師出有功，那也很好；無論如何是樞廷調遣有方，比起恭王和李鴻藻用唐炯和徐延旭，豈不是強得太多。

當然，醇王不會知道他肚子裡的打算，只覺得張佩綸確可大用，所以欣然同意。

於是孫毓汶提出進一步的建議，以陳寶琛會辦南洋事宜，吳大澂會辦北洋事宜。

這就有些匪夷所思了，『陳伯潛純然書生，詩作得好，沒有聽說他懂軍務。』醇王有不以爲然之意，『而且，他江西學政也還沒有滿任。』

『不必他懂軍務，軍務有曾沅甫在，他不懂不要緊。』孫毓汶答說：『曾沅甫也是主和的，對於兩江防務，不甚在意；有個陳伯潛在那裡坐催，他不能不鼓舞振作。王爺，這就跟在馬號裡拴一隻猴子，是一樣的道理。至於學政雖爲三年一任，兩年就調的也多得是。朝廷用人自有權衡，哪怕剛到任就調差，又有何妨？』

猴子的比喻雖輕薄，倒也貼切，伏櫪過久，筋骨懶散，雖駿骨亦成駑下；所以養馬之法，常在馬號裡拴一隻猴子，利用牠跳踉撩撥，時刻不停地逗馬活動，代替溜馬的功用。陳寶琛書生雖不知兵，而主戰，若是會辦南洋軍務，自然不容曾國荃偷閒苟安。醇王覺得他的話也不無道理。

不過，『吳清卿雖說帶過兵，打洋槍的準頭甚好，比起李少荃來，可就差得太遠了。』醇王問道：『何用他去會辦北洋？』

『這跟用陳伯潛會辦南洋的作用差不多。李少荃一向不主張用兵，保全和局，這當然是對的；就怕他求和之心太切，萬一必得開仗時，暗中阻撓。有吳清卿在那裡，至少也是個耳目。』

『這倒也是。就怕李少荃心裡不高興。』

『不礙。』孫毓汶答道：『李少荃最敬重王爺，不妨給他去封信；吳清卿到北洋，絕不是分他的權，只不過吳清卿也練了兩、三千的兵，供他驅遣而已。』

醇王的耳朵軟，很容易爲人說服，所以經過孫毓汶的一番解釋，不以爲然的初意，渙然而消。當然，他絕不會想到孫毓汶不但是調虎離山；而且還包含著借刀殺人的禍心。曾國荃、李鴻章豈是好惹的？陳寶琛與吳大澂如果自恃清班，傲慢不馴；或者急於圖功，不知進退，惹起曾、李的猜忌之心，隨時都會上奏參劾，那時欲加之罪，不患無辭，一下子可以將清流投入濁流。

於是第二天就有上諭：

『通政使司通政使吳大澂，著會辦北洋事宜；內閣學士陳寶琛，著會辦南洋事宜；翰林院侍講學士張佩綸，著會辦福建海疆事宜。均准其專摺奏事。』

見到邸抄的人，包括張佩綸自己在內，無不覺得大出意外；尤其是陳寶琛會辦南洋，眞是叫人做夢都想不到的事。因此，從王公大臣到微末閒員，凡是關心時局的，都以此作爲話題。

正在病中的恭王，豈有識不透其中機關的道理？只是不便揭破。但到底是愛才的人，不免替陳寶琛擔心。

『兩江可有得熱鬧了！陳伯潛的福建官話不容易聽懂；曾沅甫的湘鄉話，有人說像牛叫，兩個人怎麼能談得到一處？』他這樣對來探病的盛昱說——看似詼諧，實有深意；盛昱當然了解。

接下來，恭王又論另外兩名『新貴』。他認爲李鴻章曾經保過吳大澂，所以對新派的這位『會辦』，不致有何成見。如果吳大澂能跟北洋衙門的文武官員融洽相處，境況將會比陳寶琛好得多。

至於張佩綸的新命，無疑地是騰踔雲路的開始，『幼樵的身分跟他們又不同。南北洋原有大臣；

閩督則並無專辦海疆的成命。所以幼樵名爲會辦，實在是欽差。而況，』恭王笑道：『幼樵的奧援很有力量；不光是朝中的力量。』

這是指李鴻章而言。所謂『不光是朝中的力量』，意思是說還有北洋水師的實力，以此支援張佩綸，則閩浙總督和船政大臣，亦不能不拱手請他主持閩海籌防的全局。

『提到這一層，』盛昱忍不住又要直言了，『我最不佩服幼樵。李相誠然是國家柱石，然而凡百作爲，閩無可議之處？幼樵以風骨自見，責人務求其苛，何以彈章不及於李相？而且愛屋及烏，連「李大先生」亦倖免了。這何能教人心服？』

『李大先生』是說李瀚章；他的官運確是由『李二先生』而來的。恭王笑笑答道：『我佩服少荃的手段，就在這裡。能收服張幼樵，實在比如來佛收服齊天大聖還難。如今幼樵會辦海疆，更是收發由心了。』

最後這句話，驟聽費解，要細細體味，才能參悟出其中的深意──李鴻章自然要保全和局，但主戰的論調抬頭，朝命嚴飭北洋水師投入戰場，李鴻章既不能抗旨，又難以挽回，會遭遇極其困難的局面。如今由張佩綸出面籌防閩海，則一切情況都在掌握之中，要和要戰，自然收發由心。

了解到這一層，盛昱倒不免替張佩綸爲難，因而問道：『幼樵平日持論侃侃，忠義奮發之氣，溢於言表，將來局勢變化，果眞不免於一戰之時，他又如何迴護李相，保全北洋的實力？』

恭王笑笑──這一笑使得盛昱微感不快，因爲那有笑他書生不曉事的意味。

不過笑歸笑，還是給了盛昱很明白的解答；當然那有著教導後輩的味道：『你沒有到那種位置，也沒有做過那種要承人意旨的官，自然沒有這方面的閱歷。像這種情形，李少荃最善應付，俗語說的是：「雷聲大，雨點小。」又道是：「只拉弓，不放箭。」拿面子糊弄過去，徐圖挽回，十之八九可以奏效。不過幼樵到底不脫書生的本性，是不是肯完全聽任少荃的擺佈，大成疑問。』

說到這裡，恭王面有憂色。這使人費解；盛昱率直問道：『難不成這樣子倒不好？』

『不好！』恭王搖搖頭，『李少荃到底才大心細，有他整套的辦法，如果肯聽他的，必有效驗。果然像左騾子那樣，一萬個不佩服，處處別出手眼，倒也能弄出一個樣子來。就怕樣樣聽他，到了關節上自己又有主張，那非僨事不可。』

這自然是極深刻的看法，但如何僨事，卻無從想像。盛昱的心熱，頗很想寫封信對張佩綸有所規諫，只是著筆頗難；而且清流中他們已分道揚鑣，為眾所周知的事實，所以也絕不會有人認為他的逆耳忠言，出於善意。這樣一想，多一事就不如少一事了。

豐潤鎮閩

在張佩綸，卻興頭得很，精心構思，撰了一通謝表，以范仲淹、陸遜自擬。接著便打了個密電給李鴻章，請教進止機宜；到第二天李鴻章的覆電到達，才遞謝表。

照規矩當天召見。這是張佩綸第二次『獨對』；慈禧太后頗有一番獎勉之詞，然後談到對法的和局——李鴻章與法國的代表福祿諾，已經議定中法簡明條約五款，前一天剛由總理衙門據情轉奏。慈禧太后便以此垂詢張佩綸的看法。

『和局務宜保全，請皇太后聖明獨斷，執持定見。』張佩綸的聲音，清晰有力；接下來便解釋必須保全和局的原因：『越南的軍務，到此地步，已無可挽救；現在法國調集軍艦，打算攻我台灣基隆，奪取煤礦；又要想奪我福建船廠，果然狡謀得逞，既不缺煤，又有船廠可以修理軍艦，他們就可以一直撐下去，非索賠大筆兵費，不滿其貪壑不止。所以如今的上策，是先了結越南的糾葛，全力籌防閩海。不然，兵連禍結，益發難以收拾了。』

『唉！』慈禧太后嘆口氣，『越南的局勢，弄到這樣，提起來眞教人不甘心。唐炯、徐延旭太不中用！』

『唐炯、徐延旭當然有負聖恩，不過事權不專，督撫又不能同心協力，自難免失利。』張佩綸停了一下又說：『南方的防務，實以廣東爲重鎭；廣東的接濟，能夠源源不斷，前方才可以放膽進兵。臣以爲越南軍務失利，不盡是唐炯、徐延旭的過失。』

這話的言外之意，是在攻擊張樹聲，慈禧太后自然明白；不過這時候不願將話題扯得太遠，所以沒有再提廣東。

『張佩綸，你平日很肯留心時局，如今派你會辦福建海疆事宜，總要籌個長治久安之計才好。』

這話正碰到張佩綸的『滿腹經綸』上，因而很響亮地答一聲：『是！』然後略停一停，大談海防：『我中國幅員遼闊，海岸東起奉天、錦州，南到瓊州、廉州，綿延萬里之長，本來就防不勝防。加以俄國佔據海參崴，想攻我混同江，英國取香港，法國取越南，葡萄牙取澳門，三路進逼廣東，日本襲擊琉球，志在台澎，形勢對我更爲不利。現在西洋各國在紅海開運河，闢了一條捷徑，而且安設海底電線，信息極快，一旦有事，徵調軍艦，極其方便。在我國，只能調集陸軍，扼守海口；而在外國，進則有利，退則停泊在大海之中，我軍望洋興嘆，不能追擊，所以對他們並無害處。主客易勢，勞逸不同，是我們最吃虧的地方。』

這番侃侃而談，言之成理而頗有創聞的陳奏，慈禧太后深爲注意，『照你這麼說，我們中國就沒有法子防備了？』她懷疑地問：『總不至於吧？』

『事在人爲。』張佩綸答道：『水師宜合不宜分，宜整不宜散。同治年間，丁日昌奏請設立三洋水師，原摺下督撫重臣議奏，左宗棠以爲洋防一水可通，一有警報，兵輪可以齊集支援，倘或強劃爲三洋，名爲各專責成，其實各不相關。李鴻章也說：沿海口岸林立，處處駐紮重兵，不但耗費浩繁，而且備多力分，主張全力扼守要害。這都是老成之言，必在聖明洞鑑之中。』

『是的，我記得他們當初是這麼說。督撫的習氣，向來各人自掃門前雪，不管剿匪也好，對付洋人也好，一出自己的疆界，就撒手不管了。文宗在日，最恨各省這個樣子，現在就是南北洋，爭械爭餉，也都不免只顧自己，不顧別人。你這次到福建，務必跟總督、巡撫、船政大臣和衷共濟。同爲朝廷辦事，辦好了大家有功；一件事辦壞了，共事的人，說這個有罪，那個反倒有功，是斷乎不會有的事。』

『是！』張佩綸加重語氣答道：『臣必謹遵慈諭，任勞任怨。』

『沈葆楨創辦船政，很有效驗。不過現在要制洋人，總還得另有一套辦法。總理衙門跟北洋已經商量過這件事，你總知道？』

『是！臣是知道這件事的。李鴻章跟總理衙門常有信使往來，反覆討論，現在意見差不多一致了。』張佩綸略停一下，用很有力的聲音說：『欲求制敵之法，非創設外海兵輪水師不可；欲收橫海之功，非設立水師衙門不可。』

『你是說專設一個衙門管理水師？』

『是！西洋兵制，水師都設海軍部，兵柄極重。』張佩綸說：『總稅務司赫德在總理衙門談論軍事洋務，亦勸我中國設立總海防司。水師既然宜合不宜分，宜整不宜散，自然宜乎專設水師衙門，統籌調度。』

『設衙門倒沒有甚麼，不過多用幾個人。創設外海兵輪水師，只怕不是一、兩百萬銀子所能辦得了的；這筆經費，從何而來？你們想過沒有？』

『臣等亦曾籌議，沿海共有七省；外海兵輪水師，既然一軍應七省之防，則七省合力供水師一軍之餉，亦非難事。所難的是，怕七省督撫，各持門戶之見，不肯通力合作。』

『這倒不要緊。誰要是不肯盡力，朝廷自有處置的辦法。』慈禧太后想了好一會，用沉著有力的聲音吩咐：『你好好寫個摺子來。一條一條，越詳細越好。』

『是！』

『你這次到福建，雖說會辦海疆事務，身分是欽差，福建的船政也可以管。』慈禧太后又說：『你赴任以前，不妨先到天津找李鴻章談談去。你不是跟李鴻章很熟嗎？』

『是！臣與李鴻章世交。』

『你見了李鴻章，告訴他：朝廷待他不薄。多少人參他，我都壓了下來。他也該激發天良，好好辦事。』慈禧太后又說：『有人罵他是秦檜、賈似道，這話雖然過分，李鴻章也不能沒有警惕。保全和局不是含混了事！』

『是！』張佩綸說：『臣見了李鴻章，一定將皇太后操持的苦心，細細說給他聽。』

『現在國家多事，有好人才一定要讓他出頭。你向來遇事肯留心，可知道有甚麼能幹的人？』

張佩綸已聽說有人保舉江蘇江安糧道張富年、浙江寧紹台道薛福成、安徽徽寧池太廣道張蔭桓，已分飭三省巡撫轉知來京，聽候召見。張富年他不熟，薛福成和張蔭桓是知道的，都是幹練通達，可辦洋務的人才。但薛福成是慈眷正隆，已調任順天府尹的薛福辰的胞弟，爲恐慈禧太后疑心他有意迎合起見，所以只提張蔭桓。

『據臣所知，安徽道員張蔭桓，雖非科舉出身，很讀過些書。以前在山東服官，閻敬銘、丁寶楨都很器重他。此人熟悉海防、商務，勇於任事；若蒙聖恩拔擢，臣料他不致辜負委任。』

『嗯，嗯！也有人這麼說他。』慈禧太后說道：『另外有才幹的，肯實心辦事的人，你也該隨時替朝廷留意。』

奏對到此，告一結束。張佩綸退出宮來，第一件事便是將召見情形，專函告知李鴻章。信到之日，正好李鴻章與福祿諾簽訂簡約；一共五款，第一款是：中國南界，毗連北圻，法國約明，無論遇何機會，如有他人侵犯，均應保護。表面上好像尊重中國，實際上是法國變相取得越南的保護權。李鴻章當然懂得其中的奧妙，但他只求不賠兵費，其餘都好商量，至於條約的文字，只要沒有刺眼的字樣，就可以瞞過言官的耳目。因此，畫押以後，奏報朝廷，曲意解釋：

『自光緒七年以來，曾紀澤與法外部總署，暨臣與寶海、脫利古等，往復辯論，案卷盈帙，均無成議，愈辦愈壞。迨山西、北寧失陷，法燄大張，越南臣民，望風降順，事勢已無可爲，和局幾不能保。今幸法人自請言和，刪改越南條約，雖不明認爲我屬邦，但不加入違悖語意，越南豈敢藉詞背叛？通商一節，諭旨不准深入雲南內地；既云『北圻邊界』，則不准入內地明矣。兵費宜拒一節，該國本欲訛索兵費六百萬鎊，經囑馬建忠等，歷與駁斥；今約內載明，不復索償，尚屬恭順得體。中國許以北圻邊界運銷貨物，足爲中法和好互讓之據。』

這『通商』範圍與『兵費宜拒』，是朝廷特飭辦理和約的要旨；另外還有一點，是要保全劉永福的黑旗軍。這牽涉到北圻撤軍，最費周章，簡約第二條，就曾規定：『中國南界，既經法國與以實據，不虞侵佔，中國約明將北圻防營，撤回邊界。』但劉永福是否肯撤，大成疑問。

劉永福和黑旗軍的出處，是李鴻章最傷腦筋的一件事。幾乎上到太后、下到小民，內而軍機處、總理衙門，外而駐法使臣曾紀澤，都認爲劉永福和他的部屬，對國家不但過去大有功勞，將來還大有用處，所以從馬建忠自上海陪福祿諾北上準備與李鴻章議和之時起，就不斷有人上奏，包括張佩綸在內，無不要求保全劉永福。慈禧太后和醇王當然會順應輿情，在指示李鴻章議和宗旨的四款密諭中，最後一款就專爲維護劉永福而言。

己之所愛，恰是敵之所惡，李鴻章知道法國人在這一點上是不肯讓步的，如果中國政府不將劉永福視作官軍，依據五款簡約第二款，從北圻撤退，法國就會當『土匪剿辦』，這哪裡是保全之道？當然，劉永福自己知難而退最好，無奈這是不可能會有的事。至於李鴻章個人對劉永福的觀感，倒跟法國人差不多，第一是痛恨，恨劉永福搗亂闖禍，害得和局難成；第二是輕視，斷定劉永福不可能有甚麼作爲。李鴻章就滇、桂邊境的整個局勢來看，認爲劉永福是一塊被重重圍困，殺不出路來的『孤棋』，但是孤棋有兩隻『眼』亦可『做活』，從前的兩隻眼是唐炯、徐延旭；這兩隻眼現在變了自身不保的『假眼』。但可能又找到另外兩隻眼，一隻眼是岑毓英、一隻眼是唐景崧。

因此李鴻章在開議之初，就有一個打算，關於劉永福的出處，唯有在和約中不談；然而何以不談又必得有番話搪塞朝旨和清議，所以覆奏的措詞，很費了些苦心：

『至劉永福黑旗一軍，從前法兵單寡之時，屢殪法將，法人恨之，必欲報復。上年曾紀澤迭與該外部商論，由中國設法解散約束；而法廷添兵攻取，意不稍回。去冬克山西，黑旗精銳受傷甚多，已受大創。今春劉永福募四千人援北寧，亦不戰而潰，其禦大敵何怯也，華人專採虛聲，僉欲倚以制法；法人固深知其無能爲役。此次福祿諾絕未提及，我自不便深論。將來該國另派使臣，若議及此，當由岑毓英、潘鼎新酌定安置之法。』

這是極言劉永福不能『禦大敵』，且爲敵輕視，不值得保全。接下來，便想借重朝廷的力量，先解決劉永福，免得將來發生衝突，自己經手和約，脫不得干係：

『目下和議已成，法人必無翻覆，法兵必漸撤減，滇、桂邊防各軍，亦宜及早切實整頓，凡不得力之勇營，應逐漸裁減，汰無用而留有用。聞劉永福所部，冗雜騷擾，與越民爲仇，實爲邊境後患。擬請旨密飭雲南、廣西督撫，嚴明約束，酌加減汰，預籌安置妥策，俾無生事滋擾，則保全者多矣。』

這道奏摺與議定五款簡約，同時上達御前。慈禧太后與當政王大臣倒都沒有話說，但言路大譁；朝旨命李鴻章應該博採群言，不可稍執成見。這一來，李鴻章心存畏懼，跟福祿諾還有些附帶的口頭協議，就不敢奏報了。

附帶的協議是由簡約第二款而來的。這一款前段規定：『中國南界既經法國與以實在憑據，不虞有侵佔滋擾之事，中國約明將所駐北圻各防營即行調回邊界。』但是，中國『防營』何時調回呢？福祿諾提出要求，沿廣西邊界的，限簡約生效後二十天內撤回；在雲南邊界的，限期則放寬一倍，是四十天撤回。雖未達成協議，但無論如何是經手談和的人，必須了清的首尾；而李鴻章因爲清議不滿於簡約內『未將越南爲我藩屬一層，切實說明』，不敢再談撤兵，所以隱匿不以上聞。

好在這到底是簡約，根據第五款規定，三個月以後『悉照以上所定各節，會議詳細條款』，在清議覺得還有挽回利權的機會，認爲不妨到時候再說話；在李鴻章則認爲三個月以後還可以說明經過，此時不說不妨。

就這樣，對法和議就算糊裡糊塗結束了。

南皮督粵

正在這時候，張之洞奉召到京。在山西三年，操勞過度，所以年未五旬，而鬚髮多白，越顯得是憂國藎臣的丰采。一到，照例宮門請安，當即召見——慈禧太后手裡壓著一個張樹聲因病請開兩廣總督缺，專治軍事的奏摺，要看張之洞的奏對如何，再作道理。

當然，召見的用意，是他早就得到了消息的——仕途有幾個關鍵，一跳過去，就是龍門，道員擢監司，巡撫升總督都是；張之洞心裡有數，早就有所籌劃，因而奏對甚稱懿旨。

問到越南的軍事，他不必爲他的至親唐炯辯讓，亦不必攻訐張樹聲，只說目前滇桂邊境的用兵，兩廣總督的職司就像剿捻時候的兩江總督一樣。當年曾國藩坐鎭江寧，全力爲前方籌辦糧台，李鴻章得無後顧之憂，方能成平捻之大功。如果現在兩廣總督亦能多方調度，要械有械，要餉有餉，源源不絕地輸運邊境，則前方將士，無虞匱乏，自然可以嚴申紀律、效命馳驅。

這話在慈禧太后自然覺得動聽。張樹聲出身淮軍，對邊境支援，厚此薄彼，已有許多人說過話；最近張佩綸還曾提到。張之洞翰林出身，與湘淮俱無淵源，而且勇於任事，教他到兩廣去籌劃糧餉，當然可以不偏不倚，大公無私。

然而糧餉又從何而來呢？張之洞亦早已想好一條路子；不過這條路子不宜陳之於廟堂，更怕清議抨擊，不能不嚴守祕密。所以只含含糊糊地答奏，廣東的富庶，天下知名，所患者經手人侵呑中飽，只要肯實心整頓，多方爬梳，弊除則利自生。

這番話又是慈禧太后所愛聽的，因此，不到三天，就有明發上諭：張樹聲准開兩廣總督缺，仍著督率所部，辦理廣東防務。兩廣總督著張之洞署理。

清流大用，至此極盛；李鴻藻門下兩張都是門庭如市，紅得發紫了。

二張的大用是李鴻藻的一大安慰，更是一大希望。從三月十三『降二級調用』到現在一個半月，始終未有後命；這表示還有濫保唐炯、徐延旭一案未了，要等這兩個人解到京裡，審問定罪，看情節可以不予察議，才會補用。當然這也不是壞事；無官無職不必上衙門，也就不至於難堪。能這樣『閉門思過』過一年半載，等張之洞在廣東、張佩綸在福建，大展長才，更邀慈眷之時，合疏力保，一下子就可以開復原官，豈不比降補內閣學士，再循資升轉強得多？

因爲如此，他反倒不願吏部具摺題補。好在吏部兩尚書，一個是接自己遺缺，久在弘德殿同事的徐桐；一個是翁同龢的把兄弟，跟自己的關係也極深的廣壽，都可以照他的意思行事。只是雖已罷官，門庭並不冷落；尤其是兩張，幾於沒有一天不到宣武門外，曾爲嚴嵩故居所在之地的繩匠胡同李宅長談。

這時的張佩綸，已經遵照慈禧太后的面諭，上了一個『請設沿海七省兵輪水師，特派重臣經畫』的奏摺；這所謂『重臣』，當然是李鴻章，而將來不管水師衙門設在京師，或者天津，李鴻章只會兼管，不會專任；專任之責，必定落在自己身上。所以『會辦福建海疆事宜』，在他看來只像某處黃河決口，特簡大臣爲欽差去踏勘實情，就地指示該管督撫防堵那樣，不過三、五個月功夫，就可以返京覆命，然後就會奉旨會同李鴻章籌辦水師衙門，管七省的海防，也有七省的協餉可用，那時以『學士行邊』，艨艟環護，萬里乘風，固非范仲淹夢想所能到；而書生典兵，『少年負重』，更可能如呂蒙之薦陸遜——李鴻章如果內召，或者進軍機，或者管總署，當然會薦以自代。

在張之洞知道此去廣東，軍事非己所長，不妨推重彭玉麟，事成則收和衷共濟的美名；事敗亦儘有人分責分謗，要全力以赴的，只是籌餉，而籌餉的捷徑，則是開賭。

不久，張樹聲上了一個奏摺，首先就說：

『兩次督粵，幾及三年，空懷報國之誠，曾乏濟時之略，涓埃靡效，抱疚難名。特粵事利弊，臣竭蹶講求，粗悉原委，謹撮舉大略，爲皇太后、皇上陳之。』

以下分吏治、軍政、理財、民風四大條；民風一條中，提到廣東的賭風：

『賭之名目甚多，至不可勝計。今白鴿等票，比戶有之，雖部議加重罪名，而嗜賭成爲風俗。幾以禁令爲違眾拂民之事。闈姓一項，臣於光緒六年會同撫臣裕寬察看覆陳，請嚴禁投買，以肅政體，而杜漏卮，言之已詳。比以經費支絀，屢有借軍需之說，巧請開禁者。臣堅持理財正辭，禁民爲非之戰，未敢爲所搖也。』

慈禧太后和軍機處，對張樹聲交卸以前上這樣一個奏摺，用意何在，頗爲困惑，是自陳政績，有意戀棧，存著朝廷可能會收回張之洞督粵成命的萬一之想呢，還是因爲他有幾件參案在查辦，先側面爲自己剖白？無從明瞭。不過在任三年，直到今日來『述職』，無論如何是太遲了。因而上諭中頗致不滿，說廣東『積弊至此，張樹聲在任數年，何以不早爲整頓，直至交替在即，始行陳奏？實屬任意諉卸。著張之洞於到任後，將一切應辦事宜，認眞經理，總期有利必興，無弊不革，以資治理而重地方。』

看到這道上諭，張之洞才鬆了口氣；張華奎爲了他父親丟官，必會設法報復，這一層只有張之洞心裡明白。那道奏摺中提到禁賭，就是有意跟張之洞爲難，料想他籌餉之道，不外開賭，希望以義正辭嚴，可以訴諸清議的論調，堵塞張之洞所想走的那條路。

料倒是料中了。張之洞私底下的打算，確是如此，賭風之盛，原不止廣東一處，但唯有廣東的賭，因爲參合西洋發行獎券的規則，可以從中抽捐。最有名的一種賭，名爲『闈姓』，以國家的掄才大典，作爲賭徒卜利的憑藉，主事者多爲地方上有勢力的紳士，設局賣票，凡遇大比之年，等榜發看買中姓氏的多寡，以定勝負。大姓如區梁譚黎，買中了不足爲奇，出奇致勝在買中僻姓。於是有力者便有操縱之法，打聽到僻姓的舉子，暗底下爲他找槍手，通關節；此人榜上有名，就是他多買中了一姓，自然勝人一籌。

其次是『白鴿票』，放出一群信鴿，看牠飛回來多少？猜中爲勝；這當然更易操縱，勝負無憑，博者不悅，因而又改良爲『山票』。

山票是用千字文起首的一百二十個字，猜買以十五字爲限；每次開三十個字，全中就是頭彩，同中同分。這比白鴿票漫無準據的，自然易於措手；因而每次山票可以賣出數十萬張，全票每張銀洋一元五角，分爲十條，每條一角五分，但如中彩，可以分得數萬元之多，因而廣州雖極窮的人家，亦買山票。如果在其中附加若干，作爲軍餉，是一筆輕而易舉，源源不斷的可靠收入。

山票之外，還有『舖票』、『詩票』。舖票以店舖招牌不同的一百二十字來猜射；詩票則以五言八韻詩一首卜勝負，章程與山票大同小異，都是可資以籌餉的財源。

這些情形，張之洞早就打聽得清清楚楚，胸有成算，不便明言；只等到任以後，奏請施行。一成欽案，清議即有指責，而生米已成熟飯，不怕阻撓。何況取之於公，用之於公，只要付託得人，涓滴不入於私囊，則問心無愧，亦應可邀得清議的諒解。

不道張樹聲一奏，幾乎直抉其隱，自不免吃驚；更怕朝旨贊同其說，降諭繼續禁賭，那時要挽回就很不容易了。

因此，張樹聲碰了個大釘子；在張之洞實在是不亦快哉！雖然朝旨中責成他『有利必興、無弊不革』，但這『利弊』不妨就國家而言；開賭既可以籌餉，則是利非弊，並不違反上諭。

兩張的新命以外，朝廷還有一番獎進人材的措施。閻敬銘升了協辦大學士；張蔭桓奏對洋務，頗中慈禧太后的意，因而開缺賞給三品卿銜，派在總理衙門行走；劉銘傳和鮑超正將復起；而左宗棠眼疾已癒，特召進京，仍舊當軍機大臣，並以大學士管理神機營，且爲體恤老臣起見，上諭左宗棠不必常川入值，免派一切差使。

和議雖成，朝廷的一切措施，在醇王上獲慈禧太后的鼓勵，下得左宗棠、彭玉麟及清議的支持之下，仍是朝著整軍經武的方向在走。這與李鴻章的作法，並不衝突；因爲李鴻章主張和議，是要爭取足夠的時間來建立海防，這與醇王的看法是相同的。

但是，急進的法國軍人，不容中國有從容部署的機會；李鴻章與福祿諾所訂的和約，很快地起了變化。

第九章

福祿諾是在四月下旬離開天津的，臨走之前，表示法軍將派軍隊巡視邊境，驅逐劉永福的黑旗軍；同時聲明將在西曆的六月五日及七月一號，分別進駐諒山及保勝，要求中國軍隊先期撤退。李鴻章對這個要求，率直拒絕，但對法軍巡邊，不置可否，亦未奏報。在他看來，中國軍隊駐守邊界，只求敵人不來侵犯；至於在界外巡邊，自是視若無睹，彼此不生影響，那就多一事不如少一事，聽其自然，最爲上策。

哪知到了閏五月初一，西曆的六月二十三，法國軍隊九百人，由德森上校開到諒山之南的觀音橋，準備來接收諒山了。

觀音橋是個要隘，橋南橋北都是高山，橋南有四千人駐紮，由淮軍將領萬重暄率領；橋北則由廣東陸路提督楊玉科，領兵三營防守。橋南萬重暄的部下，因爲德森出語驕橫無禮，首先開火；火器不及法軍精良，爲敵壓制，退守橋北。德森揮軍追擊，想乘勝佔領北山高地，居高臨下，脅迫諒山。

其時右營由誘捕黨敏宣的寧裕明管帶，見此光景，雖憂亦喜；急急分軍三隊，兩隊埋伏左右山麓，一隊曳炮上山，抄出萬重暄之後，發炮下擊，法軍攻勢受挫。於是左右翼伏兵齊出，德森大驚，九百人潰退不成隊形。各軍一直追到郎甲——中國方面說『殲其銳卒數百人』;法國方面發佈的戰報說死二十二人,傷六十八人,雙方的數字,大不相同,但法軍大敗,則毫無可疑。

廣西巡撫潘鼎新原已認定粵軍無用,不給軍餉,預備裁撤;有此一戰,刮目相看,准發軍餉,而前方所需要的軍火,則始終不給。

潘鼎新與李鴻章關係極深,對李鴻章性情、作風,知之亦極深,當然要為他『保全和局』作有力的桴鼓之應,因此他在廣西根本就不主張備戰。即令並無『保全和局』的顧慮,他亦不願打仗,因為今昔異勢,打洋人對自己的功名有害無利。

多少年來的積習:諱敗為勝;如為小勝,必成大勝,戰報中誇誇其詞,甚至於渲染得匪夷所思,亦不足為奇,那種仗是可以打的。如今有電報、有新聞紙;往往誇張戰功的奏摺,還在仔細推敲之中,而報上已經源源本本揭露了實況。朝廷就常引報上的消息,有所詰責;這樣子毫無假借,仗就不能打了。

而現在居然打勝了一仗,潘鼎新雖不能不發粵軍的糧餉,亦不能不電奏報捷,但卻不敢誇張,甚至還有意沖淡些;詞氣之間,彷彿表示,這是兵家常事,無足言功。這樣做的作用有二,第一是不得罪李鴻章,『保全』他主持的和局;第二是不至於使朝廷太興奮,不然就是助長了虛驕之氣,降旨如何如何,必都是不易辦到的難題,豈不是自己跟自己過不去?

但是,打了勝仗,尤其是打了洋人的勝仗,敗軍之將貴如巡撫提督,革職的革職、查辦的查辦、正法的正法,既然功過如此分明,那麼獲勝的官兵,當然應該報獎。潘鼎新帶兵多年,知道這一層是無論如何壓不下去的,不然影響士氣,會發生絕大的麻煩,所以不得不報。

這一來要想沖淡其事就不容易了。同時潘鼎新遠在龍州也不知道李鴻章在天津跟福祿諾交涉的經過，將法軍自道依約巡邊，要接收諒山的話，都敘了進去。醇王一看，大爲詫異；五款簡約，記載得明明白白，何嘗有這些巡邊跟接收的話？事有蹊蹺，非問李鴻章去不能得其原委。

李鴻章當然不承認有條約以外的承諾，只承認福祿諾曾經提出節略，打算在甚麼時候接收諒山，甚麼時候接收保勝；當經嚴詞拒絕，由福祿諾將節略上的這一項要求，用鉛筆畫去，並有『簽字爲憑』。

這個解釋自是片面之詞；退一步而言，既然交涉中間，有此一節，不論怎麼樣都應該奏報朝廷，好了解法國的用心。隱瞞不報，難辭含混之咎。

就在這時候，巴黎方面已提出抗議，認爲中國違約，要求賠償巨額兵費，並且指出，五款簡約的中文本與法文本，在內容上不同。依照外交慣例，條約都以法文爲準；而況是法國本身與他國訂立的條約，當然更加堅持，一切都以法文本爲證據。

事態演變至此，慈禧太后深爲惱怒，一面降旨責李鴻章辦理交涉不善；一面對法持強硬的態度，分飭有關各省督撫、將軍、統兵大員，嚴密防範。當然張之洞和張佩綸也接到了這道密旨。

這時的兩張，正由李鴻章伴同，由天津大沽口出海在巡閱北洋水師。

其時劉銘傳亦正奉召進京，路過天津，自然是北洋衙門的上賓，宿將新貴，意氣軒昂；李鴻章不論爲了保持他個人重臣的地位，還是實現他創辦海軍的雄心，都需眼前這班『紅人』作他的羽翼，因而刻意籠絡，除去大張盛宴以外，親自陪著兩張一吳——他的會辦大臣吳大澂，出海巡閱北洋水師。

出大沽口自北而東，遍閱旅順、登州、威海衛各要塞，使張佩綸長了許多見識。當然，在天津、在船上，他與李鴻章曾多次閉門促膝，傾訴肺腑，取得了諒解。李鴻章幾乎以衣鉢傳人視張佩綸；唯一的要求是無論如何要在暗中協力，保全和局，否則不但創設海軍無望，既有的局面，亦恐不保。

這是李鴻章看出法國其志不小，一定會在閩海一帶挑釁，但是他說不出退讓的話，希望張佩綸不管如何放言高論，在緊要關頭，能對法國讓一步。除此以外，李鴻章還期望張佩綸能對抗曾國荃將南洋大臣的實權收過來，一方面可與北洋呼應支援；一方面作為未來『經畫七省水師』的張本。

對於這個主意，張佩綸自然深感興趣，因而以『抽調閩局輪船聚操』為名，在天津就拜發了一個奏摺：

『竊謂海防莫要於水師，而閩省莫要於船政。

『查閩省船政局，創自左宗棠，成於沈葆楨，造輪船以為水師之基，設學堂練船以為水師將材之選，用意至為深遠。雖西洋船制愈出愈奇，局船已為舊式，而中國創設輪船水師，他日將帥必出於閩局學堂，一、二管駕局船之人，故待之不可不重，而察之亦不得不嚴。』

所謂『局船』，是福建船政局自造的輪船，一共二十二艘，駐於福建的只有八艘；其餘十四艘分防各省。其中最好的一艘是『揚武』號；福建船政大臣特地遣派到津，迎接張佩綸，管帶是一員副將，名叫張誠，接談之下，才知道其中的腐敗情形，至於操練，則向無定章，所以坦率據情直奏：

『分操向無定期，合操亦無定法，舉各船散佈海口，養而不教，勢必士卒游惰，船械敝蝕而後已。伏念各省文風，通都大邑每勝於偏僻小縣者，庠序之士，敬業樂群；狹鄉之士，獨學無友也。各路陸軍，重鎮練軍每勝於零星防汎者，簡練之兵，三時講武；分汎之兵，終歲荒嬉也。』

以下引敘西洋水師訓練之精，然後論到中國的水師：

『中國急起直追，猶懼不及，若費巨帑以造輪船，而於水師訓練之法，忽焉不講；惟是南北東西，轉運應差爲務，使兵輪管駕，漸染綠營賭博嗜好之習，將來設立七省水師，利未開而弊已伏。』

這是爲了整飭軍紀，是建軍的根本要圖；理由極其動聽，辦法卻是另有用心。

辦法中首先提到曾與李鴻章『詳細熟商』，所得的結果是：

『擬將局造輪船分防各省者，由臣陸續調回，在閩認眞考察，酌定分操合操章程，庶管駕之勤惰，船質之堅窳，機器之巧拙，械炮之利鈍，臣皆了然於胸，改局船散漫之弊，亦即爲微臣歷練之資。無論海防解嚴，各船抽調回閩，近者三、五日，遠者十餘日，即可回防，不至貽誤。即或海上有事，而似此兵輪散碎，分防適以資敵，安能折衝？故欲縱橫策應之功，終以大建七省水師爲急。臣擬抽調局船，亦在閩言閩，一隅之計耳。如蒙俞允，除北洋所調「康濟」五艘，臣遵海而南，即可就近驗看；廣東所調「飛雲」兩艘，現在駐瓊轉運，暫緩調回，所有南洋各艦，擬即分別電咨檄飭，陸續調至閩海操練一次，仍令回防。將來分操合操，如何酌立章程，七省實有犄角之勢，三洋斷無畛域之分，容與南北洋大臣，各省督撫及會辦諸臣，次第考求辦理，以副朝廷澄海育材之意。』

奏摺中所陳，名爲『考察操練』，其實是想騙南洋大臣轄下的七艘『局船』回到福建，歸諸掌握。同時這道奏摺中還有兩層極深的用意，第一是要騙取朝廷承認，凡是福建船政局所造的輪船，都歸張佩綸指揮管理；第二是想確定他以『三品卿銜會辦福建海疆事宜』的身分地位，是凌駕船政大臣而上，與南北洋大臣及督撫並行的欽差大臣。

拜發了奏摺，立即上船，批示自然還看不到，一切消息也都爲大海隔絕了。直到煙台，方始與李鴻章作別，與張之洞一起坐『揚武』號取道上海，分赴閩粵。

一到上海，才知大事不妙，越南戰火復起，和約瀕於破裂，『海防』由『解嚴』而又『戒嚴』。最壞的是觀音橋一役打了勝仗！如果是打了敗仗，則朝旨必定求沿海自保爲已足，可以無事；一打勝仗，朝廷自然得意，更無委曲求和之意，而法國亦必不肯善罷干休，閩海只怕從此多事了。

張佩綸開始有些失悔了。他到底不是范仲淹，更不是陸遜，『行邊』固可耀武，『臨戎』卻茫無頭緒，不知如何揚天朝之威？事已如此，只得硬著頭皮，趕到福建再說。

一到閩江口，由『北水道』入馬江，未進口子，只聽巨炮連轟，隆隆然彷彿從四處八方圍擊『揚武』號似地。張佩綸大吃一驚，口乾心跳；自己知道臉色已經發白，但要學謝安矯情鎭物的功夫，裝作不經意地問道：『這是幹甚麼？』

『回大人的話，是長門、金牌兩炮台，放禮炮恭迎大人蒞任。』

聽得張誠的回答，張佩綸不自覺地透了口氣，既慚愧，又自幸，虧得能夠鎭靜，不然一到福建就鬧個大笑話了。

『取二百兩銀子。』張佩綸吩咐老僕張福：『請張副將犒賞兩台兵勇。』

於是張誠謝過賞，親自指揮揚武號入口，沿江往西南行駛，江口兩岸又有炮台，即以南岸、北岸爲區分，照例鳴炮致敬，張佩綸再次放賞。

繞過青洲，但見港灣深廣，水波不興，這裡就是馬尾。南面一帶名爲羅星塔，北面船政局，局前便有碼頭，船政大臣何如璋已經率領文武員弁，站班在恭候欽差了。

何如璋是廣東大埔人，同治七年戊辰的翰林，這一年正是日本明治天皇即位，繼德川幕府的『大政奉還』之後，發生『戊辰戰爭』，結果『倒幕派』取得勝利，由此而『版籍奉還』、『廢藩置縣』，結束了多少年幕府專政的局面，開始了有名的『明治維新』。八年以後，中國初次遣使日本，即由何如璋以侍講的身分膺選。

鋒芒畢露

在日本駐留了四年，任滿回國；何如璋到了京裡，與舊日僚友相晤，大談日本風景之美，詩料之豐。張佩綸問他，日本的明治維新是怎麼回事？何如璋瞠目不知所對。因此，張佩綸就很看不起他；雖然科名晚一科，卻不願自居於後輩，見面直稱他的號：『子義！』

反倒是何如璋稱他『幼翁』，迎入船局大廳，奉爲上座，自己側面相陪，『幼翁』長、『幼翁』短，陳述船局的概況。張佩綸半仰著臉，『嗯，嗯』地應著，簡直是『中堂』的架子。

『幼翁！』陳述完了，何如璋又問：『局裡替幼翁備了行館；是先進省，還是駐節在此？』

『自然是進省。上頭當面交代，福建的應興應革事宜，讓我不妨先問一問穆春巖、何小宋。我打算明天就進省。』

這是指福州將軍穆圖善跟閩浙總督何璟；言下之意連福建巡撫張兆棟都不在他眼裡。何如璋不知他啣著甚麼密命，要到福建大刀闊斧地來整頓？益發不敢怠慢；當天陪著他勘察船政局的船槽、船塢，所屬的九個廠，以及教習製造和管駕的『前後兩學堂』。夜來設宴相邀，張佩綸辭謝不赴；何如璋將一桌盡是海味的燕菜席，連廚子一起送到行館，張佩綸總算未曾峻拒。

第二天一大早，何璟特派督標中軍，由首縣陪著，用總督所坐的八抬綠呢大轎，將張佩綸接到福州；將軍督撫以下，都在南門接官亭站班侍候，一則迎欽差，再則『請聖安』。

凡是欽差蒞臨，地方文武官員照例要『請聖安』；此時張佩綸的身分『如朕親臨』，所以下了綠呢大轎，昂然直入接官亭，亭中早已朝北供奉萬歲牌；下設香案，張佩綸一進去便往香案上方，偏左一站。穆圖善跟何璟帶頭，鼓樂聲中，領班行禮，口中自報職名：『恭請皇太后、皇上聖安。』

『安！』張佩綸只答了一個字；這一個字比『口啣天憲』還要尊貴，是等於太后和皇帝親自回答。行完這套儀注，張佩綸才恢復了他自己的身分，依次與地方大吏見禮——這時就不能不敘翰林的禮節了。

何璟號小宋，廣東香山人，亦是翰林出身，與李鴻章同年；張兆棟則比何璟還要早一科，雖非翰林，卻眞正是張佩綸十二科以前的『老前輩』。只是『後生可畏』，這鬚眉皤然的一總督、一巡撫，在張佩綸面前，不敢有絲毫前輩的架子，跟何如璋一樣，口口聲聲：『諸事要請幼翁主持。』

『國家多難，皇上年輕；諸公三朝老臣，不知何以上抒廑注？』

張佩綸一開口便是責望的語氣；何璟與張兆棟面面相覷，作聲不得。倒是穆圖善比較灑脫，直呼著他的號說：『幼樵！朝廷的意向，是你清楚；閩海的形勢，我們比較熟悉。局勢搞到今天的地步，其來有自，所謂力挽狂瀾，恐怕亦不能靠一、兩個人的力量。都是爲朝廷辦事，只要開誠佈公，和衷共濟，就沒有辦不通的事。』

這兩句話，頗有些分量；加以穆圖善先爲名將多隆阿所識拔，以後隨左宗棠西征，號稱得力，算是八旗中的賢者，所以張佩綸不敢用對何、張的態度對穆圖善，很客氣地答道：『見教得是！』

『說實話，朝廷的意向，我們遠在邊疆，實在不大明白；似乎和戰之間，莫衷一是。』穆圖善又說：『幼樵，這一層上頭，要聽你的主意。』

『不敢！』張佩綸因為和戰大計，有些話不便明說；而穆圖善又有將佈防的責任加上自己頭上的意思，因而發言不得不加幾分小心，『軍務洋務，關係密切；如今各國形勢，大非昔比，和戰之間，自然要度德量力，倘或輕易開釁，生怕各國合力謀我。朝廷的意向，我比諸公要清楚些；大致和局能保全，一定要保全。不過保全和局是一回事，整頓防務又是一回事；絕不可因為和局能夠保全，防務就可鬆弛不問。』

『那當然。』穆圖善說：『只是閩防力薄，不知道北洋方面，是不是肯出力幫助？』

『照規矩說，閩防應該南洋協力。不過合肥是肯顧大局的人，這次已經當面許了我，撥克虜伯過山炮二十四門、哈乞開斯洋槍一千二百桿。』張佩綸緊接著又說：『我想練一支新軍，要炮兵四隊，洋槍兵十幾營。洋槍當然不夠，要請北洋代辦，合肥亦許了我，一定盡力。』

這就更顯得張佩綸的實力了！一到便要練軍，看樣子要長駐福建；那就不會久用『會辦福建海疆事宜』的名義——一下子當上總督，自不可能，調補福建巡撫卻是順理成章的事。因此，張兆棟心裡就不好過了。

『幼翁，』張兆棟立刻獻議：『紙上談兵，恐怕無裨實際；我看不如請幼翁先出海，將全省口岸巡閱一遍，再定籌防之計，比較切實。』

『我也有這個意思。』張佩綸點點頭。

『那就歸我預備。』張兆棟自告奮勇，要替張佩綸辦差。

張兆棟雖很起勁，而何璟對出巡一事，卻不大感興趣，因為一則以總督之尊，伴著張佩綸同行，到底孰主孰從，不甚分明，未免尷尬；再則戰守之責，實在有些不敢承擔，不如乘此機會推卸給張佩綸。

打定了這個主意，便對穆圖善拱拱手說：『春翁，請你陪幼翁辛苦一趟，我就不必去了；說實話，去亦無益。』

最後那句話，自承無用；張佩綸沒有強迫他同行的道理。而張兆棟看總督如此，亦不便過分表示親熱，因而最後只有穆圖善陪著張佩綸到海口巡視了一遍。

看倒沒有看出甚麼，聽卻聽了不少。穆圖善對於福建的防務，相當了解，頗不滿何璟的縱容部將。談到福建的武官中，聲名最壞的有兩個人，一個是署理台灣鎮總兵楊在元；此人籍隸湖南寧鄉，早在同治年間，以督標中軍副將，調署台灣總兵，因爲吃空、賣缺，爲人參奏，解職聽勘，且以供詞狡詐，下獄刑訊，面子搞得非常難看。哪知到了光緒三年，不知怎麼走通了何璟的路子，竟以『侵冒營餉，已照數賠繳』奏結，開復原官。

因爲貪污下過獄的總兵，重臨舊地，儼然一方重寄；台灣的百姓，自然沒有一個人看得起他的。而楊在元居然又幹了好幾年總兵；上年春天到秋天，父母先後病故，亦不報丁憂，戀棧如故，在穆圖善看，眞是恬不知恥。

等二個是福寧鎮總兵張得勝；他受制於手下的兩名副將，一個叫蔡康業，一個叫袁鳴盛，紀律廢弛，根本不能打仗。不過新募了十營兵，防守長門等地的炮台；如果張得勝一調動，這十營新兵有潰散的可能。

張佩綸一聽，怒不可遏。他可以專摺言事，當然可以據實糾參；只是參劾歸參劾，調遣歸調遣，他亦不管自己是不是有調遣總兵之權，回到省城，就擬好一道咨文，通知何璟，說海疆緊要，似楊在元這種『貪謬不肖之員，難與姑容』，請何璟『遴員接署』。

他的幕友勸他，這樣作法，似乎使何璟的面子不太好看。照一般的規矩，奏參楊在元最好跟總督會銜；更不宜這樣逕自作了開缺的決定；而況台灣的軍務，已奉旨由劉銘傳以巡撫銜負責督辦，似乎亦不便侵他的權。

張佩綸悍然不顧，照自己的決定行事。拜發完了參楊在元的摺子，接著又參蔡康業和袁鳴盛，特別聲明：『張得勝戰功夙著，不便臨敵易將，嚴加教誡，而撤該副將離營，諸軍始服。』又說：『臣以書生初學軍旅，來閩旬日，豈敢率爾糾彈？但大敵當前，微臣新將，非有恩信足以孚眾；若不信賞必罰，深慮此軍臨敵必潰。』等這個摺子發出以後，才將張得勝傳了來，聲色俱厲地申斥了一頓。

消息一傳，沒有人敢說他跋扈；只覺得欽差大臣的威風，著實可觀。何璟、張兆棟、何如璋更是惴惴不安，心裡都很明白，李鴻藻雖跟著恭王一起倒楣，而清流的勢力，卻如日方中；張佩綸受慈禧太后特達之知，內有醇王的倚重，外有李鴻章的支持，更加惹不起。

惹不起是一回事，張佩綸咄咄逼人，教人受不受得了又是一回事。特別是何璟，身為統轄全省文武，手操生殺予奪之權的總督，卻為一個後輩欺侮到如此，自覺臉面無光，十分苦惱；同時，軟既不甘，硬又不可，不知該持何態度？因而長吁短嘆，恨不得上奏辭官。

他有個幕友姓趙，紹興人。這個趙師爺從咸豐十年，何璟當安徽廬鳳道時，延致入幕；追隨他已有二十多年。趙師爺本來專習刑名，但也作得一手好詩，談吐亦很風雅，所以東翁扶搖直上，由監司而巡撫，由巡撫而總督，對於刑名方面，雖不必再如何借重，卻自然而然成了一名清客；談詩論藝之暇，藻鑑人物，評論時局，頗有談言微中之處，竟成了何璟的『不可一日無此君』的密友。

張佩綸的作爲，東翁的煩惱，自然都在趙師爺的冷眼之中。本來以爲何璟一定會移樽就教，來談他的苦楚；誰知何璟整日爲了應付張佩綸，只跟管章奏、管兵備、管洋務的幕友打交道，竟一連三天，未到趙師爺那裡。

於是趙師爺按照隨園食譜，親手做了幾樣好菜，又開了一罈家鄉寄來的陳酒；以詩代柬，邀東翁消夜。到了晚上，何璟應約而至；見面是強爲歡笑的光景，趙師爺故作不解地問起：何事不樂？

『你沒有聽說嗎？』何璟反問一句：『豐潤欺人太甚！我眞正流年不利。』

『大帥說哪裡話？』趙師爺斟酒相敬，『這是天助大帥成功，怎麼倒自尋煩惱？』

『你要我喝一杯，倒可以。如有稱賀之意，那就竊所不喻了。』

趙師爺不響，咳嗽一聲，向左右看了一眼，侍候的聽差會意，都退了出去。

『我請問大帥，』趙師爺低聲問道：『豐潤此來，是爲甚麼？是不是想來立功？』

『那還用說！不是立功，何以大用？』

『那就是了。』趙師爺問道：『他的銜頭，是會辦福建海疆事務，若有功勞，難道就是他會辦一個人獨得？』

『啊，啊！』何璟大有所悟：『你這話有點意思了。』

『大帥明白就好。』趙師爺用筷子蘸酒，在桌上寫了一個『李』字：『豐潤此來，就等於他來。和也罷，戰也罷，必有「錦囊」付予豐潤，到時候自見妙用。大帥何妨坐享其成？當年官文恭在湖北的情形，大帥莫非倒記不得了？』

何璟當過湖北藩司，是在同治年間，胡林翼早已下世，而官文仍舊是湖廣總督。當年胡林翼刻意交歡於官文，但求能暢行其志而功成不居，推讓於官文的苦心孤詣，鄂中老吏，都能娓娓而言，何璟自然記得。張佩綸雖絕沒有胡林翼那樣的雅量，自己卻不妨學官文的度量，讓他暢行其志，反正不論軍務、洋務、緊要大事，必得會銜出奏，將來如有功勞，少不了自己的一份。

『先不談將來，且說眼前。豐潤即令春風得意，一時亦巴結不到大帥的位子；如今事事依著他，教他沒話可說，大帥豈不省心？』

這是暗示何璟，欲保眼前祿位，唯有安撫張佩綸；張佩綸既不能取而代之，就不會有所搏擊。彼此都有退讓的餘地，所以相安無事是做得到，關鍵所在，就是一個『忍』字。

想到這裡，不覺深深點頭；趙師爺進言有效，越發話無不盡，『再退一步說，倘或局勢緊迫，豐潤束手，大帥——。』他突然頓住，然後問道：『有句話，不知道該說不該說？』

『說！怎麼不能說。』

『話不中聽，怕大帥動氣。』

『笑話！』何璟很快地接口，『你我二十多年的交遊，莫非你還不知道我的性情。』

『既然如此，我就說：倘或戎機不利，豐潤束手，想來大帥亦絕沒有挽回的妙策。到那時候，總歸逃不了一敗；何妨讓豐潤擋在前面，大帥肩上的負荷可以輕得多！』

這一來，何璟不止於點頭，而且舉杯。趙師爺算無遺策，進退兩得其所；何璟心安理得地向張佩綸拱手聽命，說如何便如何，絕少異議。唯一自作主張的一項措施是：調集了張得勝的一個炮隊，守護總督衙門。

曾九談和

法國的態度相當強硬。交涉分好幾方面進行，第一處是巴黎，由法國總理茹斐禮向新任中國公使李鳳苞提出照會；第二處是北京，由法國署理公使謝滿祿跟總理衙門折衷；第三處是上海，總稅務司赫德，接受李鴻章的委託，在向逗留不進的法國新公使巴德諾調停；第四處是天津，任何負有交涉之責的法國人，從茹斐禮到軍方代表都可以直接向他打交道。

因此，談和的情形亂得很，但法國的態度卻是清楚明白，署理公使謝滿祿在閏五月二十那天，向總理衙門提出最後通牒，要求中國政府『遵照簡明條約辦理，特旨通飭北圻的軍隊撤退；賠款二萬五千萬法郎。限七日內答覆照辦，否則當自取賠款。』所謂『自取賠款』，是法國打算佔領中國的一個城市，作爲質押。照急進的孤拔主張，打算攻擊旅順、威海衛等地，但法國總理決定佔領基隆或福州，這是賣一個面子給李鴻章，因爲旅順、威海衛等處，是北洋水師的『口岸』。

管理總理衙門的奕劻，與李鴻章內外相維，始終不肯照醇王的意思不惜破裂，而要保全和局。千方百計想將法國新任公使巴德諾請到北京或天津，坐下來商談；無奈法國政府堅持不照約行事，巴德諾絕不北上。及至接到最後通牒，自然不能不作讓步；由總理衙門照會謝滿祿，保證北圻撤兵，在一個月內完成。但拒絕賠款，仍舊希望巴德諾早日北上，依照簡約規定，『會議詳約』。

法國的反應，是派軍艦一艘，直駛馬尾；雖然一到就擱淺，但無論如何是一個警報，張佩綸急電到京，總理衙門慌了手腳，因爲七日之期一滿，『自取賠款』這句話，已可證明，不是虛言恫嚇。

想來想去，只好重託赫德斡旋。赫德總算不辱使命，調解出來一個結果：中國即日自北圻撤兵，由南洋大臣與巴德諾在上海會商。

但是情勢是外弛內張的局面，雖然法國外交部向李鳳苞表示，謝滿祿七日的限期可以不計，賠款的數目亦可商量，但馬尾陸續有法國軍艦開到，基隆亦有法國軍艦，與劉銘傳同日而至。只是這些強敵迫近的消息，都沖淡在一道上諭中了。

這道上諭是派兩江總督兼南洋大臣曾國荃爲全權大臣，尅日到上海與法使議辦詳細條約。並派陳寶琛會談，蘇松太道邵友濂會同辦理。同時指示交涉應守的分際：『所需兵費恤款，萬不能允，告以請旨辦理。最要者越南照舊封貢。劉永福一軍，如彼提及，答以由我處置。分界應於關外界分空地，以爲緩衝。雲南運銷貨物，應在保勝開關，商稅不得逾值百抽五之法。以上各節，切實辯論，均由電信請旨定奪。』

曾國荃想不到垂暮之年，還要跟洋人打一次交道；而電旨所示，與法國的要求，南轅北轍，根本是湊不到一塊的事。而且凡事『請旨定奪』，又哪裡是所謂『全權』？因此，對於此一新命，曾國荃深感苦惱。

陳寶琛則更是憂心忡忡。書生典兵，會辦南洋，大不了效命疆場，一死就可報答皇恩，不負平生。但是跟洋人交涉，強弱之勢判然，如果不是委曲求全，絕不能成和議；能成和議，所簽的條約，一定是喪權辱國，罪浮於馬建忠——馬建忠爲人罵作漢奸，那自己這一來又成了甚麼東西？半世盛名，平生清節，都要斷送其中，怎不教人著急？

思量到此，決意不受這個『會辦』之名。擬好電報稿子，拿去跟曾國荃商量，卻很受了一頓奚落，指他獨善其身。這倒是誅心之論，陳寶琛無話可答；當然亦不肯打消原意，照舊將電奏發了出去。

軍機處寄發的『電旨』，很快地到了，陳寶琛受了一頓申斥，措詞相當嚴厲；電文中暗示，如不遵命，便有嚴譴。陳寶琛無法，只好跟著曾國荃到上海。

其實曾國荃也辭過一次，不過他幕府中有老於吏事的高手，顧慮到會碰釘子，不敢正面請辭；假作尚未奉到電旨，先陳所見：『疆臣戰將，不敢與聞和議。』軍機處接到電報，自然詫異，電信瞬息即達，又是密旨，電報局何敢怠忽？細細參究，方才悟出曾國荃的妙用；當然不宜拆出他的花樣，將計就計回了一個覆電，認爲他是未奉電旨以前方有此電奏，如今已經將派曾國荃在上海議和一事，通知法國，倘不趕緊赴會，就是失信。如果說疆臣戰將，不應議和，那麼李鴻章難道不是疆臣？最後又特別慰撫，說如『所議無成，即回江寧佈置；並非以辦事棘手之局，責該督以必行』。

話雖如此，曾國荃既然受命，自然希望和議有成；交涉中最棘手的是賠償兵費，如果在這一層上不能讓步，議亦無益。因此，去上海以前，首先要探明朝中意向，在這方面到底作何打算？

就在這時候，李鴻章函電交馳，先作了交代；聲明三點：第一，北圻撤兵之事，遲延有因，依照萬國公法，不算背約；第二，福祿諾臨行以前，提出撤兵的限期，當時已加駁斥，既無公文照會，何足爲據；第三，諒山的衝突，法國指華軍先埋伏動手，不足聽信，實際上是法軍先開第一槍。

此外又有一個很要緊的電報，正就是曾國荃所亟亟乎想了解的一件事，李鴻章表示，法國如果提出賠償兵費的要求，數十萬兩銀子，可以允許。又說：『各國公論，萬不足恃。』這因爲新派在總理衙門行走，頗爲掌權的張蔭桓，正在託美國駐華公使楊約翰，建議華府，調停中法爭端，主張將李鴻章與福祿諾所訂的天津簡約，交付各國公斷；李鴻章怕曾國荃對此寄予深望，因而觀望，所以特為提醒一句。

就在曾國荃檢點行裝，準備專程赴會之際，北京方面仍在繼續交涉，法國代理公使謝滿祿給了總理衙門一個照會，聲明上海會議必須先允許賠償，方能開議細約。法國在華的海陸軍，暫以西曆八月一號為期，按兵不動。這是變相的另一通最後通牒，只是將限期放寬了五天而已。同時法國非正式表示的態度，亦很強硬；據報紙記載，一旦中法交涉破裂，兵戎相見，法國軍艦不但會攻擊福州及基隆，同時亦會攻擊招商局的輪船。這個消息在他人並不注意；在李鴻章及他左右的少數人，卻是入耳驚心，寢食難安。

李二賣船

招商局是李鴻章假公濟私的利藪。先以『各省在滬殷商，或自置輪船，行駛各埠；或挾資本，依附西商之籍，若中國自立招商局，則各商所有輪船股本，必漸歸官局，似足順商情而強國體』為名，在同治十三年奏准『試辦』；而這年浙江漕米北運，海船不足，由李鴻章策動浙江海運局總辦，候補知府朱其昂建議，即由未來的招商局承運浙漕二十萬石，酬庸的條件是由朱其昂籌辦招商局事宜。

設在上海的招商局，不由兩江總督或江蘇巡撫管轄，卻由北洋大臣遙制。李鴻章當然也知道此舉攬權過甚，遇到稍微厲害些的兩江督撫，一定會據理而爭；所以試辦之初，特為聲明：『所有盈虧，全歸商認，與官無涉。』將招商局的性質確定為商辦，就當然可以拒絕任何衙門的干預。

但是招商局名爲商辦，其實是官辦，戶部雖只借出制錢二十萬串，合銀六萬兩；而東南各省藩庫、海關，由於李鴻章的力量，都有『閒款』放在招商局生息，利息極薄，在七、八釐之間。至於營運收入，光是漕米一項，每一石發水腳銀五錢三分一釐；一年以運漕六十萬石計，就可以坐收三十萬銀子，眞正是包賺不虧的無本生意。

爲了招商局的籌辦，由浙漕海運，沙船不敷應用而來，所以不得不籠絡掌管浙江海運已有十餘年的朱其昂；而李鴻章所信任的，卻是常州的一個秀才，捐班州縣分發到直隸的盛宣懷。盛宣懷又聯絡廣東一個商人唐廷樞來對抗朱其昂；李鴻章聽從盛宣懷的策劃，先奏請以唐廷樞爲總辦，朱其昂爲會辦，之後加委盛宣懷和徐潤爲會辦，而朱其昂的胞兄朱其詔創局有功，似乎不便抹煞，爲了掩人耳目，亦加派在內。招商局合計一總辦、四會辦，而實權都握在盛宣懷手中；間接也就是握在李鴻章手中。

由於招商局在營運上享有特權，所以一開辦生意就好，但亦是一開辦弊端就生，開支浮濫，冗員極多，帳目中不明不白的支出，比比皆是。好在名爲商辦，任何人亦不能干涉。若想干涉，有李鴻章擋在前面；告到京裡，軍機處和總理衙門，都是李鴻章的同年沈桂芬當權，也是『內外相維』，全力彌縫，怎麼樣也不能將招商局的那筆爛帳掀開來，更不用說想掘盛宣懷的根。

不過兩、三年工夫，招商局已設了十九個分局，有十艘輪船跑南北洋航線，南起香港，北至牛莊，營業鼎盛。這一來上海的洋商船公司，如太古、怡和、旗昌各洋行，不能不聯合起來排擠招商局，壓低運値，爭攬客貨；招商局爲謀對抗，必須增加資本，擴大規模，正好美商旗昌洋行，經營不善，股票跌價，盛宣懷設計收買旗昌洋行，談判成功，收買旗昌洋行的輪船，作價二百萬兩；碼頭、棧房作價二十二萬兩。由李鴻章奏准，兩江撥借五十萬兩；浙口、江西、湖北共同撥借五十萬兩。在這筆交易中，盛宣懷很發了一筆財，照例的回扣以外，還『戴了帽子』。而從旗昌買來的船，計有江輪九艘、海輪七艘、小輪四艘、躉船六艘，數目雖不少，性能卻不見得好，成了招商局一個極重的包袱，每個月須虧負五、六萬銀子之多。

這是光緒二年年底的事；不到一年，就有個御史上奏，指責招商局『置船過多，載貨之資，不敷經費；用人太濫，耗費日增。』

董儁翰的奏摺中又說：『招商局各輪船每屆運載漕糧之際，各上司暨官親幕友，以及同寅故舊，紛紛薦人，平時亦復絡繹不絕。至所薦之人，無非純為圖謀薪水起見，求能諳練辦公者，十不獲一，甚至官員中亦有掛名應差，身居隔省，每月支領薪水者。』這是承漕運的遺習，照例用來『調劑』候補州縣的辦法，無足為奇；只不過從無『隔省』不相干的人，亦可『掛名應差』。這所謂『隔省』就是指直隸而言。

這個奏摺，措詞不算峻厲，但按常規，理應查辦；卻由於沈桂芬的斡旋，只命南北洋大臣通盤籌劃，認眞整頓。這反倒給了李鴻章一個機會，明裡張大其詞，說英商太古洋行如何『跌價傾軋』；暗中承認購自旗昌洋行的輪船『年久朽敝』，而整頓之法，主要的是各省官帑，超過『商股』將及三倍的一百九十萬銀子，『緩息三年』；到光緒六年起，分五期拔本，每年繳還三十八萬兩。換句話說，是公家免息借出巨款，供盛宣懷之流的『商人』去做生意。同時還有一個附片：『請旨敕下江蘇、浙江督撫，漕米需分四、五成撥給招商局輪船承運，不得短少；餘歸沙船裝載，以示體恤。此外江西、湖北採買漕米，仍照案歸局運津』。李鴻章說這些整頓辦法，『上不虧國、下不病商』。同時在摺尾聲明，這個摺子是他『主稿』。暗示招商局歸北洋所管，與南洋大臣的關係不大。

招商局那些『商總』因禍得福，而盛宣懷則更是官運亨通，補了天津道為李鴻章籌辦電報局。但是旗昌洋行一案，風風雨雨，流言始終不息，而內幕亦逐漸揭露，盛宣懷經手這筆交易，有明暗兩面的好處，明的是得回扣百分之五；暗的是旗昌經營不善，股票跌價，盛宣懷以七折收購，再由旗昌出面實足賣給招商局。明暗兩面的好處，總計百分之三十五；二百二十二萬兩銀子，有七十多萬落入盛宣懷私囊。至於李鴻章分到多少，無可究詰；只是李家在招商局有乾股，卻是盡人皆知之事。

轉眼三年已過，到了該拔本的時候；招商局的『商總』又出了花樣，以積欠旗昌洋行船價六十九萬兩，不能不先行拔還，『以免外人貽笑』的理由，請李鴻章出奏，以每年所運漕米應領水腳運費抵還。這就是說，如果各省漕米不交招商局承運，應拔官帑，即無著落；此外又有一個附片，一則說：『招商局之設，係由各商集股作本，按照貿易規程，自行經理。』再則說：『創辦之初，奏明盈虧全歸商認，與官無涉。』三則說：『商務應由商任之，不能由官任之；輪船商務，牽涉洋務更不便由官任之。』這樣反覆聲明『商辦』，就是為五年以後留餘地，只要每年有六十六萬石漕米北運，水腳運費抵還官帑，則到了光緒十年，官帑還清，整個招商局就都落入『商總』手中了。

但是到了六月間，兩江的局面有了變化；劉坤一調任江督兼南洋大臣。他是老湘軍的系統，當然不會像沈葆楨、吳元炳那樣聽李鴻章的話；於是，湘淮兩系的利益，在東南膏腴之地發生了衝突。

首先發難的是王先謙，官拜國子監祭酒，也是響噹噹的清流，奏摺之中有建言、有搏擊；筆鋒所及，盛宣懷首當其衝，王先謙替他下了八個字的考語：『營謀交通，挾詐漁利。』

『挾詐漁利』，即指收買旗昌輪船有瞞天過海的計謀在內；『營謀』當然是指百計取悅於李鴻章，得獲重用而言；『交通』二字，在這些地方常爲『交通宮禁』、『交通近侍』的省略語，這倒也不是無的放矢，而且王先謙本人也牽涉在內——盛宣懷走通了李蓮英的路子，常有『孝敬』；而王先謙據說用過李蓮英的錢，人言藉藉，大損清譽，然而並不影響他彈劾盛宣懷，尤其是因爲其中有整頓招商局的建議，更不能不發交南北洋大臣處理。

這是光緒六年十月底的事，沈桂芬正攬大權，因而批覆王先謙的諭旨，只令飭李鴻章和劉坤一，認眞整飭。劉坤一主張徹查，李鴻章認爲不必，只要分年拔還官帑一事有著落，即可奏覆。正在相持不下時，除夕那天，沈桂芬一命嗚呼，等於盛宣懷失卻一座靠山，處境大爲不利。

果然，只不過隔了半個月——光緒七年正月十五，劉坤一單銜覆奏，說『王先謙所奏，未爲無因』；指盛宣懷『蠹帑病公，多歷年所；現在乃復暗中勾串，任意妄爲』，將他於『收購旗昌時每兩抽取花紅五釐；私自以七折收購旗昌股票，對換足額，以飽私囊』的內幕，和盤托出以後，嚴詞抨擊：『濫竽仕途，於招商局或隱或躍，若有若無；工於鑽營，巧於趨避，所謂狡兔三窟者！此等劣員，有同市儈，置於監司之列，實屬有玷班聯；將來假以事權，亦復何所不至？』因而請旨，『即將盛宣懷予以革職，並不准其干預招商局務』。

疆臣劾司道，很少有這樣嚴厲的措詞；只是等劉坤一來動手，爲時已晚，盛宣懷已『成了氣候』。李鴻章因爲一方面還要重用他來辦電報、開煤礦；一方面公私兩端都無形中受了他的挾制，私的不必說，公的上頭，李鴻章不知保過盛宣懷多少次，說他『心地忠實』，說他『志切匡時』，而結果爲劉坤一罵得這等不堪，則如無一言辯解，自己又何以交代？向來保舉匪人，舉主連帶要受處分；果然盛宣懷革了職，自己亦脫不了干係。因此，李鴻章只好抹煞良心，硬起頭皮，爲盛宣懷硬頂。

他是這樣為盛宣懷『辯誣』，說此人『在臣處當差有年，廉勤幹練，平日講求吏治，熟諳洋務商情，遂委以會辦之銜，往來查察。盛宣懷與臣訂明不經手銀錢，亦不領局中薪水，遇有要務，則與唐廷樞等籌商會稟。』談到旗昌一案，說是『即盛宣懷首發其議，亦於大局有功無過。況當日唐廷樞等於洋商已有成議，始邀盛宣懷由湖北前赴金陵，謁見沈葆楨。其事前之關說，事後之付價，實皆唐廷樞等主之也。』

這個奏摺實在不高明，言不順、理不直、氣不壯。收買旗昌輪船，要特地從湖北將盛宣懷邀到金陵去向沈葆楨陳述其事，反更顯得劉坤一原奏中，『或隱或躍、若有若無、工於鑽營、巧於趨避』這幾句話，形容入妙。尤其是李鴻章將盛宣懷下一個『廉』字的考語，京中傳為笑柄，說盛宣懷如果可當廉潔之稱，則八大胡同清吟小班的姑娘，個個可以建坊旌表貞節了。

不過，李鴻章包庇盛宣懷，所憑藉的本就是他的地位聲勢。由於保薦薛福辰是一件大功，慈禧太后對他眞個另眼相看；恭王正在支持李鴻章全力籌辦『師夷之長』的各項洋務，愛惜人才，不免曲予優容，因此，儘管劉坤一的理由充足，還是李鴻章佔了上風，盛宣懷竟得免議。

劉坤一大為不服，第二次上摺嚴參，而且隱然指責李鴻章有意包庇盛宣懷，說『招商局收買旗昌輪船等項，糜費帑藏，以及收買此項輪船後，折耗益甚，採諸物議，核諸卷宗，盛宣懷等實屬咎無可諉』；所以，『即將盛宣懷查抄，於法亦不為過，僅請予以革職，已屬格外從寬。』

到底劉坤一是兩江總督兼南洋大臣，在疆臣的地位中，僅次於直隸總督兼北洋大臣，同時有湘軍一系為後盾，並可望獲得清議的支援，因而劉坤一仍有信心，必能懲治盛宣懷這個劣員。誰知奏摺到京，正在慈安太后暴崩之後；國有大喪，而且暴崩的原因不明，舉朝惶惑，誰也沒有心思來管這件事。這給了盛宣懷和李鴻章一個絕好的機會。各方面疏通，大事化小，小事化無；劉坤一的奏摺雖如烈性的火藥一般，威力強大，無奈藥線受潮，竟沒有能炸得起來。

其時李鴻章又出了花樣，決心要將各省存在招商局的官帑，歸入北洋。他的辦法是，配合向德國訂造『鋼面鐵甲船』的海防計畫，奏准以招商局每年用漕米水腳爲擔保，拔還各省的官帑，移充訂造鐵甲船款不足之數。這一來，等於扯斷了各省跟招商局的關係；以大部分官款所辦的招商局，竟越來越像『商辦』了。

這個金蟬脫殼與移花接木兩計合併而成的策略，相當成功，官帑營運的收益，都歸入商股，所以官帑還是一百多萬兩，且大半屬於北洋，而商股則由七十餘萬增至三百餘萬。但是，招商局畢竟爲北洋大臣所創辦，總理衙門跟戶部亦可干預，這一點『官氣』脫不掉，無法化作一家一姓的事業。

哪知道法國軍艦將會攻擊招商局輪船的消息，李鴻章與他的左右，在入耳驚心，苦思焦慮之下，竟『死棋腹中出仙著』，可以利用來作爲一個讓招商局脫胎換骨，化公爲私的大好機會。

這個脫胎換骨的祕計，是由唐廷樞所倡議，此人是英商輪船公司帳房出身，對船務比較內行。輪船如果怕爲法國軍艦所劫奪，只有泊港不出，但那一來不但要蝕開銷，而且機器不用，必致損壞。除此以外，就只有改變船籍之一法。

這個辦法又稱爲換旗。交戰國雙方的商船，如果改換中立國的旗幟，就可免予遭受攻擊；在萬國公法上有詳細的規定。這得請教律師——招商局聘雇得有現成的法律顧問，是英國的皇家大律師，名叫擔文；認爲此事可行，但有時效，如果一旦戰事爆發，換旗就不爲法國所承認了。

當然這絕不可能隨自己的意思，換哪一國的旗就是哪一國的旗；首先需要取得換旗國家的承認，這就只有一個辦法，將招商局的產業，賣給那個國家。

這就有疑問了，招商局到底不是唐廷樞的私產，說賣就賣；除非暫時賣出去，事定以後還能買得回來。不過，這也不是不可以談判的；所以唐廷樞一面向英商怡和洋行試探，一面密電北洋，請示機宜。

很快地，李鴻章派了一名道員到上海，主持其事。此人就是馬建忠，字眉叔，江蘇丹徒人；學貫中西，而且曾由北洋派赴駐外各使館學習洋務。回國以後，派在北洋當差，是李鴻章幕府中洋務人才的後起之秀。朝鮮之亂，李鴻章丁憂回籍；署理直隸總督張樹聲，派馬建忠與北洋水師提督丁汝昌率艦東渡觀變，定策為朝鮮平內亂，因而有吳長慶領兵三千東援之舉，及『誘執首亂之策』，將大院君李昰應騙來，連夜送上兵艦，直航天津。這些都出於馬建忠的策劃。

李鴻章所以選派他來辦一樁差使，第一是因為他精通西洋的律例；第二也就因為他有魄力。果然，一到上海不久，他就跟擔文商量決定，因為英國的法律繁雜，不如美國法律來得簡易；如果換旗以換『花旗』為妥。

美商中經營輪船最具實力的，還是旗昌洋行，一經接洽，旗昌洋行有意作這筆交易，議定招商局全部財產作價五百二十五萬兩銀子，移交旗昌洋行接管；旗昌洋行則開具美國銀行的支票交招商局收執。

一筆值數百萬兩銀子財產的移轉，就是那麼買蘿蔔青菜似地容易，合約由何人出面所訂，內容如何，原約保存在何處，甚麼人都不知道。而且此事瞞得滴水不漏，連總理衙門都不知道——旗昌洋行的支票，一時自然還不敢兌現；脫胎換骨，總也要長大成人。

但是，招商局的輪船，忽然由黃龍旗換上星條花旗，卻是瞞不過人的；總理衙門接得報告，大爲困惑，仔細一打聽，才知道招商局已經被出賣。雖說是爲了防備法國奪船，但事先竟不奏聞，其心何居？實在費解。

因此，總理衙門用電旨詢問：

『從前設立招商局，置買輪船，係奏明辦理。現聞售於美國，李鴻章何以未經具奏，殊屬非是。海上轉運，全恃輪船，此舉自因恐爲法奪起見；究竟是否出售，抑暫行租給，著據實奏聞。並隨時酌奪情形，設法收回。』

雖然這通密電，措詞不算峻厲，而且已爲李鴻章開了路子，留下餘地，如果是『租給』而能『設法收回』，便可無事。但也夠他受的了。

顯然的，宰相肚裡雖好撐船，但幾十條輪船，幾十處倉庫碼頭，到底也難吞得下去。已成的交易，能否取消，自成疑問；而眼前卻不能不先搪塞。李鴻章找了盛宣懷來，反覆推敲了五天，才將覆奏擬成。

這通覆奏，首先還是婉轉說明招商局的地位：招商輪船局本仿西國公司之意，雖賴官爲扶助，一切張弛緩急事宜，皆由商董經管。至與外人交涉權變之處，官法所不能繩者，尚可援西法以相維持。

這是要表明，招商局的『商董』，有權處置招商局的產業；而對外交涉，由商人來處置，反較官府出面爲方便有利。

以下便敘『海疆不靖，局勢日非，華商輪船二十餘艘，駛行洋面，日有戒心；法人遍佈謠言，遇船劫奪，南北商旅咸以搭儎局船爲戒。』因而不得不換旗，但是：

『細查各國律例成案，凡本國商船改換他國旗幟需在兩國未開釁以前。黑海之戰，俄商皆懸德美之旗，有二艘換旗於戰事三日前，遂爲法人所奪；復有二艘易旗於戰前，暗立售回之據，亦爲英國所奪。布法之戰，兩國商船多售與他國，易旗駛行，事後仍復原業。若暫行租售，則非實在轉售，他國必不能保護。』

千迴百折，忸怩作態，最後終於道出，招商局是被賣掉了。至於不事先奏聞朝廷，則已隱約解釋，是爲了事機急迫。不過招商局雖已賣去，卻可收回：

『美國旗昌洋行主，願將招商局產，悉照原值銀五百二十五萬兩，統歸該行認售，該行以銀票如數抵給。他日事定，將銀票給還，收回船棧，權操自我，仍可改換華旗。道員馬建忠素習洋文，熟諳公法，前委赴滬會查招商局務，該員就近與擔文及旗昌反覆商論，擔文力保中法事定，可以原價收回，旗昌亦誓言，絕不失信，故於價值亦不計較。』

這就要談到責任了，到底此事是誰作的主？李鴻章是這樣說：

『馬建忠偵知法事叵測，遂毅然決然，獨肩其責；因與眾商定議，訂立合同，將各船棧，暫交旗昌，代爲經管，換用美國旗幟，照常駛行。兩面所押契據，銀行期票與股票，按照西國律例，均交律師擔文收執，日後藉以爲憑。是戰前商船換旗出售，爲各國常有之事；中國雖屬創見，而眾商爲時勢所迫，亦屬萬不得已。至將來收回關鍵，馬建忠惟擔文是問；眾商惟馬建忠是問，節節矜制，斷不容稍有反覆。』

這是一面將責任推在馬建忠身上；一面又替馬建忠開脫。然而數百萬兩銀子出入的大事，李鴻章如說毫無所聞，那是自欺都欺不過的，他只好以『當法使議約未成之際，軍事旁午，臣雖知商船暫換美旗，而未悉其詳，是以未遽入告』作託詞。這樣說法，自嫌牽強，因而再一次使盡吃奶的力氣作官商之辯，論事機之迫：

『且此等事件，華商與洋商交涉，彼此全憑信義；律師既援西例擔保，而官長卻未便主議。外侮橫加，商情惶迫，數千人身家關係，而官無法以保護之，更無力以賠償之；商人自設法保全成本，官尤未便抑勒。好在各省公款八十餘萬，商本四百數十萬，皆有著落，事竣可以操縱自如。但冀法約早定，船棧照議歸還，中國商務復興，更無吃虧之處。惟聞法人四處偵探，總疑商局輪船，並非實售與美，尚思援西例以乘間攫拏，俾爲軍用；美國官商亦惴惴相與隱諱，竭力保護。此中機括，尚求聖明默鑑而曲原之。』

這個奏摺是由專差送到京裡，投遞總理衙門——總理大臣已有十三員之多，除奕劻以外，掌權的只有三個人：閻敬銘、許庚身、張蔭桓。而閻敬銘憂心時局成病，在家休養；許庚身在軍機處極忙，不大到署，所以這些公事都歸張蔭桓看。

張蔭桓才氣縱橫，明敏異常，一看李鴻章這個奏摺，支離破碎，不僅不能自圓其說，簡直不成話說。其中最大的疑竇，就是究爲『實售』，還是『代爲經管』？未說清楚。如爲實售，則旗昌所開『收票』，應該向銀行收兌；縱爲『期票』，兌現亦總有日期，現在交與律師收執，到期不兌，不是白白吃虧利息？

若是『代爲經管』，則產權仍屬招商局；旗昌經管營運，一切收益，如何分配？倘說憑幾張不能兌現的『期票』及『收票』，憑空接收價值數百萬銀子的輪船棧埠去做生意，所入盡歸於己，這不是中外古今的奇聞？

至於說事機急迫，倉卒定議；『美國官商亦惴惴相與隱諱』卻總不能說連朝廷也瞞著。這一點心跡難明，眞跳到黃河也洗不清。如今不說別樣，只責成李鴻章將『兩面所押契據，銀行期票與收票』，從擔文那裡收回呈驗，就拆穿了西洋鏡，要他大大的好看了。

張蔭桓以前受李鴻章的賞識，最近受李鴻章的重視，論私誼自然要替他遮蓋；談到公的方面，與法交涉瀕於破裂，保全和局，端賴斯人，亦不宜在此時將他置於言官圍剿的犀利筆鋒之下。好在當初電旨所責成李鴻章的，亦無非『設法收回』；這一點有了著落，其他可以置之不問。找個方便的機會，跟慈禧太后回一聲就是了。

誰知這個摺子的內容，很快地就洩漏了，盛昱也弄到一份『摺底』；細讀之下，只覺得李鴻章處處拿洋人欺壓朝廷，只因爲『官法所不能繩』洋人，還可由商人『授西法以相維持』這個藉口，便該放縱商人，自作主張。這樣的想法作法，又與漢奸何異？

不過，他只是從整個文氣中，有這樣一種感覺，談到西洋的各種律例，買賣規矩，他就不太懂了。好在有個人可以請教；這個是他本旗的晚輩，名叫傑治，曾跟崇厚當隨員，駐留過法國和俄國，西洋的情形相當熟悉。

傑治也說到底是實售，還是代爲經管，搞不清楚，『倘是實售，斷斷沒有將來「將銀票給還、收回船棧」之理，那是另一碼事。爲甚麼呢？』傑治解釋：『船是活動的，天天在走，船身機器，都要損耗；出意外沉沒也有常事，雖有保險，到底不是原物。如何得能如數收回？』

『這樣說，是代爲經管了？』

『更不是！』傑治大搖其頭，『代爲經管比實售更麻煩，實售只要價錢談妥了，一手交錢，一手交貨，快當之至。代爲經管便要談經管的酬勞，管得好，怎麼樣優爲酬謝；管得不好，要負點兒甚麼責任？有得好談，不是十天半個月能完事的。』

『那麼，照你看，是這麼一泡貓兒溺呢？』

『這話，熙大爺，我可不敢說了。』

盛昱懂他的用意，便向他保證：『我不會敘到摺子裡去。你儘說不妨。』

『照我看，是賣掉了。只是怕這塊肥肉，會有骨頭卡在喉嚨，不敢硬吞，等事完了再分贓不遲。』

傑治又說：『摺子裡，旗昌付的到底是甚麼票子，也弄不清楚，先說銀票；後來又說期票、收票，莫衷一是，這就有毛病。』

『這三種票子不同？』

『當然不同。銀票是銀行裡出的票子，就跟咱們中國的莊票一樣，只要這家銀行信用好，擱長些不要緊，隨時都可兌款——不過，也沒有這樣傻的人，不去兌款，白吃虧利息；若是相信這家銀行，拿銀票取了款，再存在它那裡生息，豈不是好？』

『是啊，毛病越說越多了。』盛昱很有興趣地問：『期票、收票又是怎麼回事？』

『收票是私人所開。譬如說，我有一筆款存在英國滙豐銀行，留下簽字式樣，銀行就發一本收票，只在存款數目以內寫明，憑票付多少就是多少，這就叫收票。期票也是收票，只不過要到日子才能取而已。』

這比中國錢莊憑存摺取款，要方便得多。但盛昱總覺得有甚麼地方不妥；將傑治的話從頭細想了一遍，找到疑問了。

『如果我出票，你收票；我又怎麼知道你銀行裡存著那麼多的錢？』

『這自然是憑信用；比較妥當是到銀行裡「照票」，現在有電報，重洋萬里，片刻之間亦可以查清楚。不過「收票」不兌，總有危險，萬一出票商家倒閉，收不到錢，豈不是自貽伊戚？所以我實在不懂，爲甚麼要拿契據、期票、收票都交給英國律師收執？』

『這又是搬出洋人來唬人，以爲洋人信用好，萬無一失；如果他呈驗契據，又可以推託，說存在洋人那裡，一時取不到。』

『哪有這回事？』傑治笑道：『這話哄小孩子怕都哄不過。洋人居間，也不過多拿一份契據副本。幾百萬銀子的出入，豈能一點憑據都沒有？至於向銀行收銀的票據，更沒有交給律師的道理。萬一律師跟對方串通好了，起意侵呑，如之奈何？』

盛昱瞿然而起：『我原來就懷疑，怎麼說「收回關鍵，馬建忠惟擔文是問，眾商惟馬建忠是問，節節矜制，斷不容稍有反覆。」馬建忠何人，擔文何人，能擔得起五百萬兩銀子的責任？且不說馬建忠跟擔文起意勾通，侵盜這筆巨款；只說馬建忠跟擔文之中，萬一有個人出了意外，不在人世，則所謂「節節矜制」豈不是脫了節，如斷線之鳶，無影無蹤？如今聽你所說，根本不合規矩，則所謂「交擔文收執」云云，完全是架空砌詞。國家重臣，敢於如此欺罔，莫非眞以爲皇上不曾成年，可以輕侮嗎？我非參不可。』

『熙大爺，』傑治提醒他說：『合肥自命懂洋務，實在也是半瓶醋；其中或許有人在欺騙他，亦未可知。』

『那自然是馬建忠。我當然也放不過他，而且必得從他身上來作文章。不過，說合肥受欺，這話倒難苟同，合肥不是易於受欺的人；他屬下也沒有人敢欺他。』說到這裡，盛昱長嘆一聲，『怪來怪去是我錯！』

『這就奇了。』傑治大爲困惑，『跟熙大爺你甚麼相干？』

『我不該參恭王。』盛昱答道：『如果恭王在樞廷，合肥絕不敢如此胡作非爲；再往前說，有文忠在，他更不敢。如今，大不同囉！』

『那，熙大爺，你是說，他就敢欺醇王了？』

『自然敢。醇王主戰，跟合肥主張不同；不過，要開仗，也還是少不了合肥，所以醇王也不能不敷衍他。他是看準了這一點，才敢於這樣子悍然無忌。』

『啊！』傑治恍然大悟，『怪不得！合肥一隻手洋務，一隻手北洋，是和是戰都少不得他。做官做到這樣子，眞正左右逢源，無往不利了。』

『對了！你算是看透了。我再告訴你吧，合肥何以主和不主戰？戰有勝敗，一敗他就完了。只要能跟洋人講和，他那一隻手的北洋，唬不住洋人，卻能唬朝廷，可以當一輩子的直隸總督兼北洋大臣。』

等傑治告辭，盛昱隨即動筆草擬彈章，明攻馬建忠，暗攻李鴻章。將他們綰合在一起，作一建議：

『奴才揆今日情事，縱不能將該員監禁爲質，似應即行革職，飭下總理衙門，責馬建忠以收贖招商局保狀；飭下李鴻章，責以羈管馬建忠保狀。招商局關係江海碼頭，中外商務，勢不能不稍從權宜，以冀收贖。如竟不能收贖，即將該員正法；如該員逃匿，即將李鴻章正法。使外國人聞之，知小臣權奸，皆難逃聖明洞鑑。』

摺子是擬好了，但就在要謄清呈遞時，得到消息，法國署理公使謝滿祿，已經下旗出京。這是交涉決裂，邦交中斷，雙方將以兵戎相見的鮮明跡象，所以總理衙門密電各省督撫備戰。大敵當前，戰機迫切，如果以這樣嚴峻的措詞，參劾重臣，未免太不識大體。因此，盛昱只有將摺底鎖入抽斗，等大局平定了再說。

法使下旗

謝滿祿下旗出京的那天是七月初一，但交涉之必歸於決裂，當曾國荃在上海與巴德諾開議那天，就已注定了。

正式開議是六月初七。曾國荃與陳寶琛以外，新派駐日使臣許景澄，道出上海，亦奉旨協助交涉。巴德諾提出要求三款——其實只有兩款，又重在賠兵費上面，開價兩萬五千萬法郎，折合紋銀一千二百五十萬兩；同時要決定交款的地方、期限。如果中國政府乾脆痛快，願意速了的話，賠款可以減少五千萬法郎。至於第一款要求革劉永福的職，只要賠款談妥，當然可以讓步。

曾國荃由於曾得李鴻章的授意，當即表示：可以用撫恤法國陣亡官兵的名義，付給五十萬兩。巴德諾一口拒絕，而朝廷又以輕許賠款，傳旨申斥，曾國荃搞得兩頭不討好，而會辦大臣陳寶琛爲了支援張佩綸，又堅決主張由南洋派出兩條兵輪到福建；正遇著曾國荃情緒大壞的時候，就沒有好臉嘴了。

『不行！』他率直拒絕，『我絕不能派。』

『元帥，』陳寶琛的詞氣也很硬，『閩海危急，豈容坐視？不能不派。』

『閩海危急，南洋難道不危急？前一陣子張幼樵電奏要船；軍機處覆電南北洋無船援閩，由廣東、浙江酌調師船。這件事，老兄又不是不曉得！』

『彼一時也，此一時也。如今小宋制軍急電乞援，本乎守望相助之義，亦不能不急其所急。』

曾國荃只是搖頭，『我南洋也要緊。』他說：『沒有從井救人的道理。』

這是表面文章；曾國荃眞正的顧慮是怕一派兵輪，貽人口實，巴德諾會認爲一意備戰，並無謀和的誠意，因而使得大局決裂。

希望保全和局的，不僅只南北洋兩大臣，連主戰最力的醇王，反對賠償兵費最堅決的閻敬銘，亦都動搖了，因爲調兵籌餉，處處棘手，倘要開仗，實在沒有把握。閻敬銘願意設法籌一百萬兩銀子，以『邊界費』的名義，付予法國；徵得醇王的同意後，會同入奏。

醇王幾乎天天被『叫起』，只是爲了避嫌疑，表示與恭王以前的『議政王』有所不同，從不與軍機大臣一起進見，或則『獨對』，或則與總理大臣同時跟慈禧太后見面——皇帝仿照穆宗的成例，親政以前，先與慈禧太后一同接見臣工，學習政事；只有召見『本生父』的醇王時，方始『迴避』。

這天是與奕劻、閻敬銘、許庚身及其他總理大臣同時『遞牌子』進見。奕劻首先陳奏：『巴德諾已經有照會給曾國荃，昨天是西曆八月初一，議定賠款的限期已到。今後法國任憑舉動，無所限阻。看樣子，只怕一定要佔領我中國一、兩處口岸，作爲勒索之計。事機緊迫，請皇太后早定大計。』

『法國的限期，也不止說了一次了；到時候還不是沒事？』慈禧太后微帶冷笑地說：『你們天天商量，是和是戰，到現在也總沒有一句切實的話。要打，有沒有把握？要和，能不能不失面子？總得找條路讓大家好走啊！』

『現在法國也是騎虎難下，巴望著找個台階好下。』醇王答道：『上海有赫德從中轉圜；據曾國荃打來的電報，恤款能有三百萬兩也就夠了。李鳳苞從巴黎來電，說法國已有話透露，可以減到兩百五十萬兩。照此看法，再磨一磨，能給一百萬兩銀子，一定可以和得下來。』

『一百萬兩也不是小數目，哪裡來？』

『跟皇太后回話，』閻敬銘接口答奏：『這個數目，臣可以籌足。』

『是賠法國的兵費嗎？』

『不是賠兵費，是給法國的「邊界費」。』

『甚麼叫「邊界費」，還不就是「遮羞錢」嗎？』慈禧太后堅持不允，『絕不能給！這一次是法國無理，反而叫咱們中國賠他兵費，欺人太甚。照我說，應該法國賠咱們兵費。凡事總要講道理；如果你們肯用心辦事，早請出別的國家來調停公斷，何至於弄成今天法國得寸進尺的局面？』

『各國公論，並不足恃。』奕劻答道：『如今只有美國願意出面調停。奴才等天天跟美國使臣楊約翰見面，總拿好話跟他說；楊約翰說美國極願意幫忙，總在這幾天，他京城裡就會有確實回音來。』

『那就等有了回音再說。』

『只是法國蠻橫無理，怕他們這幾日就要挑釁，基隆、福州都很危險。』

『萬一要開戰，也只有接著他們的。』慈禧太后冷笑，『天天嚷著備戰，總不能說一聽和局保不住，自己先就嚇得發抖吧？』

聽到這樣的話，醇王只覺得臉上發燒，再也說不出求和的話了。

『我也不是一定說要開戰，不過求和不是投降，但凡能叫人一口氣嚥得下，甚麼都好說。』慈禧太后停了一下又說：『法國兵艦有好些開到福建，當然不能不防。你們再仔細去籌劃，果眞開仗沒有把握，咱們另作商量。』

慈禧太后有回心轉意，也願保全和局的模樣了。而就在這時候，張佩綸上了一個『密陳到防佈置情形』的摺子，使得她的態度，又趨強硬。

這個奏摺是這樣寫的：

『臣於閏五月二十五日以法船日增，注意船局，奏請進軍馬尾，力遏敵衝，飭記名提督黃超群，引軍由陸潛進。二十七日復得北洋大臣李鴻章電，稱法領事林椿有二十八日期滿，即攻馬尾船局之說。臣恐敵釁，即在目前，於是夜冒雨遄發，侵曉駛至船局，與船政大臣何如璋晤商一切。兩營隊伍選鋒亦至，臣令沿途多張旗幟，列隊河干疑敵。』

除了疑兵之計以外，張佩綸又很得意地奏報孤拔對他有忌憚之意：

『先是臣軍未至，與何如璋密商，以水師游擊張成率揚武兵船一艘，暨兩小船與敵船首尾銜接相泊；備敵猝發，即與擊撞並碎，爲死戰孤注計。敵人惡之，三日以來，賴以牽制。晨光熹微，法水師提督孤拔，驟見臣軍旗鼓，則就師船詰問，疑我欲戰，臣令張成答以中國堂堂正正，戰必約期，不尙詭道，囑該提督無用疑懼。該提督即邀張成相見，詞氣和平，言中國待我有禮，聞百姓驚疑，我船亦擬先退兩艘等語。視二十七日法領事白藻泰照會之辭頓異。臣仍飭水步各軍嚴備，並親率黃超群等周歷中岐山，以望敵師，船則大小五艘，錯落羅星塔，距船廠僅半里許。連日茶市頗停，民情洶懼，蓋敵取福州之說，騰播於兩月以前，即洋商亦皆疑之也。』

接下來敘述船局難守，而不得不用另一條疑兵之計：『即日宣告：掘濠塞河，多埋地雷水雷備戰；顧臣軍實無一雷也。』

這條疑兵之計，在第二天即有效驗，法國兵船退了兩艘，但『出則聯口外之三艘以駭長門；入則聯口內之兩艘，以疑船局』，而閩江僅有三條『局船』，孤危撐拒。敵人可退可進，可戰可守，況且『南北洋兵船迄無一至者，臣又何敢以敵退解嚴？』同時也提到總理衙門的一個電報。

總理衙門倒是看準了法軍的謀略，第一，必得佔領中國一處口岸，作爲勒索的憑藉，但中國與外國議和，非李鴻章出面不可，所以要保全他的面子，不能侵犯北洋地界。否則逼近畿輔，京師震動，李鴻章的處境相當困難；和局難成，對法國亦沒有好處。

因此，第二，所佔之處需遠離京城的南方，而又以對海軍補給方便的地方爲理想。這樣，基隆有煤礦，福州有船局，便成爲法國不動手則已，一動手就是首當其衝的鵠的。

總理衙門因爲連日接到電報，法國兵艦在閩江口出入頻繁，而交涉方面劍拔弩張，看樣子福州船局必難倖免法國兵艦的炮火。倘或眞的要打，照李鴻章的判斷，『船局必不可保』，但如馬尾守軍肯小小吃些虧，戰局不致擴大，則和局猶可挽回。所以給張佩綸一個電報：『小挫可圖再振』。這是暗示挫折早在意中，不致會追究責任，勸他忍辱負重的意思。

張佩綸自然懂得，卻不受勸；他說：『果臣軍一敗，資仗都盡，無兵無餉，又誰與圖再振乎？』當然，他這樣侃侃而談，是另有看法，亦有自信。

爲了反襯他的忠勇奮發之忱，他不能不牽扯彭玉麟作個比較——據說彭玉麟上年秋天奉旨辦理廣東軍務，與兩廣總督張樹聲劃定防區；彭玉麟當南面瓊州一路，畏怯不前，曾策動廣東官民挽留他在省城，以爲保障。此事爲張佩綸所卑視，正好拿他皮裡陽秋一番，用來抬高自己的身分，表揚自己的功勞：

『當臣出次時，省城民無固志，風鶴皆兵，頗有欲援彭玉麟不赴瓊防之例留臣者。臣自念新進小臣，非老成比，必令馬尾不戰而失，遂其質地索償之請，而臣且在省靜候，與此土一並贖還，其靦然何以爲人？故不敢自安，以免爲皇太后、皇上知人之玷，初非謂此軍即可制勝也。』

『此軍』就是黃超群一軍，是張兆棟留以自衛，爲他硬奪了來的；此軍雖未必可以制勝，但張佩綸卻仍有制勝的把握。

『臣親至前敵，則頗覺各營之偵探、各路之電傳，半亦法人虛聲恫嚇，而臣前請先發制人之算，尚非毫無把握。』

他的把握是出於兩點判斷，第一、中國對法國一再讓步，法軍不必死戰，而反恐張佩綸所指揮的水師和陸軍，拉住他們死戰，在士氣上先已遜了一籌；其次，法國在閩江之內的兵艦，僅不過多於局船兩艘。如果法軍全部登陸，則可乘虛襲擊敵艦；倘或登岸一半，僅不過數百人，以兩千陸軍迎擊，法軍未必能佔上風。而況敵軍深入內陸，處處可以斷他們的歸路。同時近來潮汐『小信』，法國兵艦出入不便，這都犯兵軍之忌，而爲張佩綸所以要想開戰的原因。

論兵法講究『知己知彼』，說過自己有這樣的勝算，還要估量敵情。張佩綸滿懷信心地表示，敵人看見他的鬥志，已有怯意，而所以仍舊徘徊不退者：

『既料中國之必不失和，而孤拔以一水師提督，挾盛氣而來，謂閩官必降心相從，船局固唾手可得。我既不與之先講，復欲與之先戰，若遽爾退師，亦恐見誚他邦，取譏士卒，是以游駛壺江，以掩其退避之跡，而仍為挾制之端，計亦狡矣！臣逆料該提督必已密電巴德納，非云欲犯他口，即云需遣人赴滬講解，曾於昨日電達李鴻章，囑其斷勿赴滬。當此主憂臣辱，臣既有軍旅之寄，不能一戰以建威折敵，更何敢大言不怍，無臨事而懼之心？惟念敵情，當以力爭，難於理喻。今法船在閩，其勢稍轉，必有一、二自命能辦洋務之人，攘臂以居辨難調處之功；沒將士死守之孤忱，為無賴希榮之捷徑，長敵燄而損國體，無逾於此，是以將前敵實情，委曲敷陳。』

這番陳奏，大大地壯了慈禧太后的膽，而最使她感動的是，張佩綸在摺尾立誓：萬一局勢轉惡，『我援竟斷，法艦紛來，恐彼猝攻前敵，據我上游，我軍終於不敵；然臣所將水步兩軍，誓當與廠存亡，絕不退縮，以貽朝廷羞。』是這樣有為有守、忠勇奮發的氣節之士，眞是値得重用。

寄望於美國『說合』的打算，終於落空，法國正式拒美國調處；同時對基隆採取了行動，由孤拔的副手利志必率領兵艦四艘，轟擊基隆炮台。劉銘傳得報，一面下令自行炸毀基隆煤礦；一面親率提督四員，擊退了登陸法軍，不過他自己亦趕緊退到了淡水——據劉銘傳自己的解釋：台灣沒有兵艦，海面無法與法軍爭鋒，只有引誘他們上岸，才可以『聚殲』。

法軍不肯上當，留下三艘兵艦在基隆海面監視，同時由巴德納照會曾國荃，法軍攻取基隆，作為質押，暫時不取福州；要求賠償兵費八千萬法郎。

局勢到此地步，如果肯和，便成城下之盟。醇王見此光景，和既不甘，戰又不可，六神無主之下，只有奏請召集廷議。

和戰兩難

就在這時候，陳寶琛來了一個電報，有一句話使得慈禧太后痛心不已，這句話是：『和亦悔，不和亦悔。』意思是一開仗必敗無疑；慈禧太后深知這班清流，賦性剛毅的居多，不是看出事處萬難，絕無可爲，絕不肯說這種萬般無奈的洩氣話。

『事情到了這個地步，我也實在不知道說甚麼好了！』慈禧太后向醇王及總理大臣們嘆氣，『到底能不能打？你們總得有句實實在在的話。事情是拖不下去了！越拖越壞。』

六月廿二的天氣，密雲不雨，悶熱不堪，醇王急得滿頭大汗，很想說一句：『要開仗亦未見得沒有把握。』卻就是說不出口。

慈禧太后知道醇王無用；她願重用他也就因爲他無用。所以兵餉兩事，此刻便直接向許庚身和閻敬銘兩人垂詢。

『許庚身！』她問：『你看，如果開仗，有沒有把握？』

這是最難回答的一問。不過許庚身對和戰大計雖不能完全拿主意，而從洪楊平後，在軍機當『達拉密』，凡有關重要軍務的上諭，幾乎都由他主稿，深知代湘軍而興的淮軍，積習重重，並不可恃；北洋水師，則如甫離襁褓，正在學步，還不足以自立；醇王的神機營更是虛糜『京餉』的『擺飾』，所以雖管兵事，卻主持重。當然，他不肯得罪李鴻章，更不敢得罪醇王，說他們的兵不中用。平時一再表示：備多力分，此時亦仍是這樣回奏。

『我中國幅員遼闊，口岸太多。當初祖宗設兵駐防，專重陸路；道光以來，五口通商，中外交涉日繁，原是祖宗當初所萬想不到的。自文宗龍馭上賓，仰賴皇太后操勞於上，髮捻次第削平。講究海防至今，亦不過十幾年的工夫，自然不能跟西洋各國已經營了幾十年的海軍相比。備多則力分，處處設防，處處防不勝防；譬如福州，何璟接二連三，急電請援，而南北洋實在都抽不出兵艦可以調到福建海面。就算可以調動，法國又捨馬尾而攻基隆，飄忽難制。臣每日都留心上海、香港的中西報紙，說法國水師提督孤拔是一員猛將，打電報到他們的海軍部，要攻山東芝罘、威海衛、旅順，敵師北犯，京畿震動，所關不細。』說到這裡碰個頭，結論就不必說出口了。

慈禧太后幽幽地嘆口氣，轉臉又問：『閻敬銘，你怎麼說。』

『依臣看，以收束爲宜。打仗打的是兵、是餉；目前餉源甚絀。最可慮的是，南漕多用海運，如果海上有事，招商局的船到不了天津，那時……』閻敬銘很吃力地說道：『「民以食爲天」！皇太后聖明。』

北方糧食一向不夠，如果南漕中斷，這一缺糧，人心浮動，會引起極大的變亂。轉念到此，令人不寒而慄。

『照這樣說，是不能打；就投降了？』

『豈有投降之理？』醇王異常不安地說：『聖諭教臣等置身無地。』

『是啊，不但你們置身無地，我將來又有甚麼臉面見祖宗？大家總得想個辦法出來！』

『臣愚，臣以爲國家百年大計，不爭一日之短長，而要有持久之策。』許庚身越次陳奏，『歷來廷議，空言搪塞的居多；這一次要請嚴旨，責成大小臣工，悉心詳議，如是空言塞責的覆奏，當即擲還。』

許庚身很巧妙地轉移了話題；慈禧太后不自覺地點點頭：『你這話說得實在。就照你的意思擬旨，這兩天收到的照會，南北洋跟福建來的電報，陳寶琛的摺子，都發下去，公中閱看。』

『是！』醇王答應著。

群臣廷議

等退出殿來，醇王汗流浹背，神氣非常不好。他的本心淳厚，爭強好勝，然而是庸才！多少年來一直說恭王不好，受了孫毓汶的鼓動，貿貿然定計奪權，將一副千斤重擔，糊裡糊塗接了過來，一上肩就有不勝負荷之感，如今進退兩難，寸步難行；想起有人傳來恭王的一句話：『看人挑擔不吃力！』自覺羞愧惶恐，因而才有那樣內心的激盪，自我震慄失色的神氣。

『星叔，』他對許庚身說：『我先回去。你們跟萊山商量一下；出宮先到我那裡。』

『是！王爺請先回去歇著。千萬不要著急！』許庚身安慰他說：『局勢總還可以挽回。過了這一關好好籌一條持久之計，不患沒有揚眉吐氣之日。』

『現在也只有這麼想。不過……』醇王眨著眼，在轎子旁邊想了好一會才說：『咱們回頭再談。廷議，你們好生預備。』

他是不到軍機處的，平時辦事，都是在府，常由禮王傳話。最近因爲局勢緊急，而且醇王特加關照，所以這天下午軍機處散值以後，禮王、孫毓汶、閻敬銘、許庚身一起上適園謁見。

『廷議定在廿二。』禮王說道：『御前、軍機、總署、六部九卿、科道、講官。』這是報告規定參與廷議的人員；醇王詫異地問：『何以沒有王公？』

『萊山！』禮王轉臉看著孫毓汶：『你跟七爺回吧！』

廷議而不召王公，是前所未有的創例，此例是孫毓汶所創，目的則在解醇王的圍。因爲醇王『在野』時，放言高論，抨擊恭王措施失當，詞鋒往往極其銳厲；如今易地而處，怕恭王，還有向來有甚麼、說甚麼，出言不加考慮的惇王，當著大庭廣眾拿話擠得醇王下不了台。

受窘是一事，更怕一激之下，加以講官必然會隨聲附和，於是醇王在無法招架的情況之下，作成主戰的結論，那時大局就難收拾了。因此，孫毓汶贊成用『快刀斬亂麻』的手法，乾脆不讓恭王跟惇王與議。

當然，這話不便直說，他只答了句：『御前大臣當中，不也有王公嗎？』

醇王也會意了，點點頭不提這事，卻問到講官：『盛伯熙他們不知道會怎麼說？』

『他們還能說甚麼？無非定論而已。』孫毓汶又說：『張幼樵在福建、陳伯潛在南洋、吳清卿在北洋、張香濤在廣東，都是手握兵權的；如果開仗，他們當然運籌帷幄，決勝俄頃。朝廷預備著紅頂子就是。』

在這番似譏似嘲的話中，孫毓汶透露了他的權術；是以清流制清流，甚至可能以清流攻清流。陳寶琛已說到『和亦悔不和亦悔』的話，足以看出主戰的論調已大不如前。而非爲講官首領的盛昱，如果有所責難，亦就等於跟兩張陳吳等人過不去了。

意會到此，醇王算是又放了些心。不過兩、三個月的工夫，當國的苦況，他已經領略透了，和戰之間，並不能一言而決；和也罷、戰也罷，都無法按照理路，直道而行。就拿眼前的情勢來說，『不和而悔』不如『和而悔』，因爲『不和而悔』必然喪師辱國，賠償兵費，追究責任，搞得天下大亂，元氣大喪；『和而悔』則至少保全了實力，可以徐圖再舉，發奮爲雄。這樣淺顯明白的道理，就是不能一口道破，得要迂迴曲折，繞上許多彎子來應付慈禧太后的責難和清流的主戰論調；尤其是清流，人多口雜而個個振振有詞，眞是重重牽絆，處處掣肘。現在聽孫毓汶所說，清流似乎已受箝制，事情就比較好辦得多了。

於是再商量覆奏的措詞——向來廷議必有覆奏，稱爲『公摺』，預先備好底稿，同意的列名，不然單獨具奏。公摺或由內閣主稿，或由軍機撰擬，或由領銜召集的王公預備，看所議何事而定；這一次議的是和戰大計，理當由軍機預擬奏稿。

但孫毓汶又有異議，摺底雖由軍機預備，卻不妨交由伯彥訥謨詁提出。這好像匪夷所思，但經他一說明緣由，卻不能不佩服他巧妙。

這樣做是爲了要避免一個人擾亂全局；這個人就是左宗棠。從他五月間奉召復起，到京以後，恩寵不衰，仍舊入値軍機，兼管神機營。但是他的脾氣未改，依然好發大言，好罵人；而且神智恍惚，說話顚三倒四，軍機同僚，沒有一個不覺得頭痛。如果這個公摺底稿由軍機預備，他一定有許多意見和挑剔，弄得無法定稿；所以不如由這次廷議中爵位最尊，覆奏領銜的伯王提出摺底，乾脆不使左宗棠與聞，反倒清靜無事。

『這也好！』醇王深深點頭；然後又皺著眉說：『此老實在煩人。』

『有辦法！』孫毓汶接口說道：『此老本不宜參廟議；看機會還是請他出去帶兵吧！』

『萊山這話如何？』醇王看著閻、許二人問。

閻敬銘和許庚身都保持沉默；七十老翁帶兵，未必相宜，而且論人情，亦覺得太過。只是此老在朝，也實在是成事不足，敗事有餘，所以不願表示意見。

『看情形再說吧！』醇王也覺得這樣安排不妥，擱置不談，『摺底就請星叔動筆。』

『是！』

『我還有件事，跟大家商量。這件事我想了好久了，一直打不定主意。現在爲了振作士氣，不能不這麼辦。我想面奏太后，仿照老五太爺的例子，以「奉命大將軍」的名義，帶領神機營，到越南去打法國鬼子。』

此言一出，舉座大驚；連孫毓汶都張口結舌了。『老五太爺』惠親王在咸豐三年奉旨授爲奉命大將軍，只不過督辦畿輔防剿事宜，與出師越南豈可同日而語？

『祖宗創業維艱，雖說馬上得天下，不能馬上治天下；不過騎射是八旗的根本，修文亦不必偃武。本朝初入關的時候，王公大臣沒有不能開強弓，說「國語」的；承平日久，習於驕逸，純廟高瞻遠矚，極力糾正；較射三箭不中鵠，立刻斥責，八旗子弟鄉會試，先試弓馬，合格了才許入闈，此所以有「十大武功」。當時明亮、奎林他們，都是椒房世臣，用命疆場。純廟聖諭：「周朝以稼穡開基，至今以農立國；本朝以弧矢定天下，何可一日廢武？廢武就是忘本！」』醇王說到這裡又激動了，『就因爲八旗忘本，才有今天外敵欺凌之辱！』

『王爺見得極是。』孫毓汶勸道：『不過以王爺的身分，親冒矢石，皇上何能片刻安心？』

『親冒矢石也不至於。我自然是在關內安營，指揮督戰，無需親臨前敵。』醇王又說：『唯其以我的身分，親自督師，才能振作士氣。』

『說實在的，王爺有這番意思就夠了……』

『不夠，不夠！』醇王搶著搖手，『一定要到前方，打個樣子給大家看看。有人說神機營是虛好看，我不服氣。從前文博川帶神機營到奉天剿馬賊，打得很好。他回來跟我說：神機營不是不能用，只不過京師繁華之地，把他們養得懶了。一到苦地方，擺不上「旗下大爺」的譜，自己不動手，連頓飯都吃不到嘴，自然大改常度。這話眞是閱歷之言。再說養兵千日，用在一朝；神機營操練了這麼多年，臨到該他們露一手，還不拚命爭個面子？我意已決，你們勸我也沒有用。』

『王爺！』

閻敬銘才說了一句，醇王便又搶著開口，『丹翁！』他拱拱手，『這餉的方面，你無論如何要幫我的忙。乾隆年間，大將軍督師，都特簡大臣籌辦糧秣；你年紀這麼大了，我當然不敢勞動你，不過，務必要請你派年輕力強，吃得苦、耐得勞的司官，替我管糧台。』

說到這樣的話，閻敬銘只能恭恭敬敬應一聲：『是！』

孫、閻二人都『沒轍』了，只拿眼望著許庚身。他當然也有一番話說，只是看醇王滿懷信心，意氣甚豪，不便潑他的冷水；越潑越壞，變成激將，更難挽回。所以一直在思索著，怎麼能讓醇王知道，神機營不中用，而又不傷他的自尊？才能讓他知難而退。

這片刻工夫，已經思量停當，卻閒閒問道：『王爺預備用甚麼人參贊？』

『榮仲華！』醇王脫口相答，『仲華委屈了好幾年，我心裡也很過意不去。沈經笙下世的第二年，我想保他復用；他不肯。如今總得幫幫我的忙。我已經有打算了：皇帝到了該「壓馬」的年紀，我備八匹好馬，作爲他的報效，只要有旨賞收，自然就會開復他的原官。』

『王爺篤念舊人，眞是教人感激。榮仲華是好的。不過，王爺，』許庚身說道：『三國的故事，不可不以爲鑑。』

『三國的故事？』旗人拿《三國演義》當作兵法；醇王雖不致如此，陳壽的《三國志》，卻是當年在上書房的時候，奉宣宗面諭，特別要唸熟的，所以三國的故事，知道得很多。『不知道說的是哪一個？』

『我說的是赤壁之戰。當時劉、關所部，不過精甲萬人，劉琦的江夏兵還不到一萬；周瑜、程普亦不過各領萬人，合孫劉之兵，不過四萬。曹瞞所部，號稱百萬；實際亦有四十萬，以十對一，而眾寡不敵，只爲魏師北來，水土不服，軍中瘟疫流行，以至於一把火燒得他卸甲丟盔。』許庚身緊接著又說：『南人乘船，北人騎馬，習性使然，無可勉強。神機營子弟到奉天可以收功，亦就因爲奉天的氣候跟京裡相差不遠；如今到了炎荒瘴癘之地的西南邊境，天時不對，水土不服，再中了瘴氣，沒有一個不病倒的！英雄只怕病來磨，那一來，豈不損了王爺的神威？』

『啊，啊！』醇王悚然動容。

『星叔，這話說得是。』閻敬銘急忙附和，『我在山西辦賑的時候，深知饑民易救，瘟疫難當。到那時候，趕緊運藥到前方，怕都來不及了。』

『是的，是的！』

『王爺體氣雖壯，從來也沒有到過南邊；萬一水土不服，上係廑慮，』許庚身用極懇切的聲音說：

『王爺又何能心安？』

『責備得是。』衷心悅服的醇王，措詞異常謙恭，『拜受嘉言，不敢不領教。』

『王爺太言重了！』許庚身站起身來，垂手答說。

『一切仰仗。』醇王拱拱手，『明天一早，宮裡見吧！』

第二天黎明時分，醇王已經約了他的兒女親家伯彥訥謨詁，在內右門的內務府朝房見面，一起看許庚身所擬的公摺底稿。

這個稿子一共分四大段，第一段申明同仇敵愾之義，說法軍猖獗，攻擊基隆，在廷諸臣，同深憤激。第二段提到陳寶琛的摺子，說他素日剛毅，現在有『和亦悔不和亦悔』的奏語，自然是他身在局中，親見親聞，不能不重視的見解。這是道明戰有困難，引起第三段保全和局的主張：如果法國『悔過輸誠，怵於公議，尚可示以大度，仍予轉圜』；因爲『此時餉絀兵單，難於持久。況外夷偪處，爲千百年未有之局，與髮捻迥異。』

看到這裡，醇王深深點頭，認爲這樣措詞，是道出了眞正的癥結，非常恰當。再看第四段，也就是結論，卻近乎空話了。

這個要作爲廷臣公議的結論，認爲法國如果挑釁不止，終於不得不戰，則不可爲小挫所動搖；那時要設法募兵籌餉，或者舉辦團練，或者分道扼守，以爲『持久之策』，而最要者爲申明軍律。

伯彥訥謨詁看完這一段，搖搖頭說：『這不太虛浮了嗎？鬼子已經打進來了，還在募兵籌餉，哪來得及？辦團練更是件靠不住的事。』

『不然！』醇王答道：『你沒有能看得仔細。這段話的要旨，是在表明最後的打算。法國人適可而止，中國不妨示以大度；眞要欺人太甚，一打起來，那就沒有完了，非拚到底不可。』

『嘿！』伯彥訥謨詁一面來回蹀躞，一面將雙掌骨節揑得『格巴，格巴』地響，用微帶不屑的神氣說：『是打算拿法國鬼子嚇得不敢動？』

『他們敢動不敢動，咱們不知道；反正洋人只要一上了岸，就討不了便宜。』醇王說道：『洋人的厲害，是他的鐵甲船、大炮；一上了岸，咱們處處攔他、堵他、困他，叫他走投無路，非告饒不可。劉省三在基隆，用的就是這個法子，張幼樵在馬尾也打算這麼辦。總之，去我之短，用我所長，陸戰必有把握。』

伯彥訥謨詁默然。他父親僧格林沁在英法聯軍內犯時，跟洋人在通州接過仗，結果潰退回京，如引此故事，說洋人不可輕敵，就變成揭父之短，但如醇王所說『陸戰必有把握』，他也實有看不出把握在哪裡？那就只好不開口了。

不開口不行；因爲這個摺底是由他提出來，必得他先有信心，才能說服大家一起列銜，所以醇王催問著說：『你有甚麼意思，說出來大家琢磨。』

『我的意思是，要說痛快話，和就是和，戰就是戰；不痛不癢的話，似乎沒有用。』

這話卻是搔著了癢處。從同治初年以來，每遇外敵，朝廷應付之道，總不外備戰求和。求和是眞，備戰是假，而假的要弄成眞有其事的模樣；眞的卻又迂迴瞻顧，倒彷彿虛與委蛇似地。照伯彥訥謨詁看，這個公摺中所提的見解、主張，亦復如此。

醇王卻不肯承認。陸戰有把握，是他所確信不疑的；就怕帶兵官不肯用命。這個看法，他跟親信談過好幾次，許庚身深爲了解；所以擬的摺底，能夠符合醇王的意思。現在伯彥訥謨詁不以爲然，而醇王似乎欲辯無詞，他不能不說話了。

『如今跟外國開仗，都要站在理上；不然，洋人一定合而謀我，眾寡之勢，勝負不待智者而決。法國如果敢上陸，那就是彰明較著侵犯我國，誰是誰非，十分明白。即令其中有國家想挑撥，亦就無所藉口。再有一層，洋人來我中國的，已經不少；內地一開仗，炮火不免傷及他國僑民，各國必不容法國猖獗，出面調解，自然對我有利。』

經過這一番解釋，伯彥訥謨詁才沒有話說。到得近午時分，坐轎到內閣大堂主持廷議。所謂主持，其實是到一到而已。御前大臣與大學士高高上坐，兩面是六部九卿，下面設一張長條案，團團圍著一班熱心國事的翰詹科道，在傳閱上諭、南北洋的電報，以及總理衙門送來的八件法國照會。

文件多人更多；天氣太熱，只見各家的聽差，川流不息地走進走出，絞手巾、倒茶、裝煙、打扇。廷議本就是近乎隨意閒談的一種集會；這天的秩序更不易維持，東一堆、西一堆，三五成群，各自找涼快的地方敘話。其中風頭人物是盛昱。他已成了翰林中後起的魁首，所以圍在他左右的特別多。

在大老中，李鴻藻閒廢，潘祖蔭回鄉，翁同龢冒了上來，成爲扶持風雅的護法；盛昱跟他走得很近，也很佩服他，所以見他一到，特意迎了上來招呼。

『我剛下書房，來晚了。』翁同龢問道：『議了些甚麼？』

『還沒有開議。總是這樣子，議不出甚麼名堂來的！聽說是伯王預備的摺底；如此大事，由御前主持，也算是新樣。』

翁同龢笑笑不答。停了一下問道：『你大概又是單獨上奏吧？』

『那要看公摺怎麼說。如果有個切實的辦法，可以不至於辱國，我也就不必多事。』

『你來！』翁同龢招招手，『我給你看封信。』

信是一個抄件，先看稱呼，再看具名，是張佩綸在上個月二十八由福州移駐馬尾以後，寫給李鴻藻的信，卻不知翁同龢怎會有此文件？

『是我問起幼樵的情形，蘭翁特爲錄副送來的。』翁同龢說。

『喔，蘭公病洩經月，只怕更清癯了。』盛昱一面答話，一面看信。

信很長，主要的當然是談他的部署：

『佩綸定出屯馬尾之計。所撥兩營，乃友山留備省防者，其將黃超群前解鳳翔之圍，與友山患難交。佩綸在陝西文牘中見其姓氏，又觀其履歷，曾在胡文忠守黔時充練勇，而隨南溪先生轉戰行間。訪問省城各營，惟此軍隊伍尚整齊，是以特調用之。二十七午，合肥忽來電，稱林椿云：「二十八日期滿，定攻馬尾，惟先讓法爲救急計；鴻不敢許。」等語。』

盛昱知道林椿是法國的一個領事；不知道的是，李鴻章何以聽信此人的話？看樣子他是以一個領事爲交涉的對手；未免與他的地位太不相稱。而且他既『不敢許』，何以又電告張佩綸？是不是暗示張佩綸『先讓法爲救急計』，失掉馬尾，他可以從中斡旋，使張佩綸脫罪呢？

這是一個難以參透的疑問，盛昱姑且擱下；先看張佩綸作何處置：

『鄙見法特恫嚇，然特告督撫必大擾。遂以是夜潛出；侵曉，敵舟望見旌旗，遂亦無事。行營距敵舟一里許，日來市易如常，迴非省城之風聲鶴唳，草木皆兵。軍書之暇，雨餘山翠，枕底濤聲，猶勝城市之日接襬攕也。』

看完這一段，盛昱大爲搖頭；他覺得張佩綸眞是太自負，也太自欺了！居然以爲法軍震於他的威名，所以『望見旌旗，遂亦無事。』而文字故作瀟脫，彷彿羽扇綸巾，談笑可以退敵；強學謝安的矯情鎭物，只怕眞到緊要關頭，拿不出謝安的那一份修養。

『眞是書生典兵，不知天高地厚。』盛昱冷笑著說：『我就不信，只有他一個人能幹。』

『你再看下去。』翁同龢笑道：『幼樵眞正是目無餘子。』

於是盛昱輕聲唸道：

『法入內港，但我船多於彼，彼必氣沮而去。然僅粵應兩艘，餘皆袖手，畏法如虎；不如無船，轉可省費。二十八夜，戰定可勝。』

『這是甚麼話？』盛昱詫異，『他不是一再電奏請旨，催南北洋赴援嗎？如以爲雖有船而「畏法如虎」，倒不如沒有船，反省下軍餉；這是負氣話，還可以說得通，卻又說「二十八夜，戰定可勝」，既然這樣有把握，又何必電請增援？而且，既有把握，何不先發制人？』

『戰端固不可輕啓；而幼樵亦未免誇誇其言。』翁同龢又說：『我擔心的是，幼樵處境太順，看事太易，量敵太輕。』

『是！』盛昱想了一會說道：『還可以加一句：「受累太深。」』

『受甚麼人的累？』翁同龢問：『你是指合肥？』盛昱點點頭；然後又接下去看信：

『今局勢又改，趨重長門，不知知各宿將正復如何？』

『「知各宿將」是指穆將軍守長門炮台嗎？』

『對了。下面不是有段小註：「春巖與論相得，瑣細他日面談。」看樣子，幼樵在福建，還只有一個穆春巖，爲他稍所許可。此外，不但福建的督撫，連總理衙門諸公，亦不在他眼下。』

這段話是指張佩綸自己在信中所說：

『兵機止爭呼吸，若事事遙制，戰必敗，和必損，況閩防本弛耶？譯署以辦團練爲指授方略，抑何可笑？漳泉人較勇，然亦無紀；本地水勇，知府送來二十人，皆里正捉來水手，未入水即戰慄。』

『辦團練本非長策。』盛昱又搖頭，『幼樵這話倒說對了。『兵機止爭呼吸』，亦有道理；只不知呼吸之間，他能不能臨危不亂，應付裕如？』

就在他們以張佩綸爲話題，一談不能休止的當兒，大廳中已在宣讀公摺底稿，並作了一處修改，仍舊請各國公斷，美國調處。等到翁同龢、盛昱接得通知，回入大廳，已經紛紛濡筆具名；而講官則大多不願列銜，表示另外單獨上奏。盛昱自然也是如此。翁同龢則覺得公摺的文字不壞，提筆在底稿上寫下名字。所謂『廷議』，就這樣草草結束了。

公摺以外，另有三十四個摺子論列和戰大計；上摺的都是兼日講起注官的名翰林，少數連銜，大多獨奏，總計言事的有四十個人之多。

因此，慈禧太后認爲有召見此輩的必要。但不可能凡上奏的都召見，一則從無此例；再則人多口雜，也問不出甚麼來，所以她決定只召見其中的領袖。

『如今講官是誰爲頭啊？』她問醇王。

『如今算是盛昱。』醇王老實，心裡並不喜歡盛昱，但不敢欺騙慈禧太后。

『講官到底都是讀書人。他們的議論，跟我的看法差不多。』慈禧太后又說：『看法國的樣子，得寸進尺，叫人快忍無可忍了；你也該好好預備一下。』

這就等於明白宣示，不惜一戰；而主持軍務的責任，是賦予醇王。理解到此，醇王頓覺雙肩沉重，汗流浹背，不過當然要響亮地答應一聲：『是！』

接著，慈禧太后便傳懿旨，召見盛昱。照例，凡夠資格上摺言事的，本人都需到宮門候旨；講官縱有論述，極少召見，所以盛昱並不在宮裡。軍機處特意派蘇拉去通知，等他趕到，慈禧太后已經等了一會了。

盛昱深爲惶恐，也深爲感奮；這樣心情遇著這樣流火鑠金的天氣，自然汗出如漿，以致進殿以後，竟致連叩請聖安的話，亦因爲氣喘之故，語不成聲。

這是盛昱第一次面聖。慈禧太后對這種初次覲見，戰慄失次的情形見得多了，不以爲意；反和顏悅色地說道：『你有話慢慢說！』

『是！』由於殿廷陰涼，盛昱總算不再那麼頭昏腦脹，定一定神，清清楚楚答一聲：『是！』

『你是「黃帶子」？』

『是！』盛昱答道：『臣肅親王之後。』

『如今局勢這樣子糟，你是宗室，總要格外盡心才是。』

『奴才世受國恩，不敢不盡心上答天恩。』盛昱答道：『奴才年輕識淺，見事不周，報答朝廷，只有一片血誠。』

『你們外廷的言官講官，我一向看重，有許多話說得很切實。』慈禧太后說道：『軍機跟總理衙門，偏偏有許多古里古怪的說法。以前我總以爲恭王他們辦事不力，所以全班盡換。哪知道……』她嘆口氣：『唉！別提了。』

這一聲嘆息，大有悔不當初的意味。同時也觸及盛昱的痛處；如果不是自己三個月前首先發難，一個摺子惹出軍機全班盡撤的大政潮，也許局勢還不致糟得這樣子。轉念到此，更有『一言喪邦』的咎歉悔恨，不自覺地碰了一個響頭。

『談政事跟我意見相合的，只有醇親王，不過，也不能光靠他一個人。你們有好辦法，儘管說。』慈禧太后問道：『你看張佩綸這個人，怎麼樣？』

『張佩綸居官好用巧妙。』盛昱脫口答了這一句，自覺過於率直，不合與人爲善的道理，因而又接下來說：『不過他的才氣是有的。仰蒙皇太后、皇上不次拔擢之恩，自然要實心報答。奴才看邸抄，張佩綸在摺子上說：「所將水步兩軍，誓當與廠存亡，絕不退縮。」果然如此，即使接仗小挫，亦不要緊。』

『我也是這麼想。勝敗兵家常事，最要緊的是能挺得住。從前曾國藩他們平亂，也常打敗仗；朝廷不能不處分，責成他們戴罪圖功，其實從來都沒有怪過他們。現在各省督撫，練兵籌餉，只要能想得出辦法來，沒有個不准的。朝廷待他們不薄，到現在應該激發天良，好好爲國家爭口氣。誰知道畏難取巧的多。中外大臣都是這樣；你說，怎麼得了？』

慈禧太后說到後來，不免激動，聲音中充滿了悲傷失望，使得盛昱也是心潮起伏，滿腹牢騷，不可抑制，大聲答奏；『天下事往往害在一個「私」字上頭。聖明在上，中外大臣雖不敢公然欺罔；可是私心自用的也不少。奴才想請嚴旨，只要辜恩溺職的，不論品級職位，一概從嚴處治，才能整飭紀綱，收拾人心。』

『朝廷原是這麼在辦。等唐炯、徐延旭解到京裡，我是一定要重辦的。』慈禧太后說到這裡，忽然問道：『你跟鄧承修可相熟？』

『奴才跟他常有往來。』

『聽說這個人的性情很剛？』

『鄧承修忠心耿耿，不畏權勢；他的號叫鐵香，所以有人叫他鐵漢。』

『才具呢？』慈禧太后說：『我看他論洋務的摺子，倒很中肯。』

『鄧承修在洋務上很肯用心。』

『辦洋務第一要有定見，不能聽洋人擺佈。』慈禧太后話題又一轉，『我現在很看重你們這一班年紀輕、有血性、肯用功的人，張之洞、張佩綸都還不錯；陳寶琛平日很肯講話，如今在曾國荃那裡，好像也礙著情面，遇事敷衍似地。張蔭桓起先很好，說話做事，都極有條理，現在看他，也不過如此，這趟中法交涉，實在沒有辦法。』

『這也怪不得張蔭桓。』盛昱把下面的話嚥住了。

語氣未完，慈禧太后當然要追問：『那得怪誰呢？』

『自然要怪李鴻章。』盛昱率直陳奏：『李鴻章主和，張蔭桓聽他的指使，一味遷就，養成洋人得寸進尺的驕恣之氣。洋務之壞，壞在李鴻章的私心；就拿招商局輪船賣給旗昌洋行一案來說，李鴻章一直到朝廷查問，方始覆奏，其心可誅！』

這話在慈禧太后就聽不入耳了。她一直有這樣一個想法，凡有人攻擊李鴻章，必是心存成見。照她看來，最肯做事的就是李鴻章；雖然他力主保全和局，但是他本心在求國強民富，買輪船、造炮台、設電線、開煤礦，都是自強之基。如果總理衙門的大臣得力，能夠不失國家的體面談成和局，當然是好事；和局談不成，一再受人的勒逼要挾，是總理大臣無能，怪不上李鴻章。

至於出賣招商局輪船的案子，她亦聽李蓮英說過，完全是事機緊迫，爲國家保存元氣的不得已措施；她覺得李蓮英有一句話說得很中肯：『李中堂不敢！招商局那麼多船，那麼多堆棧、碼頭，他要能一口吞得下去，不怕梗死？不管怎麼樣，權柄操在老佛爺手裡，他有幾個腦袋敢欺老佛爺？』

因此，她雖不願公然斥責盛昱，回答的語氣卻很冷漠，『李鴻章有李鴻章的難處。』她說：『中外大臣都能像他那樣，咱們大清朝絕不能教洋人這麼欺侮。』

盛昱一聽話不投機，自己知趣，不願再多說甚麼。慈禧太后也覺得該問的話都問了；該說的話也都說了，便吩咐『跪安』，結束了召見。

回到宮中，慈禧太后又是一種心境。從前凡遇大事，她雖也能出以沉著鎮靜，但心裡卻總丟不開；自從大病以後，接納了薛福辰的諫勸：養生以去煩憂爲主，因而養成一種習慣，不召見臣工，不看奏摺的時候，便能將國事擱在一邊。她覺得閒下來及時行樂，保持愉快的心情，到煩劇之時，反更能應付裕如。所以越是國事棘手，她越想找點樂趣。

當然，這要找蓮英。一問不在長春宮，說是皇帝找了去問話了。

萬幾閒情

皇帝十四歲，纖瘦、蒼白；一副『少年老成』的樣子——跟穆宗當年一樣，未親政以前，隨侍太后，召見臣工；唯有醇王入見，因爲是本生父，君臣父子之間的禮節不易安排，所以皇帝迴避。許多慈禧太后與醇王密定的大計，雖不得與聞，但每天軍機見面，也能聽到很多話；而在書房裡，師傅隨時啓沃，就不但了解了大局，還能談論得失，形成見解。

這時候找李蓮英來，就是他有一番見解要說。後天就是萬壽——皇帝的生日本是六月二十八，因爲要避開七月初一『祫祭』的齋期，所以提前兩天，改六月二十六日爲萬壽之期。是慈禧太后的命令，皇帝對李蓮英不能直呼其名，照書房裡的例子，稱他爲『諳達』。皇帝說道：『李諳達，我想讓你跟老佛爺去回奏，明天不要唱戲。』

這是爲甚麼？李蓮英愕然相問：『是怎麼啦？』

『局勢不好，洋人這麼欺侮咱們，哪裡是歌舞昇平的時候？』

李蓮英心想，又不知是在書房裡聽了哪一位師傅的話，回來發書呆子氣？不唱戲萬萬辦不到；不過這位『少爺』的話也不能駁回，得要想一番說詞，讓他自己收回他的話。

『萬歲爺眞正了不得！憂國憂民。老佛爺知道萬歲爺說這話，不知道會多高興。』

一頂高帽子將皇帝恭維得十分得意，『那你就快去說吧！』他催促著，『說定了就好降旨。』

『不過，萬歲爺，這裡頭有個斟酌。讓奴才先請問萬歲爺：老佛爺萬壽，該不該唱戲？』

『那自然。你問這話爲甚麼？』

『自然有個道理。今年是老佛爺五十整壽不是？』

『是啊！這還用你說？』

『五十整壽，更該唱戲。如今局勢雖然不好，到了十月裡，一定平定了。那時候萬歲爺一定要盡孝心，替老佛爺熱鬧、熱鬧，是不是呢？』

『當然是。』

『這就是了。』李蓮英說：『有道是母慈子孝。到那時候老佛爺想到今年萬歲爺萬壽，沒有唱戲，心裡一定也不願，不教唱戲。萬歲爺想想，怎麼個勸法？』

『啊！』皇帝連連點頭，『你這話說得倒也是。明天還是唱吧！』

『這才是。』李蓮英說：『老佛爺操勞國事，心裡哪有片刻安閒。借萬歲爺的好日子，唱兩天戲，哄得上人樂一樂，這才是眞正的孝心。』

『嗯。』皇帝又點頭，『李諳達，我倒問你，照你這麼說，我還得按規矩上召串老萊子？』

『這得到老佛爺的萬壽，才是這個規矩。』李蓮英乘機說道：『萬歲爺只拿戲摺子請老佛爺添兩齣戲，一樣也是盡了孝心。』

『好吧！今兒侍膳的時候，我就說。』

於是李蓮英悄悄先退。回到宮中，慈禧太后少不得要問起，皇帝傳問何事？李蓮英知道她必不愛聽皇帝不願唱戲的話；反過來說是，皇帝所問的是太后連日煩心，該想個甚麼法子娛親？

『倒難爲他。』慈禧太后笑道：『你替他出了甚麼主意？』

『奴才何敢亂出主意。奴才只跟萬歲爺回奏：順者爲孝；這句話就都在裡頭了。』

接著慈禧太后問起『南府』承應萬壽戲的情形——『南府』的名稱起於乾隆年間；最初是高宗喜愛昆腔，初次南巡時，就從蘇州、松江、太倉一帶帶回來一班年幼的梨園子弟，教習演唱，稱爲『南府』。到了道光年間，宣宗賦性儉樸，不好戲曲，認爲梨園樂部不應該稱『府』，降旨改名『昇平署』。然而文宗與他父親不同，頗嗜聲色，所以昇平署又有興旺的氣象。直到同治即位，爲了示天下以勵精圖治，才將民間的梨園子弟，一概遣散，只由太監串戲。

慈禧太后不喜昆腔，最愛皮簧。宮中不便傳『四大徽班』來唱，因而常常假名巡幸惇、恭、醇三王府邸，傳膳聽戲，盡一日之歡。自穆宗『天子出天花』而駕崩以後，推原論始，多為宣德樓頭聽王慶祺一齣『白門樓』，擊節稱賞，因而作成了一番空前絕後的君臣遇合，然後才有『進春冊』的祕辛，演變成絕奇的大不幸。這樣一層一層想去，歸根結柢，害在一個『戲』字上。怕觸景傷情，摒絕絲弦——事實上，穆宗和嘉順皇后的大喪『八音遏密』，宮中有兩、三年不能唱戲，想聽亦聽不到。

從一場大病痊癒，一方面日理萬機，需要絲竹陶寫；另一方面古板方正的慈安太后暴疾而崩，也不怕再有人會說掃興的規勸話，所以昇平署再度振興，而且另出新樣，傳喚名伶到昇平署當差，名為『內廷教習』；外面稱為『內廷供奉』。

供奉的規矩是，平日照常在外城戲園子唱戲，但初一、十五，佳期令節，或者慈禧太后興致來時，想聽一聽戲，隨傳隨到，好比唱一次最闊的堂會。自然每次都有賞，賞銀通常是二十兩。

這班『內廷教習』是上年四月間挑選的。起初大家不知是怎麼回事，以為一入宮內，便不再放出來，既怕妻兒睽隔，又怕所得俸祿不足以養家活口，所以都走門路，託人情，設法規避。這一來，挑進去的一批人，就不怎麼出色，使得慈禧太后頗為失望，亦嘖有煩言。

這件事先不歸李蓮英辦，以後聽慈禧太后抱怨的次數多了，他才親自來管。不過他做事八面玲瓏，不願得罪人；原已在京的好腳色不能再挑了進去，因為慈禧太后會得查問：當初何以不挑？這就顯得內務府的官兒辦事不力了。

有此顧忌，他只能傳出話去：如有新到京的好角，不可遺漏。這樣陸陸續續挑了幾個，也還是不大出色。不過，新近挑來的一名鬚生兼武生，卻很可以誇耀一番。

『跟老佛爺回話，』他拿著黃綾的戲單子說：『三天的戲，合適不合適？請老佛爺的旨意。』

這張戲單子上所刊的人，慈禧太后大多知道他們藝事的長處，至少也知道有這麼一個人；看到一半，發現了一個陌生名字，不由得詫異：『這個楊月樓是誰啊？』

李蓮英要想誇耀的，正是這個人，『他是張二奎的徒弟。』他說：『如今是三慶的掌班。』

提到張二奎，慈禧太后不由得想起同治初年的樂事，那時惇王常常辦差，每次請示傳召那些名伶，總少不得有張二奎。他的儀表甚偉，唱『王帽戲』最好，嗓子宏亮，扮相出色，又長於做工；比起程長庚的平穩得近乎古板，余三勝的時好時壞，慈禧太后總覺得聽張二奎的戲最得勁。可惜沒有聽得幾年，就聽說他已物故；因而此時聽說楊月樓是張二奎的徒弟，先就有了幾分好感。

『這個楊月樓，唱得怎樣？』慈禧太后問道：『你總聽過？』

『是！奴才聽過。不然也不敢跟老佛爺保薦。不過老佛爺的眼界高，奴才說好，老佛爺未見得中聽。』

『他是張二奎的徒弟，想來差不到哪裡去。』慈禧太后又說：『這齣「打金枝」，就是張二奎的好戲；他沒有幾分能耐，不敢動這齣戲。』

『奴才可沒有趕上張二奎。』李蓮英陪笑說道：『張二奎是怎麼個好法，求老佛爺給奴才說說，也讓奴才長點兒見識。』

這是看出慈禧太后的興致好，有意湊趣。果然，慈禧太后便將張二奎當年唱這齣『打金枝』，如何一舉一動，純爲王者氣象，令人不知不覺中，屏聲息氣，彷彿眞如上朝一般，全神貫注的情形，描畫了一遍。李蓮英一眼不霎地傾聽著，臉上是無限嚮往的神情，使得慈禧太后談得越發起勁了。

因此到了傳膳的時候，還是在談明天開始的萬壽戲。侍膳的皇帝，是早就受了教的；等李蓮英一個眼色拋過來，便即說道：『這一陣子，難得老佛爺興致好；兒子想求老佛爺添兩齣戲。』

『明兒看吧！』

『萬歲爺的孝心。』李蓮英接口說道：『老佛爺何不就成全了萬歲爺？』

『也好！』慈禧太后問道：『你說楊月樓唱得好，就讓他來個雙齣。』

『是！』李蓮英答道：『楊月樓又叫「楊猴子」；他是鬚生、武生兩門絕，猴兒戲最好。』

『那就添一齣「安天會」。』慈禧太后又說：『楊隆壽也是雙齣；添一齣「探母」。』

這是慈禧太后最喜愛的戲目之一。然而這齣戲卻是『奎派』戲；李蓮英爲了捧楊月樓，在萬壽正日，派他演『探母』。同時他也有些討厭楊隆壽；兩下一湊，正好損此楊，益彼楊，將楊隆壽的雙齣，硬給打消，派了另一名『內廷供奉』，外號『大李五』的鬚生李順亭，加唱一齣。

到了第二天，皇帝不上書房，慈禧太后卻照常召見軍機；領班的禮王不願耽誤她的工夫，將重要而麻煩，需要詳細陳奏取旨的政務，都壓了下來。因此，不到八點鐘，便已跪安退出；慈禧太后也不再回寢宮，直接由養心殿啓駕，出月華門，過乾清宮，經蒼震門直衝進蹈和門，駕臨寧壽宮。

寧壽宮在大內東北，整個範圍比『東六宮』全部區域還大，重修於乾隆三十六年，歷時十五年方始完工，規模完全仿照內廷的正宮正殿，皇極殿等於乾清宮，養性殿正如養心殿。這因爲高宗已經決定，歸政後移居此處；太上皇燕憩之所，體制不能不崇。

從嘉慶四年太上皇駕崩以後，寧壽宮就沒有皇帝再住過，至今八十餘年，雖未破敗，卻已荒涼；唯一的例外是暢音閣和閣是樓，內務府的歲修，一點不敢馬虎，所以富麗如昔。

暢音閣是一座戲台，在養性門東面，坐南朝北；對面坐北朝南的閣是樓，中設御座，是當年高宗看戲的暖閣。暢音閣的戲台極大，僅次於熱河行宮的那一座；太監稱之爲『二爺』。戲台一共三層，有機關可以移動升降；構造最奇的是，台下有五口大井，爲用極妙，第一是聚音；第二是藏砌末——內廷大戲，共有三種名目，按月搬演，名爲『月令承應』，祥瑞徵慶的吉祥戲，叫作『法宮雅奏』，而搬演神仙故事的劇目，稱爲『九九大慶』。其中有一幕『地湧金蓮』，金蓮就藏在井中，用絞盤絞到台上，花瓣開處，出現大佛五尊。又有一幕更爲奇觀，是搬演羅漢渡海的故事，有樣砌末是條可藏幾十人的鰲魚，口中能夠噴水；自然也是井水。高宗在日，最喜愛西洋的噴泉，特延義大利籍的天主教士，在圓明園設計製造，稱爲『大水法』。這條鰲魚，就是當年的遺製。

這天萬壽演劇，慈禧太后的興趣在於皮簧；然而奉旨『入座聽戲』的大臣，以及在內廷行走有機會在暢音閣當差的官員們，卻大多希望看看這些吉祥戲。因爲一等一的名角，在外面花錢就能聽到；唯有這些場面熱鬧、砌末奇巧、行頭講究的大戲，只有到得宮中，機緣湊巧，才能一飽眼福。

照定制，凡遇萬壽，應該唱搬演神仙故事的『九九大慶』，無非海屋添籌、麻姑獻壽之類，論情節無足爲奇，講熱鬧確是罕見。最有趣的是一本『三變福祿壽』，三層戲台，滿佈神仙，最初是福居上層、祿居中層、壽居下層，一變再變，終於壽星高高在上。每變一次，笙簧齊奏，合唱北曲，魚龍曼衍，載舞載歌，台下個個眉飛色舞；只有慈禧太后不甚措意，三十年來，這些戲她看得厭了。

再有一個不甚感興趣的人，就是皇帝；他的性情跟他的堂兄穆宗相反，不喜戲文。聽戲在他是一件苦事，因爲侍立在慈禧太后身旁，一站就是大半天。特別是在這時候，外侮日亟，哪談得到歌舞昇平？所以他的目光在暢音閣，而心思卻在基隆、馬尾。

第十章

馬尾也熱鬧得很。戰船雲集，艦橋上掛著各式各樣的旗幟，除了中國的黃龍旗和法國的三色旗以外，還有美國的星條旗、英國的米字旗、日本的旭日旗，以及其他連張佩綸都認不得的旗子——各國駐在中國或遠東的海軍，都派兵艦來作壁上觀了。

法國的兵艦一共八艘，都泊在羅星塔下，撤頭檣，緩纜索，炮衣都已卸下；甲板上無分晝夜，都有全副武裝的兵士在戒備。

中國的艦船比法國外，共有十三艘，都停泊在船局附近，下錨的位置，由閩安協副將、兼揚武艦管帶，總辦福建水師營務處，成爲張佩綸手下第一大將的張成所定。他的部署是釘緊了法國兵艦，一艘看住一艘；監視法國主將孤拔旗艦的，就是營務處的旗艦，火力最強的『揚武』。

部署已定，去見張佩綸面陳戰守方略。他說：『這樣子佈置，有幾種好處，第一、佔上游就是佔地利。我另外埋伏了十幾隻小船，滿載乾草、硝黃、火藥，一旦開戰，砍斷纜索，順流而下，可以燒法國的兵艦。』

『嗯，嗯！』張佩綸深爲滿意，『此亦合於古意，當年赤壁破曹，就是如此。歷觀戰史，水戰用火攻，是顛撲不破的不二法門；不過，觀戰的各國兵艦甚多，不要殃及池魚，引起意外糾葛才好。』

『回大人的話，我們已經通知各國海軍，照萬國公法，交戰區域不宜進入，倘受意外損害，責任自負。』

『萬國公法有這樣的規定，就再好不過了。』張佩綸說：『你要知道，跟外國開仗，終必歸之於和之一途。議和一定要講萬國公法，在這上面站不住腳步，受累無窮。這是李中堂多年交涉的閱歷有得之言；我過天津時，他對這一層鄭重囑咐，不能不聽。』

『是！』張成接著又說：『第二、佔上游還有一層用意，是爲了保護船局，也就是保護大人。』

這樣的用意，自然更爲張佩綸所嘉納，當面誇獎了一番，表示完全同意張成的部署。但事後卻有人向張佩綸指出，中國艦船與法國軍艦的距離過近，而火力不及人家；如果法國兵艦一開炮，只怕十三條船，無一能夠倖免。

這話也有道理，張佩綸便向此人問計，應如何處置始爲合宜？

改正之道，也很簡單，應該將船疏散，首尾數里，前後救應；如果前船失利，後船還可以接戰。總之，密集在一起是極危險、極不智的事。

張佩綸認爲這話亦頗有道理，便跟張成商量；結果商量不通。張成不講理由，只說作此建議的人，膽小如鼠，不必理他。張佩綸相信岳武穆所說，『文官不愛錢，武將不怕死』那兩句話，最恨武人膽怯；所以對張成的話，很容易聽得進去，果然置之不理。

到了六月廿六，皇帝萬壽的那一天，正午時分，忽然炮聲震天；張佩綸大吃一驚，急忙查問。回報說是各國兵艦恭祝萬壽，放禮炮二十一響；法國兵艦亦復如此。看樣子，法國猶有和好之意；然而到了下午就已得到消息，說法國政府已經電令駐北京的署理公使謝滿祿，提出最後通牒了。

二十一響禮炮帶來的和祥之氣，一掃而空。但和局並未絕望，來馬尾觀戰的美國海軍提督，特爲拜訪船政大臣何如璋，願意出面調處；閩海關稅務司英國人賈雅格，亦寫信給閩浙總督何璟，希望勿動干戈。此外還有些跟洋人接近的商人輾轉陳告，說英國海軍提督及英國領事都有表示：如果和局能夠保全，他們願效居間奔走之勞。

爲此，何璟特地移樽就教，到船政局來訪張佩綸，商談其事。談到洋務，張佩綸親承李鴻章之教，看法到底要高明些，『毫無用處！』他兜頭潑了盆冷水，『法國已經一而再，再而三，拒絕他國調處；美國京城跟法國京城之間都談不通，這裡的美國海軍提督，又能有何作爲？』

何璟碰了個釘子，倒不覺得甚麼，何如璋卻替他難堪，『話說回來，』他替何璟幫腔，『美國海軍提督，或者可以勸一勸孤拔，勿輕易開釁。』

『開釁不開釁，孤拔也作不得主，此所以我不見他。』張佩綸神色凜然地答道：『當今之世，哪裡還用得著「將在外君命有所不受」這句話？譬如朝廷有旨開仗，足下肯不肯聽了不相干的人的勸，違旨不開火？』

一句話將何如璋又堵得啞口無言；張佩綸自負辯才，相當得意。心情愉快，便有妙悟，接著又發了一番議論。

『「兵不厭詐」，中外皆然；「非我族類，其心必異」，亦是中外皆然。黃鬚碧眼兒總是幫他們自己的；美國人也好，英國人也好，照我看，都是受了孤拔的央託，有意作此推宕。諸公知道他們其意何居？』

『其意何居？』何璟問道：『倒要請教？』

『無非緩兵之計，弛我戒備，懈我鬥志。於此得一反證，』張佩綸意氣風發地說：『見我部署周密，孤拔已有懼意。我如今倒要將計就計了！』

『怎麼？』何璟急急問道：『幼翁有何妙策？』

張佩綸輕搖著摺扇，朗然答道：『先發者制入，後發者制於人。』

何璟一聽，臉色又沉重了。心裡還有股沒來由的煩惱，這位欽差大臣到底打的甚麼主意，實在難以捉摸。一會兒保全和局，一會兒先發制人；一會兒急電要求增援，一會兒又請各省不必派兵，以免徒增軍餉。心情眞如這幾天午後的天氣，倏忽之間烏雲密佈，雷電交加；而不旋踵間卻又雨過天青，來也無端，去亦無由，叫人不知如何應付，方始合適？

想一想，只有勸他持重，『幼翁，』他說：『和戰之局，朝廷遙制，不宜輕發。』

『這當然先要電奏請旨。』

謝天謝地！何璟放了一半心，只要他不是冒冒失失輕啓戰端，其他都可不問。反正朝旨准了，打敗仗與己無關；打勝仗不怕沒有功勞可分。因而又將張佩綸恭維了一頓，仍回福州。只是找了督標中軍來，悄悄囑咐，總督衙門從轅門到上房，要格外添兵保護——張佩綸到底是炎炎大言，還是眞有先發制人之意，雖不可知，而有備無患，總是不錯的。

張佩綸確以為孤拔膽怯，打算先發制人。等何璟一走，隨即找了水師將領來密議，第一個是張成，第二個是福星輪管帶陳英，第三個是振威輪管帶許壽山，第四個是飛雲輪管帶高騰雲，第五個是福勝、建勝兩輪的督帶呂翰。

『朝廷一再降旨，保全和局。和局至今不能成功，看來免不了一戰；一旦開火，大家究有幾分把握？務必要說老實話，讓我好有個計較。』

張佩綸原已有了定見，卻故意這樣說法，是希望能生激將的作用；而張成的話卻頗爲洩氣，『實在沒有把握。』他說：『尤其是榮歇度魯安號旁邊的兩條魚雷艇，我們還沒有制它的利器。』

『榮歇度魯安號是甚麼船？孤拔的座艦嗎？』

『是的。』

『回大人的話，』振威輪管帶許壽山大聲說道：『等他們發射了魚雷艇，自然不容易抵擋；不過未發之先，不能說沒有制它的利器。』

『喔！』張佩綸很注意地問：『拿甚麼制它？』

『光憑我船上七十磅子的一尊前膛炮就行了。』

這就是先發制人。魚雷艇不大，一炮就可轟沉；即使是孤拔座艦的鐵甲輪，也擋不住眾炮齊轟。總之攻其不備，必操勝算。張佩綸不由就拊掌相許：『深獲我心！』

『大人！』張成正色說道：『開炮容易，打沉他們也容易；就怕我們用力，他們用智，這殘局就很難收拾了。』

『這是怎麼說？』張佩綸問道：『我們制敵機先，不是用智嗎？』

『是的。無奈我們有牽制，他們沒有牽制。』

『這話我又不懂了。』張佩綸說：『我們的牽制在哪裡？』

『第一是各國觀戰的兵艦，都在水道上，受了誤傷，會惹起很大的麻煩。如果約期開戰，通知各國兵艦，預先趨避，自然不負責任；現在是奇襲，出了亂子，責任完全在我。』

張佩綸心想，這倒眞不可不防。樹敵太多，乃爲不智之事，尤其是誤傷了美國兵艦，更難交代。中法之爭，美國是『魯仲連』，倘或將調人都打了，可見無理之甚！法國越發振振有詞。再如動了各國的公憤，合而謀我，更不得了。

他還在這樣沉吟未答之際，福星輪的管帶陳英卻開口了，『要說誤傷，亦不是不可避免的事。』他說：『各國兵艦下錨的位置，跟法國兵艦都隔著一段路；如果我們測量得準，格外小心，亦不至於誤傷別的船。』

『不然！』張成立即接口爭辯，『英法一向有勾結，誰也不敢說他們沒有攻守相共的密約。「黃雀捕蟬，螳螂在後」，倘或我們攻法國兵艦；而英國軍艦暗箭傷人攻我們，事後不認帳，說是法國兵艦開炮還擊的，又哪裡跟他去分辯？』

這不是不可能的。陳英語塞，但卻不能心服，還想有所陳說時，張佩綸聽信了張成的話，搖手將他阻攔住了。

『再說第二個牽制。』張成越發侃侃然了，『即令先發制人，不能將所有的法國兵艦打沉，如果孤拔老羞成怒，不按規矩胡來，開炮轟船，那又怎麼辦？』

這一說，張佩綸悚然而驚，但不肯露出怯意，只說：『這也是顧慮之一。』

許壽山賦性伉直，對張成頗爲不滿，所以態度就不好了，『哪裡有那麼多顧慮？』他提高了聲音說：『從來就沒有算無遺策這句話。算得頭頭是道的，一見了眞仗，未必有用。』

話爲張成而發，卻變成頂撞了張佩綸，他將臉一沉：『這不是鬧意氣的時候。多算勝少算；事先不作籌劃，只是上了陣胡打一氣，那不成了草寇了嗎？』

『大人！』陳英爲許壽山聲援，『敵強我弱，如果不籌個制勝之道，照張副將所說，我們就等著打敗仗？』

這話問到要害上，也正說中了張佩綸的心事，所以他連連點頭，看著張成說道：『我也要問這話。』

這話教張成如何回答？他實在負不起這個責任，只能老實答道：『全仗大人作主。成敗利鈍，實在難說。不過，就是先發，也不爭在這一天半天，大人何妨電奏請旨，看京裡怎麼說？』

『當然！』張佩綸答道：『那是一定的。不過總要有幾分把握，才好說話；如果朝廷准了，先發卻不能制人，那時擔的處分可不輕。』

看看再議也議不出甚麼名堂，張佩綸飭回諸將，默坐靜思，總覺得先發制人爲上策，值得向朝廷建議。不過話不必說得太滿，要留下伸縮的餘地；如果朝廷准如所請，而到時候窒礙難行，仍舊可以申明緣故，收回前議。

由於何如璋手裡有一本與總理衙門電報往來的密碼，所以張佩綸不能不跟他商量，會銜電奏。何如璋亦認爲不妨奏聞請旨；只是果眞決定先發，就要作破釜沉舟之計——沉舟塞河，讓已入口的法國兵艦一艘也逃不掉。

張佩綸深以此言爲然。當時擬定電稿，即刻拍發。第二天近午時分，接到回電，說『塞河一事，前經總署照會各國使臣，該使臣等議論紛呶。現在閩口有英美等國保護兵船，德國兵船，亦將前往，此時堵塞，應就地與各國領事說明舉行，庶免與國藉口。』至於『先發』一節，『尤需愼重，勿稍輕率。』

張佩綸對這個回電，深爲失望。因爲既未准許，亦未不准，而是將千斤重擔加在他們肩上：看樣子成則無功，敗必有過。說塞河要先跟各國領事『說明舉行』，更是空話；各國領事當然不會同意，反倒洩漏了消息，打草驚蛇，或許惹起法國的先發制人之心。

最後通牒

法國的最後通牒，轉眼到期。朝廷如何處置，未有消息；而馬尾卻又到了一艘英國的炮艦，上懸司令旗幟，是英國遠東艦隊司令德威中將，特來觀戰。同時法國的兵艦，來而復去，去而復來，接連不斷，據說是在偵察長門炮台的形勢。

戰雲密佈，大有一觸即發之勢，張佩綸感覺形勢嚴重，方寸之間，頗有彷徨無主之感；只有急電北洋，打聽消息。李鴻章的回電告訴他：朝廷已經拒絕法國的最後通牒，照會各國公使，法國有意失和，無從再與商議。但是，李鴻章又表示和局亦並未絕望，他還在設法斡旋；力勸張佩綸出以持重。

緊接著接到兩道機密電旨，第一道是：『電寄各省將軍督撫等：此次法人肆行不顧，恣意要求，業將其無理各節，照會各國。旋因美國出爲評論，而該國又復不允。現已婉謝美國，並令曾國荃等，回省籌辦防務。法使似此逞強，勢不能不以兵戎相見。著沿江沿海將軍督撫，統兵大員，極力籌防，嚴以戒備。不日即當明降諭旨，聲罪致討。目前法人如有舉動，即行攻擊，毋稍顧忌。法兵登岸，應如何出奇設伏，以期必勝；並如何懸賞激勵，俾軍士奮勇之處，均著便宜行事，不爲遙制。』

另外一道密旨，是電飭曾國荃即回『江寧辦防』；說法國『無理已甚，不必再議，惟有一意主戰。』同時指示沿海各省：『鎭撫兵民，加急彈壓，保護各國商民，勿稍大意。』

這兩通電報，福建的將軍、督撫及船政大臣等各有一份。保護各國僑民是督撫之事，張佩綸可以不管，但備戰則不能不跟同在船局的何如璋商量。

『既然「不日即當明降諭旨，聲罪致討」，自然是等決戰的詔旨下達了再說。』何如璋又說：『這句話是要緊的：「目前法人如有蠢動，即行攻擊。」這還是戒「先發」之意；要等法國人動了手，我們才能動手。』

『見得是！』張佩綸深深點頭。

『幼翁，再有兩句話，深可玩味：「法兵登岸，應如何出奇設伏，以期必勝？」這就是說，朝廷已經見到，水師不一定能敵得住法國；眞正明見萬里！』

張佩綸被提醒了。這也就是說，水師倘或失利，朝廷必能諒解，是力不如人，非戰之罪。『見得是，見得是！』他越發重重點頭。

照此看來，備戰之道，倒該著重在岸上；因而重新檢點陸軍防務：船局前面有兩營，後山火藥庫有一營，都是黃超群所統轄。此外各要地，馬尾有道員方勳的『潮勇』，旺岐有楊副將的『漳泉陸勇』，船頭另有三百名『水勇』，是張佩綸特地徵召丁憂在籍的北洋水雷學生林慶平所統帶，打算到緊要關頭，泅水去鑿沉泊在孤拔旗艦左右的兩條魚雷艇。

岸上的兵力是盡夠了。法國派到中國來的海陸軍，總數不過四千，預備騷擾七省，算它一半用在福建，亦不過兩千人。雖說法國已自海防調兵一千增援，卻不見得都用在福建，加以法軍人生地不熟，如果敢於登岸，處處中伏，處處挨打，無非自速其死。

張佩綸自覺有恃無恐，心神大定，到了第二天接到李鴻章一個電報——張佩綸寄總理衙門請塞河先發的電報，由北洋收轉；李鴻章的電報，就是談這件事：

『頃接寄總署電，閱過，阻河動手，害及各國，切勿孟浪！需防彼先發，不發，或漸移向他處。僕不以決戰爲是；廷議則不敢妄參，公有所見，應屢陳。』

這是暗示張佩綸應該電奏，諫勸不宜下詔宣戰，而就在這時候，何璟派人送了一個電報給張佩綸，是李鴻章打到閩浙總督衙門的，其中有兩句話：『閩船可燼，閩廠可毀，豐潤學士必不可死！』

感於知遇之恩，張佩綸下定了不可動搖的決心：支持李鴻章的主張，極力保全和局。當然，他不便電請朝廷不下宣戰詔，因爲剛作過塞河先發的建議，忽爾又有這樣的勸諫；豈不是前後矛盾，不成體統了？

宣戰詔未見頒發；只知道謝滿祿奉命提出第二次哀的美敦書，仍舊索取八千萬法郎的賠償，分十年交清。限兩日答覆，如果拒絕要求，法國公使立即下旗出京，聽任孤拔全力從事。同時預請護照，準備七月初一出京。

謝滿祿的哀的美敦書是六月二十九提出的，而總理衙門卻遲至第二天下午才通知北洋衙門，代爲急電兩江、福建、廣東各地『備戰』，並且特別指明要通知張之洞，轉電廣西巡撫潘鼎新、雲貴總督岑毓英，迅即進兵越南；同時電知駐德兼駐法使臣李鳳苞，馬上離法赴德。

這表示朝廷經過一天的考慮，已經作成決定，拒絕法國的要求。張佩綸知道，在慈禧太后與醇王，不惜決裂所恃者，主要的是一個劉永福，以爲法國對他十分忌憚，加上潘鼎新與岑毓英各有重兵在手，合力進攻，直搗諒山，足以牽制法軍。事實上在議和時，就不斷旁敲側擊地表示，劉永福是中國人，樂爲中國所用，而至今不曾重用此人，純粹是爲了顧全法國的交誼；倘或法國蠻橫無理，勢必就非用劉相制而不可了。

然而張佩綸卻相信李鴻章的看法，劉永福並不足恃。以前，李鴻章常有輕視劉永福的表示，近兩個月的口氣改變了；這不是他對劉永福的刮目相看，而是有意抬高劉永福的聲價，既以迎合朝廷，也打算著能使法國心存顧忌，易於就範——李鴻章是以寇準自許，期待著重見敵人自動請和的『澶淵之盟』；張佩綸一直對此不以爲然，但現在決定降心以從，全力維持李鴻章保全和局的主張，那就必得照『澶淵之盟』的路子去走了。

史家有定評，澶淵之盟之能夠成功，全靠寇準的鎮靜，使得遼國莫測虛實。既然照此路子走，當然也要學寇準的樣，不是『砍鱠酣飲』；就是帳中高臥，無視於窺伺的強敵。

而這一夜也正是睡覺的天氣，大雨大風，一洗炎暑，雖無『冰肌玉骨』，卻自『清涼無汗』。他躺在鋪了龍鬚草蓆的涼床上，手把一卷《世說新語》，遙想著晉人的風流；無奈驚濤拍岸，不時夾雜著窮吼極叫的汽笛聲，實在有些靜不下心來。

到了半夜裡，門上剝啄聲響；書僮已沉沉酣睡，叫幾聲叫不醒，只得親自下床去開房門。門外一名俊僮，擎著火燄搖晃不定的燭台，照出何如璋驚惶不定的臉色。

『擾了清夢了吧？』何如璋問。

『難得涼快，正好看書。』張佩綸擺一擺手，『請進來坐！』

何如璋一面踏進來，一面道明深夜相訪的緣故：北洋衙門來了兩個密電，船局的執事不敢來打擾張佩綸，送到了他手裡。他怕是緊急軍報，特意親自送了來。

這不用說，當然是希望知道電報上說些甚麼？張佩綸有北洋衙門的密碼本，這時便拿鑰匙開了枕箱，取它出來對照親譯。

譯出來一看，才知道不是發到福建的，一通發給潘鼎新：

『法已決裂，調越隊二千並兵船攻奪台灣，省三危矣！弟與岑宜速進兵牽制。』

『弟』是稱潘鼎新。這通密電是李鴻章以淮軍『家長』的身分在調度『子弟兵』；而特意發給張佩綸參考，當然也是當他『自己人』。再譯另一通，卻是發給總理衙門的：

『滬局來電：原泊吳淞口法艦二隻，昨已南去，聞赴台。巴使亦出洋。』

『滬局』是指上海電報局；各地電報局都負有報告消息的任務，相當可靠。前後兩電，都說法國將攻台灣，張佩綸便越發鎮靜了。

『你看！』他矜持地說：『他們是欺劉省三沒有兵艦。』

何如璋看完電報，臉色也恢復正常了，『明天第二次哀的美敦書期滿。』他說：『巴德諾走了；謝滿祿大概明天也要走了。』

『巴德諾是措置乖方，過於無禮，讓他們政府撤了他的「全權」，不走何待？謝滿祿可就難說了。』張佩綸說：『哀的美敦書，照萬國公法，只能致送一次；既然違例送了兩次，又安知沒有三次、四次？』

何如璋碰了個軟釘子，只能唯唯稱是。

『談到戰陣之事，非你我所長，亦無需有此長。馭將之道，全在鎮靜；靜則神閒氣定，方寸不致迷惑，自然應付裕如。』

這等於開了教訓，何如璋越發不敢開口，但雖話不投機，卻不能立刻起身告辭，免得顯出負氣的樣子，惹張佩綸不快。

張佩綸的談興倒來了，『若論開仗，制敵機先，原是高著，無奈朝廷顧忌太多；如今只有盡力保全和局。照我看，中國不願失和，法國又何敢輕啓戰端？』他緊接著又說：『略地爲質，當然要揀容易下手的地方；劉省三想誘敵深入，法國也乖巧得很，只攻沒有兵艦防守的基隆，不會進兵到淡水。至於這裡，見我有備，必不敢動手。就要動手，一定先下戰書；而戰書又不能憑孤拔來下，宣戰之權，中國屬於朝廷，法國屬於議會。前幾天我接到李傅相的電報，說李丹崖從巴黎打來密電，法國下議院允籌三十八兆法郎，作爲戰費，這也不是叱嗟可辦之事。眞正用不著庸人自擾，徒事驚惶。』

說也奇怪，講完這段話，張佩綸自己先就寬心大放了——原來一直到這時候才豁然貫通！從頭將說過的話再想一遍，自覺看得一點不錯，『眞正用不著庸人自擾，徒事驚惶！』

於是，這一夜他倒眞的睡了一場好覺。

閩江風雲

第二天就是七月初一，颱風大作，豪雨傾江倒海般下著，江上濁浪排空，水位高了五、六尺；所有的兵艦都作了防颱的措施。平時集在各國兵艦左右，販賣食物用品的小船，一隻不見，都到小港中避風去了。

到了中午總督衙門接到英國領事派專差送來的一封信，說孤拔已經通知英美兵艦，即將開戰；同時將有戰書送達。何璟看到這封信，將信將疑手足無措；召集幕友商議，大家的看法都相同，這樣的大風大雨，如何開戰？英國領事的消息，即或不虛，亦是法國人的恐嚇。而況既有戰書，不妨等著再說；這時候如果有所動作，會影響人心，甚至激起仇外的變故，不分青紅皂白，見洋人就鬥，那會搞得不可收拾。

何璟覺得這番話說得有理，決定將英國領事的信祕而不宣，坐等戰書。

戰書下到營務處的旗艦揚武輪上，接在張成手裡。他不敢耽擱，冒雨上岸到船局，卻不敢見張佩綸，將戰書送了給何如璋。

『這樣的天氣，要開戰？』

張成想了一下答道：『照規矩說是不會的。』

『你看，孤拔有沒有下戰書的資格？』

問到這話，便有作用；此事出入，責任甚重，不能隨便回答，張成答說：『我不敢說。』

『說說不要緊。』

『我不懂萬國公法。』

『教我爲難！』何如璋搖頭嘆氣：『唉！眞教我爲難。』

『請示大人，』張成管自己問道：『要不要預備接仗？』

『預備歸預備！』何如璋說：『千萬不可驚惶。等我去看了張大人再說。』

到了張佩綸那裡，他正在親譯密電，是李鴻章發交總理衙門的副本；一見何如璋，先就遞了過來，接到手裡一看，寫的是：

『頃李丹崖二十九午刻來電：「福云：『先恤五十萬兩，俟巴到津，從容商結。』倘商約便宜，冀可不償，但不先允免償。請告總署。」應否回覆？乞示。』

『你看！』張佩綸說：『二十九就是前天。謝滿祿下第二次哀的美敦書；在巴黎的福祿諾，口氣卻是這樣子鬆動，只要商約能得便宜，賠償都可以免掉。朝廷堅持的就是不允賠償；這一點，法國肯讓步，其他都好說。和局看來到底還是能保全的。』

何如璋默然。再想起昨晚上張佩綸的那番議論，如果拿出孤拔的戰書來，不冷嘲熱諷地受一頓奚落，就是聽他一頓教訓。何苦？

這樣一想，決定不提戰書。反正這樣的天氣，要開戰也開不成，到天晴了，看法國兵艦的動靜再作道理。

到晚無事，越見得戰書無憑。夜來風雨更甚，拔樹倒屋，聲勢驚人，打聽江上的情形，道是不論大小兵艦，無不簸揚不定，甲板上空盪盪地，見不到一條人影。這就越發教何如璋心定了。

一夜過去，風勢稍收而豪雨如故。八點多鐘，張佩綸接到李鴻章一個電報，說是奉到電旨，福建急需洋炮，命他購買德國大炮十尊，『次炮』二十尊，解到福建應用。李鴻章就是爲此事徵詢意見：

『克鹿卜二十一生脫炮，大沽僅二尊，可摧鐵艦，每尊連子彈約二萬餘金；次炮十五生脫，每尊七千餘金，亦可穿鐵艦，定購需一年到閩口，以十五生脫爲宜。惟諭旨未言款從何措，閩能分期付價即代訂；應訂何項炮若干，望酌示。』

電報分致將軍、督撫、欽差，但張佩綸覺得應該由他作主；不過該跟穆圖善商量，因爲第一、各處炮台現在都由穆圖善在管；第二、訂炮的款子，如照電旨所開的數目訂購，總計要五、六十萬銀子，能不能由閩海關的收入來分期償付？也得問一問兼管海關的穆圖善。

穆圖善駐長門炮台，無由面談，只能寫信；等他這封信寫完，外面的情勢有變化了。

各國領事、洋商，以及常在江面上跟洋兵做生意的本地人，都知道戰火迫在眉睫。洋商大部分都上了本國的兵艦，而英國和美國兵艦則派出陸戰隊登岸，保護他們的領事署。當然，船局附設的兩個學堂中的洋教習，亦都知道開仗必不可免。

船政局附設兩個學堂，由其所在地的位置，稱爲『前堂』、『後堂』，前堂學製造，後堂學駕駛。製造學堂的洋教習，法國人居多，消息更爲靈通；其中有一個叫邁達，告訴他的得意門生魏瀚說：『明天開仗！你自己要有個準備。』

這是絕對可靠的消息，但是魏瀚卻不敢去報告張佩綸——他兼任著船局法文翻譯的職務，跟張佩綸常有機會接近而不敢接近；因爲『欽差大臣』那副頤指氣使，動輒『當面開銷』的派頭，令人望而生畏。他在想，孤拔已經下了戰書，何如璋當然已經交給張佩綸；既然已知其事，而出以好整以暇的態度，必有道理在內。或者北洋有密電，和局有保全的把握；或者見此天氣，諒定必無戰事，一等天氣放晴，自會處置。總而言之，不必多事。

到了傍晚，天氣又變壞了。暗雲四合，天色如墨；微濛細雨之中，法國兵艦上的探照燈掃到山上，照耀如同白晝。馬江道方耀的潮勇，張皇失措，四處亂竄；驚動了張佩綸，詢明原由，勃然大怒，將方耀找了來，痛斥一頓，這一下，就越發沒有人敢跟他去報告各方面的情勢和消息。

又是一夜過去，風停雨歇，顯得太陽格外明亮可愛。一上午平靜無事，到了近午時分，總督衙門收到法國領事署一件照會；雖也是『蟹行文』，但懂英文的人看不懂。何璟急急傳召一名姓劉的文案委員；整個總督衙門，只有這個劉委員認得法文。

劉委員卻不在衙門裡。前兩天颱風吹壞了他家的房子，一根橫樑從空而墮，打傷了他的懷孕的妻子；他正請假在天主教辦的醫院裡，照料他的妻子。

等派專人將他找了來，一看照會，大驚失色，是下的戰書；開仗的時刻是未正兩點鐘。

『那，那趕快通知馬尾、長門，還有巡撫衙門。』

張兆棟得到消息，氣急敗壞地趕了來；也不等門上通報，大踏步直奔簽押房。總督衙門本來是明朝的提刑按察使衙門；當時有個按察使陶垕仲，上疏參劾布政使薛大昉貪污。薛大昉反咬一口，因而一起被捕；結果辨明是非，陶垕仲官復原職。回任之日，福州百姓夾道迎候的，有數萬人之多，都說，『陶使再來天有眼；薛藩不去地無皮』，後人因此將按察使衙門的一座花廳，題名『天眼堂』——現在是總督的簽押房。

何璟正在天眼堂旋磨打轉，心問口、口問心，不知吉凶禍福如何？一見張兆棟，倒覺寬慰；想跟他商量個萬一法國兵攻到，如何處置的辦法。

哪知張兆棟不容他開口，先就大聲說道：『大人！我的兵，讓張幼樵要了去了；無論如何，督署的炮，要分一門給我。』

何璟愕然。楞了一會，方始大搖其頭：『那怎麼行？』

『大人，督署有四門炮，我只要一門不爲過。』

『唉！』何璟皺眉答道：『四門炮有四門炮的用處，東西轅門各一門，後街東西兩頭各一門。給了你一門，就留下一個缺口；其餘三門，有等於無。再說，分給你一門，你也無用；你知道洋人從哪道而來？』

『這是小炮，又不是炮台上的大炮，炮座釘死了，只能往外打；小炮是可以移動的，洋兵由哪道而來，炮口便對準哪裡。』

『如果分道而來呢？』

張兆棟語塞，只是哀求著：『大人，大人，你不能獨善其身！』

『不是獨善其身，是自顧不暇。』何璟說道：『牧民是你的責任，請快回去，出安民的佈告！』說罷，沉下臉來端茶送客。

張兆棟看看不是路，轉身就走；回到巡撫衙門，一聲不響，只喊姨太太取便衣來換，又叫取一百兩現銀，用塊包袱包好，放在一邊。然後請了文案委員來，草擬安民的佈告。

福州城內百姓的消息，比官場來得靈通，安民佈告，毫無用處，逃難的逃難，閉門的閉門，有些膽大而憤激的，則持刀舞杖，打算向外國僑民尋仇，秩序亂得彈壓不住；事實上亦沒有多少人在彈壓，官府差役自己先就遷地爲良了。

城裡亂，馬尾亦亂——法國領事白藻泰的照會，是由督署用電報轉告的，通長門炮台的電線爲颱風所吹斷，音信不通；船局卻在午後一時接到了通知。張佩綸接得電文在手，愕然不知所措。

好半晌，突然醒悟，『哪有這個道理？說開戰就開戰！』他問：『魏瀚呢？』

魏瀚倒在局裡，一喚就到。這時何如璋亦已得信趕來，聽得張佩綸指斥照會無理的話，不敢聲張；他心裡明白，人家戰書是早就下了，言明三日以內開戰，不算無理。

『如今只有據理交涉。』張佩綸對魏瀚忽然很客氣了，『魏老弟，要勞你的駕，到孤拔那裡去一趟。』

『是！』魏瀚問道：『請大人示下，去幹甚麼？』

『你跟他說，約期開戰，載在萬國公法，需容對方有所預備。現在他們所定的開戰時刻太迫促了，請他改期；改到明天。』

『回大人的話，』魏瀚囁嚅著答道：『這怕不行。』

『怎麼不行？』

『大家都曉得法國從初一以後，就要開戰……』

『怎麼說「大家都曉得」？』張佩綸打斷他的話說：『我就不曉得。』

『外面流言紛紛，傳得好盛；何以沒有傳到大人耳朵裡？』

『這些閒話現在也不必說它了。事機迫促，你趕快去吧！』

魏瀚無奈，就從船局前面坐小舢板，直向孤拔的旗艦航去——榮歇度魯安號，已經掛出緊急備戰的旗幟，艦上士兵均已進入戰備位置，嚴陣以待。再看相去不遠的揚武與福星輪上，不知是管駕看不懂敵艦的旗號，還是視而不見，甲板上的士兵倚欄閒眺，彷彿根本未想到戰火燃眉似地。

走到一半，發現下游一條法國的鐵甲艦，以全速上駛，剪波分濤，船尾曳出兩條白浪；小舢板急忙避開，魏瀚則由目迎而目送，看清船身上漆的法文譯名，叫『度崙方士』號。這條船一面逆水上行，一面跟榮歇度魯安號用旗語在通訊。

馬尾喪師

突然間，法國的一艘小鐵甲艦林克斯號開炮，轟然一聲，眾炮齊發，首先打沉了羅星塔下所泊三艦之一的飛雲號。這時是午後兩點鐘。

在上游，法國兵艦的目標是揚武號，由孤拔親自指揮環攻；不過三、五分鐘，硝煙彌漫之中，忽聞巨響，法國的第四十六水雷艇擊沉了揚武號。

揚武所中的水雷，正在船底；船沉有一段時間，張成得以放下救生艇，帶著營務處的印信、旗號，及時逃生。法國兵艦的目標，亦就轉向與揚武號並泊的福星號了。

福星號的管駕陳英，眞如胡林翼形容閻敬銘的，『身不滿五尺而心雄萬丈』。當炮火猝發，揚武被攻而無所還手；上游伏波、藝新怯敵而逃，西面福勝、建勝兩輪張皇失措之時，只有陳英一面下令開炮還擊，一面砍斷纜索，預備衝入敵陣。

他身邊有個老僕程二，因爲久在船上，大致亦了解水上的戰守趨避之道，急急勸道：『伏波、藝新已經往上流開了。我們亦應該跟過去，到上流集中，再看情形回頭來打。』

『你要我逃？』陳英瞪著眼，厲聲答說：『你又不是沒有看見我的家信！』

不久以前，陳英曾寫信向家人訣別，說：『頻年所積薪水，幾及萬金，受國豢養，苟戰必以死報。』程二原以爲不過說說而已，哪知眞有臨難不苟免的決心，就不敢再勸了。

於是陳英便在『望台』上，用傳聲筒激勵全船將士：『男子漢食君之祿，忠君之事。到此地步，有進無退；只要福星號一衝，一定有船跟上來，爲甚麼不能轉敗爲勝？』

全船暴諾如雷，人人奮發；陳英親自掌著舵輪，往下游直衝，左右舷的前膛炮一發接一發地開，無奈這隻木質兵輪，吃水只有十尺六寸，時速只有九浬，下水亦已十四年，炮小船舊，敵不過法國的鐵甲艦，但那股奮勇無前的銳氣，已使得觀戰的各國海軍，大聲喝采了。

其時羅星塔以東的下游，亦已開火，由特來傳達作戰命令的度崙方士號擔任主攻，第一炮攻羅星塔，但見砂塵硝煙中，守軍四散而逃；第二炮攻振威號，炮彈掠船尾而過，落入江中，激起一大片冒得極高的水花。振威號上的官兵，紛紛亂竄，搶著下了救生艇，人多船少，擠不上去的就跳在江中，載沉載浮，希望在炮火的夾縫中，能逃出一條命去。

但是，管帶許壽山跟左右少數將士未逃。他很沉著，只用四尊小炮還擊；那尊八十磅子的前膛炮，裝好炮彈而隱忍不發，親自掌管，不斷瞄準著孤拔的旗艦；打算等它進入射程，一炮擊沉。可是，榮歇度魯安號在上游指揮作戰，始終不曾掉尾東來。

許壽山心願成虛，又恨自己部下不爭氣；一怒之下，開炮打沉了自己的兩隻救生艇，一百多逃兵死的死，傷的傷，大都受到了軍法的制裁。顧視左右，飛雲、濟安，椗尙未斷，已經中炮起火，而自己的船身，已經傾倒，就在這人都立腳不住之際，又中了炮彈，許壽山仆倒在地，遍身是血，但是他仍舊掙扎著將一直未開的那一炮發了出去。轟然一聲，震動江面，是不是能打中敵人，他就不知道了。

巡撫受辱

這時的地方大吏，除了駐守長門炮台的將軍穆圖善以外，大都逃之夭夭。第一個逃的是巡撫張兆棟；馬尾炮聲一響，消息由電報傳到城裡，他就悄悄從後門出了巡撫衙門——他並未作一去不返的打算，對局勢也不是完全絕望，只是想避一避風頭，看一看動靜，因爲如此，他覺得驚動任何人，傳出去一句『巡撫逃走了』的話，是異常不智的事。

『我要去躲一、兩天，你們不要怕！』他對姨太太說：『局勢一定，我馬上回來。』

他那位當家的姨太太倒很沉著，『老爺，』她問：『你到哪裡，總要有個地方，才好去找你。』

『不要找，不要找！這件事，甚麼人都不能知道。』

『那麼，你總要帶個人去吧？』

『甚麼人都不帶。』張兆棟說：『妳叫人告訴門上，說我病了，不能見客；不管甚麼人來見，一律擋駕。』

『你這樣一個人亂走，人生路不熟，叫人不放心。』

『就要人生路不熟才好；認出我來就不好了。』張兆棟安慰她說：『我帶著銀子，「有錢使得鬼推磨」，到哪裡都去得。我想找個甚麼寺，躲兩天，吃兩天素齋；只要洋人不進城，我馬上就回來。』

由於百姓還不知道馬尾已經開仗的消息，所以市面還算平靜；張兆棟不坐車、不騎馬，拎著一包銀子，安步當車迤邐出了西城。走不到一個時辰，情況不妙了，城裡一群一群的人，從後面急急而來；張兆棟拉住一個打聽了一下，果不其然，是得知馬尾開仗的消息，出城避難的。

但是，洋兵有沒有進城呢？張兆棟所關心的是這件事；心想從先逃出來的這批人當中，是打聽不出來的，因而決定等一等，探明確實，再定行止。

不遠之處有家野茶館，豆棚瓜架之下，幾張白木桌子，在此歇腳的人不少；張兆棟決定就在這裡探問消息，走進去找了個偏僻座位坐下；怕有人認出他來，支頤遮臉，靜靜傾聽。

談話的聲音很嘈雜，只知江上已燃戰火，誰勝誰敗，並無所悉。張兆棟不免憂悶，托著臉的手也有些痠了，少不得轉動一下；而就在一揚臉之際，四目相接，心頭一凜，急急避開，已自不及，眞正冤家路狹！

『嘿！你在這裡……』

『黃通判，黃通判！』張兆棟急忙低聲央求，『請你千萬顧我的面子。』

『顧你的面子！你當初怎麼不想到顧顧我的面子？』

張兆棟由於黃通判一件差使沒有辦好，曾在官廳上拍案痛斥，還要專摺參他，直到本人磕頭，司道相勸，方始息怒。此刻黃通判遇到報復的機會了。

『走！』黃通判當胸一把抓住張兆棟的衣服，『找個地方評理去。』

也不知他要評甚麼理？張兆棟著急的是怕他揭露身分，唯有好言央求：『有話好說，這樣子難看！』

『你也怕難看？走！』

黃通判當然也不是草包，眞的揭穿他的身分，固然可以取快於一時，但事後『犯上』這個罪名，也是難以消受的。料知張兆棟這樣『微服私行』，亦必不敢自道姓名，所以只是抓住他不放，要教他受窘。

這時已有茶客圍攏來勸解了，問起爭執的原因，黃通判理直氣壯地答道：『你們問他自己！』

『我們是好朋友。』張兆棟說：『我欠他的錢，他跟我要債。喏，』他把一布包銀子遞了過去，『我就還了你！』

名爲還債，其實行賄。黃通判正在得勁的時候，自覺拿了這筆錢，自己這個人就分文不值了；便將手一推：『誰要你的臭錢？非出出你的醜不可！』

『這就是閣下不對了，欠債還錢，也就是了。』有人爲張兆棟抱不平，『何況你們是好朋友！』

『誰跟他是好朋友？你們別聽他胡說，這個人專幹傷天害理的事！』

一個盛氣凌人，一個低頭苦笑，旁人也弄不懂他們是怎麼回事？唯有泛泛相勸；自然勸不下來。正僵持不下之際，來了兩個兵，查問究竟。

這是城防營新招的泉勇。閩南話與福州話不同，張兆棟的山東話，他們不懂；他們的閩南話，張兆棟也不懂，那就只好縛住雙手，抓了去見他們的隊官。不過，處置卻還算公平，將黃通判也一起帶走了。

城守營派駐西城以外地區的，是一名千總，原在督標當差，當然見過巡撫；一見之下，大驚失色。

『你們怎麼搞的？』千總走上去拿他的兵先踢了兩腳，『拿巡撫大人綑住雙手，簡直不想活了，是不是？』

張兆棟一聽身分拆穿，頓時擺出，揚著臉，臉凝寒霜。等那千總親自來解縛時，連正眼都不看他一下。

『我是黃通判。你們把我也解開。』

黃通判還在釋縛之時，張兆棟已經居中坐定，在大打官腔：『你的兵太沒有紀律了！這個樣子，非正法不足以示儆。』

黃通判因為自己無端被縛，正有一肚子火；現在看到張兆棟神氣活現，越發生氣。同時也警覺到，只要這個千總受了他的控制，那就必然地，他會利用其人來對付自己。這就非先下手為強不可了！

『你是封疆大吏，兵臨城下，私自逃走。朝廷正要殺你，你要殺哪一個？』說著，快步上前，捲起衣袖，『刷』地就抽了張兆棟一個嘴巴。

這個千總倒還識大體，極力排解，將黃通判勸得悻悻然而去，解了張兆棟的圍。不過他要護送巡撫回城的好意，卻被謝絕了；張兆棟依然微服私行，找到一所寺院，暫且棲身。

欽差潛逃

張佩綸也是逃在寺院裡。炮聲一響，五中如焚，帶著親兵就往船局後山奔，中途又遇雷雨，山路泥濘，鞋都掉了一隻；由親兵拖曳著，一口氣逃出去五、六里路，氣喘如牛，實在走不動了。

『找個地方息一息。』他說：『好好跟人家商量。』

於是親兵找到略微像樣些的一家農家；正好有些人在談論江上的炮火，發現有兵，不免緊張，主人家起身來迎，動問何事？

『我們大人，想借你的地方坐一坐。』

『你們大人，』主人家問道：『是哪位大人？』

『張大人。』親兵答道：『會辦大臣張大人。』

『原來是他啊！害我們福建的張佩綸，在哪裡？』

親兵聽得語氣不妙，趕緊攔住：『你們不要亂來！借你們的地方坐一坐；肯就肯，不肯就拉倒。』

一面說，一面趕緊退了出去；張佩綸在樹下遙遙凝望，也看出鄉人的態度不好，先就冷了心。看一看身上腳下，狼狽無比；自慚形穢，不由得便將身子轉了過去。

『大人！』親兵走來說道：『快走吧！這裡的鄉下人惡得很。』

張佩綸咬一咬牙，起身就走；剛才是逃命，此刻是避辱，走得一樣地快。幸好是下山的路，還不算太吃力。走到黃昏，發現一帶紅牆，掩映在蒼松之中，風送晚鐘，入耳心清，張佩綸長長地舒了口氣，心裡在說：今夜大概不致露宿了。

『這大概就是湧泉寺。』張佩綸讀過《福州府志》，猜測著說：『你們去看一看。』

果然是湧泉寺。寺中的老和尚當然不會像剛才的鄉下人那樣，大動肝火；將張佩綸迎入寺中，殷勤款待，素齋精潔，無奈食不下嚥。

『這裡離船廠多遠？』

『二十多里路。』

『怪不得炮聲聽不到了。』張佩綸說：『不知道法國兵登岸沒有？』

老和尚默然無以爲答。佛門清靜，根本還不知道有馬尾開仗這回事。

『總要有個確實的消息才好。』張佩綸焦灼地說。

『我去打聽。』有個親兵自告奮勇。

『好！你去。』張佩綸叮囑：『今天夜裡再晚也要有回音。』

二十多里路，來回奔馳，還要打聽消息，一時何能有回音？張佩綸在僧寮中獨對孤燈，繞室彷徨，直等到晨鐘初動，方見親兵滿頭大汗地奔了回來。

『怎麼樣？』張佩綸急急問道：『法國兵登陸沒有？』

『法國兵倒沒有登岸。不過船廠轟壞了。』親兵答道：『有人說，法國兵艦上一炮打到船塢前面，正打中埋著的地雷，火上加油，越發厲害。現在兩岸都是火，滿江通紅。』

『那麼，有沒有人在救呢？』

『誰救？逃的逃掉了；不逃的趁火打劫，船局的庫房都搶光了。』

『該死，該死！』張佩綸切齒頓足，但是下面那句『非查明嚴辦不可』那句話，自覺難於出口，只停了一下問起兵輪的損傷。

『揚武號中了魚雷，一下就沉了。福星號倒衝了一陣，不過不管用，後來也讓法國兵打沉了；聽說是火藥艙中了炮，一船的人都死在江裡。』

『那麼福勝、建勝呢？』

『也都沉了。』

上游六條船，沉了四條，剩下伏波、藝新；據親兵得來的消息，已往上游而逃，未遭毒手。張佩綸略略寬慰了些，接著問起船局前面的兩條船。

這兩條船，一條叫琛航，一條叫永保，是毫無軍備的商輪，照張佩綸與張成的想法，必要時用來衝撞敵艦，可以同歸於盡。但是，這個想法落空了。

『琛航、永保都打沉了。』親兵答說：『打沉了這兩條船，法國兵艦才轟船廠；只開了一、兩炮。』

『下游呢？』張佩綸急急又問：『下游的三條船，能逃得脫不能？』

『在劫難逃。』親兵搖搖頭，『飛雲、濟安還沒有解纜就沉了。振威倒是很打了一陣，敵不過法國兵艦圍攻，到底也沉了！』

一片『沉了，沉了！』張佩綸面色灰敗如死，但還存著一線希望，『我們的船，沉了這麼多，』他問，『法國兵艦總也有讓我們打沉的吧？』

『沒有。只不過打傷他們一條魚雷艇。』

『難道岸上的炮台，也都不管用？』

『守炮台的，十之八九逃得光光。就不逃也沒有用。』

『爲甚麼？』

『炮都是安死了的，炮口不能轉動，一點用處都沒有。』

『唉！』張佩綸長嘆，『小宋先生，七年經營之力，夫復何言？』

親兵聽不懂他發的感慨，卻有一個很實在的建議：『大人！大家都說，法國兵不敢登岸，登岸就是自投羅網。看局勢一時不要緊，大人還是回去吧！船局沒有人，蛇無頭而不行，事情會越搞越壞。』

親兵都有這樣的見識，張佩綸眞是慚愧無地。點點頭說：『原是要回去的，不過法國兵得寸進尺，雖不敢登岸，一定還會開炮，船局怎麼能住？』

『總得盡量往前走，越近越好。這裡離船局二十多里路，又隔著山，消息不通總不好。』

『你說得是。倒看看移到哪裡好？』

身邊沒有幕僚，張佩綸拿一名親兵，當作參贊密勿的親信。那親兵倒也有些見識，認爲不妨求助於湧泉寺的老和尚。

『言之有理！』

『那麼，我把老和尚去請來。』

『不，不！』張佩綸說：『應該到方丈處去求教。卻不知道老和尚起身了沒有？』

『天都快亮了！和尚在做早課；老和尚一定已經起身。請大人就去吧！』

這當然要檢點衣履，盡自己的禮節。無奈一件竹布和紡綢的『兩截衫』，遍沾泥污；身上穿的一套短衫褲，也是汗臭蒸薰，難以近人。不過既不能赤身露體，只得將就。腳下的白布襪子，已不能穿；鞋子也只剩了一隻，唯有赤足穿上寺裡送來的涼鞋。眞正『輕裝簡從』，去謁方丈。

見了老和尚道明來意，果然親兵的主意不錯；老和尚一力擔承，代爲安排。爲他設謀，以駐靠近船局的彭田鄉爲宜，在那裡多的是湧泉寺的施主，一定可以覓得居停。

於是，由湧泉寺的知客僧陪伴，張佩綸到了彭田鄉，直投一家姓陳的富戶。陳家信佛最虔，是湧泉寺的護法，雖對張佩綸不滿，但既看佛面，又看僧面，還是殷勤招待；沐浴更衣，煥然一新，張佩綸又頗像個『欽差大人』了。

正在跟主人從容敘話之際，只聽得隱隱有鼓譟之聲；張佩綸是驚弓之鳥，怕有人興問罪之師，嚇得那張白面，越發一點血色都沒有。

主人看出他的心事，急忙說道：『張大人請安坐。我去看看是甚麼事？』

到門口一看，有七、八個人爭著在問，陳家新來一位外省口音的客人，可是『會辦大臣張大人』？主人不敢造次，先要弄清楚，打聽這位客人的作用何在？

『總督衙門懸賞找張大人。我們問明白了，好去報信領賞。』

『是眞話？』

『是眞話！不信你問地保。』

地保也正趕了來。陳家主人一問，果有懸賞找張大人這回事；便承認有此貴客——隔不了兩個時辰，督標的一名把總，送來一通公文；原來是專寄張佩綸的『廷寄』，由總督衙門轉交。遍尋他不著，特意懸賞。差官送上公文，還帶來何璟的話，要跟張佩綸會面，是他進城，還是總督來看他？

張佩綸不即回答，先看廷寄；是批覆他六月十四拜發的『密陳到防佈置情形一摺』；奉旨：『覽奏具見勇敢，佈置亦合機宜；仍著張佩綸加意謹愼，嚴密防守。並隨時確探消息，力遏狡謀。』

張佩綸苦笑著將廷寄丟在一邊，問起城裡的情形。差官只知道巡撫張兆棟託病不見客，何璟因爲總督衙門四周有炮守護，倒還鎭靜。

『船局何大人呢？』張佩綸問：『可知道他的下落？』

『知道的。』差官的表情很奇特，有些想笑不敢笑，而又想說不敢說的神情。

『如今在哪裡？』

『不知道。』

既說知道又說不知道，詞氣近乎戲侮；如在以前，張佩綸必加痛斥，但此時就像身上受了暗傷一般，一有盛氣，便牽掣傷處，人好像矮了半截。

『怎麼回事？』他只能微微責備，『你前言不符後語。』

差官也發覺自己的語言矛盾，需得有一番解釋，但說來話長，又恐貶損官威，惹張佩綸不悅，因而先聲明一句：『何大人的下落，我也是聽來的，不知是眞是假？不敢瞎說。』

『不要緊，說說何妨！』

何如璋也是一聽炮聲就逃。只是逃的方向不同，是由鼓山向西而逃。

一逃逃到快安鄉。那裡的施家是大族；有一所宗祠，附屬的房舍甚多。何如璋認爲這裡倒是安身之處，當即派親兵跟管祠堂的人去說，要借住幾天。管祠的聽說是船政局何大人；又見親兵態度獰惡，不肯也得肯。於是一面收留，一面派人去通知施家的族長。

施家的老族長嫉惡如仇，聽說何如璋不在江上督師，棄職潛逃，大為不滿。親自趕到祠堂，告訴管祠的，去跟何如璋說，宗祠不便容留外人，請他馬上走！

這一下害了管祠的。一說來意，何如璋的親兵先就翻了臉，一刀背打在管祠的背上；何如璋連連喝止，已自不及，管祠的口一張，吐出來一朵鮮血。

挨了打還不敢聲辯；回來一訴苦，施家老族長大怒，決意驅逐何如璋。但如鳴鑼聚集族人，可能激起眾怒，闖出『戕官』的大禍；左思右想，終於想到了一條絕計。

『放火燒房子！』他說：『燒得他不能存身。』

『這，』管祠的說：『這怕不妥吧？』

『沒有甚麼不妥！無非燒掉兩間耳房；我出錢賠修。不燒到正廳就不要緊。』

於是找了些族人來，先備好水桶撬鉤等等救火工具，守住正廳，然後動手放火。何如璋一看濃煙燻人，趕緊出屋躲避，但見施家族人，冷顏相向，卻不救火。心裡立刻明白；低著頭跟親兵說：『人家不肯留我們，不必勉強。我們走！』

於是沿江急走，惶惶然不知何地是今宵宿處？幸好暝色四合中，炮聲漸稀；何如璋心神略定，想起有一家洋行常做船局的生意，總有香火之情。投到那裡，果如預料，洋行中人跟施家大不相同，不但收容，而且接待得頗爲殷勤。

驚魂稍定，少不得問起戰況，只知師船一敗塗地，但船局的損害卻不太重。到了起更，忽然又聽得炮聲隆隆，亙續不絕；派人打聽，才知道船政局的轅門，照常放『更炮』，而法國軍艦誤認作是炮台合擊的號炮，先下手爲強，向馬尾道方動所轄的營壘，轟擊不停，直到清晨四點鐘，方始住手。

何如璋千萬遍搗床搥枕，徹夜不眠；亂糟糟地思前想後，不知何以自處？船局既不能回去，這江邊的洋行，也難保不受炮火波及，無論如何要到省城，督撫會辦，聚在一起，也有個商量。

打定主意，一早就走。他每次進城，都以兩廣會館爲下榻之處，這一次自也照舊。一到會館就得到消息，三艘法國兵艦乘早潮直駛到船塢前面，大轟特轟，船廠的洋樓、機器房，都已傾圮；大煙囪倒下來，還打傷了好些人。守船廠的官兵，逃得無影無蹤。唯一的例外是都司陸桂山，拉了一尊克虜伯小炮上山，奮勇對抗；無奈威力不足，很快地就爲法國兵艦的炮火，壓制得無能爲力了。

『何大人！』兩廣會館的司事提出警告：『我看還是出城的好。』

何如璋大驚問道：『爲甚麼？』

『外面風聲不大好。』司事吞吞吐吐地說：『如果曉得何大人住在這裡，只怕，只怕會來騷擾。』

聽得這話，何如璋的手腳發軟，『怎麼會有人曉得？』他說：『我不出去就是。』

『會館裡進進出出的人多，怎麼瞞得住？』

話是不錯，但自己卻眞有難處；本省的會館都不能存身，還有何處可以立足？這樣一想，只有硬著頭皮橫著心，跺一跺腳說：『我不走！先住下來再說。』

司事見他執意不肯，只好聽其自由。何如璋在自己的那座院落中安頓了下來，第一件事是派親兵到總督衙門去打聽消息，取得聯絡。

走不多時，司事來報，會館門口聚集了許多百姓，意向不測；又說，總督衙門東西轅門，聚集的百姓更多，風聞要撤督署的大門。

『有這樣的事，不是要造反了嗎？』何如璋憤憤地說：『首縣怎不派人彈壓？』

『何大人！』司事冷冷地答道：『這是甚麼時候？官威掃地了！』

『唉！』氣餒的何如璋抑鬱地說：『教我走到哪裡去？』

司事無語，默默地退了出去；留下何如璋一個人繞室彷徨，一顆心七上八落，片刻都靜不下來。

『官威掃地』四字，入耳驚心。何如璋知道，此時此地，除非有重兵守護，誰也不能保證，可以使他免於受辱。總督衙門的大門都有被人撤除之說，則何璟是『泥菩薩過江，自身難保』，自己就大可不必作託庇於督署的打算了。

『唉！』他頓一頓足，『還是走吧！』

『這才是！三十六計，走爲上計。』

走到哪裡去呢？何如璋想來想去，只有等打聽消息的親兵回來，詢明究竟，再定行止。會館司事，也不忍逼得太緊；唯有聽其自然。

大門外的百姓，愈聚愈多，漸有鼓譟之勢。會館司事生怕暴民不分青紅皀白，會拆毀了會館；爲了護產，只有挺身而出，安撫大眾。

『何大人在這裡，不錯，不過他馬上要走的；他是進城來跟總督、巡撫商量怎麼樣退敵，等他派去送信的親兵一回來，馬上就要出城，仍舊回馬尾去保船廠。』

『他本來就不該進城來的。』有人大聲說道：『廠在人在，廠亡人亡；他倒想想，怎麼對得起沈文肅公，怎麼對得起福建人？』

於是你一言，我一語，罵何如璋、罵張佩綸也罵何璟與張兆棟。就在這亂哄哄的當兒，何如璋的親兵回來了。

他證實了會館司事所得的傳聞，總督衙門的大門，眞的讓百姓拆掉了；督標親兵不知是不是奉了何璟的命令，未加制止，因而也就未生衝突，算是不幸中的大幸。

何如璋卻不這麼想，只是連連嘆氣：『無法無天，無法無天！』

『張大人倒有下落了。』親兵又說：『在彭田鄉一家紳士那裡。』

『喔，』何如璋問道：『你是哪裡打聽來的？』

『是督標的一個千總告訴我的；他去送公文，還見過張大人。』

『那好！』何如璋愁顏一開，『我看他去。你知不知道地方？』

『不知道也不要緊。到彭田鄉找到地保問一問就知道了。』

『那就走吧！』何如璋毫不遲疑地，起身就走。

『何大人，何大人！』會館司事一把拉住他說：『請走這面。』

爲了大門口有百姓聚集，憤憤不平；見了何如璋一時忍不住，會做出魯莽的舉動來，所以會館司事悄悄將他由一道僻靜的便門送了出去。

到達彭田鄉已經黃昏；張佩綸正在吃飯，停箸起迎，相見恍如隔世，既親切，又陌生，卻都有無窮的感慨、委屈和羞慚。

楞了一會，張佩綸想出來一句漠不相干的話：『吃了飯沒有？』

『我不餓！』

『我也不餓。』張佩綸說：『裡面坐吧！』

兩人摒絕僕從，雖非『流淚眼對流淚眼』，但黯然相顧，喉頭梗塞，不約而同地搖頭長嘆。

『城裡情形如何？』

『督署的大門，都讓百姓拆掉了；何小宋深居不出。』何如璋答道：『張友山託病不見人。倒像是我們守土有責了。』

張佩綸也有這樣的牢騷。最使他不滿的是，得到確實消息，何璟也不打聽打聽實在情形，倉皇電奏，說船局已經失守。不知居心何在？倒要跟何如璋好好商量。

於是他定定神，強打精神，親手檢起一張紙，遞到何如璋手裡，是一個致總理衙門的電報稿，上面寫的是：

『孤拔得巴黎信，猝攻我船。鐵木雷大小十一艘，乘潮猛擊；我守久兵疲，船小援絕，苦戰兩時久，壞其雷船一，焚其兵船二。而我大輪一，小輪五，商、艇各船均燬；諸將誓死，無一登岸，深堪慘慟。法乘勝攻廠，黃超群猶守露廠，擊斃法兵官一。無敵無炮，必不能支。罪無可逭，請即奏聞逮治。』

電文雖講究簡潔，但這個稿子，唸起來非常吃力，見得是張佩綸方寸大亂之下的手筆。其中也有費解之處，猜不透只好問了。

『「鐵木雷」是甚麼？』

『是指三種船，鐵甲艦、木造兵輪、魚雷艇，共計十一艘。』

『喔！原來這樣解釋。』何如璋想了一下說：『幼翁既已自請處分，我當然也一例辦理。』

『不！莪翁，』張佩綸說：『處分是餘事。如今最急要的，莫如善後事宜；你應該回船局去料理。』

何如璋面有難色。細想一想他的話也不錯；自己是船政大臣，船局就是自己的『疆土』，理當固守。張佩綸是會辦大臣，主要的是會辦戰守事宜，仗打過了，打敗了，而且他也自請逮治了，當然可以一切不管。

就在這躊躇之際，張佩綸又提了警告：『莪翁，咎戾已深，罪不可免。如今能補得一分過，他日多一句話說。你莫自誤！』

這是忠告。何如璋想到張佩綸有李鴻章的奧援，總理衙門亦有『小挫可徐圖再舉』的話，頓時愁懷一放，精神大爲振作。

『幼翁見教得是。』何如璋說：『我明天一早就回局裡去。』

聽他有此表示，張佩綸略感安慰，『法國兵絕不敢登岸，你放心回局好了。』他又恨恨地說：『可恨各國兵輪多事，來觀甚麼戰；不然我可以致敵於死，一雪奇恥。』

『幼翁有甚麼奇計？』

『我用幾條船鑿沉了拿河道塞住，法國兵艦出不去，不殺得他片甲不回？只是投鼠忌器，礙著英美兵艦，眞叫我好恨！』

恨事不止此一端，如果朝廷能接納先發之議，亦絕不致一敗塗地得不可收拾。想想平日多所搏擊，出言犀利，不給人留絲毫餘地；如今自己成了言大而誇，一無是處的馬謖，又有何面目，再見京華舊侶？最可慮的是多年來怨如山積，此刻親痛仇快之際，那些仇家自然落井下石，不置之死地不甘心。一念及此，更如芒刺在背，坐立不安。

何如璋的心境比他略略好些，但想到收拾殘局的擔子沉重，不免氣餒。雖想找幾句慰人亦以自慰的話來說，卻實在懶得開口。嘆口氣拖著遲滯的腳步，走向居停替他預備的臥室。

大敗小勝

一夜過去，長門炮台傳來捷報，有兩艘法國兵艦進口，讓穆圖善打傷了一艘——他原駐離長門二十里的連江縣，從前天下午起，已移駐長門。法國兵艦雖然進出頻繁，無奈炮口不能移動；而法國兵艦已經窺知底蘊，測量射程，改變航向，可以很輕易地避開炮火，所以能守株待兔打傷它那麼一條船，說來還著實難能可貴。

但是，沿岸其他各處炮台，卻幾乎爲法國兵艦掃蕩無餘。守台官兵，望風而遁，因而法軍可以派兵上岸，用烈性的蝕腐劑，灌入炮口，毀壞炮身。

然而有一點是可以確定的，法軍始終不敢登陸；因此，張佩綸和何璟都敢露面了，兩人在瘡痍滿目的船局見面，商量出奏。

奏稿是何璟帶了來的，大意是說，法軍曾經登陸，大敗而遁；惜乎水師挫敗。這表示陸路有功，水上失利。換句話說：何璟以總督的身分，掌理全省兵馬，不辱所命；辱命的只是專責指揮水師的會辦大臣。

『我不能列銜。』張佩綸雖是敗軍之將，在何璟面前卻依然是欽差大臣的派頭，『師船既燬，炮台亦多壞了；我輩如此僨事，如果再粉飾奏報，欺罔之罪，豈復可逭？』

『那，幼翁，』何璟問道：『你說該怎麼報？』

『據實奏報。』張佩綸答說：『無論如何這段要刪掉。』

何璟想了一會說：『也好。稿子還是我去預備。』

這個會銜的奏摺，應該由將軍、總督、巡撫、會辦大臣一起奏報，輾轉會商，得要一些日子；張佩綸心想，反正責任是推不掉的，倒不如自己做得光明磊落些，接在那個自請逮治的電報之後，進一步先自陳罪狀。

於是強打精神，親自動筆，擬了個『馬尾水師失利，請旨嚴議逮問』的摺子；當然，這個摺子是絕不會據實奏報的。

大致論兵力則敵強我弱，論處境則敵逸我勞，而尤其著重在雖有制勝之道，無奈事與願違，——這取勝之道，就是他一再建議的『先發』。當然，他也必須反覆申述明知其不可爲而爲的苦心孤詣：

『大致六月二十以前船略相等，而我小彼大；我脆彼堅。六月二十以後，彼合口內外，常有十二、三艘，出入活便，而我軍則止於兵船七艘，炮船兩艘。臣心以爲憂，密召諸將，以兵不厭詐，水戰尤爭吸呼，欲仍行先發之計；而諸將枕戈待旦，多者四十餘日，少者亦二、三十日，均面目枯槁，憔悴可憐。加以英美來船，與法銜尾，奇謀祕策，不復可施。臣知不敵，顧求援無門，退後無路，惟與諸將以忠義相激發而已。』

這段文章，張佩綸整整推敲了一個時辰，方始覺得愜意。言內有退步；言外有餘哀，『先發』的『奇謀祕策』，明明是朝廷不准，卻絕不歸怨於朝廷，反而說將士『憔悴可憐』，不忍督責。而『英美來船』又成掣肘，無形中爲朝廷不准先發的失策作開脫，當然也是爲保全和局的李鴻章作開脫。然則一切的一切，自都心照不宣了。

接下來是敘開戰前的情形：

『當六月下旬，英提督晤何如璋，以調處告。稅務司賈雅格，屢函告督臣，又有英提督、英領事欲調處之說，其辭甚甘，其事則宕，臣亦知其譎詐，無如與國牽掣何？』

這是再一次提醒，非不可先發致勝，無奈英美兵艦成爲投鼠欲忌之器；而提到英美調處，特爲指明何如璋與『督臣』何璟，是暗中聲明，他不曾與洋人有往來，不負貽誤和局的責任。

然後就要談開戰當日的情況。這一段最難著筆，他只有含混而言：

『初一、二日大雨如注，風勢猛烈；初二子夜、初三黎明，臣屢以手書飭諸管駕，相機合力，有「初三風定，法必妄動」之語；比潮平，而法人炮聲作矣！臣一面飭陸軍整隊，並以小炮登山，與水師相應；一面升山巔觀戰。』

這一段是昧著良心說話；他根本未曾『升山巔觀戰』，所以所敘的戰況，多爲耳食之言。而既升山巔，又如何下了山，就不交代了。在說明損失以後，緊接著便抒感想：

『此次法人譎詐百出，和戰無常，彼可橫行，我多顧慮；彼能約從，我少近援。一月之久，彼稔知我疆吏畛域，士卒孤疲；復乘雨後潮急，彼船得勢，違例猝發，天實爲之，謂之何哉？』

這是表示形格勢禁，既非朝廷調度無方，亦非將士不能用命，從上到下，沒有人該負戰敗的責任，當然他亦不任咎戾。但這層意思，只能暗在內；在表面上，他必須自陳無狀。

就是自陳罪狀，也必得有一番怨艾之意，來佔住身分，他說：

『各船軍士，鏖戰兩時，死者灰燼，存者焦傷，臣目擊情形，實爲酸痛。臣甫到閩，孤拔踵至，明不足以料敵，材不足治軍，妄思以少勝多，露廠小船，圖當大敵，卒至寇增援斷，久頓兵疲。軍情瞬息千變，既牽於洋例，不能先發以踐言；復誤於陸居，不能同舟以共命，損威貽禍，罪無可辭。惟有仰懇宸斷，將臣即行革職，拿交刑部法罪，以明微臣愧悚之忱，以謝士卒死綏之慘。』

『誤於陸居』是他避重就輕的巧妙說法；因爲以他的職責，等於地方官與城共存亡一樣，師船多焚，一身無恙，未免難以交代。『誤於陸居』就表示想與船同殉，亦無機會；再進一步說，倘或他是住在船上，身當前敵，親自指揮，或者不致這樣一敗塗地。錯來錯去錯在『陸居』；這個『誤』字，他自己覺得筆力千鈞，莫可移易。

文章作到這裡，已經終結，但還有奇峰突起的一段話：

『日來洋商及我軍傳說，或云法損六船，或云孤拔受傷已死，或云烏波管駕已死，或云法焚溺近三百人。要之，我軍既已大挫，彼亦應稍有死傷，傳聞異辭，即確亦不足釋恨。

『惟此奏就臣所目見，參以各軍稟報，不敢有一字含糊，一語粉飾，再蹈奏報不實之罪。』

這就是說，水師雖然挫敗，法軍亦有相當損傷，有過有功，原可相抵；不過他自責過甚而已。『即確亦不足釋恨』這句話，更是得意之筆，搖曳生姿，嫵媚無限。

寫完這個摺子，暫且不發；到第三天又加一個附片，專陳『陸軍接仗情形』。黃超群、方勳當時早就嚇得不敢出頭，張佩綸卻鋪敘戰功，大爲誇獎：

『伏查船政露廠臨河，防護既無巨炮；曲折並無繚垣，實非可戰可守之地。此次法人以大船大炮環攻三日，我軍兵單械缺，力實難支，而黃超群等扼險堅持於炮煙彈雨之中，晝夜並不收隊；尚復出奇設伏，截殺法兵多名，卒全船廠，實非微臣意料所及。法船退後，臣查點機廠料件，偶有遺失，煙筒亦傷其二，各屋千瘡百孔，而大件機器猶在，船署屹然獨存，黃超群等以兵輪既挫，口不言功。惟水師之失，罪在微臣，船廠獲全，功歸陸將。』

他這樣諱敗爲勝，一則是表示他與『諸將以忠義相激發』的統馭有功；再則是收買人心，好爲他掩飾棄師潛逃的不堪之狀。當然，這個單銜的奏摺，他高興怎麼說，就怎麼說；可是與將軍督撫會銜的摺子不能矛盾，否則兩相參看，馬腳盡露，就變作弄巧成拙了。

因此，張佩綸又要了會銜的奏稿來，仔細檢點，並無矛盾，方始拜發了單銜的奏摺。而京中的電報已紛至沓來，指示戰守方略以外，且已明詔對法宣戰。

第十一章

京中得到馬尾開戰的消息，是在七月初四。僅憑李鴻章一電，語焉不詳，情況不明，醇王非常焦灼。水師失利，固在意中，但法軍是否大舉登陸，船廠是不是守得住？倘或不守，福建省城能不能保得住？這些疑問得不到一個確實的解答，便有無從措手之苦。因此，除了密電沿海各省，見有法國兵艦進口，立即轟擊以外，唯一能做的事，就是由總理衙門分頭詢問馬尾之戰的詳細情況。

到了初五，各方面的消息都到了，但說法不一，有的說我軍大敗，有的說先敗後勝，有的說互有勝負，有的說孤拔陣亡；當然，最應該重視的是張佩綸『自請逮治』的電報。總理衙門一接到，立刻轉送醇王；頭一起召見，便即呈上御案。

慈禧太后的臉色，在憔悴之中顯得堅毅悲憤，靜靜地看完電報，輕輕地說了句：『非決戰不可了！』

『法國欺我太甚，絕無坐視他們長驅直入之理。』醇王說道：『水師不敵，陸路實在是有把握的；只要福州能挺得住，一方面重用劉永福；一方面督促岑毓英、潘鼎新趕快進京，足可牽制法軍。爲今之計，先要請懿旨，下一個明發，振作士氣民心。以我中國之大，土地之廣，人口之衆，如果激於義憤，同仇敵愾，上下一心，絕沒有不能打敗法國人的道理。』

『我中國壞的就是人心不齊。不過也不能怪大家；朝廷雖早已拿定了大主意，辦事的人不知是何居心？倒像處處顯得情屈理虧，不敢跟法國決裂似地。這一來，外面當然摸不透朝廷的意思，難免遲疑退縮。』慈禧太后冷笑著說：『總理衙門的人倒是不少，一人一個主意；自己沒有定見，人家當然得寸進尺，步步逼了過來。咱們的洋務實在沒有辦好！』

『這也不是一朝一夕之事，自有總理衙門以來，就沒有振過國威。』醇王的言外之意，依然在攻擊恭王，『其實，洋務如果責成李鴻章辦理，倒還省事。』

『這話，眼前先不必去說它。如今既然決戰，籌兵籌餉，該有個打算。』

『是！』這一層，醇王當然有過打算，『與法開仗，重在陸路；福建軍務，仍舊非起用老成宿將不可。左宗棠威望久著，福建的情形也熟，臣覺得不妨讓他到那裡去督師。』

『左宗棠年紀大了，身子也不好；能管用嗎？』

『這無非借重左宗棠的威望，在南方坐鎮。另外當然要派人幫他；漕運總督楊昌濬是左宗棠得力的舊部，可以派他幫辦福建軍務，督勇援閩。』

『當然。』慈禧太后點點頭，『要派左宗棠到福建，當然得派楊昌濬去幫他。此外，鮑超、楊岳斌都可以起用。』

『是！』醇王答道：『一開戰，兵餉兩事，頭緒很多，請皇太后飭下軍機，與臣會商詳奏。』

戰守大計可以憑慈禧太后一言而決；如何戰、如何守，自然要靠醇王去籌劃。親貴中，醇王一向有知兵之名，加以他很佩服左宗棠，也知道倚重李鴻章，自會向他們請教諮詢，斟酌盡善，所以她很放心；只是有句話卻不能不說。

『何璟在福建七年，炮台也修了不少，何以這麼不經打？張佩綸也很能幹，何以一開仗就敗成這個樣子？雖說輪船、大炮不及人家，如果謹愼小心，也不見得就能讓法國人佔了便宜。如今前方的情形還不十分清楚，而且也正在用人的時候，不便查辦。不過，喪師失地，不是小事；朝廷紀綱，更不能不顧。該怎麼辦才合適，你們也得拿個辦法出來。』

『是！』醇王答道，『大敵當前，自然以收攬民心，合力禦侮爲頂要緊的事。至於疆臣守土，責有攸歸，等馬尾開仗的情形，有了詳細奏報，必得要論是非、定功罪。朝廷紀綱所繫，臣斷斷不敢徇私；不過眼前務必要求皇太后恩典，暫置不問。』

『我原是這個意思，只要你記住了就好。』慈禧太后又說：『你下去趕緊找左宗棠商量吧！下午再遞牌子。』

醇王退出養心殿，立刻派侍衛分頭通知，到適園聚會。等他回府，奉召而至的王公大臣，已接踵而至，一共四個人：禮王、奕劻、孫毓汶、許庚身。

『左季高呢？』醇王問道：『他不來怎麼行？』

『左侯兩天未到軍機了。』孫毓汶答道：『我派蘇拉去請；左侯說是「在家聽參」。』

『聽參！』醇王詫異，『誰參他？爲甚麼？』

『延樹南上了個摺子。萬壽節那天，左侯沒有隨班行禮；延樹南上摺糾參，奉旨：左宗棠交部議處。』

『這也是小事。唉！』醇王痛心疾首地，『國事糟到如此，還講這些虛文小節？書生不懂事，眞正可恨。左季高也是，何必爲此小事鬧脾氣，落個不識大體的批評，何必？』

『這倒也不能怪左侯。』許庚身比較公正坦率，說話不像孫毓汶那樣暗含著陰損的意味，『他沒有隨班行禮，自然是失儀，但也是起跪不便之故；壯年戎馬，腰腳受損，老來不能跪拜如儀，平心而論，亦有可原。延樹南借題發揮，說他驕蹇，甚至斥之爲「蔑禮不臣」，持論未免太苛，而且也眞是不識大體。王爺請想想，以左侯的功勳，說他「蔑禮不臣」，不就說他恃功而驕，要造反了嗎？這話在雍乾年間，非同小可；就拿今天來說，若是認實了「蔑禮不臣」這句話，也是「大不敬」的罪名，如何處置，律有明文；請問王爺，是摘他的腦袋，還是充他的軍？就算格外加恩，也得革職，能這麼辦嗎？不能這麼辦，就變成紀綱失墜；所以說來說去，他這個摺子，只顧自己逞快，實在是讓朝廷爲難。』

『星叔的議論很公平。』醇王說道：『如今得想個法子，替此老平氣。我今天已面奏了，仍舊要請他到福建督師；倘或以此芥蒂，託病不出，如之奈何？』

『要駁延樹南這個摺子很難。因爲……』

因爲延煦官居禮部尙書；大臣失儀，據實糾參，是他禮臣分內之事，即令措詞失當，旁人亦很難說話。孫毓汶解釋了原因，卻又下了一個轉語，認爲只有一個人，身分地位不同，有資格糾正延煦。這個人就是醇王。

『如果要我說話，我一定說。』醇王慨然答道：『同治初年，五爺掌宗人府，亂出些花樣，叫人受不了；當時我忍不住上了個摺子，上頭還說我措詞太偏激。不妨引用這段故事，爲左季高說兩句公道話。星叔，就煩您動筆。還有，宣戰的旨稿，不知道帶來了沒來？』

『帶來了！』

許庚身將一份底稿交了出來，退到一邊去爲醇王擬摺；先找來一份邸抄，細看了延煦的原摺，略略構思，提筆寫道：

『內閣奉上諭：延煦奏：六月廿六日萬壽聖節行禮，左宗棠秩居文職首列，並不隨班行禮叩拜，據實糾參一摺，左宗棠著交部議處。欽此。臣初以爲糾彈失儀，事所常有，昨閱發下各封奏，始見延煦原摺，其飾詞傾軋，殊屬荒謬。

『竊思延煦有糾儀之職，左宗棠有失儀之愆，該尚書若照常就事論事，誰曰不宜？乃藉端訾毀，竟沒其數十年戰陣勳勞，並詆其不由進士出身，甚至斥爲蔑禮不臣，肆口妄陳，任情顚倒。此時皇太后垂簾聽政，凡在廷臣上之居心行事，無不在洞燭之中，自不能爲所搖動。特恐將來親政之始，諸未深悉，此風一開，流弊滋大。臣奕譞於同治年間，條陳宗人府值班新章，雖蒙俞允所請，仍因措詞過當，奉旨申飭；今延煦之疏，較臣當日之冒昧不合，似猶過之。謹恭摺陳奏。』

寫完遞給醇王，他認爲措詞得體，深爲滿意。隨即交代謄正呈遞。然後繼續推敲那道宣戰詔書的文字。

下詔宣戰

這道詔書，乃是『曉諭天下臣民』，前面連篇累牘，指責法國無理，一直敘到馬尾之敗，申明不能不宣戰的苦衷，說是『若再曲予含容，何以伸公論而順人心？特揭其無理情節，佈告天下』。接下來便是激勵各省文武官員，軍民人等，奮勇立功。其中特別提到劉永福：『該員本係中國之人，即可入爲我用，著以提督記名簡放，並賞戴花翎。統率所部，出奇制勝，將法人所佔越南各城，迅圖恢復。』

此外，照例聲明『通商各國，與中國訂約已久，毫無嫌隙，斷不可因法人之事，有傷和好。』諄諄叮囑，務必保護；而以『當體朝廷保全大局至意』這句話作結，暗示名爲宣戰，其實仍有談和的餘地。

宣戰詔書中值得推敲之處還多，但調兵遣將，猶有許多大事要籌劃，也就只能草草定稿。而就在這時候，陸續又已送來好些軍報，大都由北洋轉遞，其中最要緊的兩件，一件是張佩綸打給李鴻章的電報，說『炮台一路洗平，閩必不守，綸必不歸』，表示與福州共存亡的決心；李鴻章加了一句話：『徒爲焦急。』

另一件是上海道邵友濂的電報，他從洋人那裡打聽到一個相當可靠的信息，孤拔『擬率船往他處，聞志在北洋』。這兩個電報合在一起來看，令人無從判斷，法軍的眞正意向，究竟是在攻佔福州，『據地爲質』來勒索兵費；還是大舉而北，直叩京畿？

但不論如何，福州勢急，北洋勢緩，目前當然救急爲先。醇王對於張佩綸的『綸必不歸』那句話，頗感欣慰，認爲有此必死的決心，則誘敵登岸，深入內地，可以相機聚殲，即令起初仍舊受挫，亦無大礙；只要援軍接得上，終可反敗爲勝。

軍務部署只有許庚身最熟悉，當時提出建議，一面起用鮑超，盡速召集舊部，添募新兵，由四川總督丁寶楨負責籌餉儆船，送鮑超所部，自大江東下，到江西起岸待命；一面改派幫辦廣東軍務的張樹聲星夜援閩。同時電飭兩江總督曾國荃，不論在哪一項公款中，立即提用二十萬銀子，解交福建，作爲援閩客軍的軍餉。

談到這裡，已經過午；醇王又匆匆趕到宮中，『遞牌子』請見慈禧太后。當天便有兩道『明發』，一道是宣戰詔旨；另一道是准了醇王的奏，將延煦『交部議處』——有了這道上諭，對左宗棠才有交代。這天夜裡由許庚身啣命親訪，面述朝廷倚重之意。左宗棠一則受不了孫毓汶他們多方排擠的閒氣；再則亦不服老；三則一向以諸葛武侯自命，當此『危急存亡之秋』，正是『鞠躬盡瘁』之時，一口答應：『到福建去打法國鬼子。』

宣戰詔書不但見諸邸抄，而且上海的申報，已經全文發佈，通國皆知；可是並沒有激起甚麼同仇敵愾的義憤，只惹起清議的紛紛指責。

第一個受指責的是張蔭桓。他以佐雜出身而能置身於樞要之地的總理衙門，本就爲正途出身的朝官所歧視；而他本人又自恃才具，頗露鋒芒，因而與同官又不和睦。當然，最令衛道的正人君子所痛心疾首的是，與李鴻章互爲表裡，力持和局；在有些人看，向洋人求和，就是秦檜、賈似道。如果和局眞能保全，也還罷了；誰知千迴百折，一再委屈，結果仍招來法軍的『暗算』，馬尾一仗，師船全毀。既然如此，何必自取其辱？倘或不是求和，耽誤了辰光，趁法軍援師未東來之前，毅然決戰，則先下手爲強，局面就全不相同了。

因此，張蔭桓成了眾矢之的。此外久辦洋務的周家楣、李鳳苞、馬建忠、盛宣懷，亦無不令人切齒；意想不到的是，閻敬銘亦大受其謗，因爲他亦是主和的巨擘，雖然老病侵尋，請假已久，卻仍有人不放過他。

彈劾張蔭桓的人很多，有一個是內閣學士徐致靖，他中進士是抄了張之洞中解元的一篇八股文，但卻罵張蔭桓是『洋厮』之後。另外一個是山東曲阜的孔憲穀，官拜浙江道御史，指參張蔭桓私自寫信給上海道邵友濂，表示法國如索少許賠款，不妨允許爲洩漏朝旨；慈禧太后聽得有人提到對法賠款，就會冒火，因而令飭總理衙門『明白回奏』。

覆奏說致上海道的電信，是公同商辦，並非私函。這一下使得本來就對總理大臣大半不滿的慈禧太后，越發生氣；除去當時請病假及出差的閻敬銘等人以外，其餘連奕劻在內，共有九個人，一起交部議處。

就在這時候，有個山東籍的御史吳峋，上摺嚴劾閻敬銘，說他『執拗剛愎，怙過任性』。慈禧太后及醇王對閻敬銘都很敬重，所以吳峋反受申飭。但總理衙門其餘的大臣，就沒有閻敬銘那麼好的運氣了；慈禧太后一下子換了六個。事由張蔭桓而起，受連累的人，自然都恨他；其中最冤枉的是翁同龢的門生周德潤，在總理大臣中幾乎只有他一個人是主戰的，結果也跟主和派一樣，退出總理衙門，未免出人意表。

出人意表的事還多。第一件是福州軍務的部署，左宗棠以大學士爲欽差大臣，督辦福建軍務，穆圖善和楊昌濬爲幫辦軍務，何如璋內召，這都還在意中，奇的是以張佩綸接替何如璋，兼署船政大臣。

第二件是以鄧承修充當總理大臣。這位號稱『鐵漢』的言官，一向以搏擊爲能，從不曾聽說他懂洋務，而居然會入值總理衙門，是件不可思議的事。

於是有好事的人去打聽，才知道他這個總理大臣是由一個奏摺上來的；這個摺子中大談方略，共陳三策，他認為法國所恃者，不過越南，如果師分三路攻越，法國自救不暇，就絕沒有力量再侵擾福建、台灣。這是上策。

中策是分兵而守，敵至則戰，敵退不追，雖然師老餉糜，但我軍如此，法軍亦是如此，利害相共，不算吃虧。至於顧慮道路阻隔，糧餉不繼而不敢言戰，則非但不是下策，簡直可說是『無策』。這套話，在慈禧太后覺得非常動聽，特意問到醇王；他已經到了六神無主的地步，慈禧太后說好，不敢駁回，亦不知道如何駁回。因而承旨派鄧承修入值總署；而且就拿他的三策，作為指授方略的根據。

不過整個局勢仍是混沌的，法國軍艦雖已退出閩江口，但動向不明。據說法國政府與孤拔的意見不一，孤拔極力主張北進，先佔芝罘，再佔威海衛和旅順，直接向北洋挑戰；而法國政府不願擴大戰事，尤其不願意使李鴻章為難——這就是朝廷對李鴻章不但沒有絲毫責備，而且繼張之洞和曾國荃真除以後，實授李鴻章為直隸總督兼北洋通商事務大臣的道理。

主和的閻敬銘不曾被參倒；主和的李鴻章恩眷益隆，而主戰的周德潤卻退出了總理衙門，這些令人迷惑的舉措，顯得慈禧太后似乎並沒有破釜沉舟的決心，而醇王似乎對開戰也沒有可以致勝的把握。

於是美國公使楊約翰，第四次出面調處中法糾紛；中國方面的交涉對象是李鴻章。

闔士公憤

距馬尾之戰，已將匝月；福建的京官，大都接到了家信，信中都談到了馬尾之戰。

於是一百多京官在會館集議，連上兩個公呈，第一個痛擊何璟和張兆棟；第二個專爲張佩綸而發，由籍隸福建長樂的翰林院編修潘炳年領銜，請都察院代呈。

軍機處自然早有消息，爲了平息公憤，在八月初一先下了一道上諭：

『閩浙總督何璟，在任最久，平日於防守事宜，漫無處置，臨時又未能速籌援救，著先行革職。福建巡撫張兆棟，株守省城，一籌莫展，著交部嚴加議處。

『船政大臣詹事府少詹事何如璋，守廠是其專責，乃接仗喫緊之際，遽行回省，實屬畏葸無能。著交部嚴加議處。翰林院侍講學士張佩綸統率兵船，與敵相持，於議和時屢請先發，及奉有允戰之旨，又未能力踐前言。朝廷前撥援兵，張佩綸輒以援兵敷用爲詞。迨省城戒嚴，徒事張皇，毫無定見，實屬措置無方，意氣用事。本應從嚴懲辦，姑念其力守船廠，尚屬勇於任事，從寬革去三品卿銜，仍交部議處，以示薄懲。

『福州將軍穆圖善，駐守長門，因敵船內外夾攻，未能堵其出口，而督軍力戰，尚能轟船殺敵，功過尚足相抵。著加恩免其置議。

『嗣後閩省防務，左宗棠未到以前，著責成穆圖善、楊昌濬、張佩綸和衷商辦，務臻周密。』

這道上諭是連張佩綸的原奏，一起明發的。福建京官，一看大譁；因爲張佩綸所奏報的情形，與各人家信中所說的情形，大不相符。

於是除了公呈以外，福建崇安籍的吏科給事中萬培因，單銜上奏，案由是『爲閩省諸臣，諱敗捏奏，濫保徇私，仰懇收回成命，並請迅派大員，馳往查辦，按照軍律，亟寘重典，以伸公憤』。其中指出『七可疑』：

『初三之戰，以臣所聞，何如璋有隱匿戰事之事，張佩綸有不發軍火之事；又有遣魏瀚往緩師期之事，堵在照會以前，其可疑一也。

『水陸各營之師，以臣所聞，輪船惟福星等四船，死戰屬實。藝新船小逸去，伏波自鑿，揚武並未開炮，餘船縱火自焚。陸軍則方勳所部潮勇先潰；而黃超群一軍，乘亂入學堂、廣儲所、機器房等處，搶掠殆盡。其可疑二也。

『敵船被燬之數，以臣所聞，敵以八船入馬江，僅用三船來攻，開巨炮七，我船已相繼沉。惟福星曾擊壞其魚雷船一。其可疑三也。

『方勳、黃超群拒敵之事，以臣所聞，敵攻馬尾後，次日復擊船廠，轟壞鐵廠，煙筒半折，船槽微損，即下船出攻長門。是時，方勳不知何往？黃超群已於初三日退入後山，但竄而未潰耳！其可疑四也。

『閩安、館頭等處之戰，以臣所聞，炮台各軍，聞炮即鳥獸散，敵遂上岸，用鏇水裂炮，擲火藥以燔民居。苟不上岸，炮何由裂？其可疑五也。

『何如璋之回省，以臣所聞，何如璋預雇輿夫爲逃計。六月初二日法人演炮，何如璋短衣大堂呼輿；眾白爲空炮乃返。初三，聞炮即從後山遁，是夜奔快安，復奔南台洋行，晨始入城，以便服戴頂帽坐竹兜中，所到眾噪逐之，乃四出狂竄。其可疑六也。

『張佩綸之駐廠，以臣所聞，初三日，張佩綸徒跣走雷雨中，夜奔鼓山下院宿，以葦薦席地坐。遲明奔山後彭田鄉，遣弁向城內巨紳家假絮被，匿累日不出。初四，敵攻廠時，張佩綸方由鼓山入彭田，何守廠之有？其可疑七也。』

這『七可疑』雖然傳聞異辭，但與潘炳年領銜的公呈合看，可信之處就多了。此外，萬培因也談到『洋人之論』：

『臣聞洋人之論，謂法兵之闖馬江，駛入絕地，有必敗之道三，地本內港，只需以船摧船，法艦必全沉。此上策也；以四號炮船，護以夾岸陸軍，法兵盡爲炮的，敵必不能上岸。此中策也；盡驅兵船以駐上流，只以本地小船，裝置火藥等物，順流蔽江而下，加以陸軍火罐火藥，夾岸拋射，法當大窘，此下策也。』

這些紙上談兵，不一定有人懂，但說張佩綸『陽主戰以排和，陰實望和而怯戰』，卻是一針見血之論。

不過參得雖然厲害，幫張佩綸講話的人也很多，這完全是二李——李鴻章和李鴻藻的關係。有人說，張佩綸屢有『先發』的建議，朝廷爲保全和局，又恐誤傷他國兵船，引起意外糾紛，所以不曾允許。說起來，此人還是有才具的；人才難得，不妨責以後效。

又有人說，張佩綸到福建不久，情形不熟，佈置欠周，情有可原。其中最有力的辯解，直接來自李鴻章，他說：福建的炮台、兵輪不足以抵禦法軍，本在意料之中。福建的炮台，不知如何作法；聽說炮口完全向外，所以法國軍艦，可以由內而攻，這是『失勢』。炮台不能轉動，是他的同年何璟的『七年經營』；李鴻章早就知道，故意說是『不知如何作法』，無非爲了庇護張佩綸，只好『嫁禍』老同年。

他又說：中國兵輪開辦未久，船不如人家的精堅，操練不如人家的純熟，斷難抵敵是中外盡人皆知的事。這段話既爲張佩綸卸責；亦爲他自己解釋，何以必須委曲求和？

談到醇王所一直主張並希望的『誘敵登岸，設伏出奇』；他認爲必須有後膛槍、後膛炮才談到此。而各省都沒有後膛槍；『後膛輕炮』亦很少，徒恃肉搏，難有把握。而置備後膛槍炮，甚費財力，北洋累年經營，勉強算有了規模。這意思是不可深責閩軍守廠不力。

以下又論南洋的戰備，說長江水寬而深，是用水師之地，吳淞、江陰等處炮台，亦堅固可用，但是『敵船雖或受炮擊損，其機器皆在水線下，仍可駛行。』接著他引用前兩年由北洋衙門翻譯印刷的一本《防海新論》，其中所敘美國南北戰爭的戰例，證明他不是欺騙沒有見過兵艦的人。

至於談到佈設水雷，確爲『阻河』最得力的利器，但長江寬至十餘里，甚至數十里，何能遍設。總而言之，他的意思是，馬尾戰敗，不是張佩綸的責任；而就此刻來說，甚麼地方也不能阻止外國軍艦侵入，更不能與外國軍艦對敵。

就爲了這些理由，使得慈禧太后除了黯然長嘆以外，無話可說。當然，張佩綸的責任不能不追究；左宗棠就要到福建去了，正好派他就近查辦。

議和的事，倒像有轉機了。楊約翰特地由北京到天津去看李鴻章，說接到美國京城來的電令，法國已要求美國出面調停。美國的意思，中國如果肯讓步，法國亦必採取同樣的步驟；在相互讓步之中，總可以想出一個顧全彼此體面的辦法。楊約翰又表示，他是專程爲此事而到天津來的。言外之意，中國需看調人的面子。

中國如果讓步，自然多少要賠兵費；而煌煌上諭，已經剴切告誡，凡有主張賠償的，一定治罪。所以李鴻章的電文中，根本不敢提兵費二字。

總理衙門當然不敢轉奏。同時對法國求和的誠意，亦很懷疑，因爲據上海、香港、福州等地來的電報，孤拔可能顧慮馬尾沉船塞口，歸路斷絕，不敢在福州登陸；卻有窺取基隆的模樣，增援的船隻之中，有一艘載有挖煤機器，更爲意在基隆煤礦的明證。

基隆戰火

果然，八月十三，孤拔第二次攻擊基隆。

第一次是在馬尾之戰二十天前的六月十四。孤拔率領戰艦六艘，載陸軍三千，直到基隆；分艦三艘，窺台灣四大港之一的滬尾——淡水港。

台灣的防務，共分五路，大甲溪到蘇澳爲北路，由提督曹志忠領兵四千防守；最近增防，調福建陸路提督孫開華率領所部三營，專責防守台北府。此外又有章高元的淮軍，楊金龍的湘軍；章、楊二人亦都是提督，加上劉銘傳一共是五顆紅頂子守台北到基隆這一線。

六月十五，孤拔一面開炮轟擊，一面派兵一千登陸，曹志忠、章高元力戰卻敵，陣斬法軍中隊長一員，士兵一百多，奪獲聯隊旗兩面。法國陸軍後退登艦時，掉在水中溺死的亦不少。於是孤拔請稅務司出面，邀請劉銘傳登艦相會；劉銘傳峻然拒絕，第一次攻台之戰，不了了之。奏報到京，特發內帑三千兩犒賞。

劉銘傳幕府中有個專管海關，兼與洋人打交道的洋務委員，名叫李彤恩，人很能幹，認爲淡水港水道寬闊，『紅毛城』上的五尊舊炮，毫不管用，等於無險可守，因而提出塞口的主張。駐淡水的英國領事，得到消息，提出堅決的反對；他的理由是秋茶已經上市，如果港口封塞，船隻無法出入，秋茶不能出口，影響英國的商務。

李彤恩不是輕易能讓洋人嚇倒的人，當反覆爭辯，不得要領時；李彤恩要求英國領事擔保，法國軍艦不會從淡水港入口。這下算是難倒了對方，照原定的計畫，沉下幾條船，塞住了淡水港口。

就因爲這明智的一著，孤拔捲土重來，就不容易佔到便宜了。

法國兵艦十一艘，由原駐馬祖澳的孤拔，親自率領，是八月十二到基隆外海的；清晨兩點鐘，法軍五百人由仙洞地方登岸，與曹志忠的霆慶中營相遇，展開激戰。章高元接到報告，率領兩百多人赴援；法軍不敵，因爲道路迷失，被困至日中，又死了一百多。

這時的劉銘傳，正在基隆炮台督戰。相持不下之際，諜探來報，法國兵艦五艘將到淡水。劉銘傳下令收兵，回救離台北三十里的淡水。

『省帥，』曹志忠疑惑地問：『這不就是拿基隆丟掉了嗎？』

『不要緊！』劉銘傳說：『我自有道理。你那裡抽三百人，跟林朝棟一起守獅球嶺。』

林朝棟是彰化巨族，名將之後；他的父親就是林文察，咸豐八年，捐餉助軍，授職游擊，留福建補用。以後領軍轉戰浙東各地，積功升到福建提督，同治三年在漳州陣亡，謚剛愍，在本籍及漳州建有專祠。

林朝棟以騎都尉的世職，捐了個郎中，在原籍做紳士，平日急公好義，深得地方愛戴。中法交涉破裂，戰火將起，林朝棟招募了五百人，自備兩個月的糧餉，去見劉銘傳，願意防守一方。劉銘傳自然嘉許，立刻撥給軍械，指定基隆以南的暖暖，作爲他的防區。此時又負起扼守獅球嶺，嚴防基隆棄守以後的法軍南侵的重任。

當然，劉銘傳棄基隆是有道理的，第一、外海沒有兵艦，炮台又不中用；日夜受法艦炮轟，徒然挨打，兵打光了，基隆還是守不住。第二、淡水港塞口以後，法艦不能深入，炮轟的威脅可免；孤拔如果不死心，派軍登陸，則正好迎頭痛擊。第三、是因爲南北洋對援台一事，或者不甚起勁，或者口中喊得起勁，並無實惠，等基隆一失，朝廷必起恐慌，嚴旨督飭，後援方始會來——這最後一層用意，孫開華等人，自然是無法了解的。

回到滬尾，重新部署防務。以孫開華專守淡水炮台，章高元和劉銘傳的姪孫劉朝祜分佈沿海一帶；此外還有士勇一營計五百人，埋伏在北路山間——這一營士勇是李彤恩招募來的。劉銘傳奉旨防台，朝命准許自行募勇，增強防務；劉銘傳便委派候補道充任洋務委員的李彤恩，專司其事。

李彤恩辦事很實在，貼出佈告以後，自己在招募公所坐鎮；只見應募的小夥子，紛至沓來，應接不暇，便也下手幫忙。百忙中一眼瞥見一個人，似乎面善；此人皮膚白皙，面貌清秀，而眉目之間帶著點娘娘腔。定睛細望，想起來了；是唱歌仔戲的小旦張阿火。

『阿火！』李彤恩問道：『你來幹甚麼？』

『李大人！』阿火笑道：『我來投軍。』

『投軍！你開甚麼玩笑？』李彤恩說：『你也懂得打仗？』

『打仗不要懂的。我不想做夷人、穿夷裝，自然就會跟他們拚命。』

李彤恩大爲驚異，想不到演慣佳期密約，一把眼淚，一把鼻涕，訴不盡閨中哀怨的張阿火，能說出這麼一番話來！

『再跟李大人說吧，我也不是冒冒失失，鬧著好玩的。說到打仗，我是頭一回；不過，我想法國人也不會比野豬再兇吧！』

『喔！我懂了，你喜歡打獵？』

『是！』阿火手一指，『這些都是！』

李彤恩往外一望，只見十來個精壯少年，口嚼檳榔，嘻開一張血盆似的嘴，都望著阿火發笑。李彤恩立刻就中意了；從咸豐初年以來，招募鄉勇，都遵循曾國藩的成法，而曾國藩又師戚繼光的遺規，務取一雙泥巴腿的鄉農。此輩假以時日，可以練成一支經得起敗仗的勁旅，但誠樸有餘，機變不足，訓練起來很吃力，尤其不能指望他們救急。這些獵戶，年輕力壯，又會用火器；稍用兵法部勒，便可上陣，豈不大妙？

於是李彤恩欣然問道：『這些都是你的朋友？』

『是從小在一起玩的弟兄。』張阿火答道：『他們聽說我要來投軍，都願意跟我一起來玩玩。』

『玩玩！』李彤恩笑了，卻又正色告誡，『這不是好玩的事。』

『我也這麼說。不過他們還是願意來玩玩；大不了玩掉一條命。』

『肯玩命還怕甚麼？』李彤恩察言觀色，對張阿火刮目相看了——市井中原有奇人；張阿火必是講義氣，重然諾，爲一方的俠少，因而便又問道：『阿火，你能招多少人來？』

『千把人總喊得到。』

『都是獵戶？』

『也有打漁的，也有種田的，也有做生意的。』

『都聽你的話？』

『都是我的弟兄。沒有甚麼事講不通的。』

他雖是不矜不伐的神態，李彤恩卻到底還不敢冒失，想了一下說：『你去招五百人來。要個個管用；這五百人就歸你統帶，我先給你請一張「五品軍功」的獎札，等立了功，保你做官。』

『官倒不要做，只要打退夷人就是了。』張阿火問：『招五百人容易；從山上下來，得有住的地方……』

『這你放心。我點了人數，馬上發號衣、發餉；自然也要撥地方給你安頓。』

張阿火欣然應諾，當天就回山——在淡水西北的竹仔山；一呼百諾，來了有七、八百人，挑成五百，大多是獵戶，帶著土槍下山，直奔台北，守城的兵不敢放他們進城；張阿火倒也很講理，留他的弟兄在城外，單身去見李彤恩覆命。

李彤恩細問究竟，聽說都來自基隆、淡水之間的山中；這支土勇，先得地利，已爲勝人一籌。等到出城親自編點，益發覺得是一支堪以大用的新銳之師，所以逐一撫慰，異常殷勤。張阿火和他的弟兄們便益發起勁了。

『阿火！』李彤恩說道：『將相本無種，男兒當自強！像你這樣子向上心切，很快就可以立功做官；你的名字要不要改一改？阿火是小名，將來報到朝廷，不大好聽。』

『那就請李大人給我改一個。』

李彤恩想了一下說：『改名李成好了。姓張就是張李成。』

李成之『李』是李彤恩，李成之『成』是成功，取這個名字的意思很容易明白，張阿火由於李彤恩的識拔而能成功；或者也可以說是成全。總之張阿火是非常珍惜這個新得到的名字。

在李彤恩，亦覺得這是一大快事；又看到張李成約束部下，言必信，行必果，更有喜出望外之感。得意之餘，喜滋滋地去報告劉銘傳。

劉銘傳正在苦惱。兵既不足，械亦不精；見到李彤恩，正好發一發牢騷。這也難怪他；駐紮台南的台灣道劉璈，是左宗棠的嫡系，而他與李鴻章的關係，盡人皆知，左李不和，勢如水火，因而劉璈對巡撫銜的長官劉銘傳，並不買帳，四十營防軍倒有三十一營擺在彰化以南，自加節制；對北面的糧餉接濟，亦是多方拖延。如今基隆已失，台北府岌岌可危，長官向部屬求援，而劉璈居然置之不理，劉銘傳如何能不氣惱？

『南北洋三次增援，不過六百人，連以前調到的，總計亦只一千三百人；章營只有兩百餘人。怎麼得了？』

當然，還有孫開華、曹志忠兩軍，不過孫曹是湘軍，而且出身霆軍；尹灘河之役，鮑超與劉銘傳失和，因而霆軍與銘軍一向是死對頭。現在劉銘傳對待孫、曹二人，雖然刻意交歡，但內疚於心，總覺得格格不入，所以有意不提這兩個人。

李彤恩當然知道他的心病；實實在在是心病，孫、曹二人對於當年的嫌怨，已經淡忘，曾經在李彤恩面前有過表示，此時正好用來勸慰劉銘傳。

『省帥怎麼不提孫曹兩位？』李彤恩故意這樣問說。

『老兄不是明知故問？』劉銘傳苦笑著答說：『他們兩位總算捧我的場了，我又何敢苛求？』

『如何談得到苛求？大家在一起，生死以之，禍福相共，省帥如果心存芥蒂，反倒小氣了。』

『哪裡？老兄這番責備，我可不認。我是怕人家心存芥蒂。』

『不！適得其反。孫曹兩位，都以爲省帥原是推誠相與，但太客氣了，反讓他們有見外之感。』李彤恩說：『我看省帥還是脫略虛文，該如何便如何的好。』

『眞的？』劉銘傳驚喜地問：『他們眞的有過這樣的話？』

『自然。我何敢在省帥面前瞎說？』

劉銘傳決定接納李彤恩的建議，喚一名親兵，去請孫開華、曹志忠來議事；相見攜手，特致親切，加以李彤恩從中穿針引線，極力拉攏，十幾年的嫌隙，到此才眞的煥然冰釋。然後商定了誘敵之計，各自返回防區，準備迎敵。

到了八月二十清早，淡水口外的法國兵艦開炮大轟，不下數百發之多；然後法國陸戰隊八百人，在炮火硝煙掩護之下，分乘小艇，強行登陸，目的是想佔領炮台。

首當其衝的是孫開華的三營，中右兩營在前，後營接應，短兵相接，各盡全力。孫開華所部吃虧的是槍械不如法軍精良，看看有抵擋不住之勢；而午潮初漲，卻又有後援的法軍，繼續湧到。

於是埋伏在後山的張李成一營出動了；五百人分成兩隊，第一隊兩百五十人，打扮像是野人，散髮赤身，口噴大嚼檳榔而生的紅沫，到達炮台前面臨水的斜坡上，一字排開，臥倒在長可及脛的野草中，右足屈起，左足跟擱在右膝蓋上，揸開腳趾，槍管就擱在當中，靜靜等待。

後援的法軍，乘潮上坡，端著槍直往上衝。張李成屏息以待，看看距離夠了，朝天放了一槍；這是『號炮』，二百五十支槍應聲而發，法軍立刻就倒了幾十。未倒的不知彈從何發？相顧錯愕之間，草叢間又來了一排槍，打死了好幾十。

這一下，法軍不能不後退了。然而還有伏兵，張李成的另外一隊，兩翼包抄，直逼面前。法軍搶艇退去；其時正當落潮，小艇膠著在沙灘上的很多，退走不及，又死了好些。

孫開華的部下，見此光景，士氣大振，奮勇肉搏，衝動了法軍的陣腳；孫開華身先士卒，陣斬法國軍官一名，奪旗踏陣，終於將法國兵驅出淡水口外。

在口外，有日本海軍大佐東鄉平八郎率領兵艦在觀戰；在山上，有英國商民用望遠鏡在瞭望。這一仗打得不壞，法軍傷亡慘重，還被俘了十四人；英國人大爲喝采。

但是十四名戰俘爲孫開華下令梟首，亦爲英國商民所親眼目睹，認爲中國軍隊違反萬國公法，提出抗議。劉銘傳當然置之不理，飛章奏捷，盛道孫開華的戰功，請求破格獎賞。

提到張李成，只有一句話『領隊襲之』。但保獎卻不沒其功：『五品軍功張李成，擬請以守備儘先補用，並賞戴花翎，並加都司銜。』

孤拔封港

十二天以後，孤拔佈告封港，北起蘇澳，南至鵝鑾鼻，一共三百三十九海里，禁止所有船隻出入。航行限在距岸五海里以外。

這一來，商貨斷絕，文報不通；台灣日用所需，除茶米以外，無一不缺。當然，各國的商務亦大受影響，尤其是英商的貿易停頓，損失最重。

朝廷得報，大爲焦急，但亦只有以嚴旨命令南北洋選派鐵甲快船，多帶兵勇器械，星夜馳援。而南北洋一共只有五分厚的鐵甲船五隻，何敢闖關？就算敢闖，這些小船上也載不了多少兵。所以李鴻章決定乘此機會，逼一逼朝廷，回心轉意，重新談和。只是不敢明言，只用『另設他法，解此危困』之類的話，旁敲側擊。

因此，劉銘傳由廈門轉發的電報，到達北洋，轉給總理衙門時，李鴻章往往加以增刪，張大其詞；台灣海口不過封鎖了兩天，他就這樣電報：

『頃劉提督初三由廈門轉電，初二日法又到船六隻，在台北者不下二十隻。上月廿八日，法四船擾台南、澎湖，存亡無信；富紳多舉家逃走，士勇已募五千餘，無器械不受約束，不能禦敵，徒索餉鬧事。土匪四起，疫癘不止，日有死亡；能戰者不足三千人。敵勢甚大，日內必有惡戰，如十日外無電到，必不保。傳同將士惟拚命死守，保一日是一日；現在洋火藥已缺，食鹽無來，百姓擾亂，餉路亦阻，台局不堪涉想，可爲痛哭，請轉電總署。』

李鴻章轉發了這個電報，自道亦爲『痛哭流涕』。其實電文中他加上了許多顯而易見的假話：既然法國封鎖，『富紳多舉家逃走』又往哪裡去逃？劉銘傳自己說過，在官紳中『有可用者，無不廣致禮羅』，所以除林朝棟自成一軍，扼守獅球嶺以外，台北板橋的林維源捐餉二十萬兩；新竹紳士林汝梅招募練勇二百人，自籌兩個月的糧餉，協守海口；基隆與台北接壤之處，由武舉人王廷理、周玉謙捐款募勇三百人，據險防堵，此外量力捐助兵餉的也很多，絕少舉家逃走的情形。就是逃，亦不過由前線逃到後方，由法國所佔據的基隆逃到台北。

當然，希望談和的，不止於李鴻章，在台灣有貿易利害關係的各國，亦希望中法罷兵議和。特別是英國，因爲台茶不能出口，約會駐英公使曾紀澤，打算出面調解。

英國調處的條款，一共四件，主要的是要求中國履行天津條約，勸請法國不索賠償，撤出台灣海口。這些條款，對中國可算有利，但是醇王跟總理大臣都不敢答應。結果提出對案八條：要修改天津條約，要在鎮南關外設官，要法國不用保護越南的名義，要法軍退出基隆。最後一條是：『中國不索賠款，如法有不允之條，應先賠償中國損失。』

這是南轅北轍，自然談不攏。同時法國又向作調人的英國提出三項條件：中國完全履行天津條約；法軍佔據台北，直到中國允賠兵費，方始退出。這當然更談不攏了。

第十二章

局面兇險，和戰兩難，軍機處及總理衙門當政的王公大臣，除了極少數的孫毓汶之流，依然能夠好官自為以外，其餘的都覺得肩頭沉重，心頭鬱悶，渴望著能夠有人分擔艱鉅，打開困境。

而在言路方面，早有人在批評，醇王實在不如恭王。這話在醇王當然聽不到，但許庚身和閻敬銘等人，卻很重視這些輿論，不過這是大大的忌諱，自然只能藏諸心底，即使在最親近的人面前，亦不能透露。

如今又不同了，至艱至危的局面，百孔千瘡，一時俱發，外面全靠一個李鴻章左支右應，極力撐持；朝中是連醇王自己都覺得這副千斤重擔，實在挑不動了，一再向他所信任的許庚身和孫毓汶說：『總得再找一、兩個有擔當的人，幫著點兒才好。』

一而再，再而三地說，孫毓汶只是順著嘴敷衍；許庚身卻終於忍不住了。

『王爺，』一天單獨相處，他故意不著邊際地問：『這一向見了六爺沒有？』

『哪裡有工夫去看他？』醇王答說：『聽說他三天兩頭跟寶佩蘅逛西山。我就不懂，國事如此，他哪兒來的這份閒情逸致？』

『王爺憂國心切；六爺只怕也是藉此排遣。』許庚身又說：『王爺的難處我知道，就少個身分相配的人，來跟王爺配戲。』

『這話怎麼說？』

『王爺主張大張撻伐，一伸天威，誰不佩服王爺？不過形勢所迫，和局能保全，亦不妨保全。苦的是王爺又主戰，又主和局；雖是承懿旨辦理，話總說不響……』

『著啊！你這話說得太痛快了！』醇王搶著說道：『我就是爲這個，覺得說不出的彆扭。一個人怎麼能又做岳飛，又做秦檜？』

『提起秦檜，近來不知哪個刻薄的，做了一副對子罵閻丹老；王爺不知道聽說了沒有？』

『沒有啊！你唸給我聽聽。』

『上聯是：「辭小官、受大官，自晝招供王介甫。」下聯是：「捨戰局、附和局，毫無把握秦會之。」』

『辭小官、受大官』是閻敬銘前兩年授職戶部尚書的謝恩摺子中的話，所以說是『自晝招供』；『上聯倒還好。拿他比做王介甫，也有點兒像。』醇王說道：『下聯是比較刻薄一點兒；而且於史實亦不符，秦會之當初談和是有把握的。』

『咱們現在談和就是沒有把握，連李少荃都沒有；就因爲法國的條件，王爺不肯允許，也不肯奏請太后允許。』

醇王深深看了他一眼，體味著他的言外之意，漸漸覺得有點意思了。

『我爲王爺打算，得有個人來分謗才好。』

『星叔！』醇王深有領悟，『你的設想很好。等我仔細想一想，先不必跟人談起。』

醇王是從當政不到一個月，便已體會到『看人挑擔不吃力』這句江南諺語的道理；對恭王不獨諒解，而且懷著歉意。但牆倒眾人推，宮裡的太監向來勢利；加以『六爺』一向不給他們好臉嘴看，所以從恭王失勢之後，找到機會就在慈禧太后面前挑撥中傷，甚至於隱約提到當年殺安德海，以及載澂導穆宗微行這些最使慈禧太后痛心的往事。因此，慈禧太后對恭王的惡感，比他未罷黜之前更甚。是這樣深惡痛絕的態度，怎麼說得進話去？說復用恭王，而且是用他來主持洋務，跟法國人談和，那不是自己找釘子碰嗎？

通前徹後想遍了，無計可施。不過醇王頗有自知之明，心想許庚身既然有此建議，自然也想過其中的難處；或者另有自己所想不到的計較。不妨找他來問一問。

『王爺說得是。這件事極難。』許庚身聽他說完，從容答道：『不過眼前卻正好有個難得的機會。』

這個機會確很難得，要十年才有一次──今年是慈禧太后五十整壽。四十歲那年，為了『修園』，鬧出軒然大波，而且穆宗在那年秋末冬初，便有『致惡疾』的徵象，因而四十整壽，過得非常不痛快，這一次要好好彌補；儘管馬尾大敗，台灣吃緊，內務府卻正在轟轟烈烈地大辦盛典。王公大臣乃至鯁直的言路上，亦都以為這是皇帝親政以前，慈禧太后最後的一個整壽，為了崇功報德，稍作鋪張，不算為過，所以沒有人上殺風景的摺子，奏諫時勢艱難，宜從簡約。

萬壽恩詔

在李蓮英承旨而加厲的指示之下，宮裡預備唱二十天的戲。這是慈禧太后個人的一點享樂，於典無徵；依照儀典，普天同慶，應下好幾道恩詔，軍機處早已召集各部院大臣商定章程，次第請旨頒行。第一道是普免光緒五年以前民欠錢糧，澤及天下。第二道是豁免直隸各地，光緒五年以前，民欠旗地官租。第三道是推恩近支親貴、大學士、御前大臣、軍機大臣、內務府大臣、師傅、南書房翰林，以及『實能爲國宣力』的封疆大臣，或者加官晉爵，或者頒賜珍賞，或者從優獎敘。

第四道恩詔是『查明京外實任大員老親，有年踰八十者』，推恩『優加賞賚』。第五道專爲治好慈禧太后重病的薛福辰和汪守正而發，薛福辰已補上直隸通永道，汪守正已調爲天津府知府，因爲他們晉京祝嘏，特詔：『薛福辰加恩在任以應升之缺升用；汪守正加恩在任以道員用。』而且慈禧太后已有口風，爲了薛福辰請脈方便，預備將他調升爲順天府府尹。

第六道恩詔就與恭王有關了。有許多革職的官員，『身在江湖，心存魏闕』，恭逢皇太后五旬萬壽，依戀闕下，隨班祝嘏；似乎亦要加恩。

軍機大臣與吏部議定的章程，凡是隨班祝嘏的『廢員』，五品以上的均照原官降二等，賞給職銜；六品以下的賞還原銜。醇王亦同意了這個辦法，只待取旨遵行。

許庚身的打算，就是讓恭王亦列入『隨班祝嘏』的名單，則覃恩普及，恭王雖未革爵，少不得要賞個差使，那時就可以相機進言，即令不是將已晉爵慶郡王的奕劻的差使——『管理總理衙門』的事務，改派給恭王，至少可以仿照成例，讓他會同閱看有關中法交涉的電信奏摺，無形之中，主持其事。

『這樣子做很好，不著痕跡。』醇王欣然同意之餘，又不免顧慮：『不知道六爺自己的意思怎麼樣？倘或恩旨倒下來了，他不願意幹，讓我對上頭怎麼交代？』

『不會的。六王爺也是受國深恩的近支親貴，怎麼能推辭？』許庚身又說：『再說，像王爺這樣，尚且不避小嫌，以國事爲重；六王爺如果高蹈不出，且不說問心有愧，清議怕亦不容。王爺如果再不放心，不妨先打個招呼。』

『這是應該的。託誰去說呢？』

於是商量這個『使者』的人選。先想託新升國子監祭酒的盛昱，怕恭王記起前嫌，反爲不妙；再想託最近跟恭王走得很近的榮祿，卻又嫌他身分還不夠，恭王不會重視，就不會有一句確實答覆。

『王爺，』許庚身瞿然說道：『手足之親，何事不可言？王爺就自己去一趟吧！』

醇王考慮了好一會，點點頭說：『也好！事不宜遲，要去就早去。』

手足修好

於是先派侍衛去打聽，恭王不曾出城上西山，這晚上也沒有誰請他飲酒聽戲，才命轎直到大翔鳳胡同鑑園。

門上傳報，恭王頗爲詫異，『老七是個大忙人，』他對寶鋆說道：『忽然來看我幹甚麼？』

寶鋆很知趣，『你們哥兒們多日不見了，總有幾句體己話要說。』他站起身來，『我先迴避吧！』

『你可別走！』恭王開玩笑地說：『那簍蟹不好，我可要找你。』

寶鋆還來不及作答，已聽得樓梯上有足步聲，便由另一面退到樓下；恭王也就迎了出去，站在樓梯口招呼。

『今兒怎麼得閒？』

醇王不會說客氣話，率直答道：『有點事來跟六哥商量。』

這一說，恭王便不響了；迎上樓梯，自己在前引路，直到他那間最東北角的小書房中落座。

『萬壽快到了！』

沒頭沒腦這一句話，恭王猜不透他的意思，漫然應道：『是啊！』

『六哥上了摺子沒有？』

『甚麼摺子？』恭王越發詫異；閒廢以來，從未有所陳述，所以『摺子』二字入耳，無端有種陌生之感。

『我是說叩賀萬壽的摺子。』

原來是賀表。前朝有此規矩，本朝都是面覲叩賀，很少有上表申祝的情形；所以恭王聽這一說，不由得發楞。

『有這個規矩嗎？』他遲疑地問；同時還在思量：醇王不會無緣無故跑了來問這句話，總有道理在內，是不是該明明白白問一下？

不用他問，醇王有了解釋：『今年是五十整壽。六哥，你該上個摺子，進宮磕頭。』

這下弄明白了。『那何用上摺子？』恭王答道：『到時候，我進宮磕頭就是了。』

『話不是這麼說……』

不是這麼說，該怎麼說？醇王心裡在想，宮中太監，經常在慈禧太后面前揭他的短處，他應該知道。既然知道，就應該想到，在宮門外磕頭，慈禧太后既無所聞，太監也不會去告訴她。那個頭豈不是白磕了？

如果這麼說法，恭王一定會說：白磕了就白磕了，難道磕個頭還想甚麼好處不成？要這麼一說；下面甚麼話都不能開口，變成白來一趟。

不過有一點卻已明白，恭王對慈禧太后，倒並沒有因爲無端罷黜而心懷不平；只聽他說那一句『到時候進宮磕頭就是了』，就可知道他還是守著該盡的臣道。既然如此，就不妨變通辦理，不必由他上摺。

不過，萬壽以後的情形，不能不問清楚，尤其是他肯不肯復出，更是關鍵所在。如果這一點上他不肯鬆口，一切安排，都算白費。

想到這裡，醇王嘆口氣說：『唉！六哥，我眞羨慕你。』

『羨慕我？』恭王笑道：『羨慕我閒散？』

老實人耍花巧，常是一下子就被人識破；醇王自己也察覺了，只好老實答道：『是啊！這幾個月我受夠了。上下夾攻，眞不是味兒。』

就因爲他說了老實話，作爲過來人的恭王，才對他大爲同情，『你現在才知道「上下夾攻」？不經一事，不長一智。你說這話給別人聽，別人未必能懂。』他停了一下，黯然地搖頭，『我看，你還有一陣子的罪受！』

話中有深意，醇王往下追問：『六哥，你看我要受到甚麼時候？』

『要到親政那會兒，你才能有舒服日子過。』

這話說得很透徹，也很率直；除卻恭王，不會有第二個人，敢說肯說這句話。皇帝親政，以『皇上本生父』之尊的醇王，自然不能再過問政事；這是在皇帝入承大統之際，群臣爲防微杜漸，不惜犯顏力諫而爭得的一個約束。到那時候，甚麼理由也不能再讓他留在政府；退歸私邸，安享尊榮，就表面來看，似乎有幾天舒服日子好過。就算如此，也是三、四年以後的事。

『六哥，我很難。』醇王有著盡情一吐心頭委屈的意欲，『提到親政，我實在有些不大放心；皇帝年紀太輕，怕他挑不起這副重擔子。爲了我能一卸仔肩，又巴望著皇帝早日成人。哎，我實在說不清我心裡是怎麼個想法？』

恭王默然。他知道他的難言之隱；皇帝一旦親政，慈禧太后不再掌權，她豈是能自甘寂寞的人？那時候不知道有多少明爭暗鬥？讓醇王夾在中間爲難。說他有『舒服日子過』，倒像是在譏嘲了。

『咱們不談將來，談眼前。』醇王把話拉回來，『六哥，眼前的局面，你是怎麼個看法？』

『你是問哪方面？』

『自然是跟法國的交涉。』醇王問道：『到底該和呢？還是苦苦撐下去？』

『能撐得住，當然要撐，就怕撐不住。兵艦不如人；咱們的海面，讓人家耀武揚威，先就輸了一著。』恭王問道：『李少荃怎麼說？』

『李少荃自然想和。無奈他也是……』醇王搖搖頭，沒有再說下去。

『他也是「上下夾攻」是不是？』

『是啊！』醇王答說：『不賠兵費和不下來；要賠兵費呢，又有明發：誰說賠償的話，治誰的罪。

你想，他敢碰這個釘子嗎？』

『這道明發本來就不妥。也不知是誰的主意？』

『還有誰的主意？』醇王苦笑，『誰還敢亂出主意。』

『話不是這麼說。』恭王有如骨鯁在喉，放大了聲音說：『該爭的還是要爭。』

這話在醇王聽來，自然覺得不是滋味。但轉念一想，倒正要恭王有這樣的態度；不然，就讓他復起，亦不能有何作用。

於是他試探著問：『六哥，倘或上頭有旨意，你奉不奉詔？』

這句話沒頭沒腦，讓恭王無從置答；不過醇王問得也不大對，何謂『奉不奉詔』？莫非作臣子的還敢違旨？

因而恭王搖搖頭答道：『你這話，有點兒離譜。奉詔歸奉詔，做得到做不到又是一回事；如果說做不到便是違旨，那不太苛責了嗎？』

醇王也發覺自己的話不但沒有說清楚，而且頗有語病。不過恭王的意思，卻又有進一步的了解，大致只要他能幹得下來，不至於過分推辭。

這應該說是一個滿意的結果；不過還需要說清楚些，他想了一下，覺得不妨動之以情，課之以責，『六哥，』他說：『局面到了這個地步，總要大家想辦法；你總不能坐視吧？』

這就有相邀出山之意了。恭王是驚弓之鳥，頗存戒心。對醇王，他相信他老實，不會害人。但就因爲他老實，容易受人利用，也許上了當自己還不知道。此來是不是有人在幕後策劃，打算將一副無法收拾的爛攤子，一推了事，先弄明白了，才能表示態度。

於是他說：『時局我也隔膜了。老七，你有甚麼話，老實說吧！』

『無非大枝大節上頭，要請六哥出個主意。』

恭王皮裡陽秋地笑了一下：『輪得著我出主意嗎？』

這話不好回答。醇王只得這樣說：『無所謂輪得著，輪不著；有大事不是咱們頂著，還能指望誰？』

恭王又笑一笑，『孫萊山不是本事通天嗎？』他有意這樣逼一句。

提到孫萊山，醇王知道他餘憾未釋，急忙搖手答道：『不相干、不相干。這方面他不太管；都是許星叔。』

恭王點點頭：『許星叔倒還識大體。』

『他對軍務熟悉；洋務上頭，到底還隔膜。』醇王又說：『總得有個能讓李少荃佩服的人才好。』

這話的意思越發明顯，能讓李鴻章佩服，也就是肯買帳的，除卻恭王還有誰？不過話是老實話，恭王卻不便有所表示。

彼此的想法，大致都已明白，沉默亦自不妨。恭王一時興到，要留醇王喝酒：『寶佩蘅弄了一簍蟹來，說就是在南邊，也是最好的。你在這兒吃了飯再走吧！』

醇王本還有事要料理，但爲了聯絡感情，欣然答應。於是寶鋆亦不必再迴避，出來見了禮，主客三人，持螯閒話。

話題集中在時過兩月，而議論不已的馬尾戰事上面。寶鋆所聽到的議論和事實，自然比兩王來得多；他天性又喜歡挖苦人，所以將張佩綸形容得極其不堪。

『福建四大員，姓得也巧，兩張兩何；福州民間道得妙：「兩張沒主張；兩何沒奈何。」還有副對子，專指張幼樵、何子義，叫作：「堂堂乎張也，是亦走也；偎偎其何之，我將去之。」何子義是去掉了，如今大家在問：張幼樵何日可走？』

問到這話，醇王不能不回答：『這一案，大家的看法不一。張幼樵到底去了沒有幾天；不比兩何數年經營，平時無備，才有那樣的結果，怪不得張幼樵。』

這話，其實醇王也是爲他自己辯解；當國不久，正像張幼樵那樣，搞到今天的局面，不該負多大的責任。

這些話在當政二十多年的恭王聽來，當然刺心；不過他經的大風大浪太多，雖未到寵辱不驚，名利皆忘的境地，卻已能不動聲色，淡然置之。

倒是醇王，話一出口，便自失悔；自己的話說得對不對是另一回事，無論如何，此時此地，說得不合時宜，因爲與修好而來的原意，背道而馳。無奈話說了出去，收不回來，只能付諸沉默。

寶鋆很見機，見此光景，知道時局不能再談了，談風月又不對醇王的勁；好在他肚子裡的花樣多，隨便找些市井瑣聞，也能談得頭頭是道，賓主居然能盡歡而散。

兩位客走了一位，寶鋆還留在鑑園。這幾個月的閒散日子，最愜意的是，可作長夜之談；因爲不必上朝，就不必早起，興致來時，通宵不睡，亦自無妨。這天夜裡，當然更有得可談；醇王的來意，寶鋆要打聽，恭王也要跟寶鋆商量。

『看樣子還是放不過我！』恭王講了他跟醇王談話的經過以後，接著說道，『這才眞是跳火坑的玩意！』

『那麼，六爺，你是跳，還是不跳？』

『你看呢？』

『跳進去要能跳得出來才好。退一步說，跳進去要能管用，於事無補，徒自焚身，大可不必。』

恭王默然，辦洋務他還是有他的看法的；最要緊的是要有定見，不爲浮議所動。從張佩綸馬尾受挫，陳寶琛無所表現，鄧承修捲入漩渦——奉派在總理衙門行走以後，清流的氣燄大殺。如今的翰苑領袖，是後起之秀的國子監盛昱，而他出爾反爾，最希望恭王復出；那就可想而知，一旦他的希望實現，必然處處協力，不會無端阻撓和議。這就很可以幹一幹了。

這樣想去，恭王的心思便很活動；認爲能談成和局，有個可以彌補聲名的機會，也很不壞。只是寶鋆一向爲他所信任；既有不贊成的表示，就不便再往下說了。

當然，寶鋆從他的沉默中，便能窺知本心；爲了交情深厚，不管恭王的作法對不對，他總是支持的。因此，態度一變，改口說道：『如果想跳，也未嘗不可。不過，我可不能陪著六爺跳了。』

『你想跳，我亦不肯。』恭王答道：『爲我自己著想，也總得有個人在火坑之外照看，眞的不得了的時候，也可以拉我一把。』

『是了！我就在火坑外頭替你照看。』

於是第二天起，寶鋆便很注意這件事，最先聽到的消息是，醇王面奏慈禧太后，讓恭王隨班祝嘏，慈禧太后已經准奏。接著是軍機章京透露，醇王已經擬好一道恩旨，隨班祝嘏的廢員，概有恩典；名單中一共六十幾個人，第一名是當過三口通商大臣，對俄交涉失職，幾乎被綁到菜市口的崇厚。此外有個人，特加剔除；就是『進春方』的『詞臣』王慶祺。

雖然加恩親貴，非臣下所能擅請；而且對近支王公，已有恩詔，恭王的小兒子，原封不入八分輔國公的載潢，亦賞食全俸，這雖比賞給惇王和醇王兩家的恩典差得多，也總算點綴過了，更不宜再有干瀆。但是，只要隨班祝嘏的廢員，都有好處，恭王自然也不會向隅；醇王相信以恭王的身分來說，慈禧太后是絕不會遺忘的，只要她考慮到該怎麼樣給恭王一點詞色，就可以相機進言了。

弄清楚了醇王和許庚身所下的苦心；寶鋆倒也很感動，而且頗爲樂觀，認爲慈禧太后准許恭王在慈寧宮外磕頭拜壽，便是不念舊惡的表示。加上醇王的力量，慈禧太后一定會回心轉意，想起恭王當政二十多年，除肅順、平洪楊、剿捻匪、定回亂；畢竟不是一無用處的人，又何吝於給他一個宣力補過的機會？

當然，醇王的苦心，寶鋆能夠知道，自也會有別人知道；尤其是軍機處，近水樓台，不用探問，也曾聽到。有人聽過丟開，而有人入耳驚心，惶恐異常。

此人就是孫毓汶。

恭王被讒

李蓮英對恭王沒有甚麼惡感，但也絕不會有好感；凡是太監對『六爺』都有幾分忌憚，因爲恭王從不假此輩以詞色。安德海的故事，雖已事隔多年，大家一談起來卻總是說：『如果不是六爺掌權，小安子那條小命不會送掉。』這個印象存在每一個太監心中，就不會有甚麼人肯在慈禧太后面前說恭王的好話了。

李蓮英雖不說恭王的好話，卻也沒有說過他的壞話；這因爲還礙著一位寵信始終不衰的大公主，犯不著得罪她。

也因爲如此，他雖接受了孫毓汶的重託，卻一直有些躊躇，不知道怎麼進言，才能達成孫毓汶的希望而又不會招大公主的不滿？如果是別人，他一定不肯管這件閒事；無奈『拿人的手軟』，而這件事對孫毓汶的關係又太大——如果恭王復起，孫毓汶一定不能再值軍機，說不定還會受到很嚴重的報復。所以無論如何非幫他這個忙不可。

盤算了一整天，決定在傳晚膳以後進言。向例傳晚膳在下午四點鐘；侍候完了，天還未黑，慈禧太后總愛在這時候喝著茶問問外事，而也總是他一個人侍奉在旁邊的次數居多。有甚麼機密的話，只有在這時候回奏最適宜。

『外面，』慈禧太后常是這樣開頭，『有甚麼新聞？』

『都在說，跟法國鬼子談和，快談成了。』

『噢！』就這一句話，立刻引起慈禧太后的關懷，『憑甚麼呢？誰說快談成了？怎麼我倒不知道？』

『其實也是瞎猜，作不得準。』李蓮英說：『奴才不大相信外面的看法。』

『外面是這麼個說法兒？』慈禧太后不屑地，『必是可笑的話！』

她已經自問自答了，李蓮英就必得編一套『可笑的話』，才能迎合她的心意，『可不是可笑的話，』他說：『老佛爺的萬壽吉日快到了，今年不比去年；五十大慶，更不比往年的整壽，就該像劉銘傳那樣，好好兒打個勝仗，給老佛爺慶壽才是。偏有人胡猜，說萬壽快到了，馬馬虎虎和了吧！這不可笑?』

『哼!』慈禧太后也不追問是誰在『胡猜』?因爲既然可笑,就無需再問。

『另外有個說法,就可怪了。』李蓮英微皺著眉,自語似地,『一定靠不住。還是別讓老佛爺心煩吧!』

越是這樣做作,越惹慈禧太后疑心,『說嘛!』她微感不耐地,『靠得住,靠不住,我知道。』

『外面在說,六爺又要出來替老佛爺辦事了……』

『甚麼?』慈禧太后大爲詫異,怕是自己聽錯了,所以心急地打斷,『說六爺出來替我辦事?』

『是!』李蓮英清清楚楚地答了一個字。

『這是沒影兒的事!我跟誰說過?』慈禧太后覺得離奇得好笑,『我連這個念頭都沒有起過。造謠生事到這個樣子,眞正少有出現。』

『是!』李蓮英放低了聲音說:『奇怪就在這兒。照他們的那個說法,倒還是有枝有葉兒的,滿像那回事。外面說的是,這一次老佛爺准六爺進宮來叩頭拜壽,少不得要賞個差使,就不是管總理衙門,也得讓他看看北洋來的電報。那時候,六爺就要勸老佛爺跟法國談和了。』

『哼!』慈禧太后冷笑,『且不說我沒有讓他辦洋務的打算;就有這個打算,也是我拿主意。他勸也是白勸。』

『原是這話!外面那班沒知識的人,可就不是這麼說了。』

『怎麼說?還能說他敢跟我爭不成?』

李蓮英不答。意思是正有此話,不敢明說,怕惹她生氣。

如果慈禧太后眞的生氣，有個明確的表示，絕不會再用恭王！李蓮英幫到了忙，也就不會再往下說。無奈慈禧太后忽然又諒解了，『這都是那班人吃飽了撐得慌，沒話找話。』她說：『其實六爺不是那樣子的人。』

這就逼得李蓮英非說不可了：『六爺倒不是那種人，就有人謠言造得荒唐。說老佛爺原就想和，只爲話說得太硬，轉不了圜！只有用六爺，是他才敢跟老佛爺爭。老佛爺念著他二十多年的功勞，也不能不准他的奏……』

話還沒有完，慈禧太后已勃然大怒！額上青筋躍動，襯著極高顴骨，看起來格外令人害怕。

因爲這段話無一句不是大拂其意，首先說慈禧太后願意談和，便是侮蔑她的本心——她的本心在報仇雪恥。當年英法聯軍內犯，文宗倉皇出狩，爲開國以來，列祖列宗所未曾受過的奇恥大辱；百餘年辛苦經營的圓明園，燬於一旦，更是令人椎心泣血的莫大恨事。文宗急痛攻心，口吐狂血，不死之病變成不治之疾，種因於此，當時的震動哀痛，至今只有她一個人感受得最深切，也只有她一個人忘不了，總想將士效命，能將洋人打敗，才得揚眉吐氣，稍慰賷恨而歿的文宗在天之靈。這番苦心，自以爲可以對祖宗、質鬼神，不想爲人侮蔑抹煞，豈是能忍得下的事？

其次是認爲恭王敢與她爭，而且會爭得上風，倒像自己虧負了他甚麼，而他有多大功勞似地。這也使慈禧太后非常憤怒，決心要問個明白。

『是誰說的這些話？』

『是奴才不好，不該傳這些話，惹老佛爺生氣。』李蓮英雙膝一彎跪了下來，『老佛爺只不理他們就是了。』

『我能不理嗎？我知道是誰說的！哼！』慈禧太后冷笑，『有那班脂油蒙了心的，打算再把他架弄出來，好提拔他們升官發財。做夢！』

李蓮英聽懂了她的意思，是指恭王的一班『死黨』，如寶鋆等人。這讓她誤會去，不生大關係！要緊的是得將恭王撇開，不然讓榮壽公主知道了，會起誤會，對自己就是件很不利的事。

『聖明不過老佛爺；孫猴子在如來佛爺手裡，隨他調皮，也翻不出手掌心去。不理他；理他倒是看重他了。不過，天地良心，六爺可從來不會說這些糊塗喪天良的話；如果六爺眞的想出來替老佛爺辦事效力，自己也可以求恩，不然就讓大公主跟老佛爺回奏，何用造作這些沒知識的言語。』

這幾句話解釋得很透徹；慈禧太后對恭王倒是消除了疑忌，但對那些指望著恭王復起，好連翩而上的人，決意狠狠潑他們一盆冷水。

第二天先召見醇王及總理大臣，首先議的是，美國所提中法和議的意見，一共四條：照天津條約，商定通商辦法；法國軍隊暫駐基隆、淡水；賠償法國兵費五兆法郎，由法國徵收基隆、淡水海關的稅款作抵。以上三條辦到後，中法分別撤兵。

慈禧太后一面聽，一面搖頭。事實上亦只是奏聞而已；醇王不等她發話，自己就說：『這是辦不到的事。咱們只有謝謝美國的好意。』

『美國在調停，英國亦在調停；弄到臨完，甚麼也不答應，倒像拿人家當耍似地。』慈禧太后說道：『咱們跟法國不和，可也犯不著得罪另外國家。總理衙門眞該好好去想一想，辦不到的事，別胡亂託人。』

總理大臣算是受了一頓申斥。但不管總理衙門還是軍機處，慈禧太后如有不滿，也就等於是對醇王的不滿；所以他不能不作申辯。

『原是各國示好，願意調停，如果一上來就拒人於千里之外，似乎不是敦睦邦交之道。好在權操自我，眼前不妨跟他們敷衍敷衍。』

這一下，越發惹起了慈禧太后蓄積心頭已久的不滿與牢騷，『辦洋務就懂得敷衍。從咸豐末年，設立總理衙門以來，一直就講的是敷衍！』她激動地說：『敷衍了快三十年了，哪一國也沒有敷衍好。』接著，話題一轉，告誡醇王，譏刺恭王：『論敷衍的本事，你比人家差得遠！我要願意敷衍，又何必讓你來管事？不會找會敷衍的人？』

這個釘子碰得不小；又是將近十月小陽春的天氣，相當燠熱，醇王額上都見汗了。

『還是談你在行的吧！』慈禧太后問道：『楊岳斌怎麼樣了？』

楊岳斌奉詔復起由湘援閩，正在湖南募勇；已有八營，現募十一營，但楊岳斌認爲兵不滿萬，還要添募十一營，湊足三十營整數再開拔。

『福建用得著這麼多陸勇嗎？』慈禧太后想起張佩綸以前的奏摺，立即又說：『張佩綸說過，福建是海口，所缺的是水師、兵輪，不是陸勇。而且現在福建無事，派那麼多兵去，無非騷擾地方！』

『聖諭極是！』談到這方面，醇王很起勁了，『兵貴精不貴多，臣的意思，楊岳斌現有十九營，挑成十營精兵，已很夠用。』

『這才是。就照你的意思擬旨，叫楊岳斌趕快走。』

『是。』醇王又說：『由湖南到福建路很遠，現在又交冬天了，路上的行糧，可得早替他想辦法。

楊岳斌想請旨，由路過的湖北、江西兩省，各籌六萬兩。臣看應該准他。』

『那就准他好了。』慈禧太后接下問：『鮑超呢？』

鮑超是奉旨援邊，將要帶兵出鎮南關。他也是嫌兵不夠——准他帶兵二十六營，除去四川所撥五營，應該再募二十一營；而鮑超卻不算現成五營，要募足二十六營。

『鮑超可有些胡鬧。他的餉已撥了二十五萬；據丁寶楨奏報，光是製辦營帳、鍋、碗、刀矛，就用了九萬多兩。』

『荒唐！二十五萬銀子，只怕沒有出川就用空了！這樣還成甚麼事體？可惡！』

『是！』醇王說道：『鮑超是一員勇將，本來念在他過去的功勞上，已經格外寬大。臣想請旨督責，務必要他激發天良，剋日帶兵出關。』

『好！正該這麼辦。不過他這一出關，怕不是三、五個月的事；二十六營兵，餉亦不在少數。應該早早籌劃。』

『戶部在籌劃了。』醇王順便提到一件事，『張之洞有電報來，要跟英國滙豐銀行借一百萬銀子；人家已肯借了。』

提到這筆洋債，自然要談到張之洞；也是慈禧太后比較能感到安慰的一件事。雖然張之洞在廣東復開遺毒無窮的闈姓捐，爲正人君子及廣東的許多京官所痛心疾首，但確能不分畛域地支援前方，無論滇桂邊境還是台灣，要軍械，要糧餉，他總能盡力接濟。特別是滇桂邊境，與他的封疆密邇，更爲關顧；所以他要借這筆巨款，慈禧太后完全支持。

『這兩年放出去的人，得力的也就是一個張之洞。』慈禧太后對他的嘉許，還不僅止於籌濟台越軍事，頗有公忠體國的模樣；更因爲他對軍事的看法，很符合她的心意：『前幾天他有個摺子，說得很不錯：「全局在爭越南；爭越南在此數月。」如今有了一百萬銀子，足足可以支持幾個月；這是到了緊要關節上，你們可千萬大意不得。』

『是！』醇王肅然答道：『臣跟軍機、總署絕不敢絲毫疏忽。論陸路的情形，實在應該穩得住；洋人勞師動眾，幾千里航海而來，這勞逸上頭，先就吃了虧。加以水土不服；在基隆的法國兵，只有一千七百多人，得病的上千，煤糧軍火亦接濟不上，如果左宗棠、楊昌濬能夠想法子盡量接濟，劉銘傳必能克復基隆。』

『劉銘傳能夠克復基隆，朝廷自然要重重賞他。』慈禧太后說道：『戰也罷，和也罷，總要好好打幾個勝仗，說話才有力量；民心士氣才振作得起來。不朝這上頭去盡力，儘說些委曲求全的空話，我實在聽厭了！』

新疆設省

這又是不願讓步求和的表示。醇王不敢接口；略停一下，提到新疆設立行省的事。慈禧太后便先從御案上檢出戶部主稿，與吏部會銜奏覆的一個摺子來看：

『前據劉錦棠奏：遵議新疆兵數、糧數一切事宜。前經奉旨交議；新疆底定有年，綏邊輯民，事關重大，允宜統籌全局，另訂新章。

『前經左宗棠創議，設立行省，分設郡縣；案據劉錦棠詳晰陳奏，由部奏准，先設道廳州縣等官。

現在更定官制，將南北兩路辦事大臣等缺裁撤，自應另設地方大員，以資統轄。擬添設新疆甘肅，布政使各一員，其應裁之辦事、幫辦、領隊、參贊各大臣，及烏魯木齊都統等缺，除未經簡政有人外，所有實缺及署任各員，擬俟新設巡撫、布政使到任後，再行交卸，請旨簡用。

『新疆旗綠各營兵數及關內外糧數，應核實經理。國家度支有常，不容稍涉耗費；劉錦棠等當挑留精銳，簡練軍實，並隨時稽查糧項，如將領中有侵冒等情事，應據實參奏，請旨治罪。』

重新看完這通奏摺，慈禧太后的感慨很多——新疆設行省之議，早就有了。前年三月，劉錦棠以辦理新疆軍務欽差大臣的身分，與陝甘總督譚鍾麟會銜合奏，在新疆設置郡縣。但是劉錦棠反對將新疆從甘肅劃出，另設行省；因爲一共只有二十多州縣，即使將來地方富庶，陸續增置，亦不會多到哪裡去。各省州縣，最少的莫如貴州和廣西，而新疆的州縣還不及這兩省一半之多；難以成爲一省，不言而喻。

這是人人易見的道理；而另有深一層的看法，卻不是人人見得到的。慈禧太后最稱賞的是，劉錦棠的廓然大公的見解，他說：新疆與甘肅形同唇齒，從前左宗棠以陝甘總督辦理新疆軍，一切調兵籌餉的軍務，都以關內爲根本；也就是以甘肅支持新疆。他接替左宗棠而爲欽差大臣，軍務能夠照常推行，完全是因爲坐鎮關內的陝甘總督，力顧全局，所以能夠勉強支持。如果說甘肅的地方大員，存在一個關內、關外的念頭，那麼新疆的軍事，早就不堪聞問了。

因此，劉錦棠認爲以玉門關爲界，將內外分爲兩省，是非常不智的事。甘肅固可以從此減輕負擔，而新疆以二十餘州縣，孤懸絕域，勢必無以自存。這也就是說，辛苦交涉收回的伊犁，遲早仍舊要歸入俄國的掌握。

『劉錦棠不主張新疆設行省，全是爲了大局。』慈禧太后又說：『我又在想，劉錦棠是怎麼成了左宗棠的部下的？還不是曾國藩存心公平，不存私見，全爲大局著想嗎？』

劉錦棠如何成爲左宗棠的部下？醇王非常清楚；左宗棠奉旨西征，除了胡雪巖替他借洋債，辦糧台以外，本身沒有憑藉。其時曾左已經交惡，但是曾國藩卻將『老湘營』的劉松山，調歸左宗棠節制。左侯定邊，勳業彪炳，很得劉松山的力；因此左宗棠雖對曾國藩處處不滿，唯獨這件事心悅誠服，曾經在奏摺上特地陳明。曾國藩逝世，左宗棠的輓聯：『知人之明，謀國之忠，愧我不如元輔』，這句降心以從的老實話，就是由此而來。

劉錦棠便是劉松山的姪子。沒有曾國藩義助左宗棠；劉錦棠當然也不會隨他叔叔成爲左侯的部下，也就不會有今天底定新疆，籌議設省這一回事。慈禧太后回憶平洪楊，剿捻匪的大業，愴念曾國藩公忠體國，力持大局的賢勞；再環視今日荊天棘地的局勢，自然感慨不絕。

『我不相信我們就敵不過洋人。力量不是沒有；只是私心自用，都分散了！如果能像曾國藩、胡林翼那樣，又何至於會有今天。如今總算張之洞還識大體。』慈禧太后又說：『曾國荃比他哥哥，可眞是差得太遠了！』

這是因爲曾國荃從閩海情勢吃緊以來，這三、四個月對援閩援台，始終不甚熱心。他誠然有他的難處，兩江的海防、河防，所關不細；而南洋的兵輪、炮台、軍械，又都不及北洋，爲求自保，以致心餘力絀。但慈禧太后總認爲曾國荃漠視大局，忘掉了同舟共濟之義；尤其是不肯援台，更以爲還存著湘、淮之間的一道鴻溝，以湘軍領袖，有意跟淮軍宿將劉銘傳過不去。所以不滿已久。

正好，左宗棠奉命督師福建，道出兩江，曾與曾國荃商量決定，由南洋派出兵船五艘，到福建集中，歸楊昌濬調派，預備等楊岳斌的二十幾營一到，就可以轉運基隆；此外如有援台軍火雜物，亦由這五艘船裝運。但是以後曾國荃卻變卦了。他說，南洋可以派出的兵船只有三艘，但『不足當鐵甲一炮』，而且兵船要打仗就不能載人，要載人就不能接仗，且不說爲敵艦轟擊，只要在海中相遇，爲敵艦監視，就不能脫身；船上幾天的煤燒完，寸步難行。

這是他打給李鴻章的電報，據情上達，慈禧太后大爲震怒；卻又無可奈何，因爲他說的也是實在情形。一口怒氣不出，抓住『五』與『三』的數目不符，嚴旨詰責，說前據左宗棠奏報，已經跟曾國荃商定，由南洋派船五艘增援，何以又稱只有三艘？『台灣信息不通，情形萬分危急，猶敢意存漠視，不遵諭旨，可惡已極！曾國荃著交部嚴加議處。』

這歸吏部議奏。滿漢兩尚書，滿尚書恩承剛剛到任，凡事不作主張；漢尚書是徐桐，一向對中興元勳持苛刻的態度，所以一力主持，定了革職的處分。

覆奏到達御前，慈禧太后從寬將曾國荃的處分改爲革職留任。但不滿依舊；所以此時有弟不如兄的評論。醇王本來亦很推重曾國荃，不過近來也相當失望，所以唯唯稱是，不爲曾國荃作任何辯解。

『前天軍機送來一個單子，所有王公及現任京外文武官員，議降議罰；還有以前已得革留、降調、罰薪這些處分，請者加恩寬免。這是給大家一條自新之路，倒也可以。不過，』慈禧太后加重語氣說：『有些人可不能寬免。我要好好查一查；像曾國荃，照我看，就絕不能免。』

這也是皇太后五旬萬壽的恩典之一。醇王聽她口風不妙，怕碰釘子，越發不敢開口。又因爲奏對時間已久，而新疆設行省的事，雖已決定，仿照江蘇的成例，一省分治，設甘肅新疆巡撫一員，另外再增設藩司一員，就像江蘇那樣，既有江蘇藩司，又有江寧藩司。但應該要派的人，卻還不曾取得懿旨；所以把話拉了回來，先由劉錦棠的現職說起。

劉錦棠的欽差大臣督辦新疆軍務是差使，本職是兵部右侍郎；五旬萬壽加恩封疆大吏，劉錦棠與廣東陸路提督張曜，都以『愼固邊防，克勤職守』的考語，加了銜，劉錦棠是尙書銜，張曜是巡撫銜。

要斟酌，也可以說要請旨的，就在這裡。劉錦棠補上甘肅新疆巡撫，自是駕輕就熟，順理成章的事。但張曜的官雖拜廣東陸路提督，卻自同治七年捻匪肅清時起，就在西陲效力，直到今年才奉旨入關，移防直隸北路，說起來回到新疆亦是人地相宜，而況加的是巡撫銜，調補甘新巡撫，名實相副，似乎比劉錦棠更爲合適。

當然，調補地方大吏是軍機的職掌，不過目前的制度特殊；而且涉及『督辦軍務』這個題目，醇王便有過問的資格，所以他細細作了剖解，請慈禧太后作一裁決：甘新巡撫是放劉錦棠還是張曜？

『巡撫到底不同，如果有缺出來，自然應該先給劉錦棠。而且欽差的差使不撤，劉錦棠兼理民政，有好些方便。』慈禧太后又說：『張曜防守直北，如果回到新疆，可又派誰接替他的防務？』

光是最後這個理由，便見得一動不如一靜；醇王一向遲鈍，許多明白可見的道理，常要在事後方始了然，此時聽慈禧太后一說，連連答道：『是，是！派劉錦棠合適。』

『張曜也不是不合適。』慈禧太后又說：『凡事總要講個緩急先後；張曜也是好的，過幾個月看，局勢鬆動些，有巡撫的缺出來，讓他去！他們在邊省辛苦了十幾年，也該調劑調劑。』

『是！』醇王答道：『臣記在心裡就是。』

『張曜，』慈禧太后忽然問道：『聽說他懼內，是不是？』

『臣也聽得有此一說。』醇王答道：『張曜的妻子是他的老師。』

『怎麼？』慈禧太后興味盎然地問：『這是怎麼說？』

『張曜的妻子，是河南固始縣官蒯某人的閨女；捻匪圍固始，蒯知縣出佈告招募死士守城，賞格就是他的閨女……』

醇王將當時張曜如何應募，如何以三百人破敵，如何為率軍來援的僧王所識拔，如何由僧王親自作媒，將蒯小姐許配給張曜的故事，約略講了一遍。

『他的妻子能幹得很；張曜不識字，公事都是他妻子看。後來張曜當河南藩司，御史——記得是劉毓楠，上奏參他「目不識丁」；這沒有法子，只好改武職，調補總兵。張曜發了憤，拜太太做老師，現在也能識字寫信了。』

『這倒眞難得！』慈禧太后說道：『巾幗中原有豪傑。』

『原是。』

醇王剛說了兩個字，剛晉為慶郡王的奕劻接口說道：『巾幗中也有堯舜。』

這自然是對慈禧太后的恭維；而類似的恭維，她亦聽得多了，不需有何表示，只吩咐除了醇王，其餘的都可以跪安退出。

單獨留下醇王，就是要談恭王隨班祝嘏的事。殿廷獨對，無需顧慮該為他留親王的體統，所以慈禧太后的臉上一點笑容都沒有；見此光景，醇王心裡就先嘀咕了。

『最近跟老六見面了沒有？』

『見過。』醇王很謹愼地回答。

『他近來怎麼樣?』

『常跟寶鋆逛逛西山;不過在家的時候多。』

『在家幹些甚麼?』慈禧太后又問:『除了寶鋆,還有哪些人常到他那裡去?』

忽然考察恭王的這些生活細節,不知用意何在?醇王越發謹慎了,『在家總是讀讀書,玩玩他的古董。常有哪些人去,臣可不太清楚。』醇王一面想,一面答道:『聽說崇厚常去;文錫也常去。』

『喔!』慈禧問道:『崇厚跟文錫報效的數目是多少?』

這是入秋以來,因爲各處打仗,軍費浩繁,慈禧太后除發內帑勞軍以外,特命旗下殷實人家,報效軍餉,崇厚和文錫都曾捐輸巨款,醇王自然記得。

『崇厚報效二十萬;文錫報效十萬。』

『他們是眞的爲朝廷分憂,有力出力,有錢出錢呢,還是圖著甚麼?』

這話問得很精明,醇王不敢不據實回答:『崇厚上了年紀,這幾年常看佛經,沒事找和尙去談禪,世情淡了,不見得是想巴結差使。』

『這麼說,文錫是閒不住了?』

從內務府垮下來的文錫,一向不甘寂寞;不過醇王對此人雖無好感,亦無惡感,便持平答道:『這個人用得好,還是能辦事的。』

『哼!』慈禧太后冷笑,『就是路走邪了!果然巴結差使,只要實心實力,我自然知道;有用得著他的地方,自會加恩。如果只是想些旁門左道的花樣,可教他小心!』

醇王一聽這話,異常詫異,『文錫莫非有甚麼不端的行爲?』醇王老實問道:『臣絲毫不知,請皇太后明示。』

『你，老實得出了格了！』慈禧太后停了一下，終於問到要害上，『你替老六代求，隨班磕頭，到底存著甚麼打算？』

這一問，醇王著慌了，定定神答道：『這也是他一番誠心。皇太后如天之德，多少年來曲予包容，自然不會不給他一條自新之路。臣國恩私情，斟酌再三，斗膽代求；一切都在聖明洞鑑之中，臣不必再多說了。』說著，在地上碰了個響頭。

『你這是說，我應該讓老六再出來問事嗎？』

語氣冷峻，質問的意味，十分濃重；醇王深感惶恐，『恩出自上。』他很快地答說：『臣豈敢妄有意見？』

『咱們是商量著辦，』慈禧太后的語氣卻又緩和了，『你覺得老六是改過了嗎？』

於是醇王比較又敢說話了，『恭親王自然能夠體會得皇太后裁成之德。』他停了一下說：『如果皇太后加恩，臣想他一定再不敢像從前那樣，懶散因循，遇事敷衍。』

『你也知道他從前遇事敷衍。』慈禧太后微微冷笑，『不過才隔了半年，就會改了本性；說給誰也不會相信。朝廷的威信差不多快掃地了；如今不能再出爾反爾，倘或照你所說，讓他重新出來問事，三月裡的那道上諭，又怎麼交代？』

醇王非常失望，談了半天，依然是點水潑不進去。事緩則圓，倘或此時強求力爭，反而越說越擰，還是自己先退一步，另外設法疏通挽回爲妙。

『臣原奏過，恩出自上，不敢妄求，只是臣意誠口拙，一切求聖明垂察。』

『我知道，我全知道。慣有人會抓題目，作文章，不過你看不出來而已。反正你替老六爭過了，弟兄的情分盡到了，我讓他們感激你就是！』

這番話似乎負氣，且似有很深的誤解；醇王深爲不安。但卻如他自己所說的『口拙』；對於這種微妙晦隱，意在言外的似嘲若諷的話，更不會應付。因此，九月底秋風正厲的天氣，竟急得滿頭大汗。

『你下去吧！我不怪你。』慈禧太后深知他的性情，安慰他說：『我知道你的苦心，無奈辦不到。就算老六眞心改過，想好好替朝廷出一番力，包圍在他左右的那班人，也不容他那麼做。自從文祥一死，老六左右就沒有甚麼敢跟他說老實話的人；沈桂芬再一過去，他索性連個得力的人都沒有了！這十年工夫，原可以切切實實辦成幾件事，都只爲他抱著得過且過的心，大好光陰，白白錯過。說辦洋務吧，全要看外面的人，自己肯不肯用心？李鴻章是肯用心的；船政局，沈葆楨在的時候是好的，沈葆楨一去，也就不行了。打從這一點上說，就見得當時的軍機處跟總理衙門，有等於無；不然，各省辦洋務，也不能人存政存，人亡政亡，自生自滅，全不管用。』

長篇大論中，醇王只聽清了一點，慈禧太后對恭王的憾恨極深。而她的話裡面，有許多意思正是自己一向所指責恭王的；因而也就更難爲恭王辯解了。

爲兄得咎

跪安退出，回到內務府朝房；還沒有坐定，內奏事處送來一通密封的硃諭，是慈禧太后親筆所寫：『醇親王爲恭親王代請隨班祝嘏，所奏多有不當，著予申飭。』

醇王碰這麼一個大釘子，當然很不高興，立刻就坐轎出宮。回府不久，禮王、孫毓汶和許庚身得到信息，都已趕到；來意是想打聽何以惹得慈禧太后動怒，竟然不給他留些面子，傳旨申飭？但卻不知如何開口，只好談些照例的公事。

一直談到該告辭的時候，醇王自己始終不言其事。等禮王站起身來，醇王搶先說了一句：『星叔，你再坐一會。』

獨留許庚身的用意，禮王不明白，孫毓汶約略猜得到，而被留的客卻完全會意。果然，促膝相對，醇王將遭受申飭的由來，源源本本都說了給許庚身聽。

『這倒是我的不是了。』許庚身不安地說：『都因爲我的主意欠高明，才累及王爺。』

『與你不相干！』醇王搖搖手，『我在路上想通了。上頭對我也沒有甚麼；只不過要讓寶佩蘅那班人知道，不必再指望鑑園復起了。』

『是！』許庚身到這時候，才指出慈禧太后的用意，『其實上頭倒是維護王爺；讓六爺見王爺一個情。王爺爲兄受過，說起來正見得王爺的手足之情，肫摯深厚。』

『是啊！』醇王高興了，『這算不了甚麼。我也不必鑑園見情；只讓他知道，外面那些別有用心的謠言，說甚麼我排擠他之類的話，不足爲據，那就很夠了。』

照這樣說，許庚身出的那個主意，是收到了意外的效果。這幾個月來，流言甚盛，都說醇王靜極思動，不顧友于之情，進讒奪權，手段未免太狠。這當然也不是毫無根據的看法；所以辯解很難。而居然有此陰錯陽差，無意間出現的一個機會，得以減消誹謗，實在是一件絕妙之事。

因此，醇王對許庚身越發信任，『星叔，』他說：『你再守一守，有尚書的缺出來。我保你。』

『王爺栽培！』許庚身請安道謝。

『有一層我不明白，』醇王又將話題扯回恭王身上，『上頭怎麼會猜得到你我的作法？』

許庚身想了一下答道：『也許有聰明人識破機關，在太后面前說了些甚麼？』

醇王點點頭問：『這又是甚麼人呢？』

『那就沒法猜了。王爺一本大公，只望六爺能爲國宣勞，共濟時艱；可也有人不願意六爺出山。』

『說得對！可又是誰呢？』

許庚身已經覺得自己的話太多、太露骨，自然不肯再多說。不過醇王緊釘著問，卻又不便沉默；於是顧而言他：『前兩天我聽見一個消息，似乎離奇，但也不能忽略，不妨說給王爺聽聽：據說，內務府又在商量著，要替太后修園子了。』

『喔！』醇王臉一揚，急促地說：『有這樣的事？』

『是的。有這樣的事。而且談得頭頭是道，已很有眉目。』

『這……』醇王神色凜然地，『可眞不是好事！是哪些人在搗鬼？』

『無非內務府的那班人，也有從前幹過的，也有現任的。』許庚身不肯指名，他說：『是哪些人在鼓動此事，不關緊要；反正只要說得動聽，誰說都是一樣。』

『我先聽聽，他們是怎麼個說法？』

許庚身講得很詳細，然而也有略而不談之處，第一是不願明說是哪些人在鼓動其事；這當然是他不願樹敵的明哲保身之道。

第二是因爲當著醇王不便講——內務府這班人的計議相當深，未算成，先算敗；如果不是醇王當政，他們不敢起這個念頭，同治十二年，爲了重修頤和園而引起的軒然大波，他們自然不會忘記。當時以慈禧、穆宗母子聯結在一起的力量，亦竟辦不到此事，只爲了受阻於兩個人。

一個是慈安太后，一個是恭王。內務府的老人，至今還能形容：每當兩宮太后，在皇帝陪伴之下，巡幸西苑時，看到小有殘破的地方，慈禧太后總是手指著說：『這兒該修了！』

而扈從在側的恭王，亦總是板起了臉，挺直了腰，用暴厲的聲音答一聲：『喳！』

同時，慈安太后又常會接下來說：『修是該修了。就是沒有錢，有甚麼法子？』

這叔嫂二人一唱一和，常使得慈禧太后啞口無言；生了幾次悶氣，唯有絕口不言。然而，了解慈禧太后的人知道，她是絕不輸這口氣的；而現在正是可以出氣的時候。慈安太后暴崩，恭王被黜，再沒有人敢當面諫阻。醇王當然亦不會贊成，但是，慈禧太后不會忌憚他；他亦不敢違背慈禧太后的意思，所以無需顧慮。

這話如要實說，便成了當面罵人；因而許庚身不能提到恭王。此外，內務府認爲時機絕妙的理由是：皇帝將要親政，而慈禧太后年過半百，且不說頤養天年，皇帝該盡孝思；就拿二十多年操勞國事而論，崇功報德亦應該替她好好修一座園子。

『偏有這些道理！』醇王苦笑著說：『就算有道理，也不能在這時候提；國事如此，我想上頭亦絕不肯大興土木來招民怨的。』

『那當然要等和下來以後才談得到。』

『和？』醇王大聲問道：『甚麼時候才和得下來？就和，也不能喪師辱國。我看，他們是妄想！』

『是！但願他們是妄想。』

這句話意味深長，醇王細細體會了一下，慨然表示：『不行！他們敢起這個念頭，我一定要爭！』

議修御苑

『說實在的，王爺也眞的非爭一爭不可了！且不說眼前戰事正急，軍費浩繁；就算化干戈爲玉帛，能和得下來，爲經遠之計，海軍亦非辦不可，那得要多少經費？』

『是啊！』醇王瞿然問道：『這得及早籌劃，至少也得五、六百萬。』

『何止？』許庚身大搖其頭，『我算給王爺聽。』

他是照北洋已支用的海防經費來作估計。照李鴻章的奏銷：光緒元年到六年，海防經費共收四百八十萬；支出三百八十萬。光緒七年起向德國訂造而尚未完工，命名爲『定遠』、『鎭遠』、『濟遠』的三艘鋼面鐵甲軍艦，造價就是四百五十萬；加上這四年之間的其他海防經費，至少也有一百五十萬，總計十年之間，光是由李鴻章經手支出的，就有一千萬兩銀子。

『將來大辦海軍，最少也得添四艘鋼面鐵甲艦，就得六百萬銀子；有船不能無人，增加員弁、聘雇洋員的糧餉薪水，爲數可觀。此外添購槍炮子藥，修造炮台，都得大把銀子花下去。無論如何還得有一千萬銀子，才能應付。』

這一千萬銀子，籌措不易；如果修園，又得幾百萬銀子。自古以來，勞民傷財的無過於兩件事，一件是窮兵黷武，一件是大興土木。一且不可，何況同時並舉？如今非昔日之比，強敵環伺，非堅甲利兵，不能抵禦外侮，籌辦海軍是勢在必行的事；修園就怎麼樣也談不上了。

這層道理很容易明白，醇王心想，以慈禧太后的精明，絕不會見不到此；即令有人慫恿，只要一有風聲透露，言路上必會極言力諫，自己不妨因勢利導，相機婉勸，總可以挽回天意。

轉念到此，心頭泰然，『不要緊！』他很從容地說：『小人絕不能得志！』

『小人』的聰明才智，強出醇王十百倍；他所預見到的情形，是不容許它發生的——策動並主持其事的李蓮英，早就籌好了對策，只待有機會進言。

慈禧太后萬壽的前五天，宮中分兩處唱戲慶壽，一處是寧壽宮；一處是長春宮——慈禧太后特地移住她誕育穆宗所在地的儲秀宮，在長春宮臨時搭建戲台，傳召她中意的角色，點唱她喜愛的戲碼。每天唱到晚上八、九點鐘方散。

散戲以後消夜，只有兩個人侍奉，一個是榮壽公主，一個是李蓮英。十月初八那天，榮壽公主頭痛發燒，起不得床，只有李蓮英一個人陪侍；而又恰好談到皇帝親政，正就是進言的機會了。

照例的，這也是慈禧太后聽新聞的時候。作爲她的主要耳目的李蓮英，自有四處八方搜集來的祕聞奇事；其中有的是謠言，有的是輕事重報，有的卻又嫌不夠完整詳盡，都要靠李蓮英先作一次鑑別，然後再考慮哪些可以上聞，哪些必須瞞著？哪些宜乎旁敲側擊，哪些應該加枝添葉？

這天，李蓮英講的一件新聞，是廣東京官當中傳出來的，牽涉到一個翰林，上了一個摺子，就發了幾萬銀子的財。

『那不是買參嗎？』慈禧太后細想一想，最近並沒有甚麼大參案，不由得詫異，當然也很關心。

李蓮英心想：倒不是買參，是買一道聖旨。不過話不能這麼說，一說便顯得對上諭不敬。他陪笑說道：『買參，這還能瞞得過老佛爺一雙眼睛？原是可許可不許的事，才敢試一試。倒像是試准了。』

『喔，』慈禧太后問道：『甚麼事？』

『是廣東開闈姓賭局……』

嚴禁廣東的闈姓票，是張樹聲督粵的一大德常，但卻犯了『爲政不得罪巨室』的大忌，因爲廣東的闈姓賭局，都由豪紳操縱把持。此輩一樣有頂戴，甚至有科名，居鄉則爲縉紳先生，出入官府，平起平坐；在京，則憑鄉、年、戚、友之誼，廣通聲氣恃爲奧援——張樹聲之垮台，廣東的紳士可說『與有力焉』。

南張去、北張來；張之洞會做官，肯辦事，也有擔當，彷彿當年的兩江總督曾國藩似地，援閩、援台、援南洋，仿照左宗棠的辦法，大借洋債以外，用海防捐餉的理由，私下在廣州開了賭禁。

賭中規模最大，盈利最多的就是闈姓；廣東一禁，移向澳門，變成利權外溢。張之洞雖眼開眼閉地一反張樹聲的禁例，但私賭不能大事號召；而且只用秀才的歲試、科試的榜來卜采，規模也不大。這年甲申，明年乙酉；子、午、卯、酉鄉試，接下來辰、戌、丑、未會試，倘或能夠開禁，明年秋天到後年春天，僅僅半年工夫，就可大發其財。

因此便有人以報效海防軍餉爲名，向張之洞去活動，希望正式開禁。張之洞到底也畏清議，不敢公然許諾；只表示若有旨意，必定遵辦。

於是廣東搞闈姓的豪紳，湊集了一筆巨款，不下二十萬之多，進京打點：先想託廣東籍的言官出奏，那些言官也愛惜羽毛，不肯答應。最後找到一個翰林，名叫潘仕釗，廣州府南海縣人，同治十年的庶吉士，三年散館，雖得留了下來，卻是個黑翰林，從未得過甚麼考官之類的好差使。窮極無聊，願意做這一筆『生意』。

廣東豪紳下的『賭注』很大，第一次就送了潘仕釗六萬兩；等『牌』翻出來，還有下文。廣東豪紳作了許諾，天意不測，倘或因此而獲重譴，願意送他十幾萬銀子養老；萬一天從人願，竟能邀准，也還有十幾萬銀子的酬謝。

在廣東豪紳的想法，以爲潘仕釗在重賞之下，必定出盡死力，激切陳詞，奏請弛禁；話說得過分，就可能獲咎，所以預作慰藉之計。而潘仕釗卻乖覺得很；深知朝廷辦事規制，遇到這種情形，必下疆吏議覆，而張之洞爲了籌餉得一助力，必定贊成，所以對這個摺子如何措詞，立刻便有了計算。只是怕得之太易，豪紳反悔，因而先搖頭說難，然後又攢眉苦思，經過一番做作，才欣然表示有把握可成；同時聲明，不管他如何出奏，只要最後闈姓弛了禁，他就得收取那筆十幾萬銀子的酬勞。

廣東豪紳答得很痛快，只要明旨准許，一見邸抄，立刻付款；倘或不信，還可以由『光緒乙酉年闈姓捐局』出面，先立借據——這是仿照買槍手的辦法，彼此環扣著責任；乙酉年鄉試，如果闈姓弛禁，設立捐局，憑此借據，當然可以討得到錢，否則，這張借據就成了廢紙。

於是潘仕釗寫了一個奏摺，文字非常簡單，說：『廣東闈姓賭局，迭經申禁。現在澳門開設公司，利歸他族；際茲海防需餉，請飭下粵省督撫，能否將澳門闈姓嚴禁，抑或暫將省城闈姓弛禁？』另附一個夾片，說副將彭玉夥同奸民，私收闈姓，暗示利權已經外溢。而這裡面『能否將澳門闈姓嚴禁』這句話，是一陪筆；兩廣總督，廣東巡撫根本管不著澳門。只是這一筆雖不通，不可少；不然就變成主張開賭，不但不容於清議，首先掌院學士就不肯代奏。

果然，翰林院掌院，武英殿大學士靈桂，十分仔細，將他的摺子推敲了一番，認爲立論不偏，方始代奏。而且果如潘仕釗所預料的，將原摺發交張之洞和廣東巡撫『妥議具奏』。

新聞講到這裡結束；只不過拿它作個引子，李蓮英急轉直下地說了一句：『這件事奴才想想眞不平！』

『那也奇了！』慈禧太后說：『別人願意拿大把銀子買他這麼一個摺子；只要摺子說得有理，也不能駁他。何用你不平？』

『奴才不是說那個潘仕釗。奴才只是在想：第一、像廣東的闈姓開了禁就願意報效軍餉；只要用心去找，眞正遍地是錢。現在各省都哭窮，自己舒服，就不念朝廷，實在不應該。』

這話自然是慈禧太后聽得進去的；卻未作表示，只問：『第二呢？』

『第二、奴才就更不平了。朝廷處處省，處處替他們籌劃糧餉；打個勝仗，老佛爺還掏體己犒賞。可是外頭的那些人，何嘗想到錢來得不容易？費朝廷多少苦心？就說馬尾好了，辛辛苦苦辦個船政局，造了十幾條船，半天工夫教洋人轟光；幾百萬銀子扔在汪洋大海裡，奴才眞正心疼。』

『唉！』慈禧太后嘆口氣，『還是你們明白！』

有這句話，李蓮英還猶豫甚麼？『奴才還有句話。』他做作得乍著膽的樣子，『不知道能不能說？』

『甚麼話？你說就是。』

『奴才在想，錢扔在水裡，還聽個響聲。幾百萬銀子造兵輪，影兒也沒見，就都沒了。也不知道那種船是甚麼船？值不值那些個錢？』李蓮英略停一停，彷彿蓄勢似地，最後那句話噴薄而出：『有得他們胡花，還不如老佛爺來花！』

這句話使得慈禧太后震動，沉下臉呵斥：『你怎麼想來的！這話甚麼意思？』

善窺顏色的李蓮英，並沒有爲慈禧太后的怒容嚇倒；相反地，如果她愛理不理，未置可否，反倒不妙。只要她重視這句話，自然就會去細想，也就會想通。

因此，他平靜地，顯得問心無愧地：『說來說去，還是奴才替老佛爺不平。當年豈只半壁江山不保？簡直的就要玩兒完；若不是老佛爺鎮得住，哪有今天？奴才還有個想法，』這一次他是用正面陳情的手法，『要老佛爺許了奴才不會生氣，奴才方始敢說。』

慈禧太后就有氣，也消失在『若不是老佛爺鎮得住，哪有今天』那句話中了。『你說！』她點點頭，『我不生氣。』

『奴才常跟崔玉貴他們說：老佛爺若是位男身，便是位乾隆爺。有乾隆爺的英明，也有乾隆爺的洪福；老佛爺的性情，爭強好勝，跟乾隆爺一模一樣。老佛爺如今心心念念在想的，就是替咸豐爺報仇雪恨，爭那口氣。當年洋人不是燒了圓明園，咸豐爺急痛攻心，就此聖體一天弱似一天，終於歸天不是？如今咱們照樣再修一座園子，看洋人能動得了它分毫不？』

這番話越說越快，也越說越激昂；不問他說的意思，只那番神情，便使得慈禧太后也激動了。然而回想到同治末年，爲修園而引起的軒然大波，不由得又傷心、又憤慨。

她的默默不語，她的閃閃淚光，在李蓮英看都是說動了她的明證。當然，慈禧太后所顧慮的，他也知道；而這些顧慮其實已不存在，她卻一時未必想得到，正該在這時候旁敲側擊地提醒她。

想停當了，便又說道：『老佛爺辛苦了這麼多年，如今又教導成一位皇上。照歷朝祖宗的規矩，皇上該修園子，奉養老佛爺。有道是「無例不可興，有例不可滅」；就算今天六爺在軍機，也不能說甚麼！』

這一說，慈禧心頭就是一寬。不錯啊，親貴中再不會有人反對。言官呢？張佩綸灰頭土臉；陳寶琛自顧不暇；張之洞春風得意，都不敢也不會上摺奏諫了。

算起來敢言的幾乎只剩下兩個人，一個是盛昱，已補了國子監祭酒，鋒芒大不如前；一個是鄧承修，派在總理衙門行走——這也是一個絕妙的安排；誰要濫發議論，大唱高調，就派誰到他不願意去的地方去。從前倭仁反對設同文館，拿這個辦法對付，現在對鄧承修之流，亦是如此；將來如有人多嘴，更可如法炮製。

但也還有一個人不能不防；閻敬銘最講究節用，一定不以爲然。不過也不要緊，拿他調開，找個受恩深重而又肯聽話的來就是。

說到頭來，還是一個錢字，『不行！』她搖搖頭，『要辦海軍。一條鐵甲船就是一、兩百萬銀子；總算起來，怕不要上千萬？哪裡還來的閒錢修園子？』

『辦海軍是國家大事，不過也不見得要那麼多錢。』李蓮英用極有力的聲音說：『只要七爺跟李中堂手緊一點兒，無論如何可以省得出一座園子來！』

一句話說得慈禧太后恍然大悟，滿心歡喜；原來可以用夾帶的辦法，一面辦海軍，一面修園子，一切工料費用，都開在海軍經費之中。上次修頤和園，惹起許多『浮議』，都由於大張旗鼓，鬧得通國皆知的緣故。如果當時不是派捐，不是公然下上諭，委派內務府大臣辦其事，不是鬧出李光昭報效木植的大笑話，悄悄兒提用幾筆款子，暗地裡修了起來；一旦生米煮成熟飯，難道眞還有人敢拿新修的園子拆掉不成？

這樣想著，豁然貫通。眼前立刻便浮起一幅玉砌雕欄，崇樓傑閣，朝暉夕陽，氣象萬千的風景。多少年來夢想爲勞的希望，居然就這麼平白無端地一下子可以抓在手裡了！這不太玄了嗎？

就爲的這份不甚信其爲眞實的感覺，她反倒能將這件可以教人高興得睡不著的好事，先拋了開去。

『皇上快大婚了！』她突如其來地換了個話題，『接下來就是親政。這兩件大事，外面是怎麼個意思？你有空也打聽打聽去！』

『是！奴才早在留意了。』李蓮英又說：『如今是老佛爺一個人拿主意，事情一定辦得順順溜溜的。』

『老佛爺一個人拿主意！』慈禧太后將這句話默唸了幾遍，心裡有著無可言喻的快慰；同時也有無可言喻的感慨、警惕和雄心。

『對！』她自言自語地說：『就我一個人拿主意。趁這會兒……』

她沒有說下去；只在心裡對自己說：趁這會兒皇帝還未親政，大權在握的時候，要爲自己好好拿個主意。

慈禧全傳【精裝典藏版】

慈禧前傳

清咸豐十一年，文宗在熱河駕崩，長子載淳繼位為同治皇帝。因皇帝年幼，文宗遺命由八位顧命大臣輔佐幼主，而這位幼主的母親就是中國近代史上最具影響力的——慈禧太后！早在初入宮做貴人、後被封為懿貴妃時，她就野心勃勃，時時想效法武則天，如今被奉為『聖母皇太后』的她，當然不會讓大權旁落大臣的手中……

玉座珠簾【上、下】

同治登基後，表面上大清朝似乎國運昌隆，事實上對外割地賠款，對內則爭鬥不斷。憂心忡忡的慈禧除了日理萬機，還得控制想奪回實權的皇帝。天命難測，一心要伸展鴻圖大志的皇帝竟得天花猝死，皇后也跟著香消玉殞，原因不明。宮闈內幕永遠成為秘密，恐怕只有坐在珠簾後的慈禧了然於胸……

清宮外史【上、下】

繼俄國擾境之後，法國也屢屢進逼越南，中法糾紛四起。慈禧面對法國的挑釁，一心主戰，然而軍機要臣恭王卻主張以和為重，兩人從此有了嫌隙。於是慈禧另指派醇王參政，最後更進一步罷黜了恭王。慈安暴崩，恭王被黜，慈禧從此再無忌憚，她要趁皇帝親政前，好好掌握這分大權……

慈禧全傳【精裝典藏版】

母子君臣

光緒十三年，十七歲的光緒皇帝終於親政。雖然他力圖振作朝綱，但是慈禧實際上仍大權在握，皇帝有名無實，母子之間漸生齟齬。光緒大婚後，美貌機敏的珍嬪備受寵愛，卻因此遭忌。慈禧聽信太監李蓮英的讒言，以為珍嬪從中遊說皇上爭權，勃然大怒！在這暗潮洶湧的宮廷內，一場『母子』之間的風暴儼然將至……

胭脂井【上、下】

光緒二十四年，皇帝決議變法維新，一時之間新政展佈，新黨氣勢愈盛。但慈禧怎能容忍自己大權旁落，因此假袁世凱之手先發制人，使得康有為出逃、譚嗣同等人被殺，新政一敗塗地，慈禧重新奪回大權！面對洋人處處進逼，皇帝蠢蠢欲動，慈禧聽信載漪、徐桐建言，縱容義和團進京，卻闖下幾近滅國的大禍！……

瀛臺落日【上、下】

八國聯軍落幕、兩宮回鑾後一年，軍機大臣之首榮祿因病辭世，善用權術的袁世凱順利接掌軍機處，而袁世凱也因此穩操大權。光緒三十年，日俄在中國東北開戰。此時慈禧已年逾七旬，卻仍心繫政權，眼見東北戰事吃緊，且袁世凱聲勢日益壯大，慈禧轉而動念支持立憲，企圖穩定內政，並一舉消除袁氏擁兵自重的危機……

國家圖書館出版品預行編目資料

清宮外史（下）（平裝新版）／高陽 著. -- 二版.
-- 臺北市：—皇冠, 2013. 06 面；公分. --
（皇冠叢書；第4317種）（高陽慈禧全傳作品集；5）

ISBN 978-957-33-2995-4(平裝)

857.7 102010027

皇冠叢書第4317種
高陽慈禧全傳作品集 5

清宮外史（下）（平裝新版）

作　　者—高陽
發 行 人—平雲
出版發行—皇冠文化有限公司
台北市敦化北路120巷50號
電話◎02-27168888
郵撥帳號◎15261516號
皇冠出版社(香港)有限公司
香港銅鑼灣道180號百樂商業中心
19字樓1903室
電話◎2529-1778　傳真◎2527-0904
美術設計—王瓊瑤
著作完成日期—1972年9月
二版一刷日期—2013年6月
二版三刷日期—2023年11月
法律顧問—王惠光律師

讀者服務傳真專線◎02-27150507
電腦編號◎434105
ISBN◎978-957-33-2995-4
Printed in Taiwan
本書定價◎新台幣300元/港幣100元

慈禧全傳

讀者回函卡

高陽是當代的歷史小說大師，讀者遍及全球華人世界，有人說『有井水處有金庸，有村鎮處有高陽』，足見高陽在華人社會的受歡迎程度。《慈禧全傳》是他的代表作，此次重新推出『精裝典藏版』，希望能讓更多讀者深入體會歷史的精彩豐美和大師的經典文采。

謝謝您購買本書，請您詳細填寫資料及意見並寄回皇冠（台灣讀者免貼郵票），讓我們能出版更完美的經典作品，提供大家品味收藏。

1. 請針對下列各項目為本書打分數

	5	4	3	2	1
A. 內容題材	□	□	□	□	□
B. 封面設計	□	□	□	□	□
C. 字體大小	□	□	□	□	□
D. 編排設計	□	□	□	□	□
E. 印刷裝訂	□	□	□	□	□

2. 您購買本書的動機？
   □封面吸引 □書名吸引 □內容題材 □作者知名度
   □廣告促銷 □其他
3. 您從哪裡得知本書的消息？
   □書店 □報紙廣告 □皇冠雜誌廣告 □書評或書介
   □親友介紹 □ 其他
4. 您最喜歡看哪一種類型的小說？
   □愛情 □武俠 □歷史 □恐怖驚悚 □偵探 □奇幻
5. 您希望哪些作家的作品重新推出精裝典藏版本？ ______________

讀者資料

姓名： 生日：_____年_____月_____日

性別：□男 □女

職業：□學生 □軍公教 □工 □商 □服務業
□家管 □自由業 □其他 ______________

通訊地址： □□□ ______________________________

____

聯絡電話：（公）__________ 分機______ （宅）______________

e-mail： ______________________

◎請沿虛線剪開、對摺、裝訂後寄出。

您對本書的其他意見：

◎請沿虛線剪開、對摺、裝訂後寄出。

北區郵政管理局登
記證北台字1648號
免　貼　郵　票
〔限國內讀者使用〕

105
台北市敦化北路120巷50號
皇冠文化出版有限公司　收